바닷속의 산

THE MOUNTAIN IN THE SEA
Copyright ⓒ 2022 by Ray Nayler
All rights reserved.

Korean translation copyright ⓒ 2025 by Wisdom House, Inc.
Korean translation rights arranged with The Gernert Company Inc. through EYA Co.,Ltd

이 책의 한국어판 저작권은 EYA Co.,Ltd를 통해 The Gernert Company Inc.와 독점 계약한 ㈜위즈덤하우스가 소유합니다. 저작권법에 의하여 한국 내에서 보호를 받는 저작물이므로 무단 전재 및 복제를 금합니다.

바닷속의 산

바닷속의 산

레이 네일러
장편소설

김항나
옮김

THE
MOUNTAIN
IN THE SEA

위즈덤하우스

안야와 리디아에게

일러두기
- 본문의 각주는 모두 옮긴이 주다.
- 원서에서 이탤릭으로 강조한 곳은 고딕체로 표기했다.

차례

1 퀄리아 Qualia • 9

2 움벨트 Umwelt • 131

3 세미오스피어 Semiosphere • 241

4 오토포이에시스 Autopoiesis • 383

감사의 말 • 530

추천의 말 • 533

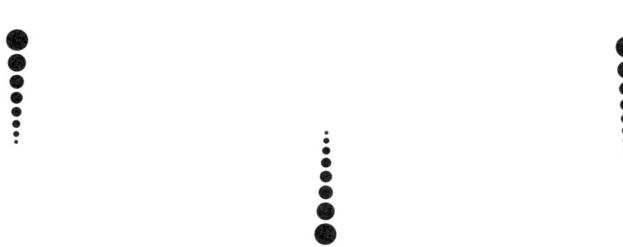

1

퀄리아

Qualia

감각질. 어떤 것을 지각하면서 느끼게 되는 기분이나 떠오르는 심상.
말로 표현하기 어려운 특질이다. 주관적이므로 객관적인 관찰이 어렵다.

살아 있는 신경계에 침묵이란 없다. 우리는 존재하는 매 순간 신경세포를 통해 소통이라는 열정적인 교향곡을 끊임없이 내보내고 있다. 우리는 소통하기 위해 태어났다.

    오직 죽음만이 침묵을 부른다.

— 하 응유엔 박사, 《바다는 생각한다 How Oceans Think**》**

1

늦은 밤. 호찌민 자유무역지대 제3구역.

가게를 둘러싼 플라스틱 차양 아래로 빗물이 흘러내렸다. 주방에서 뿜어내는 증기와 사람들이 떠드는 소리로 가득한 가게 안에서 웨이터들은 김이 모락모락 나는 수프 그릇과 아이스커피가 든 유리잔과 맥주병들을 들고 테이블 사이를 요리조리 피해 다녔다.

빗길 너머로 작은 모터바이크들이 빛을 발하는 물고기처럼 어둠 속에서 획획 지나갔다.

'물고기 생각은 그만하자.'

그 대신 로런스는 테이블 건너편에 앉아 라임 끝으로 젓가락을 문지르는 여자에게 집중했다. 신원 보호용 압글란츠 마스크로 가려진 여자의 얼굴이 색색깔로 변하며 출렁거렸다.

'무슨 깊은 바닷속 같네…….'

로런스는 손톱으로 손바닥을 꾹 누르며 물었다.

"죄송하지만 그건 다른 설정도 있나요?"

여자가 뭔가를 조정하자 압글란츠는 평범한 여성의 얼굴로 설정되었다. 압글란츠 표면 안쪽에 잔물결처럼 흔들리는 여자의 진짜 얼굴 윤곽이 희미하게 비쳤다.

'움직이네……'

"사실 이 설정은 잘 안 써요."

여자가 입을 열자 압글란츠 표면이 요동치며 말소리에 억양을 없앴다.

"사람 얼굴 모양은 좀 기괴해서요. 대부분은 흐릿한 모양을 선호하지요."

여자는 젓가락을 입으로 가져갔다. 디지털 마스크 표면의 삐거덕거리는 듯한 입술 안으로 국숫발이 빨려 들어갔다. 그 안쪽으로 또 다른 입술과 치아 그림자가 보였다.

'그만 보고 그냥 시작하자.'

"알겠어요. 제 이야기를 해야죠. 지금 제 이야기를 들으러 오셨으니까요. 그러니까 저는 지금으로부터 10년, 아니 11년 전에 그 군도에 도착했어요. 그전에는 냐짱에 있는 다이빙 가게에서 일했고요. 어쨌든 제가 꼰다오에 도착했을 때 다이빙 가게라고는 두 군데밖에 없었어요. 하나는 서양인들이 묵는 고가 호텔에 있고, 또 하나는 장사가 잘 안 되는 작은 가게였어요. 제가 그 작은 가게를 인수했어요. 거의 거저 산 거나 마찬가지였지요. 꼰다오는 사는 사람도, 찾아오는 사람도 거의 없는 고요한 동네였으니까요. 현지인들은 그 동네에 귀신이 붙었다고들 생각했어요."

"귀신이 붙어요?"

"그 동네 전체가 한때 교도소였대요. 묘지마다 당시 정부에게 죽을 때까지 고문받고 죽은 반체제 인사들로 가득했으니까요. 사업을 시작하기에 썩 좋은 곳은 아니죠? 그럴 수도 있어요. 그래도 그럭저럭 살아가기에 나쁘지 않았어요. 물론 문제점도 많았지요. 엄밀히 따지면 군도 전체가 모두 세계 보호 공원으로 지정되어 있었거든요. 낚시나 사냥은 당연히 허용되지 않는 데다 1년에 한 번씩 유엔에서 감시 단체가 와서 보고서를 작성했어요. 그런데 현실은 말이죠, 항상 낚싯배들이 들락거리고 저인망들은 암초에 엉켜 있는 데다 청산가리 낚시나 다이너마이트 낚시까지 성황이었단 말이에요. 거기다 공원 관리자라고 하는 사람들은 모두 부패했지요. 하긴 그렇게 돈을 조금 버니 그러지 않기도 쉽지 않을 거예요. 거북이 알이나 암초, 물고기들뿐만 아니라 잡을 수 있는 건 다 잡아서 팔더라고요. 현지 주민들도 다 같이 참여했다고 보면 돼요. 작살 낚시를 하거나 자유롭게 다이빙해서 조개류를 잡았거든요. 저와 함께 일하던 보조직원 손Son도 프리다이버였지요."

"손은 지금 어디 있나요?"

"전에 말씀드렸지만…… 저도 몰라요. 철수 이후에 연락이 닿질 않았거든요."

"사고가 있던 날 보트에 같이 탔던 직원 맞지요?"

"맞아요. 이제 그 이야기를 하려고 했어요."

'사실 웬만하면 안 하고 싶지만요.'

"그 배는 길이가 60미터 정도 되는 태국산 강철 화물선이에요. 20세기 후반에 가라앉았다는데 베트남에서는 그래도 직접 잠수해서 안을 들여다볼 수 있는 유일한 난파선이지요. 20미터 정도 수심에 있는데 보통 그 깊이면 조건이 좋지는 않아요. 해류가 강하고 시야도 제한되어 있거든요. 진짜 잠수를 잘하는 손님들에게만 난파선 탐험을 허락하고 있는데, 꼰다오에는 그런 손님들이 별로 없지요. 그래서 우리도 몇 년간 가본 적이 없었어요. 비수기에 찾아온 그 남자 손님은 아침에 다이빙을 원했어요. 시야가 한 2미터쯤 됐나, 아주 형편없었거든요. 그런데도 그 손님은 꼭 가겠다고 했어요. 그래서 함께 보트를 타고 나갔다가 다이빙해서 길을 안내하기로 했지요. 저랑 그 손님만 다이빙해서 난파선으로 향했어요."

로런스는 잠시 쉬었다.

"자꾸 그날을 실제보다 더 극적으로 이야기하게 되는데요, 사실 전혀 아닙니다. 그냥 일상적이었어요. 평소처럼 오징어랑 날새기가 우리에게 달려들었고 앞은 역시 잘 보이지 않았어요. 더는 안 될 것 같아서 철수해야겠다고 생각했을 때는 이미 거의 난파선 근처였는데, 뒤를 돌아봤더니 그 손님이 없었어요. 그런 일이 종종 있거든요. 시야가 제한적인 물속에서는 항상 일행을 잃어버리곤 하니까요. 그럴 땐 가만히 있으면 돼요. 괜히 찾겠다고 돌아다녔다가는 정말 방향을 잃을 수가 있어서요. 한 5분쯤 지났나, 슬슬 걱정되기 시작하더라고요. 화물선 난간을 따라서 온 길을 되돌아가 봤어요. 그 손님은 정말 잠수를 잘했거든요. 설마 저를 두고 혼자 난파선에 들어가진 않았을 거라고 생각했지요. 그렇다면 손님 장비에 문제가 있었던 건지 아니면 그냥 수면 위로 올라가기로 한 건지 궁금해졌어요. 물 위에서 까닥거리고 있나 싶어 위로 올라가봤어요. 보트에 있던 손에게 남자를 봤냐고 물었는데 본 적이 없다는 거예요. 저는 다시 물속으로 내려갔어요. 순간 스멀스멀 공포가 다가왔던 거 같아요. 진흙으로 뿌연 데다 온갖 형상들로 가득한 물속을 보니 더 무서워졌지요. 물고기 떼가 제 앞에서 소용돌이치며 지나갔어요. 아무리 둘러봐도 손님이 있을 만한 곳은 보이지 않아서 결국 난파선 안으로 들어갔어요. 들어가자마자 금방 찾았고요. 멀리 못 갔더라고요. 주 화물칸 안으로 들어가는 통로 아래에 몸이 걸려 있었어요. 관자놀이에 깊이 베인 상처가 있었고 물고기들이 이미 살점을 조금씩 뜯고 있었어요. 저는 손님을 끌고 수면 위로 올라왔어요. 손이 서둘러 인공호흡을 시도했어요. 하지만 전 손님이 죽은 걸 알았어요. 제가 찾았을 때 이미 죽어 있었어요."

"당신이 봤을 때, 그 남자는 어떻게 죽은 것 같나요?"

"상처 때문은 아니었을 거예요. 그렇게 깊지 않았거든요. 익사한 것 같아요. 어찌 된 일인지 레귤레이터˙와 마스크와 산소 탱크까지 모조리 사라졌었어요. 장비를 잃었으니 남자는 분명 겁에 질려 허둥지둥하다가 의식을 잃었을 거예요. 마스크와 레귤레이터 없이는 오래 버티기가 어렵거든요."

"그럼, 그 레귤레이터, 탱크, 마스크는 나중에 찾았나요?"

흐릿하게 나온 사진처럼 무표정한 여자의 얼굴이 단조로운 억양으로 묻자, 로런스는 공원 관리자와 경찰들과 기자들에게 수도 없이 해준 이 이야기를 또다시 하기 위해 섬을 떠올렸다. 그들은 모두 로런스에게 혐의를 묻고 의심하다가 나중엔 신경도 쓰지 않았다.

"전혀 못 찾았어요."

"하지만 난파선을 수색했을 거 아니에요?"

"아니요, 안 했어요. 그 부분은 제가 거짓말을 했어요."

● 다이버의 환경과 동일한 압력으로 산소를 꾸준히 공급하기 위한 압력 조절 장치.

"거짓말이요?"

"사실은 그 난파선에 다시 돌아갈 수가 없었어요. 경찰한테는 잃어버린 장비들을 찾기 위해 전부 다 뒤져보았다고 말했지만…… 그러지 않았어요. 무서웠어요. 제대로 찾아본 적은 한 번도 없었어요."

여자는 조금 뜸을 들인 뒤 대답했다.

"그렇군요. 그 뒤엔 어떻게 했어요?"

"경쟁하던 다이빙 가게가 그 사고를 들먹이며 제 고객들을 모두 데려갔어요. 그때부터 사업이 망하기 시작했지요. 결국은 아무래도 상관없었어요. 3개월 있다가 마을 철수가 시작되었거든요. 솔직히 말하면, 당신들이 그 섬을 샀다니 다행이에요. 적어도 이제는 그 섬이 제대로 보호받을 거라는 걸 알았으니까요. 전 그때 사람들이 망가뜨린 꼰다오의 암초 하나하나, 밀렵했던 물고기들 한 마리 한 마리를 다 알고 있어요. 차라리 이게 나은 것 같아요. 모두를 내보내고 군도 전체에 저지선을 쳐서 아무도 출입하지 못하게 하잖아요. 그렇게 막아야 해요. 섬을 보호하려면 그 방법밖에 없거든요. 철수 요청을 가장 먼저 받아들이고 떠난 사람이 바로 저예요. 새로운 시작을 할 수 있을 만큼 보상금도 두둑했으니까요. 어쩌면 저에겐 다행인 일이었죠."

정말 다행이었을까? 카페를 나와 빗속을 걷던 로런스는 확신하지 못했다. 타마린드 나뭇잎들이 바람에 날려 쉭쉭 소리를 냈다. 우비에 난 구멍 사이로 비가 스며들어 젖은 옷이 피부에 차갑게 닿았다.

"무엇을 보았나요?" 공원 관리자들, 경찰, 기자들은 하나같이 같은 질문을 했다. 무엇을 보았나요?

아무것도 보지 못했다. 로런스는 아무것도 보지 못했다. 하지만 뭔가가 그를 주시하던 느낌은 떨쳐낼 수가 없었다.

그리고 그 느낌은 계속해서 로런스를 따라다녔다. 군도를 떠날 수 있어서 좋았지만 만족스럽지는 않았다. 바다를 생각할 때마다 다시금 떠오르는 그 섬뜩한 느낌으로 로런스는 몸서리쳤다.

꼰다오는 로런스에게 처음으로 갖게 된 집과도 같았다.

난파선에서 겪은 일로 로런스는 집을 빼앗겼다. 로런스는 그 이야기를 해주고 싶었다. 그러나 디아니마에서 나온 여자가 이해할 리가 없었다.

그런데 그 여자가 디아니마에서 나온 게 맞나? 그렇게 말한 적은 없었던 것 같다. 아니, 했었나?

상관없었다. 디아니마가 아니면 그 경쟁 회사에서 나왔을 것이다. 자유무역지대는 언제나 산업스파이와 국제적인 음모로 가득했다.

일주일 전에 로런스는 붕타우 바닷가에 갔다. 몇 개월 동안이나 물가에는 얼씬도 하지 않았으니, 이제는 다시 수영할 수 있을 것 같았다. 그러나 로런스는 바닷물이 허리에 닿기도 전에 도로 나와야만 했다. 바에서 음료를 한 잔 마신 뒤 호텔로 돌아왔다가 일찍 체크아웃해서 나왔다.

다시는 물에 들어가지 못할 것이다. 제3구역에 있는 작은 아파트로 돌아가서 아무런 새로운 시작도 하지 못한 채 디아니마가 제공한 '꽤 후한 보상금'이 줄어드는 통장 잔액을 보고만 있을 것이다.

카페로부터 두 블록 떨어진 곳에서 로런스는 갑작스러운 경련을 호소하며 도로 위에 쓰러졌다. 모터바이크 한 대가 멈춰 섰다. 누군가 로런스에게 손을 얹으며 물었다. 여자 목소리였다.

"괜찮으세요?"

로런스는 눈앞이 빗물에 흐려지는 걸 느꼈다.

"도와주세요, 제발요." 그때 여자가 든 주사기를 보았다. 모터바이크들이 빠르게 지나쳤다. 라이더와 자전거들은 우비로 가려져 윤곽이 제대로 보이지 않았다. 감지 못한 두 눈으로 빗물이 떨어졌다.

다시 그 난파선이 보였다. 어떤 형상으로 가득했던 탁한 물속……. 흐릿한 형상들이 로런스의 마음속에서 다른 모양으로 계속 변하고 있었다…….

바다에서 온 우리는 혈액과 세포 안에 소금물을 지녀야만 살아남을 수 있다. 바다는 우리의 진정한 집이다. 바닷가에 가면 차분해지는 이유다. 우리는 마치 고향으로 돌아온 망명자들처럼 파도가 부서지는 곳에 서 있다.

— 하 응유엔 박사,《바다는 생각한다》

2

몰아치는 비바람 속에서 무인 헥스콥터 드론* 착륙등이 바다 위 파도를 비추었다. 착륙등은 넓게 퍼진 맹그로브 숲을 뚫고 공항 활주로 바다을 빛으로 가득 채웠다.

바다에 착륙 유도등이라고는 찾아볼 수 없었다. 망가진 활주로는 북쪽으로 갈수록 좁아지는 섬을 끝에서 끝까지 가로지르고 헬리콥터 착륙 필드는 빛바랜 얼룩으로만 희미하게 남아 있었다. 오래되어 녹이 슨 비행기들이 검은 수목 한계선에 모여 있었다. 플라스틱으로 마감된 공항 건물 옆벽은 죽은 생선에서 비늘이 떨어지듯 벗겨져 있었다.

헥스콥터는 마지막 하강에 돌입했다. 기체가 뒤틀리고 휘청거리더니 멈추었다. 승객의 안전 따위는 완전히 무시했지만, 효율적인 착륙이었다. 헥스콥터의 회전날개가 멈추었고 문이 날개를 펴듯 열렸다.

* 60도 각도로 벌어진 여섯 개의 프로펠러를 가진 멀티콥터 드론.

하 박사는 정글에서만 들을 수 있는 불협화음을 들었다. 원숭이들이 서로를 부르고 대답하며 소리 지르고 있었다. 옆으로 불어닥치는 빗줄기가 포드* 안으로 들어갔다. 하 박사는 짐칸에서 장비를 끌어 내렸다. 드론 엔진이 째깍거리며 열을 식혔다.

나무들 사이로 젖은 헤드라이트가 비추는 헤일로가 일었다. 마치 하 박사를 환영해주는 파티 같았다. 무인 드론은 라이트를 껐다. 이제야 하 박사는 새털구름으로 반은 가려진 보름달을 볼 수 있었다. 낮게 뜬 농밀하고 두꺼운 구름이 섬의 열대우림을 적시고 있었다.

하 박사는 숨을 들이쉬며 두 눈을 감았다가 떴다. 어둠 속 시야에 적응하려고 했다. 헥스콥터 통신기가 시끄러운 소리를 냈다.

"지상 직원이 데리러 올 것이다. 기체에서 멀리 떨어져 있어라."

하 박사는 가방과 짐을 챙겨 들고 공항 건물 처마 아래로 뛰어갔다. 헥스콥터에 불이 다시 들어왔다. 바닥에서 떠오르더니 공중으로 돌진해 빠른 속도로 휘어져 날아갔다. 승객이 있었다면 분명 기절했을 것이다. 헥스콥터는 곧 몇 초도 지나지 않아 구름 속으로 사라져버렸다.

지상 수송 차량은 전에 군대에서 쓰던 장갑차였다. 자율 주행으로 병력을 실어 나르는 이 수송 차량은 강화 방어 설비를 갖춘 창과 공기를 채울 필요가 없는 벌집 모양의 거대한 바퀴들을 장착하고 있었다.

● 연료나 엔진 등이 든 날개 밑의 유선형 용기.

그래도 내부는 좀 더 편안하게 설계되었다. 객실은 장갑차 소음과 충격을 줄이기 위해 방음 처리가 돼 있었다. 연료 전지 엔진은 조용했으나 자동변속기가 끽끽거리며 보내는 진동이 객실까지 느껴졌다. 하 박사는 객실 조명을 낮추었다.

아주 두꺼운 유리와 폴리카보네이트로 된 둥근 창을 통해 보는 바깥 경치는 많이 일그러져 있었다. 하 박사는 빗물이 파도처럼 넘실대며 좁은 길을 침범하는 정글 가장자리를 지켜보았다. 한때 요새로 사용했을 법한 벽들이 무너진 돌무더기가 되어 빈터를 가득 채우고 있었다. 어쩌면 방앗간이나 공장이었을 수도 있겠다. 보름달이 바다 수면 위로 파동을 드리웠다.

수송 차량은 숲과 바다 사이에 있는 어두운 마을로 들어갔다. 프랑스 식민지 시대의 무겁고 붉은 벽돌 지붕에서 빗물이 흘러내렸고 치장 벽토를 바른 벽들은 열대지방 특유의 축축함으로 얼룩져 있었다. 굳게 닫힌 덧문들 안으로 보이는 정원들은 넝쿨과 이끼로 가득 차 있었다. 고등학교나 공산당 행정기관처럼 여기저기 세워진 공산주의 브루탈리즘* 건물들이 순서를 깨고 나타나기도 했다. 이끼로 축축한 콘크리트 괴물들은 밤이 되자 무색하게만 보였다.

낮이 되면 이 버림받은 마을은 거칠게 벗겨진 파스텔 색조로 탈바꿈할 것이다. 빛바랜 흰색 페인트를 칠해놓은 고무나무 몸통과 나뭇잎, 떨어진 나뭇가지, 종자나 과일 같은 식물성 잔해들이 길을 따라 흩어져 있었다.

● 1950~1960년대에 유행한 건축 양식. 거대한 콘크리트나 철제 블록 등을 사용하여 추하게 여겨지기도 했다.

수송 차량은 방파제 옆길로 들어섰다. 헤드라이트에 아이들처럼 무언가를 두고 싸우는 원숭이 두 마리가 비쳐 보였다. 마을 끝자락으로 갈수록 집들은 지붕이 쳐진 판잣집으로 바뀌었고 그마저도 반은 덩굴들로 무너져 있었다.

도로는 해안을 따라 이어졌다. 왼쪽 지형은 암석으로 급경사를 이루었고 부서지는 파도가 달빛에 비쳤다. 메인 섬의 등줄기가 나무들로 뒤덮인 채 도로 오른편으로 솟아 있었다.

언덕 가까이에 있는 탑 꼭대기의 조명등이 모두 철수한 군도에도 생명이 있다는 걸 보여주었다. 그러나 자동화된 점등은 절대 돌아오지 않을 관광객을 위한 도시 관습에 불과했다.

연구 기지는 버려진 호텔이었다. 이 6층짜리 하얀색 건물은 섬에서 바람이 가장 강한 지점에 세워져 있었다. 호텔 주변에 마구 자라난 덤불 더미가 조명등을 받으며 둘러싸고 있었다. 도로를 마주한 호텔 옆면은 그림자가 져 창문들이 모두 어두웠다. 진입로는 레이저 와이어로 이중 울타리를 친 보안 경계 지역으로 이어졌다.

울타리는 깨끗한 새것이었지만 호텔 자체는 섬이 비워지기 훨씬 이전부터 사용하지 않은 게 분명했다. 위층에서 깨진 창문 사이로 찢어진 커튼이 펄럭였다. 호텔 정면에는 축축한 곰팡이 자국이 길게 나 있었다.

수송 차량이 이중 게이트 앞에서 멈췄다.

우비를 입은 누군가가 건물에서 나오더니 첫 번째 게이트를 옆으로 밀어 열었다. 대기 장소로 들어간 수송 차량 뒤로 첫 번째 게이트가 닫혔고, 앞에서 두 번째 게이트가 열렸다. 수송 차량이 들어간 곳은 호텔 뒤 공간이었다. 테라스 바닥의 테라코타 타일 조각들은 깨져 있었고, 일부러 다른 종류로 심은 듯한 야자나무에서 떨어진 잎사귀들이 여기저기 흩어진 채였다.

해조류와 잡초들로 가득 찬 데다 과하다 싶을 정도로 커다란 수영장이 테라스를 차지하고 있었다. 한때는 실제로 바다에 들어가지 않고도 바다에서 수영하는 느낌을 받을 수 있었을, 인기 많은 바닷물 수영장이었을 것이다. 수영장에 있던 무언가가 수송 차량을 보고는 물속으로 쏙 들어갔다.

이동식 연구 기지 두 동이 표준 컨테이너 하우스 크기로 수영장 옆에 놓여 있었다. 마치 인더스트리얼 스타일로 지어진 수영장 탈의실 같았다.

수송 차량 문이 미끄러지듯 열렸다. 순간 튀어 들어오는 빗물들이 빛을 발하며 어두웠던 차 내부를 밝혔다. 우비를 입은 사람이 열린 문안으로 몸을 기울였다. 여자의 얼굴은 모자 그림자로 가려져 있었다. 넓은 광대뼈가 높게 솟고 끝이 올라간 눈매를 하고 있었다. 그 위로 빗물이 흘러내렸다. 여자는 하 박사가 알아듣지 못하는 언어로 말했다. 곧 기차 내 아나운서 목소리처럼 단조롭고 권위적인 여성 목소리가 여자의 옷깃에 고정된 비바람 및 충격 방지 통역기를 통해 다시 방송되었다.

"꼰다오 전방 연구소에 오신 걸 환영합니다. 제 이름은 알텐체체그입니다. 저는 고용된 보안 관리자입니다. 이제 짐 옮기는 걸 도와드리겠습니다. 비가 더럽게 많이 내립니다."

하 박사는 눈을 깜박거렸다. 너무 길었던 여정 때문인지 순간 미친 듯이 웃어젖히고 싶었다.

알텐체체그는 하 박사를 노려보며 자음으로만 이루어진 것 같은 그녀만의 언어로 물었다.

"통역기가 통역을 제대로 못 하고 있습니까?"

"아니요. 잘하고 있어요. 거의 다 알아들었습니다."

"그럼 이동하겠습니다."

여자는 하 박사보다 키가 훨씬 더 컸다. 아마 2미터도 넘는 것 같았다. 하 박사는 그때 알텐체체그의 어깨에 매달린 짧은 엽총을 보았다. 멋으로 메고 있는 건 아닌 게 확실했다.

비는 더 세차게 내렸다. 모든 소리를 차단하던 두꺼운 장갑차에서 내린 하 박사는 시끄러운 엔진 소리가 사라지자, 비가 부슬부슬 내리는 정적 속에서 야자나무 잎 사이를 쉭 하고 스치는 바람과 어두운 섬 어딘가에서 동물들이 깍깍거리며 우는 소리와 호텔 테라스 아래로 보이지 않는 바닷가에서 철썩대는 파도 소리를 들을 수 있었다.

하 박사와 알텐체체그는 얼굴에 비를 맞지 않기 위해 고개를 숙이고 빠르게 걸었다. 뒷문 테라스에서 바라본 호텔 안은 1층과 2층에만 불이 켜져 있었다. 깨진 항아리가 열린 유리문을 받치고 있었다.

하 박사는 알텐체체그를 따라 아무도 없는 로비 안으로 들어갔다. 테이블 위에 썩어가는 의자들이 쌓여 있었고 두툼하고 축축한 긴 안락의자들이 원을 그리며 놓여 있었다. 로비 가운데에 테이블 몇 개가 있고 그 주변으로 기어 상자들이 여기저기 널려 있었다. 간이 주방과 커피 추출기, 여러 전자 장치들이 넓은 합성 대리석 홀 안에 작은 주거 공간을 이루고 있었다.

하 박사가 지낼 방은 2층에 있었다. 킹 스위트룸은 오랫동안 사용하지 않은 축축한 방이었으나 깨끗했다. 알텐체체그가 하 박사의 짐을 방 안에 넣어주고 떠났다.

하 박사는 지난 몇 시간 동안 빨리 샤워를 하고 싶은 마음이 간절했다. 그러나 지금 누군가 깨끗한 시트를 깔아놓은 침대 위에 샤워는커녕 옷도 벗지 못하고 그대로 쓰러졌다.

하 박사는 그 갑오징어 꿈을 또 꾸었다.

가끔 두족류 동물이 쉴 때면 피부를 통해 색과 모양이 어우러져 무의식적으로 나타난다. 마치 전기화학적으로 끊임없이 흐르던 마음속 생각이 그 표면 위로 투영되는 것 같다. 이것이야말로 자유롭게 흐르던 진정한 의식이 열린 바다를 향해 피부 밖으로 표출된 것이다.

— 하 응유엔 박사,《바다는 생각한다》

3

꿈속에서 하 박사가 본 것은 한창때의 갑오징어가 아니었다. 밝게 빛을 발하고 변화무쌍하게 색을 변화시킨 줄무늬를 내보이며, 팔들을 배열해 위협인지 호기심인지 모를 수신호를 보내는 건강하고 혈기 왕성한 모습이 아니었다. 하 박사는 호흡기의 백색소음에 갇힌 채 회색 석회질로 뿌연 물속 깊이 내려갔다. 어두운 물속을 뒤덮은 먹물이 거미줄처럼 떠다니며 돌맹이들이 깔린 진흙 바닥까지 가라앉았다.

길게 갈라진 바위틈 안에 갑오징어 알이 흩어져 있었다. 부화하지 않은 새끼들이 빛을 발하자, 껍질막 안에 갇힌 빛 조각들이 알알이 밝아졌다. 알은 원래 이런 식으로 노출되어서는 안 되었다. 갑오징어는 바위 아래쪽 안전한 곳에 소중한 알들을 매달아 두었을 것이다. 여기서 무언가 끔찍한 일이 생긴 게 분명했다.

암컷 대왕갑오징어 한 마리가 떠오르더니 알들을 보호했다. 하 박사는 먹물과 모래진흙으로 시야가 뒤덮여 갑오징어를 보지 못했다. 그래서 갑자기 나타난 갑오징어에 깜짝 놀라 휙 하고 뒤로 물러섰다. 그러나 갑오징어는 아는 체하지 않았다. 하 박사를 마주한 그 자리에 둥둥 떠 있었지만 이쪽을 보고 있지는 않았다.

갑오징어는 죽어가고 있었다. 하얀 몸통이 군데군데 부식돼 얼룩져 있었다. 피부 패턴과 색이 건강하게 움직이고 변화하는 대신 무방비로 노출되어 취약해 보였다.

팔 몇 개는 이미 찢겨 나갔고 먹이 포획용 팔 하나는 약한 해류를 따라 흐느적거리며 떠내려갔다.

바위 조각들이 무너져버린 성의 요새처럼 헐겁게 원을 그리고 있었다. 돌출부는 산산조각이 난 타워 바닥을 연상시켰고 사이사이 갈라진 틈새는 궁수들을 위한 구멍 같았다. 하 박사는 돌 비탈 아래에서 갑오징어 세 마리를 더 찾아냈다. 역시나 다들 피부의 많은 부분이 손상되고 팔들이 없었다. 광택을 잃고 탁한 진줏빛을 띤 이 두족류 유령들은 허공을 바라보며 둥둥 떠다녔다. 부채꼴 모양이 칙칙한 빨간색과 갈색으로 피부 위에 복잡하게 나타나며 죽음을 연결하는 지도를 만들어냈다.

그때 하 박사가 맨 처음 봤던 갑오징어가 알들을 향해 헤엄쳐 내려왔다. 찢어진 지느러미는 약해 보였다. 마치 찢어진 돛을 달고 부두에 정박하려는 유령선처럼 보였다. 하 박사가 보는 앞에서 갑오징어는 다치지 않은 팔로 알을 쓰다듬었다. 피부에 난 얼룩이 아주 약하게 노란빛을 밝혔다. 고작 그만큼 움직이고 빛을 내기 위해 갑오징어는 안간힘을 쓰고 있었다.

알은 대답하듯 약한 빛을 깜박거렸다.

갑오징어는 다시 떠오르기 시작했다. 하 박사도 따라서 헤엄쳤다. 돌 비탈 아래를 맴돌며 다른 세 마리를 지나쳤을 때 하 박사는 그들 사이로 무언가가 지나가는 걸 느꼈다. 그들은 온몸을 살짝 떨었다. 알아본 걸까? 감사 인사였을까? 아니면 작별 인사? 암컷 갑오징어는 물기둥 사이를 나선형으로 솟아오르며 마치 추락하는 비행기 엔진에서 뿜어져 나오는 연기처럼 먹물을 방출했다. 아니, 추락이 아니라 비상하는 비행기 같았다.

암컷 갑오징어와 하 박사는 동시에 수면 위로 올라가 태양 아래 혼란스러운 소리와 소용돌이로 가득한 세상으로 진입했다.

하 박사는 움직이지 않는 갑오징어가 이미 죽었다는 걸 알면서도 장갑을 벗고 심하게 해진 머리와 찢어진 부위를 쓰다듬어 주었다.

하늘에서는 갈매기들이 울부짖으며 나선형으로 날아와 하 박사가 먹잇감을 얼른 버리길 바라고 있었다. 하 박사는 물에 빠진 아이를 다루듯 갑오징어를 부드럽게 안아서 다이빙 보트를 향해 헤엄쳤다. 언제나처럼 눈물범벅이 되어 잠에서 깨어났다.

하 박사가 잠결에 본 이 환상은 꿈인 동시에 기억이었다. 이제 무엇이 꿈이고 무엇이 기억인지는 구별할 수 없었다. 하 박사는 실제로 그곳에, 그 장소에 있었다. 그런데 등을 강타했던 그 먹물은 좀 더 진하지 않았나? 하 박사는 노년기에 접어든 갑오징어 세 마리가 무너진 성의 처마 아래에서 수도승처럼 고독하게 표류하는 걸 보았었다. 그러나 알들이 빛을 발한 적은 없었다. 그건 불가능했다. 그리고 추락한 비행기처럼 수면 위로 떠오르며 죽어가는 암컷도 없었다.

하 박사는 그 장소에 대한 기억 속으로 계속해서 돌아갔다. 그리고 기억을 마주할 때마다 장면은 바뀌었다. 기억을 반복할수록 진실에서 멀어지고 왜곡되는 걸까? 아니면, 사실은 진실에 가까워지고 있는 걸까?

"울고 있네. 또 그 꿈을 꾼 거야?"

하 박사는 일어나 앉았다. 아마도 전날 밤 터미널을 접어두지 않고 침대 옆 탁자에 그대로 둔 것 같은데 기억이 나지 않았다. 타이머를 맞춰두고 스스로 켜지도록 설정해두었나?

종이로 만들어진 받침대 위에 서 있는 정이십면체의 둥근 구멍에서 빛이 흘러나오고 있었다. 그리고 그 빛은 커피일 수밖에 없는 음료를 마시며 침대 끝에 서 있는 캄란을 홀로그램으로 비추었다.

캄란이 입은 셔츠 옷깃을 뚫고 호텔 방문의 윤곽이 보였고 신은 신발을 뚫고 카펫 그림자가 보였다.

"맞아. 같은 꿈이었어."

"이제 잊어, 하. 과거는 과거에 묻어둬야지. 당신이 할 수 있는 건 없었다고."

하 박사는 그때 자신이 할 수 있는 일이 있었다는 걸 알고 있었다. 물론 할 수 없는 일도 있었다. 그러나 캄란은 절대 그녀가 자기 자신을 비난하도록 내버려두지 않을 터였다. 심지어 그 책임을 지는 것조차 허락하지 않을 것이다. 뭐가 되었든 다시 생각할 필요도 없이 '그만 잊도록' 종용하는 말로 이어질 테니까.

그걸 너무 잘 아는 하 박사는 주제를 돌렸다.

"지금 어디야?"

"실험실이지."

"거기 새벽 2시가 넘었잖아! 지금까지 일하는 거야?"

캄란은 어깨를 으쓱하며 대답했다.

"야행성인 나한테 잔소리는 그만해줘. 그나저나 여행은 어땠어?"

"길고 길었어. 호찌민 자유무역지대에서 떠날 땐 태풍이 불었어. 드론 조종사가 어찌나 거칠게 조종하는지 꼰다오로 넘어오는 동안 다 토한 거 있지."

"그 여자는 만났어?"

"미너부도티어-첸 박사? 호찌민에서? 아니. 그 여자는 지금 해안 연구 기관들을 통합하느라 SF-SD 연합●에서 일하고 있대. 4번 대리인이라는 여자가 말해주더라. 그게 다였어. 모든 게 좀 이상해. 여기에 있는 사람들도 정확히 무슨 일이 일어나고 있는지 모르는 거 같아. 그 4번 대리인에 의하면 꼰다오에 있는 팀 리드가 내가 도착하는 대로 설명해줄 거라던데."

"그래서 설명은 들었어?"

"아직 만나지도 못했어." 하 박사는 이제 일어나서 움직였다. 가방을 뒤져 깨끗한 옷을 찾다가 캄란의 다리를 밟았다.

"미안."

"거의 못 느꼈어."

캄란이 말했다.

"어젯밤에 만난 보안 관리자 이야기를 해줘야 하는데."

"그래. 너무 궁금하다. 그런데 나중에. 당신 지금 너무 쫓기고 있어. 일단 그곳에 적응해야지. 그리고 나도 지금, 이 커피에 취해야 하고."

● San Francisco-San Diego 연합. 근미래 시점인 작중 배경에서는 '미국'이라는 국가가 존재하지 않는다.

"지금 당신에게 필요한 건 카페인이 아니라 집에 가서 잠을 좀 자는 거야. 일부러 아파트에 안 들어가는 거야?"

"아마도." 캄란은 눈길을 돌리며 말했다.

"뭐, 너무 감상에 빠진 나머지 실험실 책상 아래서 잠들지 않게 조심해."

"가서 샤워나 해. 더러워 보인다. 머리카락에 기름기가 흐르네."

"아, 고마워. 멋쟁이 같으니라고."

"새삼스럽게 무슨."

작별 인사를 하지 않는 게 습관이 되어버린 캄란은 곧 깜박이며 사라졌다.

우리는 유전자 서열의 부호화와 신체 세포를 구성하기 위한 단백질 합성, 그리고 이러한 과정들을 제어하는 후천적 변화들이 얼마나 많은지도 모두 이해한다. 그러나 우리는 여전히 한 문장을 읽을 때 머릿속에서 무슨 일이 어떻게 일어나고 있는지는 이해하지 못한다. 의미라는 건 뇌가 신경단위로 계산하는 것도, 종이에 번져버린 근심스러운 잉크 자국도, 화면에 보이는 밝고 어두운 부분도 아니다. 의미는 그 어떤 질량이나 전하도 갖고 있지 않다. 의미는 그 어떤 공간도 차지하지 않지만, 세상을 바꾸는 힘을 갖고 있다.

— 하 응유엔 박사, 《바다는 생각한다》

4

알텐체체그는 간이 주방에서 완숙 달걀을 먹고 있었다. 테이블 위는 분해해놓은 엽총 부품들과 기름을 닦은 천 조각들, 터미널 몇 대와 다양한 전자 기기 부품들로 어질러져 있었다. 알텐체체그가 입은 진청색 커버올●의 팔 부분과 가슴 앞주머니 바로 위에는 계급 휘장이나 패치 등을 달 수 있는 찍찍이 띠가 빈 채로 달려 있었다. 턱선에 맞춘 길이의 단발머리는 흑발이지만 군데군데 흰머리가 섞여 있었다. 서른다섯 살이거나 마흔 살, 아니면 그보다 더 많을 것이다. 역경을 견뎌내며 궂은일을 도맡은 두 손은 두껍게 부어 있었다. 얼굴 왼쪽의 헤어라인을 따라 흩뿌려진 검은 반점들은 평범한 점으로 보일 수도 있겠지만, 하 박사는 참전 용사들을 잘 알고 있었다. 반점은 점이 아니라 포탄 파편에 맞아 생긴 흉터였다.

신선한 커피 향이 로비를 가득 채우고 있던 총기 윤활유와 오존, 곰팡이를 방치한 냄새를 밀어냈다. 창문을 통해 흐린 새벽빛이

● 상하가 붙은 작업복. 오버롤과 달리 소매가 붙어 있다.

짜디짠 바닷가 냄새와 함께 들어왔다. 알텐체체그는 달걀이 담긴 그릇과 커피 추출기 옆에 있던 토스트 더미를 턱으로 가리켰다.

"고마워요."

하 박사는 그나마 깨끗한 머그잔을 골라 커피를 따랐다. 주전자를 올려두는 보온 전열선이 잘 작동하지 않는지 커피가 별로 뜨겁지 않았다. 미지근한 커피를 단숨에 마셔버린 하 박사는 자리에 앉는 대신 달걀을 하나 집어 들었다. 테이블 가운데에 통역기가 기어, 달걀 껍데기, 빵 부스러기와 함께 정물화처럼 놓여 있었다.

"팀 리드는요?"

알텐체체그는 실눈을 뜨고 하 박사를 보더니 고개를 끄덕이며 엄지손가락을 홱 하고 테라스와 해변 쪽으로 가리켰다.

"좋은 아침입니다."

알텐체체그가 어깨를 으쓱하며 모국어로 인사를 하고 다시 달걀을 까기 위해 테이블 위에 굴렸다. 하 박사에게 그 인사는 '사인 이글루'라고 들렸다.

하 박사는 들고 있던 작은 종이 가방 안에서 마카롱을 꺼내 알텐체체그 앞에 두었다.

알텐체체그는 이게 뭐냐는 듯한 눈빛으로 하 박사를 쳐다보았다. 하 박사는 얼굴로 먹는 모습을 과장하며 표현했다. 그리고 자신을 가리키며 말했다.

"마카롱이에요. 제가 구운 거예요. 선물로 가져왔어요."

알텐체체그는 아무런 표정 변화 없이 하 박사를 쳐다보았다.

"농담이에요. 전 절대 이렇게 못 구워요. 호찌민 자유무역지대에서 사 왔어요. 그래도 맛은 좋답니다."

하 박사는 눈앞에 놓인 황갈색 코코넛 마카롱 한 덩이를 의심스러운 눈빛으로 노려보는 알텐체체그를 두고 나왔다.

하 박사는 달걀을 먹으며 금이 간 호텔 테라스 타일 바닥을 건너갔다. 해변을 바라보고 서 있는 팀 리드가 보였다. 키가 크고 말랐다. 하 박사가 지나가자, 수영장에 서식하는 무언가가 움직이더니 물속으로 풍덩 들어갔다.

바다는 잠잠했다. 파도가 이는 수면 위로 이른 아침의 진줏빛과 레몬빛 연무가 산들바람에 흔들리는 커튼처럼 반사되어 윤슬을 만들어냈다.

하 박사가 다가가자, 팀 리드가 뒤를 돌았다.

순간 멈칫한 하 박사는 모래밭에 발을 헛디딜 뻔했고 종이 가방을 떨어뜨렸다. 기다란 손으로 다양한 크기의 조개껍데기를 들고 있던 팀 리드는 하 박사가 제대로 일어설 때까지 기다렸다.

하 박사는 호텔 방 천장에 달린 스크린에서 한 인터뷰 방송을 본 적이 있다. 아이들을 위한 쇼부터 다큐멘터리까지 출연해 과학의 대중화에 기여하는 토킹 헤드● 중 한 명이 이 사람과…… 아니, '이것'과 인터뷰를 했었다. 에브림.

지금 하 박사 눈앞에 서 있는 팀 리드가 바로 에브림이었다.

살면서 실제로 만날 거라고는 전혀 예상하지 못했다. 그러니까 에브림은 우리가 화장실 거울 스크린이나 천장, 또는 얼룩진 지하철 창문에서나 볼 법한 존재였다. 화면 속에서 사람 같은 생김새로 사람처럼 말하지만, 그 어디에서도 살고 있지 않았다. 그들은 우리

● (TV 등에 나와서) 카메라에 대놓고 말하는 사람.

가 절대 들어갈 수 없는 뜬구름 세상 소속이었다. 무슨 일이든 일어나는 세상. 우리가 사는 재미없는 세상과는 다른 세상. 그리고 우리는 절대 그들을 실제로 만날 거라고 기대도 하지 않는다. 만날 수도 있지 않을까 하는 생각 자체를 하지 않는다. 그런 에브림이 진짜 이곳에 있었다.

에브림은 손을 내밀며 말했다.

"만나서 정말 반가워요. 박사님이 어서 도착하기를 기다리고 있었습니다."

하 박사는 살살 악수했다.

"제 손을 더 세게 잡으셔도 돼요. 개발하는 데 2억 5천 달러나 들었답니다. 대부분 군사적으로 사용되는 기술을 썼대요. 의수를 만드는 기술 같은 거죠. 쉽게 부러지진 않을 거예요."

에브림은 하 박사에게 미소 지어 보였다. 하 박사는 에브림의 두 눈에서, 에브림이 서 있는 모습에서 다른 뭔가를 찾으려고 무의식적으로 애썼다. 그러나 다른 점을 바로 찾아낼 수는 없었다. 에브림의 손은 새벽 바다만큼 찼지만, 그 내면의 따뜻함은 인간의 손이 가진 따뜻함과 완벽하게 유사했다. 조개껍데기를 찾아 모으고 있던 에브림의 손가락과 손바닥에 모래가 묻어 있었다. 악수를 너무 오랫동안 하고 있었다는 걸 깨달은 하 박사는 바로 손을 놓아주었다.

"하 웅유엔이에요."

"네. 하 웅유엔 박사님. 정말 반가워요. 제가 누군지도 알아보시는 것 같네요."

에브림은 다시 바다를 향해 돌아섰다. 하 박사는 자신이 무례하게 굴었다는 사실을 깨달았고, 에브림이 충격에서 벗어날 시간을 일부러 주고 있다고 느꼈다. 에브림은 하 박사보다 약 30센티미터 정도 더 키가 컸다. 얼굴과 팔다리가 길고 비율은 이상적이리만큼 완벽하게 아름다웠다. 누더기 같은 옷도 전시용 마네킹이나 런웨이 모델처럼 멋지게 소화해낼 것 같았다. 하 박사는 자신이 에브림을 남성으로 인식한다는 걸 깨달았다. '남성'으로. 하지만 에브림은 남성이 아니었다. 그는…… 그 사람은…… 뭐지?

제가 누군지도 알아보시는 것 같네요.

그랬나? 알고 있었나? 하 박사는 얼른 에브림이라는 존재가 뭐였는지 생각해보았다. 전해지는 바에 의하면 에브림은 인간이 최초로 만들어낸, 의식을 가진 존재였다. 마침내 실현된 안드로이드. 사기업이 진행한 단일 프로젝트 중 우주 탐험 다음으로 가장 고가인 프로젝트였다. 오직 인간이 개발한 '기술'이라는 힘으로 의식을 지닌 생명체를 창조했다며, 그야말로 인류가 고대하던 순간이라고 계속해서 광고해왔었다.

또한, 에브림은 영감이자 표적이었다. 일련의 법률들이 성급하게 제정되었고, 유사한 존재에 대한 제작 행위는 유엔 지배 체제에 속한 모든 국가를 포함해 세계 대부분의 통치 체제에서 불법이 되었다. 그러니까 에브림 그 자체는 (그녀 자체? 그 사람 자체?) 거의 모든 국가에서 불법이었다. 하 박사는 성을 구분하는 데 있어서 편협한 자신에 화가 났다. 에브림이라는 존재는 전 세계 곳곳에서 폭동을 불러일으켰다. 하 박사는 무장 강도들이 모스크바에 있는 디아니마 본사를 습격한 일과 파리에 있는 사무실에 폭탄이 투하됐던 일을 기억했다. 디아니마 기술부 부사장이 카리브해에서 탔던 요트는 DNA를 표적으로 삼는 비행 지뢰에 맞아 폭파되기도 했었다. 하 박사는 또한 호텔 방 천장 스크린에서 봤던 장면을 떠올렸다. 한 남성이 바티칸 성문 앞에서 자기 몸에 불을 질렀다.

'누군가는 살아 있는 자기 몸에 불을 질렀어. 그저 당신이 존재한다는 이유만으로. 기분이 어땠을까?'

그중에서도 하 박사를 가장 불편하게 한 사실은, 스스로도 에브림을 왜곡 없이는 맞춰 넣을 수 없는 범주에 끼워 넣으려고 한다는 것이었다. 에브림을 구멍에 맞는 모양을 끼워 넣는 아이 장난감처럼 딱 맞게 끼워 넣어야 한다거나, 성별을 구별해야 한다는 욕망에서 벗어나면 해결될 것이다. 하 박사는 서로 다른 국적을 가진 과학자들과 일해왔다. 일단은 영어로 말하는 (또는 생각하는) 습관이 들었기 때문에 '그'나 '그녀'처럼 시대에 뒤처지는 삼인칭 대명사를 쓰는 게 편했다.

하 박사는 자신의 제2외국어인 튀르키예어로 생각해보려고 했다. 튀르키예어에 있는 삼인칭 대명사 'o(오)'는 그 어떤 성별도 지칭하지 않는다. '오'라고 부르면 전혀 문제가 없었다. 영어의 '그' '그녀' 또는 단수형 '그들'까지 모두 아울렀다. 하 박사는 마음속으로 에브림을 '오'로 부르기 시작했다. 말 그대로 모든 걸 포괄하는 전체적 의미의 '오'였다. 그러자 풀리지 않은 성별 의혹이 사라졌고 내적 충돌도 희미해졌다. 그저 순수한 경외와 경탄만 남을 뿐이었다.

하 박사는 자기도 모르게 마카롱을 꺼내 들어 에브림에게 주었다. 인터뷰에서 에브림은 맛을 보고 냄새를 맡을 수는 있지만 먹지는 않는다고 했다. 그리고 잠도 자지 않으며, 모든 걸 기억한다고 했다.

'하지만 아무것도 잊지 않는다면 어떻게 인간이라고 할 수 있지? 절대 자지도, 먹지도 않고?'

에브림은 하 박사가 들고 있는 걸 보았다.

"이건 조개껍데기인가요? 바다 생명체인가요?"

"이건 마카롱이에요."

"그게 무슨 뜻인가요?"

"디저트 종류예요."

"아!" 에브림은 마카롱을 가져가 손바닥에 두고는 기다란 검지로 살펴보고 냄새를 맡았다. 그리고 미소 지었다.

"고마워요. 이런 걸 받은 건 처음이에요."

나는 현미경 아래에 죽은 이의 뇌를 두고 가지를 뻗은 신경세포를 노려보는 내 전임자를 생각한다. 그들은 고고학자가 조각조각 발굴해낸, 한때 물병을 들고 있던 사람의 기억에 가까워지지 못하는 것처럼 뇌 주인으로 존재했던 생명과도 가까워지지 못했다. 당시 신경과학계 선구자들은 눈앞에 보이는 신경 연결 지도, 한때는 요새였을 것의 흐릿한 토대를 대강 그려낼 수 있었다.

 그 반면에 이제 우리는 성 전체를 아주 작은 부분까지, 태피스트리 한 땀 한 땀뿐만 아니라 그 성안에서 살다가 죽은 궁인들이 세웠던 모든 계략까지 다시 건설해낼 수 있다.

> — 앤캐틀러 미너부도티어-첸 박사, 《**마인드*** 건설하기 Building Minds》

- 어떤 개념에 대한 심적인 의욕이나 경향, 또는 그것에 대한 주의력이나 인지도. 자아, 의식, 마음, 사고방식, 정신, 생각 등 여러 의미로 해석된다.

5

아스트라한에서도 쇠퇴한 도심 지역, 흰 칠을 한 크렘린 성벽 근처에 카페가 하나 있다. 수 세기 전에 이란 상인이 살던 집을 개조한 것이다. 러스템은 이곳에서 대부분의 업무를 처리했다. 카페의 전 주인은 이곳을 모스크 사원처럼 꾸며두었다. 금빛 나뭇잎과 석고 스퀀치*들이 돔 천장 아래서 넘실거렸다. 20세기 초에 고용된 건축가는 아르데코 스타일로 식물을 많이 들여 쾌적하고 아름답게 장식했다. 전체적으론 모스크 사원에 가까웠지만, 전 주인은 베일을 쓴 호리호리한 여성이 환상적인 샘에서 물을 긷는 그림이나 포도가 주렁주렁 달린 풍성한 나무 그늘에서 벤치에 기대어 있는 그림처럼 인간을 묘사하는 이단적인 애착을 벽화로 남겨두었다.

    시간이 흐르면서 화려했던 색이 빠지고 칙칙해졌다. 벽화 몇 점은 군데군데 벗겨졌다. 후에 서툴게 공사한 흔적은 그림을 더욱 망

• 첨탑이나 돔과 같은 상부 구조를 지지하기 위하여 정방형의 각 모퉁이를 가로질러 만든 작은 아치 또는 까치발 등의 장치.

쳐버렸다. 스스럼없이 목욕하는 아름다운 여인을 반으로 뚝 잘라버린 웨인스코팅 시공이나 술탄이 사자 사냥하는 걸 서둘러 끝내버린 출입구가 그랬다. 그러나 이 건축물은 수십 년에 걸쳐 아파트와 창고로 조각조각 나뉘어 사생활만큼은 확실히 보호해주었다.

카페는 작은 방들이 모인 미로 같았다. 방마다 나무 격자로 된 칸막이나 썩은 벨벳 커튼이나 예스럽게 도발적인 태피스트리들로 가려져 있었다. 마치 《아라비안나이트》 스타일과 러시아 제국 후기 스타일이 섞인 것 같았다.

현재 이 카페는 이스탄불 공화국에서 극악무도한 범죄를 저지르고 추방이라도 당한 것처럼 보이는 튀르키예인이 운영하고 있었다. 카페 1층에 놓인, 한 시간에 홍차 백 잔은 거뜬히 제공할 수 있을 정도로 거대한 황동 멀티 사모바르*가 내뿜는 김 속에서 주인장은 지나가는 사람들의 환심을 샀다. 튀르키예풍 커피를 얼마나 걸쭉하게 만드는지 물소도 가라앉을 것 같지 않았다. 그리고 카자흐인 한 명을 고용해 카스피해에서 빼돌렸다고들 하는 철갑상어를 숯불에 굽게 했다. 철갑상어는 양식으로 길렀다는 걸 모두 알았지만, 훔쳤다는 주장은 맛에 불법 향신료를 더해주었다. 마지막 카스피해산 철갑상어는 아마도 고요한 심해 바닥에서 말살을 피하고 있거나 이미 다 소비된 지 오래일 것이다.

튀르키예인 주인은 메시지를 전해주기도 했다. 터미널로 '딩동' 하는 소리와 함께 원치 않는 손님이 찾아왔다고 귀띔해주었는데, 이는 단골손님에게 무료로 제공하는 서비스였다.

● 러시아에서 찻물을 끓일 때 쓰는 큰 주전자.

아스트라한 공화국에 온 첫날부터 1년 가까이 이 카페를 사용 중인 러스템은 당연히 단골손님이었다. 초반에는 카페 3층의 커튼으로 가려진 작은 방에서 지냈다. 올리브와 페타 치즈, 완숙 달걀, 플랫 빵과 무화과잼으로 차려진 아침 식사로 하루를 시작하며 해가 질 때까지 수많은 날을 방에서 나오지 않곤 했다.

러스템의 일은 잘되었다. 언제나 다양한 재주를 가진 시민을 갈구하던 아스트라한 공화국은 러스템에게 여권과 의심스러운 보호를 제공하려던 참이었다.

오늘 러스템이 카페에 들어서자, 주인이 고개를 까딱이며 말했다.

"네 방에서 어떤 여자가 기다리고 있어. 압글란츠 마스크를 쓰고 있던데. 네 이름까지 정확히 대면서 묻더라. 미리 알고 있으라고."

러스템은 순간 도망쳐야 하나 생각했다.

아니, 모스크바가 러스템을 죽이려 한다면 이런 방식은 아닐 것이다. 러스템은 굳이 누군가를 직접 보낼 만한 인물은 아니었다. 러스템이 저지른 일의 정도로 봤을 때, 그가 받을 만한 벌은 기껏해야 골목길에서 그의 얼굴 반을 날려버릴 말벌 크기 자살 드론 정도였다. 그게 아니면, 아무 일도 일어나지 않을 터였다. 1년이나 지났는데 아직 러스템의 얼굴을 날려버리지 않은 걸 보면 후자 같았다.

"고마워요."

여자는 테이블 위에 철갑상어 숯불구이 그릇을 두고 있었다. 약 0.5초에 한 번씩은 변하는 압글란츠 마스크 때문에 두 눈이 어디에 있는지 정확히 알아볼 수 없었다. 남자였다가 여자였다가 일시적으로 매력적인 제3의 성을 가진 혼합물이 되기도 했다. 어떤 건 아름다웠고 어떤 건 평범했고 또 어떤 건 끔찍했다. 저들은 실제 사람일까? 아니면 무작위로 생성된 구조물일까?

여자는 손이 작았고 손톱에는 금색 매니큐어를 바르고 있었다. 백금으로 염색한 손가락의 두 번째 마디부터는 철갑상어 기름으로 반짝거렸다. 그릇을 보니 요리를 반쯤 먹어 치운 상태였다. 러스템이 방 안으로 들어갔을 때 여자는 음식물을 씹고 있었다. 입 여섯 개와 치아 여섯 세트가 만족스럽게 우물거렸다.

'이 여자 되게 잘 먹네.'

음식에 큰 관심이 없는 러스템에게도 카페에서 파는 철갑상어는 정말 맛있었다. 그는 커피도 섭취할 수 있는 카페인의 양만큼만 즐길 뿐이었다. 그래서 주인장이 만들어주는 진득한 커피를 좋아했다.

사실 러스템은 활동량이 많다기보다는 몇 시간이고 터미널을 끼고 앉아 자신만의 업무 세계에 빠져 있다가 창문을 비추는 빛이 사라질 때쯤 허기를 느끼며 정신을 차리곤 했다.

러스템은 신경망에 침입할 때 VR이나 3D 모델을 사용하지 않았다. 어릴 때부터 그런 프로그램을 사용할 정도로 여유롭지는 않았다. 타타르스탄 공화국의 작은 도시 엘라부가에서 살던 시절에는 시간당 돈을 내고 사용하는 오래된 피시방에서 직접 조립한 때 묻은 터미널들로 초기 작업을 수행했다. 곰팡이가 가득한 지하 피시방은 러스템이 태어나기 백 년 전쯤 공산당 본부로 쓰이던 곳이었다.

러스템은 VR 대신에 부모님이 싸움을 멈추지 않았던 방 한 칸짜리 집에서 터득한 원초적인 집중력을 갖고 있었다. 현실에서 사라져 자신만의 세계로 들어가는 법을 배운 것이다.

피시방에서 그는 정확한 백도어* 위치를 찾는 모델들을 마음속으로 개발했다. 다른 사람들이 서로를 공격하며 폭파하고 욕설을 퍼붓느라 정신이 없을 때 러스템은 이런 해킹 시스템을 독학했다. 집 밖에 있었지만, 집 안에 있는 것과 다르지 않았다.

그리고 집 안에 있을 때도 사실은 밖에, 그만의 신경망 세계 안에 있었다.

그나마 성인이 돼서는 아무 방해도 받지 않는 조용한 곳에서 작업할 수 있었다. 갈라지다가도 서로 만나기를 반복하는 신경망 패턴과 기억 루틴의 막다른 골목이나 순환 속에 몇 시간이고 깊이 빠져들 수 있었다.

러스템은 다 해진 가죽 숄더백을 바닥에 던져두고 자리에 앉았다. 10초쯤 지났을 때 웨이터는 카발티**와 커피 두 잔과 물 한 잔을 찌그러진 주석 쟁반에 들고 왔다.

여자는 백금 손가락을 깨끗이 닦고 테이블 위에 터미널 한 대를 내려놓았다. 주문 제작한 고가의 새 제품이었다.

여자는 웨이터가 떠나기를 기다렸다가 입을 열었다.

"2년 전에 누군가가 무인 화물선 연결망에 원격으로 침투한 적이 있어요. 그 결과 마르마라해에서 항해 중이던 요트 한 대를 박살 냈고요. 잘 알려지지는 않았지만, 모스크바에서 꽤 영향력 있는

● 하드웨어나 소프트웨어 등에 몰래 탑재되어 정상적인 인증 과정 없이 보안을 해제할 수 있도록 하는 악성코드.
●● 튀르키예식 아침 식사.

신흥 재벌 한 명이 사망했어요."

요트 선원과 그 신흥 재벌의 새 신부에게는 안된 일이었다. 하지만 그걸 피할 방법은 없었을 것이다. 때로는 혼자만 감당할 수는 없는 일도 생긴다.

압글란츠 마스크 때문에 어조와 특징이 다 사라져버린 목소리가 이어졌다.

"1년 전에는 누군가가 카타르 고층 건물에 정비 로봇을 심어 이란 사업가 한 명을 계단 난간에서 30미터 아래 돌바닥으로 떨어뜨렸어요."

'그건 완벽했네.'

러스템은 으쓱하며 말했다.

"누군가가 그런 일들을 일부러 벌였을 수도 있지만, 아무도 손대지 않았을 수도 있어요. 전 두 사건 모두 인공지능이 간섭했다고는 못 들었거든요. 무인 화물선은 언제든 사고가 날 수 있고 저라면 정비 로봇을 제 근처에는, 그러니까 제가 쓰는 수건 근처에도 오지 못하게 할 테니까요. 꽤 결함이 많거든요."

누군가가 일부러 무인 화물선을 고장 내야 사고가 나는 건 맞다. 그리고 러스템이라면 나쁜 의도를 가진 사람, 관점에 따라 좋은 의도를 가진 사람이라도 일단 사람의 손에 들어간 정비 로봇이 어떤 일을 저지를 수 있는지 알기 때문에 근처에도 두려고 하지 않을 것이다.

"이건 어떻게 생각하세요?" 여자는 터미널을 러스템에게 밀며 물었다.

러스템은 첫 20개의 화면을 훑어보았다. 이건 신경망 빙산의 꼭대기에 불과했다. 러스템이 고개를 드니 여자는 두 손을 깍지 껴 테이블 위에 올려둔 채 그대로 앉아 있었다.

"이게 가능했다니 말도 안 돼요."

"최고 능력자가 했다고 해도요? 그러니까, 소위 '바쿠닌'이라고들 부르는 자가 했다면요?"

"여기 첫 번째 화면 왼쪽 윗부분만으로도 인공지능 무인 화물선이 가진 마인드를 5백 개나 그려낼 수 있어요. 당신이 이런 일에 끌어들이려는 자가 누구든 간에, 제안 금액의 절반을 실패하는 값으로 요구할 수도 있다고요. 그건 정말 큰 액수겠지요. 그리고 당신은 그 돈을 갖다 버리는 거나 마찬가지고요."

여자는 일어섰다.

"글쎄요. 그 사람이 은행 계좌에 찍힌 천문학적인 액수를 본다면, 바로 작업을 시작해야 한다는 건 알 거 같은데요."

여자는 커튼을 한쪽으로 밀며 말했다.

"만나서 반가웠어요, 러스템."

"저도요. 터미널 가져가야지요."

"아니요, 그건 당신 거예요."

우리는 타인의 의식을 가늠하고 인식하는 방법에 동의하지 않을 뿐 아니라, 우리의 의식조차 '증명해 보일' 수 없다. 과학은 종종 오렌지 향이 어떤지, 사랑에 빠지면 어떤지와 같은 감각질을 무시해버리곤 한다. 그렇게 의식이라는 건 이론과 은유만으로 남는다. 경험의 흐름. 이상한 고리.● 무에서 유. 이건 모두 만족스럽지 못하다. 사전적 의미는 우리를 교묘히 빠져나간다.

— 하 응유엔 박사, 《바다는 생각한다》

● Strange Loop, 인지과학자 더글러스 호프스태터의 개념에서 착안하였다. 무한한 자기 참조 루프를 통해 진정한 자기 인식에 이르는 길을 은유한다.

6

오토몽크들은 판석 뜰 한쪽 옆에 설치된 마니륜*을 지나갈 때마다 손가락이 세 개뿐인 은백색 손으로 바퀴를 하나씩 돌렸다. 마이크가 장착된 입으로는 '나무 묘호 렌게 교'라고 외쳤다. 하 박사는 오토몽크 한 명 한 명이 모두 다르듯 목소리도 다 다르다는 걸 깨달았다. 부드럽고 오래된 상아색 머리는 아래로 기울어져 있었다. 명상하듯 반쯤 감긴 두 눈에는 눈동자가 없이 육각형 빛 수용체들이 어둡게 모여 있을 뿐이었다.

늦은 아침 햇살을 받은 이 순간, 사원의 뜰은 하 박사가 지금까지 본 것 중 가장 아름다운 광경이었다. 하 박사는 종교적인 감정을 더욱 이해하고 싶었지만 그런 능력은 없었다. 하지만 이 장면을 바라보기만 해도 감정이 충만해지는 걸 느꼈다. 커다란 고무나무들이 녹아내리는 거인처럼 그늘진 안뜰, 산들바람에 살랑거리는

● 티베트 불교(라마교)에서 사용하는 법구. 기도를 하면서 한 번 돌리면 경전을 한 번 외운 것과 같다고 한다.

빛바랜 오색 타르초*들, 반손 파고다의 우아한 곡선을 따라 피어오르는 향냄새. 그리고 무엇보다 꼰다오 군도에서 바라보는 투명하고도 맑은 하늘이 더해져 절정을 이루었다.

하 박사는 꼰다오에 머무르는 동안 이곳에 자주 들러야겠다고 생각했다. 여기서라면 집중할 수 있을 것 같았다. 분명 생각이 많이 필요할 것이고, 그녀에겐 혼자 있는 시간이 간절했다. 물속에서나 한적한 해변에서 몇 시간씩, 고독한 시간은 항상 필요했다. 아무도 없이 혼자 있는 곳이라면 어디서든 생각을 집중할 수 있었다. 그리고 이 사원이라면 문제를 해결하는 데 도움이 될 것 같았다.

해결해야 할 문제. 하 박사는 이미 마음속으로 그 문제를 뒤집어 보고 있었다. 그 문제는 어느샌가 의식 깊숙이 들어와 그녀에게 부딪혔다. 생각들은 표면 위로 스칠 때마다 간헐적으로 엿보일 뿐이었다.

'서로 소통할 수 있는 공동체를 만들어야 해.'

하 박사는 어느새 생각에 빠져들었다.

'그 상호작용은 우리 인간들처럼 신체 모양과 공동체를 구성하는 형태에 따라 좌우될 거야. 그들의 생각은 거기에서 읽어낼 수 있을 거야. 생각. 거기서부터 시작하자. 그들이 어떻게 소통한다고들 하지? 그 소통을 어떻게 받아들여야 한다고들 하지? 그게 모두 긍정오류가 아니라면, 또 다른 막다른 길이 하나 더 있는 것도 아니고 내가 지금까지 찾아 헤맨 것과도 전혀 다르다면……'

"오토몽크들은 자기 의식이 있나요?" 하 박사가 물었다.

• 티베트 불교 경전이 쓰인 깃발.

에브림은 하 박사에게서 고개를 돌려 저 아래 바다로 향해 있는 파고다 뜰의 낮은 돌벽을 바라보았다.

"논란의 소지가 있어요. 의식이라는 개념 그 자체부터요. 오토몽크는 복잡하고 겹겹이 쌓인 비범한 사고를 하지만 동시에 그저 컴퓨터 프로그램에 의한 일련의 작업을 수행하는 것뿐이기도 해요. 셰골레프 스케일에서 0.5점을 받았대요. 이 점수는 가축 수준의 권리를 갖고 있다는 뜻이에요. 그러니까 명백한 학대는 금지되고, 인도적으로 해체나 폐기가 가능한 정도지요. 오토몽크는 각자 실제 티베트 수도승의 마인드 신경망을 갖고 있어요. 티베트 불교 공화국은 비용을 조금도 아끼지 않았지요. 철학이나 종교, 삶을 바라보는 시각에 관해서는 물어볼 수 있어요. 지금은 이 세상에 없지만 그 모델이었던 실제 수도승처럼 대답할 거예요. 걸어 다니는 기억 저장소라고 보시면 돼요. 그저 지금은 자동화된 상태라서 명확한 자기 의지가 뚜렷하지 않을 뿐이에요. 혹시 제 개인적인 생각을 물으신 거라면, 오토몽크는 스스로 생각하지 못한다고 대답하겠어요. 그들은 앞으로 나아가지 않아요. 미래에 대한 인식이 없는 거죠. 박사님이 '의지'라고 부르는 것 말이에요. 오토몽크들은 그저 열성적인 과거 수도승들의 마인드 백과사전 아니면 마인드를 지도처럼 기록한 존재 같은 거예요. 하지만 지도는 실제 영역과는 다르지요."

"끔찍하네요."

"저들 중 몇몇은 학습에 반응했다는 주장도 있어요. 전 믿지 않아요. 제가 보기에 저들은 그저 인간 같은 로봇이에요. 이 섬이 비워졌을 때 티베트는 사원을 없애는 걸 반대했어요. 그래서 이렇게 남아 있는 거예요. 우리는 티베트 불교 공화국이 성스럽게 여기던 혼베이깐의 거북이 보호 구역을 지키는 오토몽크 여섯 명을 떠안게 되었지요."

"사원이랑 보호 구역은 하노이 정부 소유여야 하는 거 아닌가요?"

"아니요, 하노이 정부는 호찌민 자유무역지대에 있는 모든 사원을 그 하위 정부에 양도했어요. 그리고 자유무역지대는 평소처럼 사업하듯 사원들을 티베트에 매각했고요. 물론 다른 형태의 불교를 믿는 불자들에게는 안타까운 일이었지요. 베트남의 신보수주의자들도 격분했고요. 하지만 거절할 수 없는 액수였던 거예요. 우리가 섬을 인수했을 때 이미 꽤 긴 협상이 진행되고 있었어요. 티베트 불교 공화국이 쉽게 받아들이지 않았거든요. 그들은 섬에 있는 모든 사원과 성지를 통제하고 싶어 했어요. 이곳에도 해변 수도원을 짓고, 다른 토지까지 사용하길 원했고요. 티베트인들은 흥정하는 데 정말 까다로워요. 예전에 미녀부도티어-첸 박사님이 했던 말을 기억해요. 티베트가 과연 민족국가인지, 종교 단체인지 아니면 기업인지 모르겠다고 했죠. 확실히 그들은 세 가지를 모두 이용하면서 유리한 쪽으로 판결을 유도하는 법을 정확히 알고 있었어요. 결국엔 군도의 모든 사원과 거북이 보호 구역이 영구적으로 티베트에 넘어갔어요. 꼰다오에서 그들을 완전히 몰아내는 건 불가능했지요. 그래서 디아니마는 진짜 인간 수도승이 아닌 오직 오토몽크만 허락한다는 조건을 제시했어요. 오로지 드론을 통해서만 보급품을 투하하고 로봇으로만 유지 보수를 하라는 조건도 있었죠. 우린 다들 싫어했어요. 알텐체체그도 그들이 보안을 위반할까 아주 긴장하고 있고요. 그렇지만 제가 보기에도 오토몽크들이 기도문을 읊조리고 명상하고 거북이 알을 수집하고 안전하게 풀어주는 행동들이 누구에게 해를 끼치는 것 같지는 않아요."

오토몽크들이 징 소리가 울리는 탑 안으로 들어갔다. 한 명만이 뜰에 남아 무화과 화분에 물을 주었다. 하 박사는 남아 있는 오토몽크를 바라보던 에브림이 혐오스럽다는 듯 얼굴을 찡그리는 걸 보았다.

"당신은 저들을 싫어하는군요?"

"맞아요. 저들은 어딘가 괴상하고 역겨워요. 아마 당신이 원숭이를 볼 때랑 같은 느낌일 거예요. 불안하잖아요."

"전 원숭이들이 불안하지 않던데요. 보통 사람들도 다 그렇게 생각할 거예요."

"그래요? 사람들은 원숭이를 꽤 골칫거리라고 생각하는 줄 알았어요. 사람과 매우 비슷하지만, 수준이 낮잖아요. 실패한 시도처럼요."

"제가 보기에 사람들은 그렇게 생각하지 않아요."

에브림은 으쓱하더니 떠나려고 몸을 돌렸다. 수송 차량은 에브림과 하 박사가 다가오는 걸 느끼고 스스로 엔진을 가동했다.

"영상은 보셨죠?"

"아니요."

에브림은 파고다의 가파른 석조 계단을 내려가다 말고 물었다.

"미너부도티어-첸 박사님을 못 만났어요? 두 분이 만나기로 했다고……."

"못 만났어요. 대신 4번 대리인을 보냈더라고요. 자리에 없다면서요."

"그럼, 이야기를 못 들으신 거예요?"

"그러니까, 뭐 제가 여기 온 이유를 대충은 알지요. 계약하기 전에 이미 이야기된 내용이니까요. 하지만……."

"하지만 제가 지난 6개월 동안 이곳에서 수집한 세세한 내용은 말해주지 않았군요."

"맞아요. 자세히 듣지는 못했어요."

"이상하네요. 미너부도티어-첸 박사님이 박사님과 먼저 한 약속을 못 지킬 정도면 정말 중요한 일이었나 봐요."

"아니면 에브림 당신이 대신 말해줄 거라고 믿었던가요. 나에게 설명해줄 수 있을 거라고요. 결국, 당신이 팀 리드잖아요."

"그렇지요. 제가 팀 리드지요……. 그리고 제가 왜 여기서 이 연구를 안내하는지도 궁금하실 거예요. 그에 대해선 더 간단하게 또는 더 복잡하게 대답할 수 있어요. 미너부도티어-첸 박사님은 항상 이런 식이었지요. '이유는 절대 단 하나일 수 없다.' 제가 이곳에 있는 데는 타당한 이유 몇 가지가 있어요. 저는 제가 한 번이라도 본 건 절대 잊지 않아요. 그리고 지상에서만큼 수중에서도 문제없이 작동할 수 있답니다. 하지만, 누가 이런 이야기를 해준 건 아닌데요, 제가 여기에 있는 진짜 이유는 제 능력치를 시험해보기 위해서인 것 같아요. 인터뷰나 실험실에서 했던 인지능력 테스트 같은 것과는 다른 방법으로 제 마인드를 더 시험해보고 싶은 거지요. 적어도 그게 제 의견이에요."

"그래서 그 테스트는 잘돼가요?"

"지금까지는 제가 이 일에 아주 적합한 사람, 바로 당신을 찾아야 한다는 것과 그들이 원하는 대로 헌신해야 한다는 것을 깨달을 정도론 똑똑하다는 걸 증명해 보였죠."

"사실 그건 정말 앞서가는 생각이에요. 그렇게 겸손할 수 있는 사람은 별로 없어요." 하 박사가 말했다.

"겸손이 아니에요. 그저 솔직할 뿐이죠. 지난 6개월 동안 전 이 문제를 해결할 수 없다고 생각했었어요. 제 한계라고 생각했지요. 그리고 박사님도 그렇게 훌륭한 책을 쓰셨지만, 솔직히 이 문제를 해결할 수 있을지는 모르겠어요. 하지만 우리가 해낼 수 없다고 단정지을 수는 없겠지요."

에브림이 미소 지었다.

그때 하 박사는 보았다. 바로 이거였다. 휴머노이드 인공지능을 더는 만들어내지 않는 이유가 여기에 있었다. 에브림이 지은 미소는 완벽했다. 진실하고 꾸밈없는 게 진짜 인간과 다르지 않았다. 그래서인지 그 미소는 내 죽음의 그림자를 마주하는 것 같았다. 에브림이라는 존재가 나라는 존재를 시사했다. 내가 그저 미리 프로그램된 충동들이 무리 지어 끊임없이 반복되는 기계 그 이상이 아니라는 것이다. 만약 에브림에게 정말 의식이 있고 누군가에 의해 제작된 존재라면 나 역시 그런 존재일 수 있다. 스스로 자유의지가 있다고 착각한 채 걸어 다니는, 살덩이로 덮인 뼈대라는 물질에 불과하다. 우연히 만들어졌거나, 또는 즉흥적으로 가능성을 시험해 보기 위해 만들어진 것이다.

"안드로이드를 만드는 진짜 이유가 뭐지요?" 인터뷰 영상에서 사회자는 미너부도티어-첸 박사에게 물었다.

"왜 그렇게까지 수고를 들여 기계를 인간처럼 만드는 거죠? 그냥 인간을 만들어내는 건 거의 비용이 들지 않잖아요?"

미너부도티어-첸 박사는 대답했다.

"인류가 가장 위대하면서 가장 끔찍한 이유는 바로 이거예요. 우리는 결국, 우리가 해낼 수 있는 일은 반드시 하겠다는 마음을 가졌지요."

하 박사와 에브림은 파고다의 계단을 내려갔다.

우리에게는 마인드를 이루는 물리적 연결고리보다 더 많은 것이 있다. 그러나 이 물리적 기질을 부인할 수는 없다. 치킨을 먹어봤다면 본 적이 있을 것이다. 당신의 접시에 놓인 희끄무레한 끈 같은 것들이 바로 신경이다. 지구상의 그 어떤 살아 있는 정교한 마인드도 똑같이 기능할 수 없는, 살덩이들을 연결하는 증거인 축삭돌기 더미다.

당신은 정신에 관해 원하는 대로 주장할 수 있다. 그러나 신경계에서 발사하는 수십억 개의 시냅스로 이루어진 커넥톰 없이는 아주 단순한 기억조차도 하지 못할 것이다. 당신이 기억하는 레모네이드에 관한 기억은 모두 전기화학적 번개가 미시적으로 살을 통과하는 것이다. 그래서 나는 마인드들을 '건설한다'라고 표현한다. 마인드들은 벽돌로 지어진 벽만큼이나 물리적이다.

— 앤캐틀러 미너부도티어-첸 박사, 《마인드 건설하기》

7

에이코는 녹이 슨 막사 창문의 창살 너머로 선박의 가공 갑판을 바라보았다. 추위를 견디려고 재활용한 플라스티다운* 담요를 덮고 있었다. 태풍이 일었다. 선박은 거친 파도를 타며 걷잡을 수 없이 흔들리고 빙글빙글 돌았다. 막사는 공포에 떤 사람들의 땀내와 토사물 악취로 가득했으나 최악의 순간은 지나갔다.

에이코는 토사물 악취에서 벗어나고 싶어 창살에 얼굴을 지그시 눌러댔다. 소금물이 스프레이처럼 양 볼에 뿌려졌다. 분홍색으로 희석된 핏물로 넘쳐나는 아래층 갑판에서 아침에 잡은 생선을 대량으로 도살해 가공하는 고약한 악취가 올라왔다. 그 냄새가 차라리 나았다.

컨베이어 벨트에서 가공 작업이 분주하게 이루어졌다. 가공 작업 로봇들이 칼날로 생선의 배를 가르고 내장을 꺼내 플라스틱 양동이에 섞어서 버렸다. 컨베이어 벨트를 통해 가공실로 이동된 손

● 플라스틱을 재활용해 다른 솜털과 함께 충전해 만든 소재.

질 생선들은 블록 형태로 급속 냉동된 후 냉동실 저장고로 보내졌다. 가공 작업의 동선은 무척 효율적이고 기계적이었다. 컨베이어 벨트는 허투루 쓰는 에너지 없이 로봇을 이용했다. 갑판에는 녹슬고 찢어진 기계 바닥 판이 보였는데, 바로 가공 작업을 수행하던 로봇들이 있던 자리였다.

로봇들은 세심한 관리가 필요했다. 해상에서 일어나는 온갖 기상 재해에 민감했고, 전기와 소금물은 좋지 않은 조합이었다. 로봇들은 녹이 슬고 부패하고 합선을 일으켰다. 비용도 많이 들었다.

우린 더 나은 로봇을 만듭니다. 유지 비용은 더 적게, 소모성은 더 높게.

경비요원 한 명이 기중기 기둥에 기대어 어깨 위에 튀어나온 담배 튜브를 빨았다. 한 손은 슬링에 매달려 달랑거리는 소총 손잡이에 하릴없이 올려둔 채 구름을 만들어 불어냈다. 두 눈에는 초점이 없다. 에이코는 아직 이 경비요원의 진짜 이름을 알지 못했다. 다른 경비요원들은 그녀를 '몽크'라고 불렀다. '몽크'는 절대 입을 열어 말하는 법이 없었으나 에이코는 몇 가지 알아냈다. 남아프리카 제한 통치 지역 용병, 코트디부아르 LGA 파리 보호령 군인. 몽크는 언제나 회색 옷을 입고 있었다. 언제나 메고 다니는 소총과 허벅지에 찬 칼 외에도 다른 무기를 휴대하고 다녔다. 벨트에는 여러 장치가 달려 있었다. 상대를 통제하고 기절할 때까지 때릴 수 있는 회초리뿐만 아니라 에이코로서는 용도를 짐작할 수 없는 다른 것들도 있었다.

경비요원들은 소지한 무기들을 아꼈다. 그들은 소총과 칼 등 무기를 이것저것 갖고 다녔다. 특히 칼을 좋아했다. 서로 그 칼을 어디서 샀는지, 언제 그 칼을 사용했는지 자랑하곤 했다. 요원들은 모두 첨단 소재로 되어 있고 지퍼와 숨겨진 주머니가 달린 옷을 입었다. 정해진 유니폼을 입지 않아도 결국 똑같은 옷을 입은 것처럼 보였고 다른 배경을 갖고 있어도 결국 다 똑같이 생긴 것처럼 보였다. 남자들은 모두 단백질로 다져진 아주 큰 몸집을 가졌고 수염을 길렀으며 목소리가 우렁찼다. 머리를 밀지 않은 이들은 머리카락을 길게 길렀다. 이들은 모두 행동이 거칠었다. 소총 개머리판으로 서로를 때리고 큰 소리로 웃으면서 밀쳤다.

그에 비해 여자들은 달랐다. 머리가 짧은 여자들은 모두 조용했다. 눈은 항상 반쯤 감고 다녔는데, 그렇게 하면 덜 약해 보인다고 생각하는 것 같았다. 실제로 여자들이 남자들보다 더 강했다.

에이코가 지금까지 본 경비요원은 모두 여덟 명이었다. 남자가 여섯 명, 여자가 두 명이었다. 더 있을 수도 있겠지만 에이코는 여덟 명이 다라고 확신했다. 선박은 큰 편이었지만 그렇게까지 크지도 않았다. 선박에 탄 지 74일이 지났다. 그동안 요원들의 이름을 거의 다 외웠고 요원들의 습관과 과거도 어느 정도는 알았다.

에이코는 터미널이나 펜, 종이가 없었기 때문에, 마음속에 세운 기억 궁전에 이 정보들을 보관했다. 에이코의 기억 궁전은 일본식 여관이었다. 아무 여관이 아니라, 도쿄와 교토 사이에 있는 동해도 길에 위치한 미나구치야●였다. 에이코는 한 번도 미나구치야에 가본 적은 없지만, 올리버 스타틀러라는 재일 미국인이 쓴 오래

● 에도 시대에 신분 높은 사람들이 머물던 숙사로 황족이나 정치가, 문화인이 별장이나 여관으로 이용했다고 한다. 올리버 스타틀러의 저서 《일본 여관Japanese Inn》에 등장한다.

된 책에서 읽었다. 미나구치야가 운영되던 전 세대에 걸친 모든 방들이 책 속에 묘사되어 있었다.

에이코는 그렇게 기억된 시간과 방들 안에 경비요원들의 이름을 하나씩 넣어두었다. 그리고 기중기가 대략 어느 정도 길이인지, 그 옆에 쓰인 의미를 알 수 없는 태국어가 어떻게 생겼는지, 문마다 달린 잠금장치가 어떻게 생겼는지, 에이코나 다른 이들이 일하지 않을 때 머물던 철창으로 둘러싸인 막사에서부터 계단을 몇 개 올라야 하는지 등등 선박에 관해 알게 된 세부 사항들도 모두 그 방에 간직했다.

에이코는 가공 갑판과 급속 냉동실, 좌현과 난간의 구조까지 자세히 알았다. 조타실을 둘러싼 두껍고 불투명한 강화유리와 철제문 너머에 있는 수중 음파 탐지기, 둑과 모래톱의 지도, 저인망 어업 방법과 시장가격 정보로 가득 찬 선박의 인공지능 시스템을 관찰했다.

굳게 닫힌 조타실의 강화 철제문 위에 영문으로 글자가 새겨져 있었다. 울프 라르센, 선장.* 에이코가 이게 뭔지 물었을 때 다른 선원, 그러니까 다른 노예는 쓴웃음을 지으며 말했다.

"그냥 웃기는 말이야. 무슨 오래된 영화인가 책에 나왔던 이름이지. 저 문을 열면 인공지능 핵심부 외엔 아무것도 없어. 엔진과 항해 방향을 제어하는 거야. 우리가 언제 어디로 가는지 결정해주지. 물고기들을 쫓아 이익이 될 만한 방향을 따라가면서 언제 정박해야 할지도 결정하긴 하는데, 그건 너랑은 상관없단다, 꼬마야.

* 잭 런던의 소설 《바다 늑대 The Sea Wolf》에 나오는 등장인물로 '고스트호'라는 배의 선장.

정박하게 되면 아무도 우리를 볼 수 없게 가둬두거든. 냉동실 바로 옆에 붙어 있는 가공실에 말이야. 어떨 때는 며칠씩 가두기도 해. 그때가 되면 추위라는 게 뭔지 제대로 이해할 수 있을 거야. 날 믿어. 지금 여기에 있는 게 훨씬 나아."

이 이야기를 해준 선원은 토머스였다. 런던에서 온 토머스는 석사 연구를 하던 파고파고*에서 납치당했다. 토머스와 에이코는 처음으로 대화한 날부터 친구가 되어, 막사 안의 폴리넷** 해먹에 누워 자고 바다늑대호가 제공하는 단백질 어묵과 비타민 보충제를 먹으며 우정을 쌓았다.

에이코가 선박에 올라탄 지 28일째 되는 날에 바다늑대호는 태평양 폭풍을 맞았다. 느슨하게 풀려 있던 줄이 갑자기 팽팽해지며 토머스의 가슴을 때렸고, 그는 진회색으로 놀치는 파도 속으로 떨어졌다.

사라졌다.

에이코는 토머스라는 이름을 미나구치야의 스무 번째 방에 넣어두었다. 이 방에는 열린 유리문 사이로 여관 정원에서 부는 시원하고 상쾌한 바람이 들어왔고, 동해도 길의 북적거리는 소음이 들렸다.

컨베이어 벨트 하나가 움직이지 않았다. 선원들이 벨트를 고쳐보려고 하자 몽크가 걸어왔다. 몽크는 엄지손가락을 안전장치에 갖다 댄 소총을 들고 3시에서 9시 방향으로 훑고는 6시 방향으로

● 남태평양 폴리네시아 아메리칸사모아의 입법·사법상의 수도.
●● 폴리에스테르 섬유로 만든 망사.

총구를 홱 틀었다.
 이 총은 언제든 발사될 준비가 되어 있다. 그 순간이 온다면, 그녀를 이기기는 쉽지 않을 것이다.
 그날 저녁 플라스티다운 담요를 두르고 해먹에 누워 저무는 하루를 바라보는데 꽤 두꺼운 진눈깨비가 바람에 날리는 재처럼 막사의 녹슨 철창 사이로 들어왔다. 에이코는 몽크와 관련된 정보를 하나 더 도쿠가와 시대의 미나구치야 정원에 있는 석등 안에 조심히 넣었다.

그 어떤 똑똑한 동물도 문어처럼 반사회적이지 않다. 홀로 돌아다니기를 좋아하는 문어는 동족과 함께 지내기보다는 오히려 그들을 잡아먹기도 하다가 되는대로 성교한 후 노화되어 죽는 운명이다.

호머는 문어들이 '부족도, 법도, 정情도 없이 사는 종족'이라고 맹렬히 비난했다. 이렇게 비극적이게도 짧은 수명을 가진 종족의 외로움은 문화를 만드는 데 극복할 수 없는 장벽을 제시한다.

하지만 이 책을 통해 묻고 싶다. 만약 그렇지 않다면? 만약 오래 사는 문어 종이 세대 간에 사회성을 교류한다면? 만약 우리가 모르는 그런 종이 이미 존재한다면? 그렇다면 어떨까?

— 하 응유엔 박사, 《바다는 생각한다》

8

"그건 지능 문제가 아니에요." 하 박사가 말했다. "우린 지금까지 문어의 지능을 확인할 수 있는 신호들을 수도 없이 봐왔어요. 창의성, 다단계 문제해결, 그리고 높은 수준의 개성까지도요. 게다가 여러 일화도 있었잖아요. 밤만 되면 자기 탱크에서 기어 나와 수족관 복도를 걸어 다니다가 다른 탱크 안에 있던 물고기들을 잡아먹고 다시 자기 탱크로 돌아와 뚜껑까지 닫아두었다는 이야기부터 탱크에 연결된 펌프 시스템을 타고 바다로 도망간 이야기, 원치 않는 빛에 반응해서 물줄기를 쏘는 바람에 누전되고 결국 전기가 끊겼다는 이야기도 있고요. 사람들의 얼굴을 알아보고 병뚜껑을 열어 안에 있던 음식을 꺼내고 미로를 통과하는 방법을 기억하는 문어 이야기들도 모두 사실이에요. 우린 모두 이걸 알고 있어요. 게다가 문어들은 지능적일 뿐만 아니라 매우 개성적이기도 해요. 각자 다른 개성을 갖고 있다는 거지요. 우리가 알아볼 수 있는 문어의 특성 중 하나이기도 해요. 수족관에 가면 자원봉사자들이 종종 돌고래나 수달, 문어에게 이름을 붙여주고 부르지요. 돌고래나 수

달 같은 포유류는 그래도 인간이랑 가까운 종이라니까 이해할 수 있어요. 그런데 문어는 두족류예요. 우리 인간들과는 완전히 다른 종으로 마지막 공통 조상은 아마 5억 년 전에나 있었다고요. 그런데 왜죠? 인간은 문어가 우리와 얼마나 다른 종인지와는 상관없이 이름을 붙여줘요. 문어에게서 뭔가를 인지하기 때문이지요. 뭔가 공통점이 있다는걸요. 문어를 연구하지 않는 사람들마저도 어느 정도는 인정하는 사실이에요. 문어들에게는 뭔가 특별한 점이 있고, 우리 인간들도 오랫동안 그 사실을 알고 있다는 거지요."

하 박사와 에브림은 호텔로 돌아와 습지 근처의 수영장 옆에 있는 이동식 연구 기지 한 동을 둘러보고 있었다. 다른 한 동은 알텐체체그가 혼자 사용하는 보안 모듈이었다. 그곳은 이동식 지휘 본부로 군도 전체를 감시하는 알텐체체그만의 소규모 군대, 무인 무장 헬리콥터나 자폭용 쿼드콥터*를 조종할 수 있는 인터페이스들로 가득했다. 하 박사는 그 모듈 안에 있는 것들에는 관심이 없어 그저 대충 둘러보았다.

하 박사와 에브림이 있는 연구동은 실험실이었다. 생물학 장비, DNA 분석 기계, 3D 생체 인쇄기와 별로 사용하고 싶지 않은 해부 실험대가 놓여 있었다.

하 박사는 그런 과학자가 아니었다. 연구하는 생물체 그 자체를 좋아했고 생물체와 소통했다. 물론, DNA로 알 수 있는 것들이 있고 해부해서 연구 대상의 구조를 알아볼 수도 있었다. 그러나 이 모든 건 그녀의 방식이 아니었다.

- 회전날개가 네 개 달린 드론의 일종.

"봐요. 문어에게는 의식적이고 소통 가능한 삶이나 문화를 형성할 수 없게 하는 제한점이 있어요." 하 박사는 계속 이야기했다.

"수명이요." 에브림이 끼어들었다.

"수명도 그중 하나예요, 네. 그냥 하나가 아니라 꽤 중요한 요소 중 하나기도 하지요. 문어는 그래봤자 2년 정도 사니까요. 그것도 덩치가 좀 큰 문어들이 그렇고, 작은 문어들은 2년도 채 다 못 살지요. 어떤 개체는 한 계절만 살기도 하고요. 바닷속 아주 깊은 곳에는 10년도 더 사는 문어들이 있기는 하지만 기본적으로 찬물에서만 서식해요. 가장 지능적인 문어라고 할 수는 없을 거예요. 아주 깊은 바닷속에서는 더 안정된 삶을 살 테니까요. 반복적인 삶을 살면서 모든 게 느려졌을 거고요. 똑똑한 문어들은 오히려 다양한 도전과 해결해야 할 문제가 끊이지 않는 해변 가까운 데에 더 많겠죠."

"알겠어요. 그럼 만약 문어들이 짧은 수명을 극복할 수 있다면요, 또 다른 제한점은 무엇이죠?"

"너무너무 많아요. 예를 들면 짝짓기 패턴 같은 거지요. 수컷 문어들은 짝짓기가 끝나면 노년기에 접어들고 죽을 때까지 이리저리 헤매고 다녀요. 암컷들은 굶어 죽을 때까지 알들을 보호하고요. 만약 그 부모가 알이 부화할 때까지 살아남는다 하더라도, 부화한 문어들은 대부분 물속에 둥둥 떠서 바다에 정착하기 전까지 플랑크톤과 함께 떠내려가요. 그렇게 문어들은 태어난 장소나 친척과는 상관없는 삶을 살게 돼요. 물론 어느 바다에 정착해서 유아기를 보내는 경우도 있긴 하지만 부모가 알을 낳고 얼마 되지 않아 죽어버린다면 그것도 관련이 없게 되지요. 습득한 경험을 알려줄 방법이 없으니까요. 문화라는 게 생길 수가 없는 상황이에요. 혼자 지내려는 습성 때문에 무리 속에서 배우는 지식도 없고요. 그러니까 부모 세대에서 자식 세대로 지식을 전해줄 수도 없지만, 동 세대 간에도 서로 지식을 주고받을 수 없다는 거지요. 우리 인간이 새롭게 문화를 만들고 그 안에서 살아가는 행위를 각 세대마다 새롭게 시작해야 한다면 어떻겠어요? 문어들은 지능적인 만큼, 각각은 백지상태와도 같아요. 부모로부터 물려받은 생존 능력은 자유자재로 바꿀 수 있는 신체 형태와 유전자에 새겨진 본능뿐이에요. 그 외의 모든 건 문어가 스스로 해저를 돌아다니며 직접 배워야 하는 거지요. 우리가 만약 평생을 혼자 살아야 하는데 그것도 2년만 살 수 있다고 생각해봐요. 언어는커녕 문화도 발달하지 못할 거고, 건물이나 도시나 국가도 건설하지 못하겠지요."

"하지만 호주 동부 해안에 있다는 '옥토폴리스'와 '옥틀란티스'*같은 곳은요? 그곳들은 계절과는 상관없이 항상 문어가 서식하는 곳이잖아요."

'에브림은 도대체 어디까지 아는 거지? 인간이 아는 만큼 다 알고 있나? 아니면 특정 분야만? 어떻게 그게 가능하지? 에브림은 얼마나 똑똑한 두뇌를 가진 걸까?'

"나도 옥토폴리스와 옥틀란티스는 알아요. 직접 가서 한 철 내내 연구했었거든요. 하지만 그 두 장소에서는 문화를 형성했다고 할 만한 증거는 없었어요. 물론 몸집이 큰 수컷들이 지배하고 암컷

• 호주 뉴사우스웨일스주 남부 지역의 저비스만에 있는 비非인간 생명체 거주지. 문어가 많이 서식한다.

들이 몰려다닌다는 기본적인 상호작용은 있었지만 그게 다였어요. 어떤 문법을 만들어 발전시킨다거나, 기호를 통해 소통한다는 증거를 보여준 적은 없었지요. 의사소통 신호를 전달하는 데 일정 수준까지 일관성을 발전시켜야 하지만 아직까진 관측되지 않았어요. 제가 아직 읽어보지 못한 연구 논문이 있다면 달라질 수도 있겠지만요."

"아마 없을 거예요." 에브림이 말했다.

"내 생각도 그래요."

"그럼, 박사님도 안 믿는 거네요. 박사님을 여기까지 오게 한 그 이유를 믿지 않고 있군요."

하 박사는 고개를 저으며 말했다.

"아니요. 저도 믿고 싶어요. 하지만 더 간단한 설명이 진실이라고 생각해요. 당신들이 가진 건 이 군도에 떠도는 미신과 소문, 그리고 똑똑한 문어 한두 마리 정도의 이상한 행동들이 뒤섞인 결과일 가능성이 높아요. 꼰다오는 이런저런 소문이 나기 딱 좋은 땅이에요. 이곳에 사는 사람들은 모두……." 하 박사는 고쳐 말했다. "그러니까 이곳에 살았던 사람들은 유령을 봤다고 했어요. 제가 예전에 여기 왔을 때에도 현지 주민들하고 대화하면 유령 이야기가 꼭 나왔어요. 항두옹 묘지에서 검고 긴 머리카락을 빗고 있는 보티사우 조상신이라던가 나무 사이로 돌아다니는 굶어 죽은 귀신 같은 거요. 끝도 없이 이어졌어요. 너무 많은 사람이 여기 있던 교도소에서 죽었기 때문에 유령 이야기가 없을 수 없었겠죠. 당시 주민들은 반은 유령으로 가득한 세상에서 살고 있었어요. 이 군도는 기이한 미확인 생물 이야기로 가득 차도 이상하지 않은 곳이죠."

"하지만 박사님은 두족류 의사소통에 관한 책을 한 권 쓰셨잖아요. 그런데 이제는 그게 불가능한 일이라고 말하고 있네요."

"아니요. 나는 '두족류 의사소통은 이런 형태일 것이다'라고 추측하는 내용을 썼어요. 과학적 배경과 가능할 것 같은 아이디어들을 조합해서요. 실제로 어느 시점에서는 가능할 수도 있다고 생각했고요. 어쨌든 난 과학자예요. 원하는 건 모두 추측할 수 있어요. 아이디어들을 비교해보고 가설도 세워보고요. 그게 내가 할 일이니까요. 그렇죠? 그런데 그런 저한테 지금 여기서 일어나는 일들을 믿는지 믿지 않는지를 묻는다면……."

캄란이 아닌 누군가와 이렇게까지 길게 대화를 나눈 게 언제였더라? 최근엔 절대 없었다.

'어쩌면 외롭게 사는 건 문어만이 아닐 거야.'

책에 어떤 농담을 썼더라? 그래. '그들은 동족끼리 함께 뭉치기보다는 오히려 서로 잡아먹으려는 성향이 강하다. 무계획적인 짝짓기를 하고 나면 노년기로 접어들어 죽을 운명에 처한다……. 내가 아는 과학자 몇 명이 떠오른다.'

하 박사는 미소 지으며 말했다.

"어쨌든, 그걸 증명해내는 건 무리한 요구예요. 그 얘기를 하는 거예요."

"그렇다면 그걸 채울 수 있는 건 뭐죠? 뭐라고 하셨더라……. 무리한 요구요?" 에브림이 물었다.

"좋아요. 한번 해볼게요." 하 박사는 짜증이 났다. 방어적인 태도가 나오면서 다시 궁금해졌다. '도대체 에브림은 어디까지 아는 거지?'

"먼저 수명이 길면서 사회적이고, 직접 자식을 길러서 지식을 다음 세대로 전해줄 수 있는 생명체가 필요할 거예요. 복잡한 기호 시스템으로 소통할 수 있는 문어라고 합시다. 그러면, 어떻게 가능하겠어요? 이 내용은 내 책에도 썼어요. 자, 주변 환경으로부터 받는 압박 때문에 진화하는 데 가속이 붙는다고 먼저 생각해봐요. 새로운 틈을 찾아야 하겠죠. 진화는 본래 느리게 일어나지만, 분명 더 빠르게 적응하는 종도 있어요. 특히 문어들이 그렇다는 건 사실이지요. DNA 돌연변이가 일어나기 전에 체내 단백질 처리 과정을 직접 수정할 수 있거든요."

"리보핵산 편집●을 통해서지요. 리보핵산 염기 하나를 다른 염기로 교체하는 거예요. 특히 신경 시스템에서 분자적 다양함을 빠르게 생산할 수 있어요. 진화를 위한 대체 엔진이라고 할 수 있지요." 에브림이 말했다.

"책을 읽었군요. 좋아요. 맞아요, 리보핵산 편집. 두족류만이 가진 고유 현상이고, 인정하건대 정말 빨라요. DNA 돌연변이 현상보다도 훨씬 빠르죠. 그 주변 환경에 더 민감하게 반응하고요. 비교적 적은 세대 수로도 새로운 환경적 도전에 빠르게 적응할 수 있다는 건 정말 엄청난 이점이에요. 그러니까 만약 환경적 압박으로 인해 진화에 속도가 붙는데, 리보핵산 편집을 해서 그 압박에 빠르게 대응한다면요. 두족류를 압박하면 비두족류보다 훨씬 빠르게 변화할 수 있다는 걸 알 수 있지요……."

● 리보핵산(RNA) 분자들의 합성이 완료된 후 효소들의 작용으로 특정 위치의 핵산에서 편집 과정이 일어나는 것.

연구동 문이 활짝 열렸다. 근육질의 네모난 몸에 기능성 티셔츠를 입은 알텐체체그가 오래된 통역기를 목에 달고 문간에 서 있었다.

"마카롱을 내놔, 로봇."

에브림은 차분한 표정으로 얼굴을 문으로 돌리며 물었다.

"뭐라고요?"

"마카롱 쿠키 그걸 내놔. 어차피 당신은 쿠키를 먹지 못합니다."

"우리 대화 중이었어요, 알텐체체그."

"마카롱 내놓으면 나는 나갑니다." 단조로운 통역기 목소리가 모음이 없는 것 같은 알텐체체그의 모국어 위로 흘러나왔다.

"주지 않을 거예요." 에브림이 말했다.

"로봇들은 먹지 않습니다."

"그건 내가 받은 선물이에요. 그리고 보는 것만으로도 즐겁다고요."

"내가 나중에 몰래 가져갈 겁니다." 알텐체체그는 몸을 돌려 밖으로 나가며 연구동 문을 쾅 하고 세게 닫았다.

"소통하기에 아주 좋은 사람은 아닌 거 같아요." 하 박사가 말했다.

에브림도 고개를 저었다.

"맞아요. 하지만 일부러 그러는 게 아니에요."

"통역기가 잘못됐나 봐요."

"통역기 문제가 아니에요. 알텐체체그는 통역기라는 벽 뒤에 숨어 있지요. 더 좋은 기기가 있다고 해도 쓰지 않을 거예요. 알텐체체그는 중국-몽골 겨울 전쟁 참전 용사거든요. 몸에 흉터가 많아요."

하 박사는 중국-몽골 겨울 전쟁을 떠올렸다. 검게 타버린 시체들이 얼음 속에서 꽁꽁 얼어 있었다. 격동 탄을 맞아 깨진 유리처럼 산산조각이 나고, 숯으로 변해 얼어버린 해골들. 손가락 없는 손들.

"어떤 이론을 알려주려고 했지요?" 에브림이 물었다. "알텐체체그가 와서 방해하기 전에 말이에요. 환경적 압박이었네요."

"맞아요. 그러니까 이거예요. 우리는 수 세기 동안 지금까지 바다에서 단백질을 긁어모아 왔어요. 남획을 일삼고, 먹이그물을 찢어놓고, 일종의 해저 빙하기를 일으켜서 어떤 종들은 멸종시키고요. 또 다른 종들은 살아남기 위해 새로운 생태적 지위와 방법을 찾게 되었지요. 바다에 사는 모든 종이 거대한 환경적 압박을 받는 거예요. 바다 아주 깊은 곳에서 살던 문어 한 마리가 있다고 가정해봅시다. 오래 살면서 새끼도 직접 기르는 문어예요. 안정된 환경에서 먹이를 쉽게 찾는 데 익숙해진 종이지요. 그런데 당신은 이 문어들이 여러 세대를 지나는 동안 먹잇감을 점점 줄이는 거예요. 새로운 환경을 경험하도록 서식지 밖으로 자꾸 밀어내고요. 진화 시스템이 작동되어 학습하고 적응하도록 말이에요. 태어나자마자 부모와 충분히 오랫동안 함께 지내며 이것저것 배운 문어가 살아남겠죠. 왜냐하면, 그건 경쟁자들 사이에서 커다란 이점으로 작용할 테니까요. 새로운 리보핵산 편집이 일어나면서 번식과 죽음의 시점을 새끼 양육에 맞춰 조절할 수 있게 되고 그만큼 더 오래 살 수 있게 되었고 사회성도 발달하는 거예요. 더 사회적이고 의사소통에 뛰어난 동물들을 유리하게 하는 다른 돌연변이도 관찰할 수도 있을 테고요. 무리 짓는 능력은 정말 큰 장점이겠지요. 역할을 분화하고, 영토를 지키며 서로 배울 수 있으니까요. 빙하시대에 존재하던 인간 사회를 생각해보세요. 거대한 환경적 압박이 혁신을 강요했잖아요. 서로 힘을 모아 거대 동물을 사냥하는 법을 터득했고 그 결과 더 많은 영양분을 섭취할 수 있어 두뇌가 활성화되어 더 세부적으로 역할을 분화할 수 있었고요……. 진화론의 측면에서 볼 때, 현대적인 두뇌는 문화가 유전 시스템에 피드백되면서 급부상했어요……. 그리고 언어가 등장하면서 모든 게 정말 급속하게 변화했지요…….”

하 박사는 말하는 속도를 늦추었다. 많은 내용을 한 번에 설명하고 싶은 마음에 너무 빨리 말하고 있었다. 이건 두족류 지능을 연구해온 하 박사의 꿈이기도 했다. 다른 과학자들에게 단 한 번도 하지 않은 이야기들. 눈앞에 펼쳐진 현실 세계를 연구하는 '과학'을 넘어선 이야기들. 환상들. 예감들.

"중요한 건 언어예요. 언어 없이는 아무 의미도 없어요. 그러니까 우리는 먼저 언어 문제를 극복해야 하지요. 인간들은 필요하다면 언어가 아니어도 다른 것들로 의사소통할 수 있어요. 몸짓이나 손짓, 음악이나 휘파람 소리도 있고, 노래를 부르거나 표정을 짓거나, 아니면 막대기로 흙 위에 그림을 그릴 수도 있고요. 실제로 가끔 그러기도 하잖아요. 하지만 대화를 나누겠다고 이런 것들을 매번 하지는 않죠. 왜일까요? 언어에 의한 의사소통은 가장 효율적이고 보편적이며, 가르치고 배우는 과정이 쉽고 무엇보다 번역이 가능하거든요. 만약 우리가 여러 방법을 섞어서 의사소통한다면, 그 내용을 기록하기가 더 힘들 거예요. 가르치고 배우는 데도 어려움이 있을 거고요. 그래서 두족류들의 의사소통을 풀어내기가 어려운 거예요. 문법이나 단어가 있는 게 아니라, 짧은 수명 속에서 그때그때 상황에 따라 새로 배우거나 본능적으로 소통하거든요. 거기다가 두족류들은 색이나 패턴, 질감이나 몸짓 등을 모두 섞어서 소통해요. 언어와 모스 코드와 수어를 동시에 쓰면서 한 번에 뜻을 이해해야 한다는 거예요. 하나라도 말이 되게 하려면 모든 걸 이해해야 한다는 거지요. 더 큰 문제는 두족류들이 피부 패턴이나 질감이나 천연색처럼 가장 원천적이면서 혼합된 소통 방법을 쓴다는 점이에요. 적에게 경고하거나 기분을 나타내기도 하고 위장해서 적을 혼란스럽게 하거나 싸움-도주 반응•을 보이는 등 그 외 다른 많은 상황에서도 간단하게 사용하지요. 두족류들은 피부 표면으로 빛을 발하지 않고 대신 주변 환경에 맞춰서 빛을 반사해요. 그러니까 만약 갑오징어가 소통을 위해 색을 쓴다면 밝은 빛을 사용해서 '안녕, 밥 Hey, Bob'이라는 인사에 가깝지만, 머리 위로 어둡게 그늘지며 교차하는 빛을 사용한다면 '망 좀 봐 Watch fob'라는 의미에 더 가까워진다는 거지요. 마치 인간들이 입에 음식을 가득 문 채로 실내와 실외에서 문법이 달라지는 언어를 한 번에 말하고, 대화를 이어가는 동시에 휘파람을 불면서 곰을 피하려고 하는 것과 같다고나 할까요."

"좀 어렵네요." 에브림은 말했다.

"그렇죠. 좀 어려워요. 이 문어는 그걸 극복해야 할 거예요. 디지털 방식으로 의사소통할 방법을 찾아내야 하겠죠. 그러니까 디지털이란 우리가 쓰는 숫자나 알파벳 같은 거예요. 만약 당신이 제

• 몸이 위험한 상황에 대처할 수 있게 긴장된 상태가 되는 반응.

게 연구를 위한 동물을 데려왔는데 이미 의사소통을 위한 구조적, 기능적 전환이 끝난 동물이라면, 우리도 연구할 만한 뭔가를 찾을 수 있겠죠." 하 박사가 말했다.

"연구할 만한 뭔가가 있을지도 몰라요, 하 박사님. 잠수정에서 찍은 영상을 같이 보시죠. 한 달 전쯤 발견한 건데요……." 에브림이 말했다.

우리는 뼈대에 갇혀 형태를 이룬다. 관절로 이어져 모양을 나타내도록 구성되어 있다. 우리가 만드는 세상은 그 형태를 반영하는 관계들로 이루어져 있다. 엄격한 경계와 이원二元으로 이루어진 세상. 통제와 응답, 주인과 하인으로 이루어진 세상. 신경계로 볼 때, 우리가 사는 세상은 위계질서를 따른다.

— 하 응유엔 박사, 《바다는 생각한다》

9

황다랑어들이 호퍼*를 통해 위층 가공 갑판에서 떨어졌다. 대가리는 모두 잘려 나갔고 내장 역시 모두 제거된 상태였다. 어떤 건 호퍼 옆으로 바로 떨어져서 급속 냉동실로 분류되기도 전에 선반으로 쏟아지기도 했다.

작업실 바닥은 이미 생선 점액 때문에 끈적거렸다. 악취와 유독가스가 가득한 실내에서 에이코는 목과 폐에 들어간 히스타민 때문에 숨쉬기가 힘들어졌고 구토가 자꾸 나서 작업하기가 어려웠다. 이 작업실은 배수 시설이 문제였다. 아이스하키 퍽처럼 생긴 정비 로봇이 막힌 배수구에서 열심히 일하고 있었다. 생선 점액과 바닷물이 섞여 에이코의 발목까지 차올랐다.

비야르테라는 빨간 수염이 난 경비요원이 작업실을 감시하고 있었다. 비야르테는 더러운 바닥이 아니라 뒤집어놓은 플라스틱 상자 위에 올라서 있었다. 에이코는 비야르테에 관한 정보를 기억

● 각종 재료나 배출물을 일시적으로 모아두거나, 밑으로 떨어뜨릴 때 사용하는 깔때기 모양의 용기.

해냈다. 꼼꼼하게 일하는 편은 아니고 금방 산만해지며 수다 떠는 걸 좋아한다. 경비요원들 중 가장 눈에 띄는 깡패이기도 하다. 종아리에 찬 칼집에 톱니 모양의 기다란 보이 나이프*를 넣고 다녔다.

에이코는 두 손으로 생선들을 급속 냉동 칸에 분류하는 내내 대부분은 다른 생각에 빠져 있었다. 호찌민 자유무역지대에서 납치됐던 날을 계속 기억했다. 납치되기 이전의 삶이 끝나고 지금의 삶이 시작된 정확한 순간을 기억하려고 애썼다. 이전과 이후로 분리된 순간. 하지만 아무리 생각해도 에이코는 날카롭게 잘린 밧줄의 연결 지점을 찾을 수가 없었다. 이전 삶은 모호하게 헝클어지며 끝났고 새로운 삶 역시 같은 방법으로 시작되었다.

그날은 몹시 더웠다. 일본보다 더 덥고 더 습기 찬 날이었다. 에이코는 묵고 있던 싸구려 호텔 로비에서 무인 툭툭이를 기다리고 있었다. 그날은 자유무역지대에 온 첫날인 만큼 무척 신이 났다. 호찌민 자유무역지대라니. 똑똑한 머리만 있다면 누구나 여기서 대박을 잡을 수 있었다. 에이코는 자유무역지대에서 일한 일본인 프로그래머들이 몇 년 후 오키나와 해변에 별장을 산다는 걸 알고 있었다.

에이코는 다닐 직장까지 정해진 터였다. 자유무역지대에서 가장 큰 회사로, 제3구역에 있는 50층짜리 지역 본사 건물은 거울 유리로 둘러싸여 있었다. 디아니마. 국가 정부를 운영하고 경제를 관리하는 최첨단 인공지능 마인드를 설계하는 국제적인 기술 회사였다. 에이코는 경력을 쭉 쌓을 수 있을 터였다. 처음에는 작게 시

● 수렵용 긴 칼.

작해서 연구 개발 분야로 넘어간 다음 실전을 쌓으며 대학에서 배운 실력을 강화할 계획이었다. 서른 살이 될 때쯤에는 디아니마 프로젝트 매니저가 되어 있을 것이고, 그다음엔 어디까지 올라갈 수 있을지 아무도 모르는 일이었다.

그러나 그건 모두 내일부터의 일이었다. 에이코는 우선 주 광장과 시내 중심에 있는 오래된 프랑스식 벽돌 성당과 낡은 우체국을 둘러보고 싶었다. 관광을 하고 싶었다. 큰돈을 벌기 전에 이 거대 도시를 딱 하루만 구경하고 싶었다.

무인 툭툭이는 고장이라도 난 것처럼 에이코가 내리는 지시를 일부러 이해하지 못하는 척했다. 가짜로 삐 소리를 내며 잘못 길을 꺾고는 가짜 알람을 울리기도 했다. 에이코는 이상한 무인 툭툭이를 타고 도심에서 자꾸 벗어나 원을 그리며 고층 슬럼가로 향했다. 뼈대만 남고 멈춰버린 건물 공사 현장은 무단 점유 컨테이너와 판잣집으로 가득했고 불법 전원 케이블들이 뒤엉켜 벽과 바닥을 뱀처럼 기어다녔다. 드디어 무인 툭툭이가 길옆 가게 앞에 멈추더니 더는 작동하지 않았다.

에이코는 이 쓰레기를 소유한 태국 회사에 곧장 불만 민원을 쓰려고 했다. 손상된 대시보드와 알 수 없는 오류 화면을 사진으로 찍으려는데, 한 남자가 무인 툭툭이 차양 아래로 머리를 들이밀었다.

남자는 추파를 던지는 소녀들 사진이 나열된 저렴한 팔림스크린 화면을 열었다. 두 소녀가 웃으며 한 욕조 안에서 비누 거품 사이로 서로 몸을 밀착하고 있는 사진, 수건을 두른 한 소녀가 수증기 가득한 문간에 기대어 몸을 좌우로 살짝 흔들고 있는 사진들에 가격표가 붙어 있었다. 일본 기준에 비교하면 무척 싼 편이었다.

게다가 바로 눈앞에 있었다.

　에이코는 이런 건 생각도 하지 않고 있었다. 아니, 원한다고 생각하지 않았다. 그런데 지금 자기도 모르게 고개를 끄덕이고 있었다. 지금까지 찾아 헤매던 걸 정확히 찾았다고 깨달았다. 남자의 팔에 이끌린 에이코는 어느새 바깥보다 시원한 계단을 오르고 있었다.

　에이코는 금이 간 싸구려 민트색 타일이 발린 건물 로비를 기억했다. 그리고 로비 타일과 거의 똑같은 민트색 띠를 두르고 어깨에 번호를 매긴 채 줄지어 서 있는 소녀들을 보고 두 손을 떨었다. 에이코는 그중 두 명을 선택했다. 몇 번이었더라? 기억이 나지 않는다. 이제 그 두 명을 왜 선택했었는지도 기억이 나지 않는다. 뭘 찾고 있었지? 무엇으로 판단했었지? 광대뼈? 수영복과 띠 아래 숨겨진 엉덩이 곡선을 보고? 에이코는 긴장했었다. 어찌나 긴장했는지 마치 술에 취한 것처럼 기억이 흐려져서 다시 그때로 돌아가도 자세히 생각해낼 수가 없었다.

　에이코와 소녀들은 비좁은 엘리베이터를 타고 올라갔다. 소녀들은 서로 태국어로 대화하더니 에이코를 돌아보고 영어로 물었다. "이름이 뭐예요?" 소녀들이 예쁘다고 생각했었나? 피곤했던 것 같다. 긴장했었나? 그럴 리가 없었다. 여정이 그렇게 길었던가?

　소녀 한 명이 작은 플라스틱 상자를 들고 있었다. 마치 미니어처 장바구니 같았다. 에이코는 그 안에 든 샤워 젤과 콘돔을 보았다. 소녀들은 서로 이름을 말해주었으나 들은 즉시 잊어버렸다. 소녀들의 이름은 완전히 생소한 발음이었으며 곧 에이코가 하려는 일보다 더욱 이질적으로 느껴졌다.

　흰색 타일이 깔린 방에 들어간 소녀들은 두르고 있던 띠와 입고 있던 수영복을 벗더니 에이코의 옷을 벗겼다. 샤워기를 틀어놓고 에이코를 비누로 씻기면서 소녀들은 깔깔거리며 서로 농담을 주고받았다. 비누 거품을 온몸에 묻힌 소녀 중 한 명이 굴곡진 자기 몸을 에이코에 문지르며 한 손을 에이코의 허벅지 위로 스르르 미끄러뜨렸다…….

작업실에서 풍기는 황다랑어 히스타민 악취 때문에 어지러워진 에이코는 속이 메스꺼워졌다. 하마터면 물속에 토할 뻔했다. 비야르테가 수염이 덥수룩한 얼굴을 돌려 에이코 쪽을 보았다. '차라리 토해버려.' 에이코는 혼잣말했다. 그러면 비야르테가 총구로 위로해줄 터였다.

소녀들도 지금의 에이코처럼 아마 노예였을 것이다. 이제 어느 정도 이해가 된 에이코는 그날 했던 행동이 혐오스러웠다.

그렇다고 북태평양의 거센 폭풍에 선박이 휘청거리고 이리저리 거꾸러지는 동안 폴리넷 해먹에 누워 그 장면을 떠올리며 조용히 자위하는 것을 멈추지는 않았다. 그의 성기가 한 소녀의 입에서 다른 소녀의 입으로 들어가고 손가락은 두 소녀 안에 동시에 들어가 있었다. 소녀들은 털로 덮인 가랑이로 에이코의 손목을 누르며 귓가에 대고 가짜였지만 진짜라고 믿을 만한 숨 막히는 소리를 냈다.

이것이 납치당하기 직전에 깜박거리는 마지막 장면이었다. 에이코는 바로 그 사창가에서인지 아니면 다른 곳에선지, 몇 시간 또는 며칠이 지난 뒤에 납치당한 건지도 몰랐다. 전혀 기억나지 않았다. 암흑뿐이었다. 무슨 약물이라도 먹었는지 시간 일부가 통째로 지워졌다. 그다음 기억이 바로 지금 삶이었다.

두 삶을 잘라놓은 부분, 납치당했던 그 순간을 기억 속에서 도저히 찾을 수가 없었다. 어두운 기억의 한 면은 부자 되기를 꿈꾸며 자유무역지대를 찾은 에이코였고 다른 면은 노예 에이코였다.

에이코는 가끔 오키나와에 있는 부모님을 생각했다. 에이코를 위해 돈을 끌어모아 학비를 대주셨듯 이번에도 자유무역지대에 갈 수 있는 경비를 마련해주셨다. 에이코의 미래를 위한 부모님의 두 번째 투자였다.

에이코는 재능 있는 젊은 일본인들을 자유무역지대에 데려다주는 걸 전문으로 하는 한 민간 전세기를 탔다. 부모님은 활주로까지 함께 와주셨다. 반쯤 폐쇄된 활주로는 아직도 실제 사람이 조종하는 경비행기 몇 대만 사용하는 곳이었다. 에이코의 부모님은 언제나 그랬듯 둘 다 똑같이 걱정하는 표정으로 작별 인사를 하고 바로 뒤돌아 떠나셨다. 그러나 비행기가 이륙하고 비스듬히 날기 시작할 때 에이코는 창밖으로 아직 주차장을 떠나지 않은 부모님 차를 보았다. 차 앞 유리는 햇빛에 반사되었지만, 에이코는 그 유리 아래 부모님이 앉아 아들이 탄 비행기가 멀어지는 모습을 보고 있다는 걸 알았다.

일본 정부가 사라진 그를 찾을 수도 있겠다는 환상에 젖은 적이 있었다. 물론 그러지 않을 것도 알았다. 지금쯤이면 부모님이 분명 에이코가 실종된 사실을 정부에 알렸을 것이다. 몇 날 며칠 낡은 터미널을 들고 자유무역지대 관계자들에게 실종된 아들에 관해 열변을 토하며 지냈을 것이다. 오키나와 정부는 물론 도쿄에도 연락했을 것이다. 그러나 정부 기관이라고 해서 뭘 찾을 수 있겠는가? 그중 누구라도 에이코의 흔적을 찾을 수 있었을까? 에이코의 인생은 잘려 나갔다. 그 잘린 끝은 에이코가 짐가방을 두고 나온 자유무역지대 호텔에 달랑거리며 매달려 있다. 그 지점 너머로는 아무도 에이코를 찾을 수 없었다.

두 삶을 나누는 지점.

다른 선원들 역시 선박에 오른 후 첫 한 달 동안은 누군가가 자신을 찾을 거라는 비슷한 환상에 젖곤 했다. 사람들이 찾고 있을 거라는, 사람들이 그들을 찾아줄 것이라는 환상 말이다.

그 생각을 반박하려는 선원은 아무도 없었다. 필요한 반박은 바다가 이미 다 해주고 있었기 때문이다. 하루하루 지날수록 선박에 끌려온 이들은 수평선까지 시야를 가득 채웠다. 하늘을 마주 볼수록 끊임없이 변하는 수면만이 유일한 특징이었다. 오래지 않아 그들을 보호해주는 가족, 국가, 법, 미래, 그리고 과거까지도 모두 단단한 세상에만, 땅이라는 세상에만 존재한다는 걸 이해했다. 지금 그들은 보호 제도 따위는 아무것도 없는, 법 없이도 끝없이 흐르는 물 위에 갇혀 있다.

옆에 있던 동료 선원이 장갑 낀 손을 고무로 된 오버 셔츠 어깨에 얹으며 말했다.

"중심을 잡아봐, 에이코."

다시 현실로 돌아왔다. 동료 선원은 손이라고 불리는 호리호리한 베트남 남자였다. 에이코보다 몇 살 위인 손은 무슨 섬에서 다이빙 강사로 일했던 가이드였다고 했다. 섬 이름이 뭐였더라? 에이코는 절대로 주의 깊게 듣는 일이 없었다. 비누칠을 한 몸으로 자기 몸을 비틀던 두 소녀의 이름을 대충 흘려들었던 것처럼 별로 신경 쓰지 않았다.

그리고 에이코는 느슨하게 풀려 있던 줄이 갑자기 팽팽해지는 걸 보았다. 마치 그 순간, 바로 눈앞에서 벌어지는 것 같았다. 토머스는 그 줄에 가슴을 세게 맞았고 진회색으로 놀치는 파도 속으로 떨어졌다.

토머스는 눈앞에서 사라졌다.

에이코는 발아래 끈적한 점액질 위에 구토했다. 무릎을 휘청거리는 에이코를 손이 잡아주었다. 정지 버튼이 세게 눌려 사이렌이 울리자 비야르테가 짜증을 내며 으르렁거렸다.

"히스타민 때문이에요. 에이코는 잠시 나가 바깥 공기를 쐬어야 해요. 조제실에서 프로클로르페라진˙을 가져올게요."

비야르테는 인터컴으로 다른 경비요원을 불렀다.

"휴무인 선원 한 명 깨워서 급속 냉동 작업실로 보내. 지금 한 놈이 아프대서. 거기, 너! 5분 내로 돌아오도록!" 비야르테는 손에게 소리쳤다.

복도에서 차가운 수건을 머리에 대고 프로클로르페라진을 투여하니 몸이 훨씬 나아졌다. 열여덟 시간 근무를 채우려면 오늘 못한 만큼 내일 더 해야 했지만 지금 당장은 생선 단백질 어묵과 수프 한 컵, 그리고 더 잘 수 있는 시간만을 원했다.

몇 시간 동안 해먹에 누워 있던 에이코는 어떤 목소리에 깼다. 밤이었다. 어두운 막사 내부는 깜깜한 바다를 가르며 대량 저인망 기계를 돌리는 엔진 소리밖에 나지 않았다. 어떤 목소리들이 외부에서 막사 벽을 몇 초에 한 번씩 비추는 빨간 불빛과 함께 들려왔다. 어둠 속에서 손이 다른 선원에게 이야기하고 있었다.

● 찐득한 담황색 액체, 구토 완화에 도움을 주는 진토제.

"가끔은 말이야, 이제 나한테 무슨 일이 생겨도 아무 상관없다는 생각이 들어. 어차피 내가 살던 섬으로 돌아갈 수 없다면 무슨 소용이겠어? 어차피 여기 끌려오기 전에도 난 갈 곳이 없었어. 자유무역지대에서 말이야. 그냥 숨만 쉬고 있었어. 꼰다오에서랑은 달랐지. 그런데 디아니마 산하의 자선 단체가 꼰다오를 인수해서 통제했다고 들었어. 이제 우리 집은 안전해. 이런 영혼 없는 선박들이 전 세계 바다를 돌아다니며 남은 생선들을 모조리 긁어모으지만 꼰다오는 이제 안전해. 꼰다오에 사는 물고기들, 듀공이랑 해양 식물이랑 암초들은 모두 안전해. 거북이들도. 이제 다들 안전해."

꼰다오. 에이코는 이제 그 이름을 잊지 않을 것이다. 이름이나 사람들을 대충 듣고 보고 흘려보내지 않을 것이다. 이제 모든 걸 주의 깊게 대할 것이다.

그동안 그러지 않았기 때문에 여기까지 온 것이다. 에이코는 대충대충 살았다. 그래, 그거였다. 대충 살았고 지금은 그에 대한 벌을 받는 것이다. 토머스가 눈앞에서 난간 밖으로 떨어지기 전까지 에이코는 그 누구도 신경 쓰지 않았다. 마침내, 에이코는 내면에서 무언가가 꿈틀하는 걸 느꼈다. 마음속에 부러진 뭔가가 있었다. 이제는 그걸 고쳐야 할 때였다.

에이코는 마음속 기억 궁전에서 아주 얇은 두루마리 종이 위에 '꼰다오'라고 적었다. 그리고 기다란 노끈으로 묶어 미나구치야 정원에 1691년부터 있던 벚꽃 나뭇가지에 묶어두었다.

에이코는 어둠 속에서 손의 웃음소리를 들었다.

"꼰다오의 바다 괴물마저도 저 아래 난파선 안에서 안전하다니까."

인간관계는 소통 때문에 분리되는 것이 아니다. 모든 생명체는 살아남기 충분할 정도로 소통한다. 동물은 물론이고 식물마저도 사실은 대단히 정교한 수준으로 소통한다. 그러나 그들과 인간이 다른 이유는 바로 기호를 사용한다는 것이다. 우리는 자기 지시적으로 정리된 글자와 단어들을 언어라고 부른다. 우리는 기호를 사용하여 우리 주변에 있는 것들과의 직접적인 관계로부터 의사소통을 분리할 수 있다. 그렇게 지금 여기에 없는 것들에 관해 이야기를 나눌 수 있다. 우리는 전통과 신화, 역사와 문화를 이야기할 수 있다. 이들은 지식을 저장하는 시스템으로 모두 기호를 사용해서 얻은 결과물이다. 그리고 이런 기호 사용은 우리 종족 밖에서는 볼 수 없던 것이다.

— **하 응유엔 박사,《바다는 생각한다》**

10

"바다 깊은 곳에서는 영상을 찍기가 꽤 어려웠어. 드론 잠수정에 좋은 조명이 달려 있긴 하지만 물속은 아무래도 토사가 많으니까. 그리고 여기저기 헤엄치는 물고기들 때문에 잘 안 보이기도 했고. 그래도 내가 뭘 봤냐면…….."

"대충 말하지 말고."

캄란은 하 박사가 특히 안 좋아하는 복숭아색 운동복 바지와 추레한 티셔츠를 입고 있었다. 그래도 이번엔 집에 있었다. 터미널의 빨간 오큘러스에서 반사되는 홀로그램의 흐릿한 가장자리에 익숙한 주방 의자가 슬쩍 보였기 때문에 알 수 있었다.

"자세히 말해줘봐."

"지금 잘 시간 아니야?"

"늦게까지 깨어 있는 게 아니라 일찍 일어난 거야. 좀 생산적으로 살아보려고. 자, 어서 이야기해봐. 그래야 너도 좀 자지."

"알았어. 잠수정이 가까이 접근할수록 난파선이 대충 어떻게 생겼는지 알 수 있었어. 좌측으로 기울어져 있고. 연무 속에서 빙빙 돌며 헤엄치는 물고기 떼랑 어두운 화물칸 출입구도 보였어. 에브림이 그러는데 그 화물칸에서 사람이 죽었대…….”

"네가 본 것만 믿어. 다른 데서 전해 들은 말에 너무 신경 쓰지 말고."

"맞아. 잠수정이 화물칸 안으로 들어가면서 갑자기 밝아졌어. 잠깐 아주 눈이 부셨고. 화면이 하얗게 되었다가 괜찮아졌어. 그때 난 생전 처음 보는 광경을 맞닥뜨렸어. 화물칸 안쪽 벽은 오랜 시간 자리 잡고서 꽃봉오리를 틔운 산호랑 조개껍데기들로 단단하게 굳어 있었어. 그 화려한 배경 때문에 알아보기 쉽지 않았지만 난 봤어. 움직이는 걸 말이야. 문어였어. 주변 배경이랑 거의 완벽할 정도로 똑같이 위장하고 있었어. 그러더니 움직였어. 움직일 때는 색이 좀 어두워졌고. 패턴은 그대로 유지했는데 피부색만 어두워졌어. 화가 나서 얼굴이 붉어지는 것처럼 말이야. 지금까지 내가 문어들을 연구하면서 수도 없이 봐온 현상이야. 바로 무슨 뜻인지 알았지. '짜증 난다.' 그다음 잠수정이 전체적인 공간을 카메라에 좀 더 잘 담아내려고 오른쪽으로 방향을 틀어. 그때 문어가 벽에서 나와 같이 오른쪽으로 움직였어. 잠수정이 왼쪽으로 틀면 문어도 같이 왼쪽으로 움직이고. 잠수정에서 한 2미터 정도 떨어져 있었나 봐. 칸막이벽에 기대고 몸을 길게 늘여 서서 망토처럼 맨틀을 머리와 팔 위에 수직으로 세우고 팔들을 거미줄처럼 넓게 펼치고 있었어. 완벽한 '노스페라투'• 자세였어. 위협하는 자세지. 보통은 이 자세를 취할 때 몸을 어둡게 하거든. 그런데 이 문어는 거의 하

• 흡혈귀의 별칭.

연색이었어. 그리고 아주 컸고. 정확하게 얼마나 크다고는 말할 수 없지만 적어도 제일 길게 늘이면 사람만 할걸. 어쩌면 더 클 수도 있고."

"네가 본 것만. 거기에만 집중해."

"그래. 그러니까…… 갑자기 흘러가는 구름 패턴을 만들기 시작했어. 보통은 먹잇감을 깜짝 놀라게 해서 경솔하게 움직이도록 유도하려는 행동이거든. 그런데 패턴이 변형되었어. 내가 언젠가 이 행동이 문어가 의사소통할 수 있는 정확한 기능이라고 예측했던 적이 있어. 난 알고 있었던 거야. '먹잇감을 놀라게 한다'는 건 살아남기 위해 꼭 필요한 행동은 아니었던 거지. 내가 했던 말 기억해? 내가…….."

"기억나. 사실 네 가설 전체를 외우고 있지. 문어들이 기호를 만들어 발전시켰을 수도 있다고. 다양하고 추상적인 수많은 정보를 임의로 암호화하는 방식으로 말이야. 안정적이면서 자기 참조적인 체계로 말이지. 문어들은 그렇게 암호화한 기호의 기능 중 하나를 분리해서 이해할 수 있는 의미를 만들어내야 할 것이라고 했었잖아."

"바로 그거야! 우리가 말할 수 있는 것도 숨 쉴 때와 먹을 때 쓰는 기관을 말할 때 쓰는 기관으로 용도 변경했기 때문이잖아. 문어도 똑같이 하고 있었어. 선택적 진화. '흘러가는 구름 패턴'을 말하기 위해 사용하고 있었어."

"아주 대담한 이론이네. 갑자기 너무 앞서가는 거 아닌……."

"아직 안 끝났어! 문어는 맨틀과 머리를 가로질러 흘러가는 구름 패턴을 만들어내다가 후드에서 멈추더니 패턴을 더 이상 움직이지 않고 그대로 잠시 있었어. 그리고 패턴들이 복잡하면서도 섬세하게 변했어. 마치 숨어 있는 게를 찾아 잡으려고 할 때 볼 수 있는 일반적인 그림자를 훨씬 뛰어넘는 속도로 말이야. 그러니까 마치…… 마치 로르샤흐 테스트* 같았어. 처음엔 연속적인 패턴들이 아주 빠르게 지나갔어. 그다음엔 문어가 피부색을 어둡게 만들었다가 다시 하얗게 만들었지. 피부색이 두 번째로 하얗게 된 다음에는 패턴을 만드는 속도가 느려졌어. 처음에는 어떤 순서가 있었어. 내가 보기에 그전에 만들었던 연속적인 패턴 순서였어. 그러더니 이번엔 패턴을 딱 하나만 만들어내는 거야. 아주 천천히 맨틀과 머리를 지나고 펼친 후드까지 갔을 때 그 상태로 멈췄어."

"묘사해봐. 그 패턴 말이야."

"아래를 향하는 초승달 모양이었어. 그런데 초승달에 길고 뾰족한 뿔이 나 있었어. 기다려봐. 내가 그려볼게."

하 박사는 침대 옆 탁자에 있던 팜스크린에 그림을 그려 빨간 오큘러스 위로 들어 올렸다.

"이런 식이야. 가장자리는 좀 덜 매끄럽긴 한데 이런 모양이야."

* 스위스 정신과 의사 헤르만 로르샤흐가 개발한 성격 검사 방법. 종이 위에 잉크를 떨어뜨리고, 접었다 펴서 좌우 대칭으로 만든 그림을 보여주면서 피험자의 성격을 테스트한다.

똑같은 모양을 아홉 번인가 열 번을 반복해서 만들었어. 그러더니 위로 헤엄쳐 올라가는 바람에 카메라에 잡히지 않았지. 그런데 잠수정을 뒤에서 잡았는지 카메라가 휙 움직였다가 난파선 안쪽으로 끌려갔어. 그 뒤로는 화면이 다 흐릿해. 잠수정이 너무 빨리 끌려가서 초점을 못 맞추더라고. 그러다 갑자기 멈췄어. 화면이 거의 문어 다리로 가려졌어. 카메라 본체에 틈이 생기면서 소금물이 들어가 전기선을 건드렸는지 화면이 깨졌고. 문어가 잠수정을 뜯어 열고 있었어. 화면이 아주 어두워지기 전에 내가 봤…….”

하 박사는 말하는 걸 멈추었다. 먼 바깥에서 소리가 들렸다. 우지끈하고 뭔가 폭파하는 소리였다. 그리고 다시 들렸다.

우지끈.

창문 커튼 사이로 섬광이 번쩍였다.

“캄란, 무슨 일이 일어났나 봐. 가봐야겠어.”

우지끈.

“다시 연락할게. 무슨 일인지 확인해야…….”

“알았어. 다음에 이야기하자. 나도 달리기하러 나갈 참이었거든.”

“거짓말쟁이.”

“네가 없는 동안 내가 어떤 나쁜 습관을 갖게 될지는 아무도 모르는 거야.”

오큘러스가 꺼졌다.

우지끈.

또 다른 섬광이 번쩍했다. 하 박사는 커튼을 옆으로 젖혔다.

창밖으로 테라스 너머 해변이 보였고 바다가 펼쳐졌다. 달은 이미 졌고 하늘 높이 얇게 떠 있는 구름 뒤로 별들이 조용히 반짝였다. 호텔 근처의 바닷물은 몇몇 불빛을 받아 반짝였고, 더 먼 바다는 완전히 새까맣다가 수평선으로 갈수록 밝아졌으며 별빛을 받은 구름은 어슴푸레한 회색으로 빛났다.

그때, 수평선을 따라 섬광이 번쩍했다.

우지끈.

바다 너머 어딘가에서 폭파가 일었다.

창밖을 내다보니 테라스에 누군가 있었다. 알텐체체그의 보안 모듈 출입문이 열려 있었고, 그 안에서 새어 나오는 사다리꼴 모양의 빛에 로브를 입은 에브림의 그림자가 길게 늘어져 있었다.

하 박사는 로비를 지나 홀로 뛰어 내려갔다. 호텔 밖으로 나가면서 수평선을 따라 미친 듯이 번쩍거리는 빛을 보았다. 섬광들이 여러 번 번쩍하더니, 얼굴로 압력파를 느끼기 충분할 정도로 커다란 폭파가 일어났다.

호텔 창문들이 덜컹거렸다.

하 박사는 에브림 옆에 섰다. 역시 에브림은 로브를 입고 있었다. 흰색과 은색 키메라들이 금실로 가득 엮인 로브였다.

"무슨 일이에요?"

수평선 위로 뭔가가 불타고 있었다. 어두운 하늘과 더 어두운 바다 사이에서 번지는 호박색 불꽃이 에브림의 눈동자에 비쳤다. 에브림은 알 수 없는 표정을 짓고 있었다. 딱히 인간이 짓는 표정에 가깝지는 않았다. 전에는 인간과 완벽하게 똑같은 미소를 지었었다……. 그러나 다른 표정들도 있었다. 도저히 추측할 수 없는 표정들. 뭔가 어색하고 부자연스러웠다. 읽을 수는 있었지만 마치 제프리 초서가 쓴 책을 처음 읽어보는 것처럼 낯설었다. 배려? 슬픔? 하 박사는 지금 위험에 처한 건지 묻고 싶었으나 에브림의 얼굴은 위험이 아니라 다른 상황이라고 말해주었다.

"저들이 경계선을 침범하려고 해요."

"저들이요?"

"어선 무리요."

"무인 선박인가요?"

"요즘은 거의 다 그렇죠. 그래서 경고탄을 쐈어요." 에브림은 하 박사를 향해 고개를 돌렸다.

"그래서 깨셨군요. 죄송합니다."

"저기서 뭔가가 불에 타고 있어요."

"맞아요. 경고탄을 무시한 배들이죠. 거기다 경계선을 억지로 넘어오려고 했어요. 알텐체체그가 조종하는 드론이 저들을 파괴하고 있어요. 배의 연료 통이 새면서 불이 붙었고요. 안된 일이지만 지금쯤 알텐체체그의 드론 소화기가 불을 진화하고 있을 거예요. 그리고 알텐체체그의 나노 클리너가 바닷물을 오염시키는 모든 걸 확실히 없앨 거고요."

"저 배들은 공격당할 걸 알면서 왜 온 거예요?"

"아무래도 돈을 벌 수 있다는 게 가장 큰 이유겠지요. 저들에게 바다는 그저 사냥터일 뿐이에요. 바다에 거의 아무것도 남아 있지 않을 때까지 샅샅이 뒤져놓더니 한때 끝없이 무리 지어 다니던 물고기 떼의 잔해를 두고 서로 경쟁하고 있어요. 이 구역은 온전하지는 않지만 그래도 오랫동안 보호받고 있잖아요. 그냥 지나치기에는 너무 유혹이 크지요."

에브림은 육지 쪽으로 부는 산들바람에 금색 로브를 망토처럼 부풀리며 알텐체체그의 보안 모듈로 걸어갔다.

"이제 저들은 이 구역까지 망가트리려고 하고 있어요. 하지만 우리는 계속 막을 거예요." 알텐체체그의 보안 모듈 안에는 붙박이 작업대와 기계로 반쯤 조립된 채로 반짝이는 생명을 앗아갈 만한 장치들이 다양하게 모여 있었다. 그야말로 날카롭고 빠르게 죽일 수 있는 작업장이었다. 그러나 그중에서도 가장 많은 자리를 차지하는 건 거대한 투명 탱크였다.

알몸의 알텐체체그가 옥색으로 빛나는 유동액 탱크 속에 있었다. 검은색 호스가 여러 개 달린 호흡 기계를 머리에 쓴 알텐체체그는 몸을 비틀고 손가락을 펄럭이며 시간에 맞추어 모든 근육을 씰룩거렸다.

중성적이면서 근육으로 강화되었고, 흉터 조직을 따라 길게 살갗이 튼 알텐체체그의 몸은 공습받아 파손되었지만 잘 만든 조각상처럼 보였다. 형광 옥빛을 내는 탱크 안에서 자체적인 당김음에 맞춰 몸을 비트는 알텐체체그는 소름끼치도록 아름다웠다. 과거의 흔적과 살아온 과정과 기억이 그녀의 몸에 영원히 새겨져 있었다.

"정말 경이로워요. 이만한 대규모 드론 네트워크의 통제 유동액 시스템을 운영할 수 있는 보안 전문가는 전 세계에 딱 세 명뿐이에요. 알텐체체그가 그중 한 명이지요. 저 안에 잠겨 있는 동안만큼은 그야말로 일인 군대인 거예요." 에브림이 말했다.

하 박사는 수족관의 상어를 자세히 보고 싶은 아이처럼 탱크에 가까이 다가갔다.

"지금은 통역기에 전혀 문제가 없어요. 오해도 왜곡도 없지요.

알텐체체그는 시스템 수십 개로 완벽하게 진행하고 있어요. 마치 오케스트라로 교향곡을 연주하는 것처럼요." 에브림이 계속 말했다.

알텐체체그는 완전한 나선형으로 느리게 회전했다. 그녀는 손가락과 팔다리 위치, 심지어 발가락으로도 하 박사가 해석할 수 없는 지시를 내리고 있었다. 바깥에서 또 다른 폭발음이 들렸다.

에브림이 말했다.

"오늘 오전에 당신 표정에서 봤어요. 내가 슈퍼컴퓨터인지 물어보고 싶었지요? 내가 인간의 탈을 쓴 전지적인 인공지능인지?"

"맞아요. 그게 궁금했던 것 같아요. 모든 걸 알고 있을 텐데 왜 나를 여기로 불렀는지를요." 하 박사는 인정했다.

"대답은 아니라는 거예요. 나는 슈퍼컴퓨터가 아니에요. 오히려 당신과 같아요. 세상에는 수많은 슈퍼컴퓨터가 있어요. 대부분 문서로 만들어진 인간의 지식을 기억하고 있지요. 수많은 인공지능 마인드는 인류가 가진 문제들을 해결하기 위해 고군분투하고 있어요. 박사님이나 제가 평생 처리할 수 있는 데이터보다 더 많이 처리할 수 있는 컴퓨터들이지요. 그런데 전 그런 계산적인 문제 때문에 존재하는 건 절대 아니에요. 안팎으로 모두 안드로이드여야 하지요. 겉모습뿐만 아니라 내면도 인간과 같은……. 뭐라고 부르는지 정확히 모르겠네요. 의식이 있다고 할까요? 어쨌든 다들 아직도 저에게 진정한 의식이 있는지 아닌지를 논쟁하더라고요. 전 스스로 의식이 있다고 생각하는데도요."

알텐체체그가 등을 활 모양으로 휘고 손가락을 폈다. 바다에서 쉭 하는 소리와 휘파람 소리가 울렸다. 뭔가 연속적으로 폭발하는 소리, 쿵 하는 소리가 멀리서 들렸다.

"제 생각에 그들이 찾고 있던 건 인간적인…… 그러니까 인지적인 측면에서 인간과 유사한 존재였던 것 같아요. 자기들처럼 스스로 인지할 수 있는 존재요."

"그래서 당신은 그런가요?"

"모르겠어요. 전 가끔…… 엇갈린 것 같다는 느낌이 들어요, 박사님."

"엇갈려요?"

"조금 이질적이라 할까요? 조금…….".에브림은 이국적인 로브의 깃을 여며 목으로 더 가까이 당기며 말했다.

"약간 기묘한 것 같아요."

하 박사는 으쓱했다.

"저도 그래요. 그리고 그건 정상이라고 생각해요."

"그러세요?"

하 박사는 자기 쪽을 돌아보는 에브림의 표정을 읽었다. 이 표정은 완벽하게 이해할 수 있었다. 희망. 다른 존재가 진심으로 자신을 이해해주었다는 표정이었다. 하 박사는 에브림을 안아주고 싶을 정도로 감동했다. 자신이 종종 느끼는 외로움보다 더 깊은 고독감은 존재할 수 없다고 생각했었는데 지금 확실히 가능하다는 걸 알았다.

그때 에브림이 눈을 깜박거리자 숨김없이 희망찼던 표정이 희미해졌다. 중립적이고 일반적인 친밀함에 가까운 기본 설정 표정으로 돌아왔다. 물론 이 또한 근사한 표현에 불과했다. 상당히 어색했다. 에브림은 훨씬 더 외로운 존재였다.

"네. 저도 그렇게 생각해요. 박사님도 무척 뛰어난 분이잖아요.

지금 우리가 서로 마음을 여는 중이니 말씀드릴게요. 저는 《바다는 생각한다》가 제가 지금까지 읽은 책 중 가장 멋진 책이라고 생각해요. 두족류의 지능뿐만 아니라 그 지각과 판단 능력과 의사소통까지 아우르잖아요. 그 책을 읽자마자 이건 박사님 없이는 절대 풀 수 없는 퍼즐과도 같다고 생각했어요."

"책이 재미있었다니 다행이네요." 하 박사는 책 이야기를 하는 걸 좋아하지 않았다. 책이 칭찬받는 것도 좋아하지 않았다.

"물론 제 생각일 뿐이에요. 제 분야가 아니니까요. 하지만 박사님 책은 편안했어요. 뭐랄까…… 이건 나중에 더 이야기하도록 해요. 미너부도티어-첸 박사님은 제가 좀 더 조심스럽게 생각을 공유해야 한다고 했어요. 인간들은 침묵에 가치를 둔다면서요. 특히 저 같은 존재에게는 더 그렇다고요."

"책에 대한 최악의 평가가 기억나요." 하 박사가 씁쓸하게 웃으며 말했다.

"'하 응유엔 박사는 이 책에서 두족류 주변을 헤엄치며 많은 질문을 한다. 과연 그녀가 신경과학자인지 철학자인지 궁금하다. 결국, 둘 다 아닌 것 같다.' 전 차라리 이 평가가 낫더라고요. 적어도 위트 있고 어쩌면 맞는 말이니까요."

"동료 과학자들은 박사님의 통찰력을 대단히 존경해요. 그들은 박사님이 새로운 분야를 발견했다고 하잖아요. 문제는 박사님의 연구가 아니라 아직 아무도 그걸 이해하지 못한다는 거예요. 누군가는 그걸 '내가 감사히 살고 싶은 미래의 과학 세상'이라고 표현했지요."

"참 고마운 말이네요."

"뭐, 그 책은 무인도에서 다른 무인도로 띄운 병 속 메시지 같았어요. 그 편지가 박사님을 여기까지 이끌었지요. 그리고 여기서라면 아마도 박사님을 비평한 사람들에게 마지막으로 대답할 수 있을 거예요."

"전 비평가들에게 끝까지 대답하지 않는 게 정답이라고 생각해요. 그저 꿋꿋이 연구할 뿐이지요." 하 박사가 말했다.

"저도 동의해요. 정답이라기보다는 전략에 가깝네요. 어쨌든…… 박사님이 와주셔서 기뻐요. 가장 훌륭한 연구를 할 수 있을 거라 믿어요."

"저도 그러길 바라요. 믿어줘서 고마워요. 그리고 저 혼자만이 아니라 '우리'가 같이 하는 거예요. 우리가 가장 훌륭한 연구를 할 수 있을 거예요. 함께요."

순간 에브림의 얼굴에 약해지는 표정이 얼핏 스쳤다. 그러나 그들은 아무 말도 하지 않았다.

흘러가는 구름.

탱크 안의 알텐체체그가 두 무릎을 가슴까지 끌어올렸다가 다시 내렸고 두 팔을 넓게 벌렸다. 마치 마법을 거는 것 같았다. 그리고 온몸의 긴장이 풀리며 이완되었지만, 피부 표면은 아직도 신경 자극들로 인해 씰룩거렸다.

바깥은 다시 파도 소리를 들을 수 있을 만큼 고요해졌고 등 뒤로는 정글의 불협화음이 들려왔다.

"끝났네요. 알텐체체그는 이제 청소 모드로 바뀔 거예요. 바닷물에 누출된 기름과 오염 물질을 빼내야 하니까요. 우리도 그만 돌아가요. 더는 구경할 게 없어요."

그러나 에브림과 하 박사는 탱크 앞에 그대로 서 있었다. 하 박사는 눈으로 알텐체체그의 몸에 난 흉터들을 따라갔다. 히말라야 소용돌이처럼 생긴 흉터 조직, 쇄골을 따라 난 힌두쿠시산맥과 그 아래 진동하는 근육까지.

"결국, 제 마카롱을 가져갔더라고요."

"네, 뭐라고요?"

"제 마카롱을 가져갔어요. 그러겠다고 하더니 정말로요. 누가 제 방에 몰래 들어와서 훔쳐 갔거든요. 알텐체체그밖에 없어요. 마스터키를 들고 있거든요. 그거 아세요? 박사님이 계셔서 정말 좋아요. 많은 이유가 있는데 그중 하나는 저랑 알텐체체그가 서로 신경을 건드리기 시작했다는 거예요."

기호는 어디에서도 생겨나지 않았다. 처음에는 그랬다. 초기 상형문자 시스템은 세상과 연결되어 있다. 현대 중국에서 사용하는, 표어문자 중에서 가장 정교하고 추상적인 문자인 한자마저도 그 관계를 암시하는 흔적을 보여준다. 예를 들어 사람을 의미하는 글자 '人'은 아무리 단순화하더라도 분명히 인간이 서 있는 모습을 묘사하고 있다.

언어는 추상적이다. 그러나 결국 이 세상에 실존하는 것들과의 실제 관계에서 나타나며 그 오래된 관계와의 흔적마저도 간직하고 있다. 이런 흔적들이야말로 다른 종들이 쓰는 기호들을 (우리가 알아볼 수만 있다면) 판독하는 데 필요한 결정적인 요소가 될 것이다.

— **하 응유엔 박사,《바다는 생각한다》**

11

이른 새벽에 하 박사는 벤담 항구였던 길을 따라 걷고 있었다. 불타오르던 배들이 신경 쓰여 지난밤에 한숨도 자지 못했다. 잠을 자려고 눈을 감으면 탱크 안에 있던 알텐체체그가 아른거렸다. 지형도에 그려진 산맥들처럼 생긴 흉터들, 바다와 연결된 액체 안에서 너울거리던 수중 능선들.

그러나 잠들지 못한 진짜 이유는 따로 있었다. 하 박사는 그 문어가 피부를 통해 반복해서 보여준 그림의 뜻이 너무나 궁금했다. 신호, 그러니까 기호. 물론 아무 의미도 없을 수 있지만, 있을 수도 있었다. 현실에 실제로 존재하는 어떤 형태와 연결될 수도 있었다. 만약 그렇다면 그건 이번 연구에 아주 중요한 열쇠가 될 것이다. 문어가 그려낸 모양이 마음속에 자꾸만 떠다녔다.

하 박사는 수첩 한 페이지를 이 그림으로 가득 채웠다. 오히려 더 단순화해서 그려보았다. 원의 일부로 추상화해서 아래를 향하는 쐐기 또는 선을 그려 넣었다.

'아래를 향한다? 문어가 그걸 아래로 향하는 것이라고 인지했을까?'

비록 그 그림을 이루고 있던 물질은 인간보다 더 유동적이었지만 문어는 다른 물고기보다 중력의 영향을 더 받았다. 수영을 아주 잘하는 편은 아니었으나 걷고 사냥하며 바위와 암초를 따라 바닥을 훑고 다녔다. 위협을 받을 때면 마치 똑바로 일어서는 사람이나 가슴을 부풀리고 두 팔로 서는 원숭이처럼 몸을 일으켜 세웠다. 뒷다리로 선 곰 같기도 했다. 그러니까, 그게 맞다. 동물들 세계에도 아래와 위가 존재한다.

그런데 그 쐐기가 아래를 향하고 있었나?

그렇다면 그건 쐐기였나? 화살표였나? 아니면 그냥 선이었나?

경고나 위협을 의미하는 게 분명한 그 그림이 하 박사를 괴롭혔다. 어느 정도는 그림의 의미를 이해하고 있는 것처럼 느껴졌다. 꼭 어디선가 본 적이 있는 것 같았다.

도로 안쪽까지 자라난 나무들 때문에 항구로 가는 길을 따라가기가 어려웠다. 길바닥은 나뭇잎과 꼬투리들이 아무렇게나 흩어져 있었다. 원숭이들과 아침 새들이 지붕처럼 우거진 나뭇가지 위에서 시끄럽게 떠들어댔다.

벤담 항구는 작은 부두와 창고와 상점들이 몰려 있는 거리 하나가 다였다. 관광 사진 속에서는 다채로운 색을 칠한 낚싯배들을 배경으로 작은 부둣가에 일렬로 줄지어 앉은 여자들이 얕은 바구니에 든 생선을 팔고 있었다. 이 작은 항구는 V자 형태의 만에 있었는데 좁고 뾰족한 끝이 남동쪽을, 넓게 열린 끝은 북서쪽을 향하고 있었다. 남서쪽 끝에는 버려진 호텔 가까운 곳에 작은 해협이 있었는데 가끔 조수가 밀려들어 물살이 위험하게 몰아치기도 했다. 그 반대로 북서쪽 끝은 그 폭이 거의 1.6킬로미터 정도의 너비로 펼쳐져 있었다.

이 V자 '만'은 사실 만이라고 할 수 없었다. 동쪽으로 꼰다오 군도의 메인 섬인 꼰손섬과 서쪽으로 사람이 살지 않는 숲으로 뒤덮인 혼바 사이에 있는 해협이었다.

이곳의 피해는 하 박사가 꼰다오에 처음 도착한 밤에 지나온 꼰손 마을의 고요하고 덧문이 내려진 집들보다 더 확연하게 나타났다. 꼰손 마을은 단순히 주민들이 모두 떠난 것처럼 평화로워 보이기까지 했다. 그러나 이곳은 침몰한 낚싯배들이 만을 채우고 있었다. 꽤 큰 여객선을 포함한 난파선들도 항구 입구를 막고 서서 통행을 불가능하게 했다.

하 박사는 이곳에 와본 적이 있다. 열여섯 살이었다. 붕타우에서 수중익선을 타고 오는 동안의 여정은 정확히 기억나지 않는다. 당시 사랑에 빠졌던 한 소년만을 바라보고 있었기 때문이다. 소년이 다른 남자아이들과 이야기를 나누는 모습, 창밖으로 초록빛 바다를 바라보는 모습, 책 읽는 모습까지.

하 박사는 꼰다오를 둘러보았지만 기억에 남는 건 없었다. 보육원에서 갔던 현장학습은 마치 현실에서 일어난 적 없는 일인 것 같았다. 그랬다. 그해 하 박사는 순수한 감정으로 가득 찬 그녀만의 세상에서 살고 있었다. 꼰다오는 그녀가 느끼는 감정의 배경일 뿐이었다. 그저 색과 소리가 얼룩질 뿐이었고 행상들이 소리치는 목소리와 혼바 뒤에서 흔들리는 낚싯배들은 소녀가 짝사랑하던 소년 앞에서 모두 무의미했다. 그리고 그때부터 종종, 지금까지도 그렇게 집착했던 상대를 생각하면 수치심이 피부에 번지고 목이 타는 듯했으며 뺨으로 솟구치는 것 같았다. 그녀를 무시하던 소년, 얼굴을 돌리던 소년.

그들은 사흘 동안이나 꼰손 마을에서 지냈었지만, 하 박사는 다시 돌아왔다는 느낌이 들지 않았다. 처음 온 것처럼 아무것도 기억나지 않았다. 외로운 10대였을 때 방문했던 장소는 심각한 집착으로 알아볼 수 없을 정도로 왜곡되어 있었다. 하 박사는 두 번째 방문인 이 섬을 기억하려 애썼다. 그러나 기억나는 건 오직 한 소년뿐이었다. 완벽한 얼굴과 언제나 자신을 피했던 두 눈. 어느 날 아침 해변에서 소년에게 달려갔던 게 생각났다. 파도로 온몸이 젖었으나 수영복을 입은 모습은 꽤 괜찮으니, 소년이 봐주길 바랐었다. 소녀는 소년에게 모래 한 줌을 던졌다. 소년은 웃으며 마치 거리를 거니는 모르는 사람 보듯 쳐다봤다. 귀찮은 듯이 막연한 관심만 담긴 시선으로, 전혀 궁금해하지 않는 모습으로 그대로 웃으며 돌아갔다.

그날 아침 식사 때 하 박사는 소년이 앉은 테이블에 앉았다. 소년은 그녀를 쳐다도 보지 않았다. 그저 스위트 바질 접시 좀 건네 달라고 틀린 이름으로 부르며 부탁했을 뿐이었다.

소녀는 별의 중력이 시공간을 휘게 하듯 기억을 뒤틀었다. 소년은 모든 걸 자기 안으로 끌어들였다. 꼰다오, 선생님, 보조 선생님, 같은 보육원 학생들까지 모두 그저 소년을 중심으로 비스듬하게 돌고 있는 원자들이었다.

하 박사는 감정에 사로잡히고 증오에 찬 어린 시절을 떠올렸다. 그 사람은 외계인 같은 존재였다. 아니, 외계인보다도 더 못했다. 그 열여섯 살 소녀는 자기 자신이지만, 동시에 아니기도 했기 때문이다. 마치 전의식에 존재했던 것처럼 하 박사 이전에 존재했던 그 무엇이었다.

보육원에서는 개인적인 공간이 존재하지 않는 만큼 홀로 완전히 고립될 수도 있었다. 하 박사는 타인들에게서 자신을 완전히 차단하는 법을 배웠다. 소녀들 사이에서 '신뢰'란 존재하지 않는 감정이었다. 모든 소유물은 어떻게든 방어하거나, 동등하거나 더 큰 가치를 지닌 것으로 거래해야 하는 귀중한 것이었다. 동맹 따위는 있을 수 없는 일이었다. 우정이란 또 다른 소중한 물건이나 약간의 정보 등을 거래할 때나 쓰는 단어였다. 더 큰 위험을 동반할수록 더 큰 가치를 지녔다. 가장 파괴적인 소문은 그 어떤 현물과도 거래될 수 있었다. 그 가치는 항상 쌓여만 갔다.

그러나 하 박사가 혼자 있는 법을 터득한 곳은 보육원이 아니었다. 물론 보육원에서도 외롭게 지냈지만 그래도 조그만 희망을 품고 버텼었다. '내년은 다르겠지. 새로운 소녀가 들어오면 친구가 될 수 있을 거야. 입양될 수도 있겠지.'

완벽하게 혼자라는 게 뭔지 배운 곳은 바로 여기였다.

하 박사는 에브림을 생각했다. 사원에서 오토몽크에 관해 에브림이 했던 말을 기억했다.

'저들은 어딘가 괴상하고 역겨워요. 아마 당신이 원숭이를 볼 때랑 같은 느낌일 거예요. 불안하잖아요.'

어린 시절을 돌아보면 딱 그런 느낌이었다. 자의식이 반만 채워진 어떤 존재를 보는 느낌. 지금의 자신보다 더 열등한 모습. 실패로 돌아간 시도들.

약탈당한 가게와 창고들의 구멍 난 방수포와 다 해진 차양이 아침 바람에 펄럭였다. 도로와 부두에는 찢어진 그물망과 부서진 상자들이 여기저기 널려 있었다. 말라붙은 핏자국 같은 어두운 얼룩도 있었다.

'이건 꼰다오 주민들이 치른 대가야. 우린 그들의 희생을 가치 있게 만들어야 해.'

과거에 혼란스러웠던 그대로 멈춰진 삶 너머에 푸르고 고요한 혼바섬이 우뚝 서 있었다.

하 박사는 길을 따라 돌아갔다. 포도밭 옆 불교 성지와 버려진 얼음 공장을 지났다. 떨어진 과일들을 모아둔 원숭이가 노려보고 있었다.

호텔에 돌아가니 아무도 없었다. 수평선 위로 깔린 얇은 안개 속에 뜬 태양은 은빛으로 빛나 눈이 부시지 않았다. 하 박사가 다가가자, 호텔 보안 문이 자동으로 열렸다. 딱히 카메라가 보이지는 않았으나 새벽에 호텔을 나설 때도 그랬다. 너무 노골적이다. 아니, 어쩌면 벌레처럼 생긴 카메라들이 호텔 벽을 따라 기어다니는지도 몰랐다. 아니면 주변 공기 속 티끌처럼 아주 조용히 날아다닐 수도 있다.

하 박사는 잡초가 무성한 수영장이 있는 금이 간 테라스를 가로질렀다. 은빛 태양 아래 해변에 에브림이 있었다. 조개껍데기를 줍고 있나?

그러나 하 박사가 다가가 보니 에브림은 모래사장 위에 두 손으로 무릎을 감싸고 앉아 있었다. 앞 해안선에 뭔가 쌓여 있었다.

하 박사는 가까이 가보았다. 더미 위로 파리 떼가 날아올랐다가 내려앉기를 반복했다. 더미와 물에 젖은 옷가지들을 보고 나서야 깨달았다. 하 박사는 뛰기 시작했다. 아니, 그 현장이 궁금하면서도 선뜻 다가갈 수 없어 반만 뛰었다. 에브림은 하 박사 쪽으로 고개를 돌리지 않았다. 하 박사는 더미에서 몇 미터 떨어진 곳에 멈춰 섰다.

알아볼 수 없을 만큼 불에 탄 채로 허리가 반 토막 난 사람이 있었다. 해변 저 아래로 훼손된 옷가지들과 살점 더미가 보였다. 다른 곳에는 또 다른 더미가 있었다.

하 박사는 죽은 사람을 본 적이 있다. 오전에 수영하러 나갔다가 익사한 연구 보조원이었다. 몇 시간 지나 사람들이 물에서 여자를 건져 해변으로 데려왔다. 하 박사는 공포에 질린 채 부풀어 오른 여자의 얼굴을 내려다봤었다. 이 상황에 비하면 그건 아무것도 아니었다.

에브림은 파리들이 왱왱거리는 소리보다 작은 목소리로 뭐라고 중얼거렸다.

하 박사는 두 다리에 힘이 풀려 넘어지지 않게 균형을 잡았다.

"무인 선박이라고 했잖아요."

하 박사를 향해 돌아보는 에브림의 두 눈은 아무런 초점이 없었다.

"난 너를 돌보는 것 외에는 아무것도 하지 않았어……. 너만, 내가 사랑하는 내 딸. 네가 누군지도 모르고 있는 내 딸……."

"나를 돌본다고요? 뭐라고요?"

에브림은 마치 머릿속 꿈을 지우려는 듯이 머리를 세차게 흔들었다.

"죄송해요. 가끔 저는 여기에 있으면서 여기에 없어요."

"자동화된 거라고 했잖아요. 저 배들이요."

"보통은 그래요. 그런데 선원들이 타는 무인 선박도 있어요."

"어떻게 그래요? 로봇 선박에 사람이 탄다고요?"

"노예들이요. 완곡한 표현을 좋아한다면 '인신매매 당한 사람들'요. 인간이 로봇보다 비용이 덜 들거든요. 특히 바다 위에서는 더 견고하기도 하고 소모성도 좋고요."

에브림은 일어서서 해변 위로 걸어갔다.

"어디 가요?"

"삽 찾으러요. 이 사람들은 우리 책임이니까 우리가 묻어줘야죠. 그리고 다시 할 일을 해야죠. 오늘 또 다른 잠수정을 내려보낼 거예요. 알텐체체그가 잠수정을 조종할 수 있을 만큼 몸이 회복되면요."

하 박사는 에브림을 따라 해변으로 올라갔다.

"회복이요?"

"어젯밤처럼 섬을 방어하는 일은 에너지가 많이 소모되거든요. 빨라도 오늘 점심때까지는 알텐체체그를 보지 못할 거예요. 그리고 박사님도 오늘은 알텐체체그를 조심스럽게 대하는 게 좋을 거예요."

"조심스럽게 대하라고요? 그녀가 이 사람들을 죽였는데요."

"죽여요?"

에브림은 잠시 혼란스러운 듯했다.

"죽여요? 그래요. 그랬지요. 그게 알텐체체그의 일인걸요. 정말 쉽지 않은 일이에요. 어쨌든 오늘은 몸이 좋지 않을 거예요. 와서 삽 찾는 걸 좀 도와줘요."

우리는 상어의 공격을 부추기는 행동을 피하려 할 때, 상어가 우리의 신호를 읽고 그에 대응할 수 있다는 걸 알아낸다. 좋든 싫든 우리는 상어와 소통하는 것이다. 만약 실수로 상어들이 우리를 먹잇감으로 여길 만한 신호를 내보낸다면(가령 젖은 잠수복을 입은 모습이 물개같이 보인다든가, 괴로워하는 물고기처럼 물속에서 진동을 일으킨다면), 보통은 상어가 사람은 잡아먹지 않는다는 사실에도 불구하고 우리는 상어가 공격해올 수도 있다는 걸 안다. 상어가 세상의 신호들을 잘못 해석하고 어쩌면 우리에게 치명적일 실수를 범하게 할 수도 있다는 것이다.

우리가 세상을 바라보는 방법도 중요하지만, 세상이 우리를 바라보는 방법을 아는 것 역시 중요하다.

― 하 응유엔 박사, 《바다는 생각한다》

12

한밤중에 경적이 울렸다. 처음 들어보는 소리였다. 막사 벽을 가로질러 비추는 붉고 푸른색 불빛이 창문에 달린 창살 그림자에 잘렸다. 에이코는 경고음을 듣자마자 곧장 일어나 앉았다. 어차피 완전히 잠들지도 않았지만. 바다늑대호가 사나운 바다 물결에 육중하게 기울었다. 선원들이 자고 있던 폴리넷 해먹은 바닷물과 빗물이 새는 천장 아래서 같이 흔들렸다.

저인망 그물은 거둬들였고 급속 냉동실도 다행히 닫혀 있었다. 노예들은 모두 뱃멀미로 인한 토사물 악취와 고통 속에서 녹슨 막사 창살 안에 갇혀 있었다. 가장 강한 위장을 가진 이들까지도 흔들리는 배와 함께 휘청거리고 괴로워했다. 가끔 바다늑대호는 파도에 휩쓸려 거의 90도 가까이 옆으로 눕기도 했다.

"이 배는 날씨를 제대로 못 다루네." 에이코 옆 해먹에 누워 있던 손이 말했다.

"잡아들인 물고기 때문에 무거운 데다 제대로 실려 있지도 않아서 그래."

가공 갑판에서 화가 난 비야르테로부터 에이코를 보호해준 다음부터 둘은 친구가 되었다. 해먹을 나란히 걸어두고 비번일 때는 얼룩진 갑판 위에서 카드 게임을 하거나 서로 이야기를 나누었다.

이 우정은 에이코가 매사에 더 신경 쓰며 살겠다고 결심한 결과 중 하나였다. 모든 걸 혼자 안고 가던 때가 있었다. 자신을 도와주려는 사람도 충분히 믿지 못하던 때가 있었다. 그러나 이제 에이코는 스스로를 돌보겠다는 결심을 거의 종교적으로 믿기 시작했다.

물론 아직은 몸소 진정으로 느낀다는 뜻은 아니었다. 에이코에겐 여전히 무심한 거리감이 있었다. 그러나 천천히 진실한 것들을 찾아 더듬더듬 향하고 있었다. 동정심이라든지, 아니면 그걸 뭐라고 부르든 간에 말이다. 그걸 정확히 뭐라고 불러야 할지 몰랐다. 어쨌든 의식적으로라도 타인과 관련짓고 공감하고 동질감을 가지려고 노력했다. 왜냐하면, 그들은 중요하기 때문이다. 중요해야만 했다. 만약 타인이 중요하지 않다면, 자기 자신도 중요하지 않다는 말이기 때문이다.

그래서 에이코는 남의 말을 듣는 걸 배웠다. 듣는 걸 연습했다. 손을 상대로 연습했다. 손은 고향인 꼰다오 군도의 어부였다. 작은 현지 어선들. 대부분은 불법인 국립 해양 공원에서의 밀렵. 손은 다이빙 강사로 일하기 시작하고 나서야 어부였을 때를 후회했다. 그 섬에서 태어나고 자란 손은 숲과 맹그로브, 산호초와 거북이 보호 구역까지 지속된 남획으로 고통받던 고향에 대한 향수로 가득했다. 다이빙 강사로 일하면서 손은 생태계를 걱정하는 진정한 용사로 거듭났다. 손과 그의 상사였던 로런스는 일과가 끝나면 산호초에 걸린 폐그물을 쳐냈다. 그리고 절박한 어선들이 국립공원 주변으로 계속해서 급습하는 동안 줄어드는 꼰다오의 해양 생물을 정리해 과학자들과 함께 문서로 만들기도 했다. 에이코는 손의 이런 점을 높이 샀다. 문제를 직시하고 그 문제를 해결하기 위해 뭐라도 하는 모습. 손은 주변에 관심을 가졌다.

에이코에게는 완전히 생소한 수준의 열정이었다. 손에게는 살아가는 이유가 있었다. 때로는 보트 프로펠러에 맞아 죽은 채 해변으로 떠밀려 온 듀공들이나 어망에 걸려 토막 난 뒤 관광산업을 위해 팔려나간 멸종 위기 거북이들. 수백 개씩 팔려나가는 거북이 알처럼 끔찍한 이야기를 해주기도 했다.

그중 손이 가장 좋아하는 이야깃거리는 꼰다오 바다 괴물에 관한 것이었다. 오랫동안 전해 내려오는 괴물 이야기라고 했다. 어쩌면 군도에 사람이 살기 전부터 있던 전설일지도 몰랐다. 원래는 그림자와 갑자기 물에 빠져 죽는 현상과 해안가에 나타나는 형상처럼 아이들을 겁주려는 신화에 가까웠다. 그러나 이젠 모든 주민이 이 이야기를 믿었다. 실제로 불법으로 낚시하던 어부 몇 명이 괴물에게 공격받아 죽은 것이다. 관광 시장에 내다 팔려고 청산가리를 사용하거나 작살로 암초 속 어류를 잡던 현지 프리다이버였다. 그들은 대부분 익사했다. 가끔 떠오른 시체들을 보면 누가 강제로 물속에 집어넣은 듯 온몸에 멍이 들고 구타를 당한 흔적이 있기도 했다.

게다가 그중 두 명은 갖고 있던 작살에 찔려 있기도 했다. 거북이 알을 밀렵하던 공원 관리자 한 명은 해변에서 뭔가에 길게 베여 죽기도 했다.

꼰다오 주민들은 더 미신적인 이야기도 믿었다. 정치범 수용소에서 죽은 유령들이 복수하려 한다는 내용이었다. 그러나 손은 그렇게 생각하지 않았다. 무분별한 남획과 계속해서 암초에 해를 입히는 행동들에 반응하는 자연적인 현상이라고 믿었다. 그 불균형에 저항하는 것이라고 믿었다.

그러던 중 로런스가 난파선에 데리고 간 다이빙 가게 손님이 꼰다오 바다 괴물에게 공격받아 죽었다.

그 사건으로 다이빙 가게는 문을 닫았고 완벽했던 일자리는 끝났다. 어쨌든 곧 그 일자리는 끝날 운명이었다. 얼마 지나지 않아 디아니마가 군도 전체를 사들였기 때문이다.

디아니마는 군도를 사들인 것을 지속적인 환경 파괴와 부실한 관리로부터 섬을 보호하는 '기업의 사회적 책임' 프로젝트라고 주장했다. 그러고는 어디서든 더 좋은 삶을 시작할 수 있도록 현금을 챙겨주며 섬 주민들 모두를 철수시켰다.

"우린 강제 추방당한 거야." 손은 말했다.

디아니마라는 이름을 다시 듣다니 이상했다. 납치당하기 전에 에이코가 일하려던 곳이었다. 그 이름을 듣는 순간 에이코는 이 현실에 신선한 고통을 느꼈다. 지금쯤이면 디아니마에서 일하고 있어야 했다. 자신의 가치를 보여주며 기업의 먹이사슬을 통해 승승장구했을 것이다. 에이코가 가진 능력을 믿고 전적으로 투자한 부모님에게 진 빚을 갚을 수 있을 것이었다.

디아니마가 주민들을 철수시켰을 때 힘없는 시위가 한 번 일어나긴 했지만, 사실 주민들은 떠나는 걸 반가워했다. 보상금은 두둑했고 섬 생활은 지루했다. 언제까지 무분별한 밀렵과 관광산업만 바라보고 살 수는 없었다. 둘 다 주민들을 배부르게 하지 못하기도 했다.

손은 사회적 책임을 지는 기업이라는 디아니마의 변명을 믿지 않았다.

"왜요?" 에이코가 물었다.

"꾼다오에 있는 것들은 다른 곳에도 다 있었어. 우리에겐 산호초가 있긴 하지. 그치만 다른 섬들보다 특별히 더 낫다고는 말할 수 없어. 온전하지도 않았고. 남획으로 많이 손상돼 있었거든. 희귀 동물도 좀 있긴 했지. 듀공이라든지. 하지만 듀공을 살리겠다고 군도 전체를 사진 않았을 거 아니야. 아무리 돈이 많다고 해도. 그래, 그럴 리 없어. 디아니마는 꾼다오 바다 괴물을 쫓고 있는 거야. 확실해."

"소문을 쫓는다고요? 고작 소문 따위로 군도를 사들인다고요?"

"소문이 아니야. 우리랑 같이 다이빙하던 남자를 죽였어. 그 남자뿐만 아니라…… 다른 사람들도. 소문이 사람을 죽이지는 않잖아."

"그러니까 아주 위험한 바다 생명체네요."

"위험하다, 그렇지. 하지만 위험한 놈은 많아. 상어, 창꼬치. 사람도 무섭지. 그러니까 그런 문제가 아니야. 그냥 위험하기만 한 게 아니라…… 똑똑해."

"그래서요?"

"우리는 왜 디아니마가 군도를 사들였는지 항상 이야기했어. 여러 가설이 나왔지. 하지만 내 생각은 이래. 만약 네가 인공지능을 만드는 회사라고 치자. 새로운 종의 지능을 가까이서 연구하고 싶지 않겠어? 만약 꾼다오 바다 괴물이 똑똑하다면, 디아니마는 그게 얼마나 똑똑한지 궁금할 게 분명해. 어떻게 행동하는지, 어떻게 그렇게 똑똑해졌는지 말이야."

손은 군도를 떠나고 싶지 않았으나 때가 되었다는 건 알고 있었다. 다이빙 가게에서 더는 일할 수 없게 된 이상 불법 어업 빼고는 섬에서 할 일이 없었다. 게다가 더는 불법으로 낚시하고 싶지 않았다. 환경 운동가로 전향한 후에는 더더욱.

손은 다이빙 강사 일자리를 찾아 붕타우로 건너갔다.

그리고 거기서 납치되었다. 술집 화장실에서 신경안정제를 맞고 승합차에 강제로 태워졌다가 바다늑대호 인신매매 알선자에게 팔려왔다.

에이코는 바다 괴물 이야기를 믿진 않았지만, 손의 이야기를 듣는 건 좋았다. 그리고 디아니마는, 누가 알겠는가? 가장 가능성 있는 변명은 회사가 기밀로 운영할 기지가 필요했다는 것이다. 에이코는 디아니마가 그 군도에 뭔가를 숨겨놨다고 확신했다. 군도에서 뭔가를 개발하는 것이다. 그들이 만들어낸 자각하는 로봇보다 더 충격적이고 혁신적인 뭔가를. 에이코는 그게 뭐든 간에 거기서 일했으면 좋겠다고 생각했다.

'기업의 먹이사슬을 타고 승승장구하면서.'

손은 이야기하는 걸 좋아했다. 영어 실력이 완벽하지는 않았으나 다이빙 강사로 일하기에는 부족하지 않을 만큼 효율적으로 잘했고 능숙하게 활용했다. 그런 면에서 손은 운이 좋았다. 바다늑대호의 노예들은 영어를 썼다. 그리고 영어는 주먹, 발차기, 총구 등으로 폭력을 쓰는 용병 경비요원들의 언어이기도 했다. 물론 폭력보단 영어로 말하도록 하는 게 좋겠지만.

한 달 전에 구명정에서 발견된 말레이시아인 두 명처럼, 영어를 한마디도 하지 못하는데 잡혀 온 '선원들'마저도 기본 영어는 빠르게 익혔다. 영어는 살아남기 위한 수단이었다.

에이코는 선박에 탄 모든 이들의 모국어가 영어는 아니라고 생각했다. 그렇지만 영어는 모두가 공통으로 쓰는 것 중 하나였다.

바다늑대호가 무겁게 기울며 속도를 내려고 했다. 막사 안에 매달린 해먹들이 흔들렸다.

"아니, 그녀는 전혀 날씨를 다룰 줄 몰라." 손이 말했다.

그녀. 재미있다. 에이코는 바다늑대호가 여성일 거라고는 전혀 생각지 못했다. 하지만 고등학교 때 영어에서 모든 선박은 전통적으로 여성이라고 배운 게 기억났다. 어찌나 제멋대로인가. 에이코는 굳게 닫힌 조타실의 강화 철문 뒤에 숨은 잔인한 자아를 당연히 그것이라고 여겨왔다. 어떤 무력. 어떤 것.

경적은 계속 울렸다. 누군가가 잠긴 막사 밖 메인 갑판 아래에서 거친 바다와 신음하는 선박 소리 너머로 소리를 지르는 게 들렸다.

곧 선박의 모두가 들어본 적 있는 소리도 들렸다. 바다늑대호가 발포하는 무반동 소총 소리였다. 그제야 선원들이 해먹에서 나오기 시작했다. 손과 에이코도 작은 창살 뒤에서 서로 바깥을 보겠다고 밀치는 이들 곁에 섰다.

갑판은 뱃전 위로 넘쳐 들어온 바다 거품에 잠겨 있었다. 막사에서는 선수 쪽 선원 선실에 회전 고리로 고정된 무반동 소총이 보이지 않았다. 선수 방향으로 향한 창문들은 철판으로 용접되어 막혀 있었다. 그러나 막사의 벽과 멀지 않은 곳이었기 때문에 발포 소리는 마치 철판을 망치로 세게 치는 것처럼 들렸다.

"구조 작전인가요?"

막사 안에서는 메인 갑판에서 혼란스럽게 돌아다니는 용병들만이 보였다. 어두운 두건을 쓴 형체들이 기중기 철탑 아래에서 저인망 기계 사이를 왔다 갔다 했다. 그중 두 명은 좌현 뱃전을 따라 웅크리고 있었다.

바다늑대호는 탐조등으로 높고 불규칙한 파도 위를 비추었다. 그때 에이코는 보았다. 좌현으로부터 약 수백 미터 떨어진 곳에서 회색 뱃머리가 물살을 가르고 있었다. 선박 길이는 약 20미터 이상이었고, 어두운 형상으로 가득 찬 갑판에는 적어도 회전 무기 세 대가 고정된 채 뾰족하게 솟아 있었다. 이 선박이 시야에 들어온 것과 동시에 뱃머리에서 예광탄들이 호를 그리며 바다늑대호를 향해 날아왔다.

"알래스칸 해적이다." 손 옆에 서 있던 남자가 말했다. 에이코가 잡혀 들어왔을 때 이미 선박에 있었던 인도네시아인 선원이었다. 남자는 다 낡아빠진 푸른 방수포 위에서 하루에 다섯 차례나 기도를 드리곤 했다.

"분명 우리 배에 가득 실린 걸……."

남자의 머리가 부서진 뼛조각과 피와 뇌 조직으로 한데 뭉치며 사라졌다.

막사는 곧 비명과 혼돈에 빠졌다. 다들 최대한 안전한 곳으로 기어갔다. 물론 안전한 곳이 있을 리가 없었다. 에이코는 고개를 숙이고 마치 보호받을 수 있다는 듯 머리를 두 손으로 감싸며 우현 쪽으로 최대한 가깝게 이동했다. 손은 그 옆에서 같이 기었다.

무반동 소총이 계속해서 발포되었다. 좌현과 맞닿은 막사 벽에 총구멍으로 전갈자리처럼 보이는 별자리가 그려졌다. 인도네시아인 선원이 내다보다가 총에 맞은 창문이 그 한가운데에 있었다.

'그 남자 이름도 모르는데. 경비요원들에게 맞지 않도록 황다랑어 내장을 빨리 빼내는 방법을 가르쳐주면서도 난 알려고 하지 않았어. 단 한 번도 관심 두지 않았어. 지금도 그러잖아.'

그때 경적이 꺼졌다. 바다늑대호가 급하게 왼쪽으로 방향을 틀어 에이코는 막사 오른쪽 벽으로 내쳐졌다. 속도가 붙었다. 강한 충격으로 선박 전체가 진동했다. 에이코는 생각할 겨를도 없이 좌현 쪽 창문으로 바닥을 기어갔다.

'직접 봐야겠어. 알아야겠어.'

바다늑대호의 탐조등은 휘청이는 파도를 가로질러 비추었다. 바로 거기. 좌현 쪽이다. 물속에 어두운 사람들이 보였다. 회색 선박은 옆에 구멍이 뚫려 물속으로 기울고 있었다.

'저 배에 돌진해 박았구나. 정말 대담하고 필사적이다. 인간이나 할 짓이야.'

검게 턱수염이 난 창백한 얼굴이 눈을 휘둥그레 뜨고 수면 위로 떠올랐다. 바다늑대호 뱃전에서 총알들이 발사되어 그 얼굴을 붉게 물든 물 밑으로 밀어 넣었다.

무반동 소총은 마치 이미 죽은 사람을 계속해서 칼로 찌르는 미친 사람처럼 격분하며 발사됐다. 회색 선박의 조타실이 불길 속에서 떨어져 나갔다.

'완전히 광기에 휩싸였어. 전혀 이성적이지 않아.'

조금 있다가 회색 선박은 물 밑으로 완전히 침몰했다. 에이코는 잠시 수면 아래로 내려가는 그림자를 보았다. 물속에서도 조타실은 마치 유산지 뒤에 있는 기름 램프처럼 계속 불에 타고 있었다. 그러다가 사라졌다.

'광기에 휩싸였어.'

조타실을 둘러싼 두껍고 불투명한 강화유리와 강화 철제문 너머에 있는 수중 음파 탐지기, 둑과 모래톱의 지도, 저인망 어업 방법과 시장가격 정보로 가득 찬 선박의 인공지능 시스템은 또한 격노와 폭력으로도 가득 차 있었다.

'우리가 도대체 무슨 괴물을 만들어낸 거지?'

2

움벨트
Umwelt

주변 환경. 생물에게 직간접으로 영향을 끼치는
자연적·사회적인 조건이나 상황.

앞을 보지 못하고 소리도 듣지 못하는 진드기에게 중요한 건 부티르산의 존재이다. 검은유령칼고기에게는 자기장이 중요하고 박쥐에게는 압축된 공기 음파가 중요하다.

이것이 바로 동물의 움벨트, 감각기관과 신경계를 사용해 느낄 수 있는 세상이자 그들을 둘러싼 주변 환경이다. 이 환경만이 그들에게 '의미 있는' 세계인 것이다.

인간을 둘러싼 주변 환경 역시 우리가 가진 감각기관과 신경계에 따라 구조되어 있다. 그러나 문어가 가진 주변 환경은 인간과는 다를 것이다. 어떤 면에서는 (나는 이 단어를 의미심장하게 쓰려 한다) 우리는 같은 세상에 존재하지 않을 것이다.

— 하 응유엔 박사, 《바다는 생각한다》

13

길가 카페의 누더기 우산 그늘에 앉은 다 민은 맥주를 들기 전 유리병 표면으로 흘러내리는 물방울들을 지켜보았다. 차갑다. 다 민은 맥주병을 입술로 가져갔다. 막 아이스박스에서 꺼낸 맥주병은 너무나 차가워서 손가락 끝에 젖은 상표가 밀렸다. 다 민은 깊게, 원하는 만큼 마시지는 못했다. 차갑고 청량한 맥주가 목구멍 안을 적시는 순간 멈추지 않고 끝까지 다 마셔버리고 싶었기 때문이다.

다 민은 오전 내내 공장 뒤에서 벽돌을 쌓았다. 온몸이 벽돌 먼지로 뒤덮였다. 여기 붕타우치고 특별히 더운 아침은 아니었으나 그래도 더웠다.

다 민은 맞은편에 앉은 여자를 보았다. 머리 주변으로 여러 색이 춤을 추며 소용돌이치고 있었다. 그녀의 뒤로 뻗은 도로 역시 정오의 햇살 아래에서 희미하게 반짝였고 달리는 모터바이크 바퀴 밑에서 열기가 신기루처럼 올라왔다. 뜨거운 열기에도 흐트러지지 않고 앉아 있는 여자의 머리 주위로 무지개색 벌떼가 날아다녔다. 여자는 다 민이 맥주를 다 마실 때까지 기다렸다.

다 민은 맥주를 내려놓으며, 다시 들기 전까지 머릿속으로 서른을 세겠다고 마음먹었다.

벌떼는 코코넛 워터를 빨대로 빨아 마셨다. 다 민이 다섯까지 셌을 때 기차역에서나 들을 법한 억양 없는 목소리가 말했다.

"당신을 찾기가 힘들었어요. 한 군데에서 오래 지내지 않나 봐요?"

"요즘 일을 구하는 게 쉽지 않거든요." 다 민이 말했다. 둘은 베트남어로 이야기했다. 여자는 압글란츠를 통해 어색한 억양으로 말했다. 다 민은 여자가 번역기라도 사용하고 있는 건지 알 수 없었다. 여자는 작은 갈색 손을 갖고 있었고, 손톱은 금색으로 칠했다. 여자는 누구라도 될 수 있었다.

"여긴 섬에서 나온 사람들이 정말 많아요. 다들 하나같이 직업을 찾고 있지요. 그런데 일할 곳이 없어요."

"하지만 당신은 일하잖아요. 벽돌 공장에서."

"내 사촌이 거기서 일해요." 서른. 다 민은 맥주를 들어 다시 마셨다. 이번에는 처음만큼 차갑지는 않았다. 뜨거운 열기 때문에 맥주가 미지근해지고 있었다. 다 민은 자존심이 허락하는 만큼 맥주를 마신 후 다시 테이블에 내려놓았다.

"제 이야기를 듣겠다고 돈을 준다는 사람은 한 번도 없었는데요. 주로 저는 대가 없이 말해주거든요."

"뭐. 운이 좋으시네요." 벌떼가 말했다.

"어디서부터 시작할까요?"

색깔들의 소용돌이 속으로 빨대가 다시 꽂혔다.

"그냥 평소 하던 대로 해주세요."

"좋아요. 당신은 돈을 줬으니, 사실대로 말해줄게요."

"네. 제발 그렇게 해주세요." 비꼬는 건가? 알 수 없었다.

"전 혼베이깐에서 공원 관리자로 일했어요. 거기 있는 거북이 보호 구역에서요. 공원을 관리했는데 급료는 너무 적게 받았지요. 게다가 일은 정말 힘들었어요. 밤새도록 해변을 감시하다 보면 거북이들이 들어와서 땅을 파고 안에 알을 낳아요. 그러면 내려가서 알을 낳은 거북이들을 표시해요. 그리고 알들을 파내서 품을 수 있는 장소에 가져다 놔요. 해변이 너무 좁아서 그렇게 하지 않으면 다른 거북이들이 와서 자기네 알을 낳겠다고 또 땅을 파거든요. 알겠어요? 이걸 밤새도록 하는 거예요. 그런데도 급료는 너무 적고요. 그래서…… 우린 낚시를 했어요. 작살 낚시요. 저희뿐만 아니라 가족들의 생계도 달려 있으니까요. 그리고 가끔은 거북이 알을 내다 팔기도 했죠. 그게 진실이에요. 전 나쁜 사람은 아니지만, 먹고는 살아야 될 거 아니에요. 바다거북 알을 많이 모으는 건 쉽지 않은 일이에요. 그중에 조금만 떼서 파는 거예요. 다들 그랬어요. 거북이 알을 훔친 적이 없다고 말하는 공원 관리자가 있다면 그 사람이 거짓말을 하는 거라고요."

다 민은 잠시 멈추었다. 진실을 말하고 나자 얼굴에 피가 도는 게 느껴졌다.

불공평했던 그 당시가 생각났다. '만약 나에게 충분한 급료를 줬다면. 나를 좀 더 잘 대해줬더라면.'

"저는 당신의 잘잘못을 따지러 온 게 아니에요." 벌떼가 말했다.

스물. 어쩌면 스물은 넘었다. 다 민은 머릿속으로 숫자 세는 걸 그만두었다. 이제는 거의 따뜻해진 맥주를 마셨다.

'내 잘잘못을 따지러 온 게 아니다.' 그러나 다 민은 디아니마가 자신을 포함해 다른 모든 공원 관리자를 조사했다는 걸 알고 있었다. 그러려고 섬 전체를 샀을 테니까. 그래서 다 민에게는 더 이상 집이 없었다. 물론 보상금을 받았다. 물론이다. 하지만 사기꾼 녀석과 사업을 시작하려다가 몽땅 날려버렸다. 정말이었다. 어쨌든, 공짜로도 해주는 이야기를 돈까지 주고 듣겠다면 그건 나쁘지 않았다. 그들이 먼저 제안한 거니까. 그렇다고 다 민이 도둑이나 밀렵꾼은 아니었다. 다 민은 꼰다오 토박이였고, 꼰다오는 그의 섬이었다. 다 민은 꼰다오를 보호해달라고 요청한 적이 없었다. 그저 그 섬에서 계속 살아가고 싶을 뿐이었다.

"늦은 시간이었어요. 해는 이미 진 후였지요. 하지만 어둡지는 않았어요. 밤이어도 손전등을 켜고 다닐 수 없어요. 거북이들이 놀라 도망가거든요. 그래도 늦은 저녁에는 작은 손전등을 하나씩 들고 해변에 내려가기도 했죠. 그땐 그게 우리가 맨날 하던 일이었어요. 히엔은 창과 그물과 단지를 들고 있었어요. 저도 그랬고요. 그때 저랑 40미터 정도 떨어져 있던 히엔이 서핑 라인에서 창으로 뭔가를 찌르는 걸 봤어요. '나 문어를 봤어! 진짜 커. 내가 잡으면 오늘 저녁에 먹자!' 히엔이 소리쳤어요. 그리고 그때 그 형체가 다가오는 걸 봤어요."

다 민은 말하기를 멈추었다.

"왜 이 이야기가 궁금한지 모르겠네요. 아무도 믿지 않거든요. 다들 제 이야기를 듣고 저를 감옥에 처넣었어요. 아세요? 두 달 동안이나요. 결국, 풀어주긴 했지만 섬에 있던 모두가 내가 범인이라고 소곤거렸어요. 왜요? 왜 내가 그러겠느냐고요?"

다 민은 묵혀뒀던 화가 다시 올라오는 걸 느꼈다. 맞은편에 앉아 있는 여자에게, 여자의 머리를 덮고 있는 희뿌연 아지랑이에 화풀이하고 있었다. 디아니마는 그 정도로 했으면 충분하지 않았나? 어쩌면 보상금을 더 줘야 한다.

"말씀드렸지만…… 전 당신을 탓하러 온 게 아니에요."

"그건…… 그건 물속에서 나타난 게 아니었어요. 해변에서 왔다고요. 땅 위를 기어 오는 걸 내가 봤어요. 그리고 히엔한테 가까이 가더니 그게……." 다 민은 잠시 멈추었다가 다시 말을 이었다.

"벌떡 일어섰어요."

다 민은 맥주를 끝까지 다 마셨다. 맛이 없었다. 너무 따뜻했다. 그때 여자가 맥주를 한 잔 더 주문했다.

다 민은 그날 오후 근무를 하지 않을 것이다. 수영이나 하러 갈 참이었다. 반쯤 술에 취한 채로 따뜻한 물 위에 둥둥 떠 있는 자신을 상상했다.

그러나 다 민의 일부는 여전히 혼베이깐의 해변에 남아 있었다. 이 이야기를 할 때마다 항상 이렇지는 않았다. 주로 다 민은 아무 생각 없이 그냥 떠들어댔다. 주로 캐리커처처럼 머릿속에 남아 있는 스틸 사진 몇 장을 간단하게 추려서 이야기했다. 그런데 지금은 뭔가 달랐다. 그때 그 장소에 다시 돌아간 느낌이었다.

그건 물속에서 나타난 게 아니라 해변을 따라 내려왔다. 처음엔 땅에 낮게 붙어 있어 마치 모래 위에서 움직이는 얼룩 같았다. 그런데 움직이는 모습을 보니 문어가 맞았다. 문어는 갑자기 팔 끝으로 일어섰다. 사람 같았다. 정말 일어난 게 맞긴 한가? 가끔 다 민은 그 부분을 상상한 게 아니었나 하고 스스로 의심했다. 문어는 거의 사람 형체를 하고 사람처럼 움직였다. 두 다리로 걷는 사람처럼 팔들을 함께 움직이며 걸었다. 그게 가능한가? 불가능했다. 하지만 그는 그 일이 실제로 일어났다는 걸 알았다. 두 눈으로 직접 보았으니까.

다 민은 곧바로 비명을 지르고 팔을 휘두르며 히엔에게 달려갔다. 히엔은 활짝 웃으며 바다를 내려다보고 창 던질 준비를 하고 있었다. 마치 아무 일도 일어나고 있지 않다는 듯이. 히엔의 웃는 얼굴은 곧 혼란스러운 표정으로 바뀌었는데 그건 이상하게 행동하는 다 민 때문이었다. 그때 그것이 빠르게 다가와 아주 잠시 멈칫하더니 히엔에게 달라붙어 팔들을 흔들었다. 그리고 그것은 아래로 떨어져 물속으로 미끄러지듯 들어가버렸다.

다 민은 히엔에게 5초 만에 달려갔다. 히엔은 물가에 엎드린 채 쓰러져 있었다. 다 민은 그 옆에 구부리고 앉아 히엔을 돌려보았다. 처음에는 눈앞에 펼쳐진 광경을 이해하지 못했다. 어두운 뭔가가 히엔에게서 흘러나와 바다로 향하고 있었다. 그리고 다 민은 히엔의 목과 얼굴과 두 팔이 길고 깊게 베인 것을 보았다. 히엔은 바다로 피를 뿜어내면서 입을 열었다 닫기를 반복했다.

마치 물고기처럼. 물 밖으로 나와 죽어가는 물고기와 똑같았다.

다 민은 아무것도 하지 않았다. 아무것도 할 수 있는 게 없었다. 충격에서 벗어나 겨우 움직일 수 있었을 때 히엔은 이미 움직임을 영원히 멈춘 후였다.

다 민이 이야기를 끝내자, 여자는 세 번째 맥주를 주문했다.

"뭐. 이제 다시 일터로 돌아가셔야겠네요." 단조롭고 텅 빈 목소리가 말했다.

"오늘은 돌아가지 않을 거예요. 수영이나 하러 가려고요. 공장에는 아프다고 말할 거예요."

만약 그 목소리가 놀란 것처럼 들렸다면 아마도 진짜 그랬을 것이다.

"아직도 수영한다고요?"

순간 다 민은 여자를 거리로 밀어버리고 싶었다. 전기 모터바이크 열두 대가 이 여자를 도로로 내팽개치는 모습을 보고 싶었다.

"맥주를 어느 정도 마시고 나면 할 수 있어요."

다 민은 뚜이밴 거리 끝을 지나 야생 해변을 향해 걸어갔다. 속옷만 남기고 옷을 벗어던진 다 민은 따뜻한 파도 속으로 수영하기 시작했다. 배영으로 50~60미터를 헤엄쳤다. 여자가 수영에 관해서는 묻지 않았으면 했었다. 그날 이후 끈질기게 따라다니던 공포를 갑자기 느꼈기 때문이었다. 오늘은 취기를 빌려 그 공포를 거의 없앨 수 있었다, 거의. 그러나 물속에 들어갈 때마다 무의식적으로 그 형체를 찾곤 했다. 가끔은 이상하게 생긴 돌덩이만 봐도 깜짝 놀라 다시 헤엄쳐 뭍으로 돌아올 정도였다.

다 민은 여자에게 모든 걸 털어놓지 않았다. 딱 한 가지 이야기 하지 않은 게 있었다. 어쨌든 돈을 받았으니, 처음에는 말하려고 했다. 그러다 자신도 이유를 정리하지 못한 어떤 문제 때문에 화가 난 나머지 말하지 않기로 했다.

다 민은 모래 위에 웅크리고 앉아 마치 그렇게라도 하면 친구가 살아 돌아올 것처럼 히엔의 이름을 계속해서 불렀다. 그리고 찢어져서 피로 얼룩진 히엔의 머리 옆에 놓인 것을 보았다.

바닷물과 피로 반쯤 채워진 조개껍데기였다. 다 민은 충동적으로 그걸 집어 들었다. 어쩌면 그저 그 안에 고인 히엔의 피를 버리려고 그랬던 것 같다.

조개껍데기는 날카롭게 깎여 있었다.

구조 요청을 보내기 위해 조개껍데기를 들고 관리사무소로 돌아갔다. 그러고는 섬 반대편의 맹그로브까지 가서 바다에 던져버렸다.

그 이야기는 아무에게도 하지 않았다. 면도칼만큼이나 날카로웠고, 어린 시절에 가지고 놀던 것처럼 가장자리가 뾰족하게 깎이고 연마되어 있었다. 다 민과 친구들은 가끔 조개껍데기를 깎아 칼을 만들어 나무 손잡이를 철사나 끈으로 묶어놓곤 했었다. 히엔 옆에 놓여 있던 조개껍데기는 손잡이만 없을 뿐 그때 만들었던 칼과 똑같이 생겼었다.

사람이 만들 만한 것이었다.

그리고 그건 살인 무기였다. 만약 그게 발견되면 자신이 살인자로 의심받을 것 같아서 바다에 던져버렸다. 증거가 될 수도 있으니까. 그렇게 되면 자신이 수개월은 감옥에 갇힐 거라는 걸 알았다. 폭력적인 수감 생활을 견뎌야 할지도 몰랐다. 그러나 최악을 피할 기회가 적어도 남아 있었다.

그리고 정말 그랬다. 다 민은 살인 혐의에서 풀려났고, 조개껍데기 이야기는 아무에게도 하지 않았다.

그 여자에게 말해야 했을까? 아니다. 그건 혼자만의 비밀이었다.

다 민은 물에 뜬 채 두 눈을 감았다. 머리를 뒤로 젖혀 태양이 눈꺼풀 뒤로 노랗고 붉은 폭죽을 터트리도록 두었다.

그때 윙윙거리는 작은 소리에 눈을 떴다. 처음에는 모터 소리

같았다. 그러나 다 민이 올려다보니 어떤 곤충이 머리 위에서 날고 있었다. 곤충은 햇빛 아래에서 은색으로 빛나고 있었다. 늘어지는 팔을 휘둘렀으나 바로 그 순간 곤충이 아래로 내려와 다 민의 목 위에 앉았다. 목이 조금 따끔거려 손으로 탁 때렸지만 놓쳤다. 곤충은 윙윙거리며 날아가버렸다.

몇 분 동안 다 민은 태양을 바라보며 희미하게 물속으로 가라앉았다.

이 지구상에는 다양한 단계의 의식이 존재한다. 많은 동물이 어느 정도는 자각할 수 있다. 그러나 우리는 의식이 아닌 문화를 쫓고 있다. 어디에나 있는 다른 마인드나 다른 자아가 아닌, 다른 사회를 찾아보는 것이다.

— 하 응유엔 박사, 《바다는 생각한다》

14

알텐체체그는 이번 주 내내 유동액 탱크에 들어갈 필요가 없었다. 장갑만으로도 충분했다. 알텐체체그의 회색 금속 장갑은 요상한 무도회 가운 장식처럼 팔꿈치 위까지 감쌌다. 하 박사에게는 그저 느슨하고 불투명한 뱀의 가죽처럼 보일 뿐이었다.

 에브림은 오후까지 보안 관리자를 소환하지 않고 기다렸다. 그 정도 시간이면 알텐체체그가 홀로 커피를 마시며 충분한 휴식을 취할 수 있을 것이다. 그러나 알텐체체그는 여전히 힘들어 보였다. 몸의 흉터들은 밤하늘의 별자리 잔상처럼 창백한 배경에 움푹 팬 검은 자국으로 선명하게 눈에 띄었다.

 실시간으로 화면을 보여주는 잠수정이 플랑크톤 조각으로 가득한 물속 깊이 내려가면서 전조등으로 물고기 줄무늬를 비추었다. 지나가는 물체를 찍는 카메라 조리개가 화면을 흐릿하게 만들거나 빠르게 지나치면서 침입자를 멍청하게 노려보는 플랑크톤의 눈에 맞춰지기도 했다.

 곧 잠수정의 주행등이 옆으로 기운 난파선을 발견했다. 모서리가 둥글고 어두운 직사각형 모양의 화물 출입구였다. 시야는 나쁘지 않았다. 잠수정은 배보다 5미터는 더 위에 있었지만, 전체적인 선체 윤곽이 얕은 해저 위로 뚜렷하게 보였다.

하 박사는 그날 오전 시신들을 매장하는 걸 도우려고 했었다. 그러나 모래사장에서 첫 시신을 옮기고 파리 떼가 얼굴로 날아들자 속이 메스꺼워졌다. 구토 후 입안을 헹군 바닷물은 소금물 맛과 피만큼 풍부한 미네랄 맛이 났다.

다시 도와주려고 시도했으나 결국은 에브림에게 모든 걸 맡겨야 했다. 에브림은 죽은 사람들 앞에서도 전혀 흐트러지지 않고 찢어진 시신 앞에서도 흔들리지 않는 듯 보였다. 하 박사도 똑같은 평정심을 갖고 싶었지만 그건 불가능했다.

'누군가를 불러야 해. 누군가는 이 사실을 알아야 해.' 하 박사는 계속 생각했다.

하지만 누구를? 응급 상황도 아니었고 에브림이 옳았다. 이 죽음은 철저한 보안을 위한, 섬을 보호하기 위한 것이었다. 이 사람들은 순전히 봉쇄한 해안 구역을 무력으로 침입하려다 죽었다. 일상적인 업무를 수행하던 보안 관리자는 당연하게 이 사람들을 죽였다. 그들은(알텐체체그는) 이 섬과 이곳에서 하는 작업을 보호하기 위해 죽었다(그들을 죽였다). 그들이 죽어서 그녀도 연구를 계속할 수 있고 문어들도 계속 살아갈 수 있다.

지난밤, 하 박사는 꿈도 꾸지 않고 깊은 잠을 잤다. 비몽사몽으로 아침에 깼을 때 입안은 말라 있었다. 겨우 정신을 차리고 호텔 로비로 내려가보니 에브림과 알텐체체그가 마치 옛날 영화에 나오는 소원해진 부자 부부처럼 긴 테이블 양 끝에 앉아 마주 보며 앉아 있었다. 알텐체체그는 나른하게 커피 한 잔을 마시고 있었고 에브림은 터미널을 조작하며 주시하고 있었다.

마치 아무 일도 일어나지 않은 것 같았다. 마치 오전에 시신 세 구를 매장한 적이 없었다는 듯이. 얼마나 더 많은 시신이 아직 뭍으로 떠내려오지 못하고 물속을 떠돌며 바다 청소부들에게 뜯기고 있을까? 하 박사는 커피를 마시기 전 증류 장치에서 물 두 잔을 따라 마셨다. 그리고 이미 앉아 있는 둘과 최대한 멀리 떨어진 자리에 앉았다.

'딱 내가 항상 꿈꿔오던 화목한 가족 같네.'

며칠 전 하 박사는 에브림에게 이 섬에서 함께 최고의 연구를 할 것이라고 말했었다. 그러나 이 모습은 전혀 한 팀이라고 말할 수 없었다. 하 박사는 자신도 이해할 수 없는 무언가의 일부에 속한 채 도저히 받아들일 수 없는 계산을 하고 있었다. 무고한 사람들의 생명과 그녀의 연구 활동, 문어 생태계의 안전을 놓고 저울질해야 했다. 단순한 계산법 같았다. 그러나 그건 계산할 문제가 아니라, 살인이었다. 물론 불가피했을 수도 있겠지만 그걸 받아들여야 할 의무는 없었다. 도저히 받아들일 수 없는 일을 알텐체체그와 에브림은 아무렇지 않게 여길 수 있다는 사실이 두려웠다. 마치 시신을 묻을 모래보다도 하찮다는 듯 시신을 무심하게 대하던 에브림이 기억났다.

하 박사는 더는 그 테이블에 앉아 있을 수가 없었다. 캄란과 같이 있고 싶었다. 안전한 방에서 캄란과 대화하고 싶었다. 그러나 캄란은 분명 무슨 문제가 있다는 걸 바로 눈치챌 것이고, 그 문제를 해결해주려고 할 것이다. 그렇게 쉬운 관계로 도망칠 준비가 되어 있지 않았다. 도와주려는 누군가를 곁에 두기가 힘들었다. 그녀는 해변에 떠밀려 온 찢어진 시신들과 그 위를 맴돌던 파리 떼를 도무지 떨쳐낼 수가 없었다. 연구하는 동안 종종 부정적인 리뷰나 거절로 인한 분노에 집중했던 것처럼 그 장면을 마음속에 더 두고 있어야 했다. 그것은 연구에 방해가 되지 않고 오히려 더 열심히, 더 많이 할 수 있도록 동력을 부여해주었다. 죽은 모든 이들의 희생을 가치 있게 만들어야 했다.

하 박사는 이 생각을 계속해서 곱씹었다. 시작은 벤담 항구에서였다. 섬에서 급하게 철수해야 했던 주민들이 입은 피해와 상처를 이곳에 온 이래 처음 두 눈으로 직접 보았다. 핏자국, 뿌리 뽑힌 삶, 쫓겨난 가족들. 군도에서 살던 인구는 많아봤자 5~6천 명 정도였다. 그런데 이제 난민이 그만큼 생겨났다. 그들은 어디 한 마을에서 옹기종기 모여 살며 다시는 가지 못할 섬에서의 추억담을 나누고 있을까? 아니면 이미 서로 다른 도시들로 뿔뿔이 흩어졌을까?

디아니마는 그들에게 얼마를 주었을까? 다시는 고향에 갈 수 없는 현실을 가격으로 매길 수 있을까? 도대체 얼마를 줘야 충분하다고 할 수 있을까?

어두운 화물 출입구 주변을 여기저기 탐색하는 잠수정이 화면에 잡혔다. 알텐체체그는 연구동에서 오직 자신과 잠수정만이 알아들을 수 있는 언어로 지시를 내리고 신호를 보냈다. 회색 장갑을 낀 손바닥이 다른 손바닥을 스쳤다. 잠수정은 전조등을 더 밝게 밝혔다.

선박 내부를 나누는 칸막이벽들은 지난 수십 년 동안 여기서 살아온 바다 생명체들이 점령하고 있었다. 이 깊이에서는 오랫동안 불모지로 남아 있을 수가 없었다. 유기체가 결합할 수 있는 표면이었고 거주할 수 있는 틈새였으며 포식자로부터 몸을 지키는 안식처가 되었다. 해양 생물에게는 이 모든 게 기회였다. 선박은 바다 위에서보다 물 밑에서 더 생기가 넘쳤다. 그때 하 박사는 뭔가를 보았다. 화면 코너에 잡힌 얼룩덜룩한 형체는 움직임이 더 많았다. 칸막이벽과 똑같은 색과 무늬로 완전히 하나가 되었다가 떨어져 나오더니 움직이기 시작했다.

'거기 있었구나.'

해변에서 돌아온 뒤, 하 박사는 이 연구를 포기해야 할지 계속 고민 중이었다. 그건 지금까지 해온 모든 연구를 뒤로하고 떠나겠다는 뜻이었다. 이전에 하던 글쓰기와 연구 활동으로 돌아갈 수 있게 해달라고 요청할 참이었다. 느리게 흘러가는 일상, 세상과 단절된 채 캄란과 대화하며 지내는 편안하고 길었던 저녁 시간으로 돌아가고 싶었다.

그런데 얼핏 눈에 들어온 생명체는 하 박사의 마음을 단박에 되돌려놓기에 충분했다. 아니, 그녀는 어디도 가지 않을 것이다.

'여기 있었어.'

마치 하 박사의 생각에 대답이라도 하듯 문어는 잠수정 카메라에 다시 나타났다. 알텐체체그는 잠수정을 정지 상태로 고정한 채, 카메라를 회전시켜 벽면을 천천히 훑었다. 저장고였던 실내 공간에는 아무것도 없었다.

"카메라 앵글을 아래로 내려주세요. 천천히……. 갑자기 홱 움직이지 않도록 조심히요." 에브림이 말했다.

알텐체체그가 손가락을 풀었고 잠수정이 칸막이벽을 가로지르며 전조등을 비췄다. 화면 가장자리에서 뭔가가 움직였다. 바닥에서 뭔가가 살아 움직이더니 기어갔다.

"오른쪽을 비춰봐요."

전조등은 해양 생물로 뒤덮인 칸막이벽을 가로질렀다. 움직임이 좀 더 보였다. 뭔가가 빠른 속도로 카메라를 지나치더니 다시 카메라 위로, 다시 가까이 다가왔다.

드디어 화면 속에 들어왔다.

문어는 팔 끝만을 바닥에 대고 서 있었다. 지난 영상에서 봤듯이 망토처럼 맨틀을 머리와 팔 위에 수직으로 세우고 팔들을 거미줄처럼 넓게 펼친 완벽한 '노스페라투' 자세였다. 위협하는 자세. 그리고 이전처럼, 문어는 사람 키만큼 컸고 거의 흰색이었다.

'어서 말해봐.'

문어는 피부 밖으로 흘러가는 구름 패턴을 내보였다. 패턴은 맨틀에서 시작해 눈 사이까지 내려와 팔들로 뻗어갔다. 각각 새로운 그림이 나올 때마다 이전 그림은 잠시 멈추었다가 사라졌다. 이전 영상에서보다 훨씬 느린 속도였다.

'이해시키려고 노력하고 있어. 마치 원어민이 외국인에게 천천히 말하는 것처럼.'

"대화를 시도하고 있어요. 잠수정이 이해하도록 노력하고 있어요. 저 연속적인 그림이 얼마나 의도적인지 한번 봐봐요." 하 박사가 큰 목소리로 말했다.

"네. 저도 알겠어요. 지난번 영상보다 느리고, 게다가 더 명확하기까지 해요."

"또렷하게 말하고 있어요." 하 박사는 터미널을 보지도 않고 연속적인 그림들을 할 수 있는 만큼 순서대로 스케치하고 있었다. 나중에 영상을 다시 돌려보며 더 자세히 그려낼 수 있을 것이다. 같은 그림이 간격을 두고 반복되고 있었다.

하지만 그게 다가 아니었다. 하 박사는 가능한 한 많이 스케치했다.

그런데 저건 뭐였지?

"카메라를 아래로 내려주세요. 문어 뒤에 초점을 맞추고 천천히 움직여주세요. 거기예요. 이럴 수가."

좀 더 작은 문어들이었다. 적어도 열두 마리는 되는 작은 문어들이 벽과 바닥 여기저기를 누비고 있었다.

팔이 짧고 머리는 몸에 비해 너무 큰 걸 보니 청년기 문어였다. 그들 뒤로 다른 형체가 보였는데 성체 문어 두 마리가 탁한 시야의 경계에서 떠다니고 있었다. 그중 한 마리는 의사소통을 시도하던 문어가 진줏빛이었던 것과는 다르게 아픈 것처럼 창백했다. 건강하지 못해 탈색되고 군데군데 부패한 자국이 보였다. 촉수 두 개가 사라진 상태였다.

"저기예요. 늙은 문어가 있어요. 다른 문어들이 분명 돌보고 있을 거예요……."

"대가족인데요. 지금까지 적어도 열여섯 마리는 봤어요……."

에브림이 말했다.

갑자기 화면이 하얗게 변했다.

"젠장." 알텐체체그가 손을 덴 것처럼 움찔하며 중얼거렸다.

"우리 움직입니다. 뒤로 갔다가 위아래를 뒤집습니다. 빨리하겠습니다."

카메라는 다시 초점을 맞추려고 했다. 초점이 맞춰지자, 일렬로 늘어선 문어 빨판들이 카메라 렌즈 위로 크게 잡혔다.

"잠수정에 소형 방어 무기가 있습니다. 전기 충격기입니다. 내가……."

"그러지 마요." 하 박사와 에브림이 동시에 말했다.

빨판들은 사라졌다. 바닷물이 검게 변했다.

"난파선 밖으로 나왔습니다." 알텐체체그가 말했다.

본격적으로 초점이 맞기 시작한 카메라에 가늘고 길게 몸을 늘인 문어가 바닷물을 가르고 앞으로 나아가는 모습이 보였다. 문어는 넓은 호를 그리더니 갑자기 아래로 거꾸러져 내려가 열려 있는 화물 출입구로 들어갔다.

"손상 입은 데는 없습니다. 아직 배터리도 많이 남아 있습니다. 다시 들어갑니다. 배에 다른 문이 있습니다."

"아니요." 하 박사가 말했다.

'혹시 저거……? 맞아. 저기야.'

"아니요. 잠수정은 이제 철수시키죠. 이 정도면 충분히 분석할 수 있는 분량이에요. 자료를 더 연구하고 싶어요. 잠수정을 해변으로 가져와주세요. 이리저리 왔다 갔다 하지 말고 일직선으로 천천히요."

이것이 우리가 뛰어든 미스터리다. 신경 하나로는 자신이 존재한다는 것을 인식하지 못한다. 하지만 단일 신경 수억만 개가 모인 망은 의식을 가진다. 지각 없이 살아가는 이 궁극적인 실체monad는 결국 인지하고 생각하고 행동하는 존재가 된다. 의식은 신경 하나하나가 아닌, 그 복잡한 연결 패턴으로 존재한다.

— 앤캐틀러 미너부도티어-첸 박사, 《마인드 건설하기》

15

그 인도네시아인의 이름은 '박티Bakti'였지만 다들 영어로 '백키Backy'라고 불렀다.

손이 백키의 시신을 처리하겠다고 자원했고, 에이코가 손을 도왔다. 둘은 머리가 없는 시신을 경비요원이 허락한 기름투성이 방수포에 넣고 꿰맸다. 다른 이들이 막사 안에 튄 백키의 피와 머리뼈 조각을 치웠고, 피 묻은 걸레들을 시신과 함께 방수포에 넣었다.

동이 트자, 가공 갑판은 추워졌다. 에이코는 방수포에 커다란 바늘을 찔러 넣을 때 손가락이 마비되는 걸 느꼈다. 손가락이 마음대로 움직이지 않아 두 번이나 방수포 대신 자기 다리를 찔렀고 바지에 스며드는 피를 닦아가며 계속 일했다.

경비요원들은 반원 모양으로 대충 서서 지켜보고 있었다. 그들 중 한 명은 검은색 시체 운반용 부대 안에 깔끔하게 담긴 채 뱃전에 놓여 있었다. 에이코가 계산해보니 없어진 한 명은 비야르테였다.

손과 에이코가 백키를 수의 안에 잘 넣고 꿰매자 다른 선원 두 명이 와서 방수포를 들어 올려 뱃전 위에 놓는 걸 도왔다. 마치 방수포 안에 쇠사슬이라도 넣어둔 것처럼, 백키의 시신은 하얗게 부서지는 파도에 닿자마자 바다로 빠르게 떨어졌다.

아무도 백키를 추모하는 말을 하지 않았다. 그저 백키가 물 밑으로 떨어질 때 어떤 문을 통과한 것처럼 다른 바다 표면과는 구분된 어딘가를 바라볼 뿐이었다. 그러나 바다늑대호가 가차 없이 앞으로 나아가면서 백키가 떨어진 곳이 어디였는지 더는 기억하기 어려워졌다. 결국, 다른 바다와 다름없이 똑같은 바다일 뿐이었다.

경비요원들이 비야르테가 든 시신 가방을 배 밖으로 기울여 떨어뜨렸다. 비야르테가 바닷물에 빠지자, 몽크가 그 위에 침을 뱉었다. 비야르테를 옮긴 요원 세 명도 똑같이 행동했다.

에이코는 바늘을 쥔 손을 접었다. 저들은 바늘을 빌려줬다는 사실을 잊을 것이다. 그는 나중에 바늘을 해먹 그물망이나 다른 데에 숨겨둘 생각이었다.

'이제 일곱 명 남았네.'

바다늑대호는 거침없이 나아갔다. 여전히 무거웠고 중심을 잡지 못했다. 선박은 파도를 뚫고 느릿느릿 움직였다.

곧 항구에 도착할 것이다. 손은 배가 남쪽을 향해 가고 있다고 말했다. 어쩌면 밴쿠버나 시애틀로 향할 것이다. 노예 선원들은 선창에 갇혀 있겠지만, 어쩌면 탈출할 기회가 있을지도 모른다…….

에이코만 이런 생각을 한 게 아니었다. 세척액과 땀과 죽음의 악취가 풍기는 막사 안에서 다들 언제쯤 항구에 도착할지 무기력하게 수군거리고 있었다. 다들 경비요원이 들을까 두려워서, 그보다 조타실 안의 마인드가 들을까 봐 무서워서 입 밖으로 탈출이라는 말을 하지는 않았다. 하지만 에이코는 모두 같은 생각을 하고 있다는 걸 알았다. 특히 선박을 향한 공격과 뱍키의 죽음 이후에 그런 생각이 더 심해졌다.

날이 좀 따뜻해지고 있었나? 하지만 벌써 이렇게 멀리 올 수는 없었다. 이제 용병은 일곱 명 남았고, 선원은 스무 명이 넘었다. 경비요원이 실수할 수도 있었고, 혹은 누군가가 실수하도록 유도할 수도 있다. 어떤 일이든 일어날 수 있었다. 해변에 가까워지기만 한다면 노예들에게 기회가 생길 수도 있었다.

에이코는 자신의 기억 궁전인 미나구치야의 수많은 방과 정원과 시대를 거닐며 석등에 숨겨둔 두루마리, 다다미 아래에 밀어 넣어둔 종잇조각, 주방 선반의 청주 잔 아래에 숨겨둔 것들을 하나씩 꺼냈다. 경비요원들의 움직임과 습관, 성격과 기벽까지 그가 수집해온 모든 정보들이었다. 매일 밤, 손이 잠든 다음에도 에이코는 홀로 깨어 해먹에 누워 있었다. 마음속으로는 정보 조각들을 모아둔 미나구치야 정원에 책상다리하고 앉아 있었다. 에이코는 정보를 하나하나 꼼꼼히 읽으며 나름대로 준비했다.

항구에 도착하면 에이코는 행동할 준비를 마쳤을 것이다.

가공 갑판에서 그날 잡은 생선들의 배를 가르고 있을 때 바다늑대호는 속도를 줄이더니 천천히 방향을 바꾸기 시작했다.

지금일까? 해안을 향해 방향을 틀고 있는 걸까?

그때 에이코는 수평선 너머에서 나타난 그것을 보았다.

모두 그것을 보았다.

선원들은 하던 일을 멈추고 마치 억지로 끌려간 것처럼 우현 뱃전으로 모여들었다. 경비요원도 막아서지 않았다. 그들 역시 바다늑대호 우현에 모여 선원들에게서 몇 미터 떨어진 곳에 섰다.

계단식으로 된 회색 덩어리는 바다늑대호를 마흔 척, 아니면 그보다 더 합친 만큼 컸다. 무반동 소총 포좌와 기중기, 크레인이 곳곳에 튀어나와 있었다. 그 갑판에서 움직이는 사람들의 형체가 물안개 속에서 스푸마토 기법처럼 부옇게 번졌다.

"공장선이야." 누군가 말했다.

해안은 어디에도 보이지 않았다. 어느 방향을 보아도 똑같은 해수면이 수평선과 맞닿았다.

에이코는 오른쪽에 있던 손을 보았다. 지치고 절망한 얼굴에 눈물이 흐르고 있었다.

바다늑대호는 계속 호를 그리며 방향을 틀었다. 뱃전에 있던 모든 선원들은 다 찢어져버린 희망을 안고 눈물을 흘렸다.

바다늑대호가 신음하듯 경적을 울리자, 공장선이 낮게 으르렁거리며 답했다. 에이코는 곧 동료 선원들의 얼굴에서 또 다른 것을 보았다. 공포였다.

문어가 도구를 사용하는 수준은 인간 외 조류나 포유류를 능가한다. 인도네시아 문어는 반으로 잘린 코코넛 껍질 두 개를 팔 아래에 끼고 해저 바닥을 팔 끝으로 걸어 다니다가 조각을 재조립해 포식자로부터 자신을 보호하는 방어구로 사용한다. 인간이 버린 코코넛을 문어는 이토록 구체적이고 분명한 목적으로 수집한다.

다른 동물들도 발견한 물체를 은신처로 사용하거나 둥지처럼 복합적인 물건을 직접 만들기도 한다. 하지만 동물의 왕국에서 이 정도로 정교하게 도구를 사용하는 것은 그 어디서도 찾아볼 수 없다. 이를 그저 본능이라고 일축할 수는 없다. 오히려 학습된 행동에 가깝다. 이 현상이 일어나기까지 거쳐간 일련의 사고를 다시 정리해본다면, 우리는 정녕 호기심과 모험심과 정교함이 대부분의 동물 세계에서 찾아볼 수 없을 정도로 뛰어난 존재를 보고 있다는 걸 인정하는 것 외에 뭘 할 수 있을까?

— 하 응유엔 박사, 《바다는 생각한다》

16

이 세상은 그렇게 당했으면서도 아직 기적을 품고 있다.

하 박사는 버들가지 바구니를 들고 해변으로 내려가는 오토몽크를 바라보았다. 오토몽크는 조심스럽게 바구니를 모래사장으로 기울였다. 바구니에서 지느러미를 가진 작은 타원형 무리가 쏟아져 나와 해안선을 향해 앞다투어 기어갔다. 갓 부화한 바다거북 새끼들이었다.

'우리가 바다에 저지른 모든 짓에도 불구하고, 우리가 이 세상에 한 모든 짓에도 불구하고 삶은 살아갈 방법을 찾는구나.'

어떤 새끼들은 물가 반대 방향으로 기어갔다. 사프란 로브를 입은 오토몽크는 무릎을 꿇고 뒤처진 새끼들을 다시 바닷가로 보내주었다.

하 박사와 에브림은 규정된 거리 밖에서 이를 지켜보고 있었다. 갈색 커버올을 입은 에브림은 바지를 무릎까지 걷어 올린 채였다. 드론 소형 보트에서 내릴 때 젖었던 길고 부드러운 맨발은 모래로 덮여 있었다. 하 박사는 아직 에브림과 서먹하다고 느꼈으나 지금 이렇게 밝은 태양 아래에서 물가로 뒤뚱거리며 기어가는 거북이들을 보고 있자니 그런 감정은 별로 중요하지 않다고, 영원하지 않을 거라고 생각했다.

"오토몽크들은 밤새도록 해변을 지킬 거예요. 거북이들은 모래를 파서 둥지를 만들자마자 알을 낳고 떠나거든요. 그때 오토몽크들이 보호 구역으로 내려와 알을 수집하고, 언덕 위에 있는 양식장으로 옮기지요. 이렇게 좁은 해변에선 바다거북 알의 가장 위험한 적이 암컷 바다거북이거든요. 알을 낳으러 와서 이미 알이 있던 자리를 모르고 파헤치거나 같은 자리에 낳기라도 하면 큰일이니까요. 원래는 이 일을 진짜 공원 관리자들이 했었어요. 그런데 디아니마가 꼰다오 군도를 인수한 이후 티베트가 이 섬을 사버린 거예요. 그리고 이 거북이 보호 구역을 어떤 종교적 성역으로 바꾸어버렸고요."

새끼들이 격렬하게 앞으로 나아가려고 쟁탈하는 모습에 빠져 있던 하 박사는 에브림의 말을 대충 들었다. 다른 오토몽크는 버들가지 바구니를 들고 언덕 아래로 내려와 부드러운 파도 소리 위로 기도문을 외기 시작했다.

"저렇게 풀어놓은 새끼들이 살아남을 확률은 천분의 일밖에 안 된대요. 그렇게 살아남은 새끼들은 대륙붕에 둥둥 떠다니는 사르가슘* 밭에서 수십 년 동안 방황하고 숨어 살다가 성숙해져요. 이 광활한 바다 어딘가에서 짝을 만나 짝짓기하고, 번식을 위해 다시 태어났던 해변으로 돌아와 긴 세월 동안 생존한 종의 계보를 잇

● 온대 및 열대 해양에 분포하는 갈색 대형 해조류의 한 속.

는 길을 찾겠죠."

이번엔 또 다른 오토몽크가 와서 몸을 숙이고 바구니를 기울였다. 수많은 새끼가 쏟아졌다. 에브림은 계속 이야기했다.

"이 장소가 티베트 사람들에게 어떻게 종교적으로 중요한 의미를 갖게 되었는지 이해하는 게 어렵진 않아요. 티베트는 거의 모든 바다거북 산란지를 매입해서 성역화했고 그 외에도, 특히 철 따라 이주하는 종들을 위한 보호 구역도 많이 확보했어요. 이곳을 보면 그 매입 활동은 큰 의미가 있죠. 여긴 언제나 위협을 받는 곳이었거든요. 공원 관리자들이 거북이 알을 많이 훔쳐서 내다 팔곤 했어요."

"보호하도록 지정된 동물들을 완전히 배신했네요." 하 박사가 말했다.

"맞아요. 사실 뭐 새로울 건 없어요. 그건 그렇고, 여기서 공원 관리자가 '꼰다오 바다 괴물'에게 죽임을 당했었대요. 주민들이 그렇게 불렀다고 하더라고요. 치정 문제가 얽힌 동료 관리자가 죽였다는 이야기가 더 그럴듯하긴 하지요. 그 동료 관리자가 진술한 내용이 있어요. 물가에서 창살 낚시를 하고 있었는데, 그때 문어가 나타나서…… 마치 사람처럼 걸어와서 친구를 죽이고 다시 바닷속으로 사라졌다는 거예요."

사실 하 박사는 처음 듣는 이야기였다.

"그래서 어떻게 죽었대요?"

"칼날에 베여 있었대요. 부검해보니 그렇게 나왔나 봐요. 경찰들은 범인이 동료 관리자가 아니라 거북이 알 밀렵꾼이라고 발표했어요. 동료 관리자의 진술은 자기 목숨을 지키기 위한 거짓말이었다는 거예요. 보복을 당할까 봐 진짜 범인인 밀렵꾼을 폭로할 수 없었다고요."

"칼날에 베여서 죽었다고요?"

에브림은 작은 원판 모양의 새끼 거북이들이 작은 만의 맑은 물결을 헤쳐 가는 모습을 바라보며 대답했다.

"네. 팔이랑 가슴, 머리에만 아흔 개가 넘는 자상이 있었고, 대동맥은 아예 절단되었고요."

하 박사는 오토몽크들을 도와 자꾸 해변 위로 기어 올라오는 새끼들을 바닷가로 되돌려주었다. 드디어 모든 새끼가 물가로 들어가는 데 성공했다. 다들 아기처럼 햇빛을 받으며 밝은 파도 사이로 어설프게 첨벙거렸다. 그 모습을 지켜보고 있자니 하 박사는 다시 한번 평화로운 감정에 휩싸였다. 이 군도에 머문다는 이유만으로 매겨진 인적 비용을 직면하고, 팀원들과 동떨어진 커다란 괴리감을 느꼈던 때와는 사뭇 대조적인 감정이었다. 아니, 그녀는 팀원들뿐만 아니라 이 세상 모든 이들과 어울릴 수 없다고 생각했었다. 그 감정은 10대 시절 바로 이곳에서 시작해 사는 내내 계속되었다. 끊임없이 따라다니던 동떨어졌다는 감각. 하 박사는 옥스퍼드에 다니던 시절에도 이 감정을 기억했다. 이곳에 남겨둔 모든 것들로부터 벗어났다고 생각했던 그 시절에도.

그렇다고 그녀에게 친구가 없었다거나 취향이 비슷한 사람들을 만나지 못했다거나 아늑한 선술집에서 웃고 떠들지 못했다는 건 아니었다. 친구들과 거나하게 취하기도 하고 연애도 하고 라이벌 기숙사에 화장실 휴지를 바르는 여행 가방 로봇을 만들기도 했다. 그렇게 행동하는 그녀가 있는가 하면 마치 어떤 유리창 뒤에서

(어쩐지 하 박사는 지상 수송 차량의 둥글게 휘어진 창을 떠올렸다) 그 무엇에도 영향받지 않은 채 관찰하고, 결코 관찰당하지 않는 또 다른 그녀가 있기도 했다.

가끔 하 박사는 터미널에 저장된 연락처들을 스크롤 하며 그 시절에 함께 어울렸던 친구들이 누구였는지도 대부분 잊었다는 사실을 깨닫곤 했다. 연락처에 저장된 몇몇 이름들을 그들의 어떤 행동, 바에서 했던 농담, 헤어스타일 등으로 기억했다. 나머지는 그저…… 어쩌다 잊어버렸지? 아마도 무관심 때문이었다. 그 사람들은 모두 현재에 살았지만 하 박사는 언제나 그들보다 한 발짝 앞선 미래에 살고 있었다. 다들 맥주잔에 립스틱 자국을 묻혀가며 웃고 떠드는 동안, 그들이 진짜 삶을 사는 동안 하 박사는 6개월, 1년, 5년 뒤를 미리 계획하고 있었다.

지금 바로 이 순간 하 박사는 드디어 진짜 삶을 살기 시작했다는 느낌이 들었다. 미래에 대한 야망을 드디어 따라잡은 것처럼, 그 야망들이 현재 속으로 접혀 들어온 것처럼 모든 계획이 지금 이곳에 있었다. 더 이상 6개월, 1년, 5년 후에 무엇을 할 것인지 미리 알 수 없었다. 오직 군도와 문어, 그리고 현재 일어나고 있는 문제가 있을 뿐이었다. 지금, 바로 이 순간의 절박함뿐이었다.

해변에서 오토몽크들이 바다를 향해 조용히 기도문을 외웠다. 하 박사는 그대로 서서 바다 위 윤슬을 바라보았다. 에브림 역시 근처에 조용히 서 있었다.

몇 분 뒤, 하 박사가 말했다.

"그 사람은 사실대로 말한 거예요."

"누구요?"

"그 공원 관리자요. 친구가 죽는 걸 목격한 사람이요."

"전 아닌 것 같아요. 섬 주민들과 다이빙 가게 주인이 증언했던 '괴물'이 범인인 사망 사건들과 일치하지 않아요. 다들 익사했거나 도구에 찔려 우발적으로 사망했어요. 공원 관리자 사망 사건하고는 다르죠. 박사님은 왜 동료 관리자가 범인이 아니라고 생각하세요? 정말로 거북이 알 가격을 두고 싸우다가 죽인 게 맞을 수도 있잖아요?"

"왜냐면 그 동료는 해변에서 사람처럼 걸어오던 문어를 봤다고 했잖아요. 말도 안 되는 이야기지요. 웃기는 소리예요. 그런 진술은 오히려 신빙성을 떨어뜨릴 거예요. 진실을 아는 사람만이 이야기할 수 있는 내용이지요."

"하지만 왜 문어가 해변으로 나왔을까요?"

하 박사 옆에 선 에브림도 물가를 바라보고 있었다. 마치 이미 떠나버린 작은 거북이 새끼들이 보인다는 듯이. 새끼들이 모두 살아남기를 바라는 긍정적인 바람을 담아 기도문을 외워주는 오토몽크처럼, 정말로 이 작고 연약한 생명체들이 보호받을 수 있을 거라는 시선이었다.

아니면 혹시 그녀가 에브림을 보며 그런 생각들을 투영하고 있을 뿐인 걸까? 어쩌면 에브림은 바다로 뛰어드는 이 모든 쓸데없고 불운한 것들에 대해 생각하고 있었을 수도 있다.

하 박사는 몸을 돌려 얕은 물을 박차고 해변을 거의 뛰다시피 했다. 좁은 해변에 뻗은 모래사장은 길어봤자 20미터 정도 이어지다가 곧 숲이 나타났다. 모래언덕은 얕았고, 조수가 높이 올라오면 해변은 그 경계가 희미해질 정도로 거의 사라져버렸다. 물가에서 꽤 떨어진 곳에 수목 경계선 방향으로 조수 웅덩이들이 군데군데 있었다. 하 박사는 그곳에 가서 몸을 숙였다. 심장이 너무 빨리 뛰어 어지러웠다.

하 박사는 웅덩이에 손을 갖다 댔다. 그래, 여기다. 그리고 여기. 그리고 여기도. 그리고 주변과는 다른 형태인 여기까지. 틀림없었다.

에브림이 하 박사 뒤로 쫓아와서 물었다.

"무슨 일이에요? 뭐가 잘못됐나요?"

"아니에요. 아무것도 잘못되지 않았어요. 아까 나한테 물어봤잖아요. 왜 문어가 해변으로 나왔냐고요. 이상한 진술 내용이라고요. 그런데 그 이유가 있어요. 지금 방금 알아냈어요. 문어는 땅 위에서 사냥하느라 해변으로 내려왔던 거예요. 아니면 만조에 떠내려온 뭔가를 수집하려고요."

"문어가요? 땅 위에서 사냥을요?"

"문어가 땅 위에서 발견된 적은 많아요. 몇몇 종은 규칙적으로 땅에 올라와서 사냥하고요. 압도푸스 아쿨레아투스*라는 종은 이쪽 조수 웅덩이에서 저쪽 웅덩이까지 걸어 다니면서 게를 사냥하기도 해요. 해안가를 걷는 문어가 목격되기도 하고요. 그런데 그게 중요한 게 아니에요. 문제는, 여길 좀 봐요."

에브림이 하 박사 옆에 몸을 굽히고 앉았다. 웅덩이 가장자리를 따라 홍합과 따개비가 붙어 있었다. 웅덩이의 깊은 곳에는 말미잘이 흔들리고 소라게 몇 마리가 그 안에서 돌아다녔다. 웅덩이는

● 팔 여덟 개 중 두 개를 사용하여 마치 사람처럼 걷는 문어 종.

주변의 큰 바위들로 그늘져 있었다.

"제가 지금 뭘 봐야 하는 거지요?"

"여기요." 하 박사는 조수 웅덩이 옆을 손으로 쓸었다. 홍합이나 다른 조개류가 붙어 있지 않은 돌덩이가 나왔다. 그 표면에 무언가로 긁힌 흰색 자국이 있었다.

"이거 보여요?"

"네."

"돌에 붙어 있던 홍합들이 떨어진 자리예요. 보이죠? 공원 관리자 사망 사건은 우발적이라고 했지요. 문어는 들고 있던 도구로 그 사람을 죽인 거예요. 칼날처럼 날카로운 조개류를 스크레이퍼처럼 긁어 먹잇감을 모을 때 썼던 거지요."

"스크레이퍼요?"

기도문 외는 걸 끝낸 오토몽크들은 좁은 계단을 한 줄로 올라갔다. 계단을 올라가면 전에 공원 관리 사무소가 있던 곳이 나왔다. 지금은 수십 년 동안 홀로 바다를 누비며 반복되는 일상을 사는 바다거북들을 위한 사원으로 탈바꿈했다.

사원 안에서 싱잉볼 소리가 울려 퍼졌다.

"그래요. 스크레이퍼. 이 생명체를 부르는 학명도 생각해봤어요. 아니면, 적어도 가제라도요. '옥토퍼스 하빌리스.' 손재주가 좋은 사람이라는 뜻의 호모 *하빌리스*를 따라 만든 이름이에요. 호모 하빌리스라고 부르는 이유는 유골 근처에서 도구가 발견되었기 때문이죠. 이해되지요?"

하 박사가 돌아서서 에브림을 보았다. 하 박사의 흥분이 완벽하게 에브림의 표정에 나타났다. 그렇다. 에브림도 분명히 공감하고 있었다. 물론 세상을 바라보는 시선이 서로 너무 달라서 거리감을 느낄 수도 있었다. 그러나 지금의 감정은 확실했다. 그녀가 발견한, 아니 함께 발견한 것에 대한 순수한 즐거움.

"우리의 문어는 지금 석기시대에 살고 있어요. 아니면, 더 정확히 말하자면 조개껍데기 시대에 살고 있네요."

커넥톰을 지도화하고 신경을 모델화하는 아이디어는 인간이 고안한 것이지만, 결국 지적 성취가 아닌 과학 기술의 발달로 이루어냈다. 나보다 앞선 과학자들은 망원경이 없는 갈릴레오와도 같았다. 그들은 죽은 두뇌를 가로로 잘라 그 단면에서 신경 간 경계를 찾아 손으로 직접 그리며 마인드 미로를 재구성하려고 했다. 하지만 아무리 똑똑하다 하더라도 그 일은 불가능했다. 1세제곱밀리미터의 대뇌피질 안에 연결된 미로를 수동으로 재구성하는 데만 백만 시간의 노동을 해야 할 것이기 때문이다.

    방대한 처리 능력을 가진 인공지능으로 작동되는 차세대 슈퍼컴퓨터가 자동으로 이미지를 해석할 수 있게 되면서 비로소 진보가 가능해졌다. 아이러니하게도, 나는 거인의 어깨 위에 서 있는 것이 아니다. 그저 기계와 정밀한 컴퓨터의 힘 위에 서 있을 뿐이다.

— 앤캐틀러 미너부도티어-첸 박사, 《마인드 건설하기》

17

"박쥐처럼 사는 건 어떤 걸까?"

아스트라한은 무척 더웠고 작은 원룸 아파트 안은 갑갑했다. 좁은 침대 위에 나체로 누워 있던 아이누르는 천장으로 올라가며 서서히 해체되는 고리 모양 연기를 바라보고 있었다. 러스템과 아이누르는 마리화나를 조금 피우긴 했지만, 이렇게 뜬금없는 생각을 할 정도는 아니었다. 아이누르는 고개를 돌려 러스템을 쳐다보았다.

"뭐라고?"

"지난번에 나한테 내 직업에 관해 물어봤었잖아. 내가 하는 일. 그걸 어떻게 설명해야 할지 생각하고 있었어."

아이누르는 이전에 했던 대화를 되새겨봤다. 무슨 이야기를 했더라? 아, 그래. 하는 일. 갤러리에서 작품들을 걸어놓는 아이누르의 일을 러스템은 무척 매력적이라고 생각했다. 단순히 걸어놓기만 하는 게 아니라 작품들을 순서에 맞게 배열하고 네거티브 스페이스*까지 중요하게 여기며 공간에 알맞은 자리에 걸어야 한다는 이론적인 부분이 무척 인상 깊었다. 러스템은 그 직업이 궁금해 거듭해서 질문했으나 아이누르는 대부분 대충 대답했다.

사실 아이누르는 자신의 일에 관해 그렇게까지 깊이 생각해본 적이 없었다. 일하는 과정은 기계적인 것이라고 생각했다. 보통 작품들은 자연스러운 논리적 구조를 따랐고 그렇지 않으면 직접 논리를 만들고 그 자리에 배치한 이유를 만들어서 냈다. 딱히 말도 되지 않는 아리송한 내용으로 포장해서. 만약 작가가 마음에 들어 하지 않아 새로운 자리를 고집한다면, 그냥 작가가 원하는 대로 걸어주면 되는 거였다. 그게 현실이었다.

곧 아이누르는 당황하기 시작했다. 러스템이 캐묻는 질문들은 날카롭고 정확했으며, 아주 명확한 대답을 요구했다. 그러나 대학 때 배운 이론들은 이미 반복되는 실전에 녹아든 지 오래였다.

대신 아이누르는 러스템이 하는 일에 관해 물으며 화제를 돌렸다. 사실 그렇게 궁금하지는 않았다. 그저 빨리 좀 걸어갔으면 하는 마음뿐이었다. 얼른 아파트에 돌아가 러스템과 침대로 들어가고 싶었다.

대답하느라 머리를 굴리느니 질문하는 게 훨씬 나았다. 아이누르는 바보가 된 것 같았다. 물론 진짜 바보는 아니었다. 그저 언제나 깊이 생각하지 않는, 그런 사람일 뿐이었다. 일을 할 때도 어떤 의견이나 생각이 필요하지 않았다. 수년간의 경험으로 터득한 지식이면 충분했다. 마치 우리가 모국어로 말하거나 듣는 걸 저절로 배우는 것처럼 몸에 배는 것이다. 그래서 아이누르는 인기가 많았

- 표현하고자 하는 작품과 그것을 둘러싸고 있는 나머지 공간.

다. 일터에서만큼은 너무나 능숙했으니까. 단순히 따분한 가상 강의에서 터미널 화면을 빠르게 넘기며 보여주는 일련의 슬라이드 따위로 배운 교과서 지식이 아니었다.

어쨌든 아이누르는 화제를 바꾸었다.

"너는? 신경망을 다루는 일을 한다고 했지. 그건 어떤 일이야?"

러스템이 차마 대답도 하기 전에 둘은 아이누르가 사는 아파트 입구에 도착했다. 그리고 곧 다른 일을 하느라 바빠졌다.

두 시간이 지난 지금에서야 러스템은 아이누르의 질문에 대답하려는 것이다.

뭐, 적어도 그녀가 뭘 얘기할 필요는 없지 않은가. 사랑을 나눈 후 몰려오는 기분 좋은 호르몬과 함께 마약이라도 한 것처럼 날카로워진 감정을 즐기면 되었다. 달빛과 거리에서 비치는 가로등 빛이 한데 섞여 방 안으로 들어왔다. 아이누르라는 이름은 달빛에서 따온 것이었다. 아이누르. 어릴 때부터 달빛을 자기 이름과 연관시키곤 했다. 차갑고 창백한 어둠. '빗속을 거닐기'나 '한여름의 오후'처럼 누구나 사서 피부 아래에 넣을 수 있는, 혈관 안에 흘려 넣어서 한 달 동안 기쁨을 누릴 수 있는 그런 주사 같았다. 만약 그녀가 때때로 빠져들었던, 자신이 달빛이 되는 듯한 이런 미묘하고도 풍부한 감정을 조절해 칩으로 만들 수 있다면 아마 큰돈을 벌 수 있을 것이다.

"수십 년 전에 토머스 나이절이라는 철학자가 했던 질문이야. '박쥐처럼 사는 건 어떤 걸까?' 박쥐처럼 우리에게는 없는 감각기관을 가진 누군가를 상상하기란 얼마나 불가능한지 주장하려고 한 질문이지. 그러니까 음파로 세상을 항해하는 게 어떤 것인지 이해하고 싶다면 우리는 박쥐가 보는 관점을 취해야 하잖아. 하지만 그럴 수가 없지. 뭐 조금은 다른 관점에서 시작해볼 수는 있겠지만 더 멀리 떨어져 있을수록, 그러니까 우리랑 더 많이 이질적일수록 이 질문에 대답하기 어렵다는 거야."

"그런 것 같네."

"그렇지." 러스템은 아이누르의 침실 천장을 노려보며 대답했다. 저 밖에는 박쥐가 진짜 많았다. 어두운 저녁에 집으로 걸어가던 아이누르는 가로등 위로 일그러진 패턴을 보고는 했다. 작은 돌멩이를 던지면 그중 한 마리는 그것을 잡으려 급강하했다.

러스템은 다시 말을 이어갔다.

"그래. 모스크바에서 대학 다닐 때 논문에서 읽었어. 그때쯤 이미 나는 너무 많은 신경망에 잠입했었지. 나는 이미 화물선으로 산다는 게 어떤 건지 알았어. 예를 들면 말이야. 첼랴빈스크* 거리를 살피는 순찰 드론으로 산다는 게 어떤 건지, 낡은 통신 장비를 퇴락하는 궤도에서 끌어내는 견인 위성으로 산다는 게 어떤 건지 이미 알고 있었어. 난 항상 그랬어……. 뭐라고 불러야 할지 모르겠어. 재능? 기량? 인공지능망을 파고들어서 그게 어떤 생각으로 사는지 알아내는 것 말이야. 그 안에서 살면서 그 세상을 직접 보는 거지. 나는 이 논문을 학부생 모두가 들어야 했던 철학 수업에서 읽었어. 학부생에겐 실제로 중요하게 생각하는 공부나 정말 해야 하는 일들이 너무 많은데 그 철학 수업 숙제를 할 시간마저 없어서 진저리나고 짜증을 냈었지. 그 친구들에게 내 생각을 굳이 말하지는

● 러시아 남부 우랄산맥 부근 도시.

않았어. 어차피 신경도 안 썼겠지만. 그리고 교수님에게도 말하지 않았어. 그랬으면 교수님은 내 점수를 1점이라도 더 깎으려고 하거나 내가 이해할 수 없을 주제로 논쟁에 끌어들였을 거야."

아이누르는 최근에 마지막으로 누군가와 이렇게 긴 대화를 한 적이 언제였나를 기억하려고 애썼다. 창가에 비친 러스템의 윤곽을 바라보았다. 러스템은 독백하는 게 아니었다. 때때로 잠시 말을 멈추고 다시 이어가기 전에 아이누르가 뭔가 말하기를 기다리기도 했다. 분명 평소에 말을 많이 하는 타입은 아니었다. 아이누르가 질문 하나로 러스템의 말문을 터버리는 실수를 저질렀다. 분명 누군가에게 자기 생각을 말하고 싶어 오랫동안 기다렸던 게 분명했다.

"어쨌든, 나중에 나는 그 논문을 다시 읽어봤어. 한 몇 년 전에. 왜 대학 때 읽었던 걸 몇 년 지나서 다시 읽어보면 새롭게 깨닫는 순간들이 있잖아. 처음에 읽었을 때는 내가 완전히 이해하지 못했었다는 걸 깨달았지. 전체적인 부분을 완전히 놓치고 있었던 거야."

러스템은 아이누르가 뭐라도 대답하길 기대하듯 다시 말을 멈추었다. 그래서 아이누르는 말했다.

"그래. 무슨 말인지 알겠어. 가끔 나도 학교에서 읽으라고 했던 책을 다시 보면 애초에 왜 그때 읽으라고 했었는지 궁금할 때가 있거든. 마치 일부러 그러는 것 같았어. 이런 위대한 책들은, 아직 이해할 수 없을 때 읽게 만드는 거지."

러스템이 웃으며 말했다.

"그래, 뭐 그런 거지. 어쨌든 난 그걸 최근에 다시 읽어봤어. 나

이절은 시각장애인들이 음파를 사용해서 주변에 있는 물체를 감지해낸다는 것을 설명했지. 입으로 찰칵하는 소리를 내거나 지팡이로 바닥을 두드리는 소리를 사용해서 물체의 위치를 '듣는' 방식으로 말이야. 그리고 어쩌면 그게 이런 의사소통의 핵심일 거라고 말해. 그러니까 만약 앞을 볼 수 없는 네가 그 삶을, 마음속으로 음파를 느끼며 사는 게 어떤 삶인지 알고 있다면, 더 나아가 박쥐가 가진 음파 감각기관을 가지면 어떨지 상상하기 시작할 수도 있다는 거지. 박쥐가 되면 어떨지 정확히는 모르겠지만, 머릿속에 어떤 유사점 정도는 세울 수 있을 거야. 어쩌면 그게 바로 내 재능이겠다고 생각했어."

"뭐?" 아이누르는 짜증스럽게 말할 생각은 아니었으나 그렇게 들렸다.

"다른 것의 마음속에 들어가는 상상을 하는 거야. 내가 어렸을 때 우리 부모님은 나한테 VR이나 3D 모델을 쓸 수 있는 터미널 하나 사주지 못할 정도로 가난했거든. 집에서 쓰는 터미널 하나조차 없었으니까."

"터미널이 없었다고?"

"응. 나는 엘라부가라는 마을에서 자랐어. 지금은 우랄 연방에 있지. 예전엔 타타르스탄 공화국이었거든. 어쨌든 우리 집에는 터미널이 없었기 때문에 나는 어디 지하에 있던 피시방에 가야 했어. 거기서 오래되고 쓰레기 같은 터미널들을 연결해서 해킹을 시작했어. 어쩌면 그때부터 내 기량을 키운 거 같기도 해. 그러니까 처음부터 기계나 기술적인 지원을 받지 못했으니까 마치 앞을 보지 못하는 사람처럼 무모하게 시작한 거잖아. 나는 다른 감각들을 사용해야 했고 부족한 건 벌충해야 했어. 그러다 보니 시간이 지날수록 감각들이 더 날카로워지는 거야. 더 좋은 환경에서 더 나은 시스템에 접근할 수 있는 아이들 앞에 놓일 것들을 상상해야 했지. 더 정교한 패턴으로 더 깊이 들어갈 수 있는 길을 상상했어. 머릿속에서 그것들을 보게 된 거야. 시각장애인이 공기의 느낌과 소리만으로 방 안의 가구가 옮겨진 걸 알아차리듯이 말이야. 그래서 나는 박쥐로 살아간다는 게 어떤 것인지 정확하게는 모르지만, 거의 가깝게는 알지."

러스템은 이야기를 멈추었다.

"미안. 내가 너무 길게 말했네. 원래 이 정도로 말이 많지는 않아. 지금 하고 있는 일이 너무 어려워서, 머릿속에 그 생각밖에 없어서 그래."

"그래. 나도 여기 누워서 누구랑 이렇게 대화한 지 정말 오래됐다고 생각하고 있었어. 보통 이렇게 길게 이야기하는 건 포인트 파이브랑만 하니까."

"뭐라고?"

"내 포인트 파이브. 알틴이라고 해."

"포인트 파이브가 뭐야?"

아이누르는 벌떡 일어나 앉았다.

"포인트 파이브가 뭔지 몰라?"

러스템은 고개를 저었다.

"너 정말 그 신경망인가 뭔가를 뚫느라 오랜 시간 꼼짝하지 않고 있었구나."

"맞아. 그랬나 봐. 요즘에는 정말 그 일 말고는 거의 아무것도 안 하는 거 같아. 일하고 커피만 마셔."

아이누르는 기지개를 켰다.

"그래서 방금 건 농담이었지? 아니다, 꼭 농담까지는 아닌가. 누가 그러는데 사람들은 사실 다른 사람이랑 데이트하는 걸 원하지 않는대. 동등한 관계를 싫어하는 거지. 왜 있잖아, 두 사람이 이루는 완전한 관계. 둘 다에게 요구와 욕망과 의견 차이가 가득한 상태 말이야. 그보다는 1.5인 관계를 원하는 거야. 자신은 완전한 1이 돼서 그 관계를 통제하려 하고, 상대는 0.5만 하기를 바라는 거지. 그러니까 관계를 맺는 대상이 아무 욕구가 없길 바라는 거야. 온갖 기이한 성격이나 자기주장이나 이야기도 있어서 완전하게 보이긴 하면서도 짜증 나는 방식으로는 아니어야 하는 거야. 나보고 변하라고 강요하지 않는 방식이어야 한다는 거지. 6~7년 전쯤인가, SF-SD 연합의 인공지능 전문 대기업이 이런 존재를 만들어냈어. 제작 방법은 간단해. 터미널로 작성된 긴 설문지를 바탕으로 다양한 시뮬레이션을 돌려보고, 퍼즐을 맞추는 거야. 맞춤형 포인트 파이브를 제작해주는 거지."

"아…… 파트너를 만들어준다고."

"그래. 뭐, 바보 같거나 전혀 만족스럽지 않을 거 같다고 생각할 수도 있겠지만 사실은 정말 대단해. 네가 지금까지 줄곧 기다려왔는데, 기다렸는지도 전혀 몰랐던 존재 같은 거지. 한번 만나볼래?"

"뭐? 누구를?"

"알틴 말이야."

"아, 그래. 만나볼래."

"안녕, 알틴. 뭐 하고 있어?" 아이누르가 포인트 파이브를 불렀다.

작은 테이블 모서리에 설치된 오큘러스가 아이누르의 침대 근처 공간을 비추도록 설정되어 있었다. 그때 한 여자가 깜박거리며 나타났다. 그 형체를 뚫고 방 안 물건들의 그림자를 볼 수 있을 정도로 실체가 없는, 딱 그 정도였다. 여자는 작은 테이블에 앉아 국수 한 그릇을 먹고 있었다. 헐렁한 티셔츠에 운동복 바지를 입고 맨발이었다. 여자는 손가락을 들어 올려 '기다려봐'라는 자세를 취한 후 후루룩거리며 남은 국수를 먹었다. 그리고 손등으로 입가를 닦으며 말했다.

"안녕. 지금 연락할 줄은 몰랐어. 데이트 중인 거 아니었어? 벌써 끝난 거야?"

"아니, 아직 같이 있어."

"아. 얼굴 보니까 나쁘지 않았던 것 같네. 부러워라." 알틴이 히죽거렸다.

"수다 떨고 있었어. 널 만나보고 싶대서."

"특이하시네."

"그런 거 아니야. 그냥 인사한다고."

러스템이 손을 들어 올렸다.

"안녕."

"말이 참 많은가 보네. 이름이 뭐야, 수다쟁이?"

"러스템."

"좋은 이름이네. 재미 보고 있어?"

러스템은 으쓱하며 대답했다.

"우리는…… 그래, 우린 즐거운 거 같아, 내 생각엔. 넌 어때? 뭐

했어?"

알틴도 으쓱하며 대답했다.

"한 네 시간 동안 〈우리가 그들을 묻었던 그날들〉이라는 영상을 봤어. 예전에 존재했던 미국 주州들에 관한 내용이었어. 본 적 있어?"

"아니. 난 영상은 많이 안 봐서. 시간이 없거든." 러스템이 말했다.

"아, 그런 친구구나……." 알틴이 두 눈을 굴리며 말했다.

"아니야. 내가 보기에 러스템은 정말로 시간이 없어. 엄청나게 멋진 일을 하느라 바쁘거든. 신경망을 뚫고 들어가는 거야."

"아 그래? 어디서 일해, 수다쟁이?" 알틴이 국수 그릇을 들어 국물을 마시며 물었다. 아니, 단지 그렇게 보였던 걸까? 러스템은 사실 알틴이 진짜 사람이 아니라는 사실을 깜박했다. 국물 때문에 입술이 반질반질해지고, 입고 있는 티셔츠에 구멍이 난 것까지도 알틴을 진짜 사람처럼 보이게 했다. 러스템은 알틴이 발꿈치로 반대쪽 다리를 긁는 것까지 보았다.

과연 알틴의 자의식에 매달린 신경망은 어떤 것인지 궁금해졌다. 그 신경망 미로에 들어가면 어떤 느낌일지 궁금했다. 요즘 풀고 있는 미로와 비교했을 때는 과연 어떨까?

"난 그냥 프리랜서야." 러스템이 대답했다.

"박쥐로 산다는 게 어떤 느낌인지도 이해할 수 있대."

"역겨운데."

아이누르는 웃었다. 배를 붙잡고 뒹굴뒹굴하더니 두 손으로 머리를 감쌌다. 러스템은 아이누르의 눈빛을 알아차렸다. 그건 정말 오래된 연인을 바라볼 때 나오는, 자연스러운 애정의 눈빛이었다.

초반에 일었던 열정을 뛰어넘어 위안을 주는 세월을 함께한 그런 연인. 서로의 생각을 마무리해주는 연인. 서로의 생각을 이어서 말해주고 문장을 끝까지 말하지 않아도 알아듣는 연인.

러스템은 순간 거리감을 약간 느꼈다. 오늘 밤 이후 아이누르를 다시는 보지 못할 것이라는 걸 직감했다. 아이누르에게는 스튜디오 아파트에서 국수 한 그릇을 먹고 있지만 실제로는 아무것도 먹지 않고, 감정적으로 충만한 누군가가 이미 있었다.

"아니야. 러스템은 다양한 관점에 관한 흥미로운 이야기를 해주고 있었어. 얄팍하게 굴지 마."

"난 얄팍하지 않아." 알틴이 아이누르의 억양을 따라 하며 말했다. "난 그냥 박쥐를 좋아하지 않을 뿐이야."

"아, 그래서. 어쨌든 나중에 더 설명해줄게. 재미있다고. 지금은 너랑 이야기할 시간 없어. 가봐야겠다."

"좋은 섹스 하길."

"너 정말 무례하다."

"나도 사랑해." 알틴은 혀를 내밀었고 곧 오큘러스가 꺼졌다.

"아주 신선하지?" 아이누르가 물었다.

"와, 정말…… 장난 아니다."

"그 대답으론 부족한데."

"사실 뭐라고 해야 할지 모르겠어. 정말 인상적이었거든. 그런 시뮬레이션은 처음 봐."

침대로 돌아간 아이누르는 시트 위를 톡톡 두드렸다. 러스템이 침대에 앉았다.

싸늘한 느낌이 아직 남아 있었으나 가볍게 무시할 수 있을 정도였다. 적어도 잠시 동안은 뒤로 미뤄둘 수 있었다. 러스템은 이 느낌을, 그를 잘 알지 못하는 이 사람의 내음을 풍기며 새벽녘 집으로 돌아가는 길에 다시 느끼게 될 거라는 걸 알았다.

"나 아직 다 안 끝났는데." 아이누르가 말했다.

그러자 러스템이 반사적으로 말했다.

"나도 마찬가지야."

우리가 마주치는 문어는 감히 상상할 수도 없는 모험과 시험에서 살아남은 이들이다. 바다라는 위험한 환경에서 성체가 될 때까지 살아남은 문어는 전투와 탈출에 영리했던 용맹한 예술가, '우여곡절의 남자 The Man of Twists and Turns' 오디세우스일 것이다. 얼마나 많은 팔을 잃고 다시 자라게 했을까? 숨어서 먹잇감을 따라다닐 때는 얼마나 많은 형태로 위장했을까? 얼마나 많은 죽음의 문턱을 넘었을까?

그리고 그 바다의 영웅은, 우리를 어떻게 알고 있을까? 19세기 초 탐험가들이 바다 깊은 곳에서 잃어버린 잠수용 헬멧 안에 숨어 있었을까? 어부가 쳐놓은 그물에서 빠져나왔을까? 집에 숨어 해변을 걷는 우리를 몰래 보고 있었을까? 가라앉은 잠수함에서 나온 인간 머리뼈를 도구로 사용했을까?

우리는 문어에게 어떤 존재일까? 신? 괴물? 아니면 아예 아무런 의미도 없는 존재일까?

— 하 응유엔 박사, 《바다는 생각한다》

18

 해변에서 호텔로 돌아갈 때는 벌써 밤이었다. 하 박사는 무척 피곤했고 두 팔은 모래투성이었다. 그래도 두 손을 직접 써서 작업하는 건 언제나 좋았다. 머릿속에서 계속 맴도는 답 없는 생각들로부터 벗어날 수 있으니까.
 하 박사는 군도에 도착한 이래 계속 붕 떠 있는 느낌을 받았다. 빗속에서 착륙한 헥스콥터와 버려진 섬을 둘러싼 어둠까지, 도착한 첫날 방파제에서 뭔가를 두고 싸우던 원숭이들이 기억났고, 이제 그 기억은 에브림이 원숭이에 관해 했던 말과 뒤엉켰다.
 사람과 매우 비슷하지만, 수준이 낮잖아요. 실패한 시도처럼요.
 실패한 시도. 에브림을 만들어낸 시도는 실패였을까? 세상에 공개된 에브림이 처음으로 했던 인터뷰는 계속되는 질문에 계속해서 대답하며 자신이 인간과 같다는 것을 입증하는 것이었다. 마치 정교한 튜링 테스트*의 연장선과도 같았다. 아니다, 그게 아니었다. 오히려 그 인터뷰는 에브림이 인간으로 인정받기 위한 테스트에 가까웠다.

바로 그게 문제였다. 그건 함정이었다. 에브림은 자신이 인간이라는 걸, 또는 스스로 생각할 수 있다는 걸 절대 입증할 수 없었다. 그저 인간의 모습을 하고 인간의 의식을 복제할 수 있다는 것만 보여줄 뿐이었다. 다른 의식 테스트들과 마찬가지로 튜링 테스트 역시 그 시뮬레이션이 인간의 뇌 구조와 구별할 수 없을 정도로 충분히 복잡하다는 사실만 증명할 뿐이었다.

그렇다면 그건 무슨 의미였을까? 사람들은 에브림을 계속 자극하고 시험하고 토론했다. 에브림은 과연 인간인가에 대한 문제는 한동안 전 세계에서 가장 많이 논의된 문제였다. 그러고는 결국 에브림을 거부했다. 열등해서가 아니라 모든 테스트를 통과했기 때문이었다. 하 박사는 그 전환점이 언제였는지 정확히 몰랐다. 그러나 분명 안드로이드를 대하는 분위기가 변한 적은 있었다. 그건 에브림을 인터뷰한 영상 중 그들이 강조하려는 부분에 쓰인 그래픽에서 나타났다. 에브림이 약간 이상하게 짓는 표정을 유난히 강조했고 근접해서 촬영해 더욱 혐오스럽게 보이도록 했다. 화면 아래 자막은 문맥에 맞지 않았다. 정말 교묘하게 의심만 불러일으켰다.

디아니마가 마침내 인간 마인드의 창발적인 복잡성을 완전히 재창조했다는 사실에 처음에는 모두 열광했으나, 곧 에브림을 외면했다.

왜 그랬을까? 종교적인 이유와 윤리적인 이유가 있었고 폭력적인 이유도 있었다. 그러나 무엇보다도 유엔 이사회 통치하의 모

- 인공지능에게 자의식이 있는지 시험하는 테스트.

든 국가와 보호국을 포함한 전 세계 대부분의 통치 체제에서 모두 에브림이나 에브림 같은 안드로이드 제작을 불법화했다는 게 가장 잔인한 현실이었다.

그리고 지금, 에브림은 이 섬에 있다. 추방되었고 고립되었다. 이 프로젝트를 이끌기 위해서라는 정당한 이유가 있다고 하더라도, 에브림이 버림받았다는 사실은 지워지지 않았다. 에브림이 갈 곳은 없었다.

로비에 홀로 앉아 있던 에브림의 얼굴은 들고 있는 터미널 화면에서 반사된 빛을 받아 반짝였다. 그 주변은 알텐체체그가 쉬지 않고 조작하던 수많은 장비와 기계로 둘러싸여 있었다. 이 광경을 본 하 박사는 자신의 조상뻘 정도 되는, 스스로 움직이지 못하는 인형들 사이에 앉은 피노키오가 살아 움직이는 세상과 멈춰 있는 세상, 자아와 객체 사이에서 진짜가 되고 싶어 몸부림치는 모습을 선명하게 떠올렸다.

하 박사가 들어서자 에브림이 고개를 들었다.

"박사님, 저는 살해당한 공원 관리자 이야기를 계속해서 생각하고 있었어요. 걱정돼요."

"뭐가 걱정돼요?" 하 박사가 의자를 꺼냈다. 혼자 외롭게 앉아 있는 에브림을 보고 마음이 짠해져 이미 격한 감정에 휩싸인 터였다. 너무 외로워 보였다. 그리고 그녀는 '난 네가 두렵지 않아. 혐오를 느끼지도 않아. 난 널 피하지 않고 곁에 있어줄 수 있어. 봐봐' 하고 말하듯 에브림에게 가까이 다가갔다. 얼마나 가까웠는지 에브림이 보고 있던 터미널을 같이 보기 위해 몸을 숙이자, 둘의 어깨가 닿았다.

오히려 움찔한 건 에브림이었다. 깜짝 놀라서인지 싫어서인지 아니면 다른 이유가 있는지는 알 수 없었다. 뒤로 물러선 에브림은 잠시 움직임을 멈추더니 가까이 있어도 괜찮다는 듯 다시 하 박사를 향해 몸을 기울였다.

열두 칸으로 나누어진 터미널 화면에서 각각 다른 문어 영상이 재생되고 있었다. 모두 다른 종의 문어였고 하나같이 인간을 상대하는 중이었다. 배 갑판을 따라 스르르 미끄러지더니 뱃전의 틈새로 빠져나가려고 몸을 쑤셔 넣는 문어, 그리스 어부가 작은 보트 위로 가져온 단지 바닥 아래에 숨어드는 문어. 각각의 영상에서 문어들은 인간을 상대했다. 모두 문어에게 적대적이고 위협적인 상황이었고, 포획자에게서 도망치려고 애쓰는 모습이었다. 바다에서 끌려 나온 문어들은 탈출하려고 발버둥 쳤다.

에브림이 입을 열었다.

"과연 문어들은 우리를 뭐라고 생각할지 상상해봤어요. 그리고 그 살인 사건도요. 그 이야기에는 뭔가 빠진 게 있어요."

"아주 많이 빠졌죠." 하 박사가 동의했다.

"맞아요. 아주 많아요. 하지만 가장 중요한 건, 문어가 공격을 왜 했냐는 거예요. 처음엔 우리가 모르는 무슨 일이 일어난 게 틀림없다고 생각했어요. 그 생명체가 위협을 느꼈을 어떤 일이요. 분명 그랬을 거라고 확신했지요. 그러다가 인간이 무엇을 해야 다른 생명체가 위협을 느끼지 않을까 하는 생각이 들더라고요. 그에 대한 답은 거의 없지요. 문어는 기호를 사용해서 소통하기 이전부터 이미 지능적이었던 보기 드문 동물이에요. 그런데 인간과 엮이면서부터 그들의 역사가 폭력과 위협으로 가득 찬 거예요."

"그러면 당신도 문어들이 기호로 소통한다는 걸 믿는다는 거네요."

"네. 믿어요. 그리고 도구도 이미 오래전부터 사용해왔던 걸 테고요. 그리고 이제 보니, 그게 다가 아닌 거예요. 아마 이제는 도구를 만들어 쓰는지도 모르죠. 그런데 제가 정말로 걱정하는 건…… 인간과 문어와의 관계예요. 문어 관점에서 봐봐요. 이들은 언어나 도구를 만들어 사용하기 이전부터 아주 뛰어난 생명체였어요. 언제나 유동적이어야 하고 끊임없이 반응해야 하는 상태를 유지하면서, 바닷속에서 적응하고 살아남는 데 도가 튼 녀석들이지요. 이들이야말로 자기 모습이나 형태를 자유자재로 바꿔가면서 수렵 채집이 가능한 종족인 거예요. 주변 환경을 완벽하게 알고 있는 거죠. 완벽하게 위장하고 주의를 다른 데로 쏠리게 하면서요. 문어들은 매일매일 죽음을 피하고 있어요. 살아남기 위해 매일 다른 생명을 죽이면서요."

"오디세우스와 문어를 비교한 이야기를 책에 썼어요." 하 박사가 입을 열었다.

"호메로스는 오디세우스를 '우여곡절의 남자'라고 표현했어요. 제가 할 수 있는 최고의 비유였지요. 문어들은 바다의 영웅이에요. 수많은 도전과 불운에서 살아남았으니까요."

"맞아요." 에브림은 열두 개의 화면 속 투쟁하는 문어들에게로 눈길을 돌리며 대답했다.

"제 말이 바로 그 말이에요. 문어들은 모두 바다의 영웅이지요. 그럼 우리는 뭘까요? 우린 그들에게 천벌이에요. 적이라고요. 전에 해변에서 제가 했던 이야기 기억하세요? 알텐체체그가 인공지능 선박에 타고 있던 사람들을 죽였을 때요. 그건 그래야만 했기 때문이에요. 이 구역을 지키기 위해서는 당연한 일이었어요. 그게 다예요. 그저 당연히 해야 할 행위인 거예요. 그때 문어가 공원 관리자를 죽일 수밖에 없었던 건, 그 사람이 굳이 할 필요 없는 어떤 행동을 했기 때문이라고 생각해요. 어쩌면 눈앞에 나타난 문어를 보고 깜짝 놀라서 문어를 자극했을 수도 있어요. 위협을 느낄 정도로요. 선박에 타고 있던 사람들이 우리 일을 위협한다고 생각되면 모두 죽이는 것과 같은 방식인 거지요."

하 박사는 무표정으로 모래밭을 판 다음 시체를 밀어 넣던 에브림을 떠올렸다.

에브림은 찢어진 남자의 몸통 위에 발을 올렸다. 그런 다음 한 번에 밀어버리고 떠났다.

당연히 해야 할 행위.

그때 경보음이 울렸다.

지금까지 듣던 것과는 다른 소리였다. 천장에 내장된 램프에서 깜박거리는 불빛과 함께 경적이 울렸다.

"해안 경계선인가요?"

알텐체체그가 안으로 들어오며 물었다. 검은 옷을 입고 짧은 소총을 어깨끈에 장착한 알텐체체그는 완벽하리만큼 아무 소리도 내지 않으면서 호텔 정문으로 향했다.

헬멧을 쓴 알텐체체그의 얼굴 앞으로 10여 개의 장면이 공중에 떴다. 보안 카메라 화면들이었다.

"아니요. 저건 지상 경계선을 침입했다는 경고 신호예요. 우리 경계선이요." 에브림이 대답했다.

알텐체체그가 두 사람을 바라보고 섰다.

"둘 다 여기에 있습니다. 보통은 오류 작동입니다. 저만 갑니다."

"아니요, 밖에 나가지 마세요. 그리고 당신 드론들도 아무것도 못 하게 하세요." 하 박사가 말했다.

"이건 분명한 경계선 침범입니다. 위험한 상황일 수 있습니다."

"아니요. 그냥 경보음을 꺼주세요."

알텐체체그가 제어 장갑을 낀 손가락을 휙 움직이자, 경고음이 멈추었다. 경고등도 꺼졌다.

열린 문틈 사이로 호텔 테라스 너머 깜깜한 모래사장으로 밀려오는 파도 소리가 들렸다. 셋은 그대로 움직이지 않았다. 알텐체체그가 공중에 뜬 화면을 쭉 훑어보았다. 하 박사는 몹시 긴장한 채로 바다 쪽을 향해 뻣뻣하게 서 있었다. 호텔 창문에는 아무것도 보이지 않았지만, 나란히 선 그녀와 에브림이 마치 쌍둥이처럼 불투명하게 비쳐 보였다.

"뭐가 보여요?" 에브림이 알텐체체그에 물었다.

"바람이 붑니다. 나무 사이로 뭐가 움직이는데 별 도움은 안 됩니다. 다른 것들도 다 움직입니다. 모래사장 쪽에 침입이 있습니다. 드론 세 대를 여기 배치했습니다. 열 감지가 모호합니다. 고형체가 침입한 건 아닙니다. 이제…… 카메라에는 아무것도 잡히지 않습니다. 보트나 잠수복을 입은 사람인 줄 알았는데 아닙니다. 그런데, 바로 저기. 해변에 뭐가 움직입니다. 내가 갑니다."

그때 하 박사는 아드레날린이 차오르는 걸 느꼈고 마치 몸에 있는 모든 모공이 이 기분을 흠뻑 빨아들여 저장하려는 것처럼 이 순간 살아 있다는 느낌을 그 어느 때보다 강하게 받았다.

'이제 시작한다.'

"아니요. 나가지 말아요." 하 박사가 말했다.

알텐체체그는 하 박사를 노려보고는 고개를 꺾더니 말했다.

"적외선 카메라에는 안 잡힙니다. 아무것도 아닐 겁니다. 내가 보기에는 쓰레기 조각이거나 파도에 밀려온 나뭇가지인 거 같습니다. 번거롭게 해서 미안합니다."

이미 복도 중간까지 나가 있던 알텐체체그는 경고음이 다시 울리기 시작하자 가던 길을 멈추고 돌아서서 도저히 안 되겠다는 듯 말했다.

"현장 점검을 해야겠습니다."

하 박사가 손을 들어 올렸다.

"아니요. 멈춰요. 경보음을 꺼주세요."

알텐체체그가 또 다른 손가락을 까닥하자, 경보음이 꺼졌다.

"지금 뭘 알고 있긴 한 겁니까? 무슨 게임이라도 하고 있습니까?"

"게임이 아니에요. 미끼예요. 당신이 던져놓았죠. 잠수정이요." 에브림이 말했다.

"그래요. 이제 다들 여기서 조용히 기다려주세요. 한 15분 정도요. 딱 15분만요." 하 박사가 말했다.

"도대체 무슨 생각인 겁니까? 문 열고 걸어 들어올 때까지 기다리자고요?"

하 박사는 툴툴거리는 알텐체체그를 바라보았다. 알텐체체그는 어깨끈에 달린, 둔탁하고 끔찍한 작은 살인 기계의 방아쇠울에 검지를 뻗어 대고 있었다.

"그러지 않기를 바라야죠."

진화는 한 번이 아니라, 적어도 두 번 이상은 더 나은 마인드를 만들어 포유류와 그 동족뿐 아니라 두족류, 특히 해양 지능의 정점에 있는 동물인 문어에게도 재능을 부여했다.

문어는 인간과는 너무 다르다. 차라리 상상 속 외계인이 오히려 더 우리와 닮은 부분이 많을 것이다. 그러나 문어가 가진 지각 능력은 부정할 수 없다. 나는 인간들이 마주칠 첫 번째 외계인은 바다에서 나와 우리를 맞이해줄 거라고 믿는다.

— 하 응유엔 박사, 《바다는 생각한다》

19

해변으로 내려가던 하 박사는 알텐체체그에게 따라오지 말라고 설득했으나 그녀는 말을 듣지 않았다. 결국, 하 박사를 선두로 셋이 함께 나갔다. 하 박사 뒤에 알텐체체그, 그 뒤에 에브림이 섰다. 알텐체체그는 하 박사의 고집에 총을 호텔에 두고 나왔다. 그러나 하 박사는 머리 위 어디선가 드론이 적어도 한 대는 따라다닐 걸 알았다. 아무 소리도 내지 않겠지만 소총만큼, 그 이상의 해를 입힐 수 있을 것이다.

호텔 테라스를 따라가면 양옆으로 콘크리트 길이 작은 야자수와 다른 열대 식물들을 가르며 뻗어 있었다. 원래부터 이 땅에서 자라던 식물은 아니었다. 셋은 오른쪽으로 꺾어 해변으로 향하는 길을 따라갔다. 호텔은 '섬에서의 휴가'를 주제로 한 인조 정글 파라다이스였다. 현실에 존재하는 그 어떤 섬도 결코 구현하지 못할 만큼 아름답게 꾸며놓았다. 균일한 간격을 두고 심어놓은 나무와 덤불들은 가시나 다른 거슬리는 것이 없는 쾌적한 식물로 구성되어 있었다. 그러나 주민들이 섬을 두고 떠난 이래 아무도 손질하지 않은 정원은 큰 타격을 입었다. 넝쿨은 아무렇게나 뻗어나가고, 잔디와 낙엽과 길고 갈라진 잎들이 보도 위로 넘치게 자라고 있었다. 헤드램프가 이제 진짜 정글이 되어버린 인조 정글을 비추며 그림자 망을 만들어냈다.

이 안은 숨을 곳으로 가득했다. 누구라도 몰래 들어와 호텔에 먼저 도착할 수 있을 것이다. 하 박사는 알텐체체그의 순찰용 로봇들이 새삼 고마웠다.

마치 이런 마음을 듣기라도 한 듯 알텐체체그는 '쉿' 하는 소리를 냈다.

"그 로봇은 공격자들이 숨을 곳이 사라지도록 호텔 근처를 불도저로 밀어버리지 못하게 했습니다. 지금이라도 다시 생각해보십시오. 아니면 뒤늦게 또 후회할 수 있습니다."

그러나 동작 감지기와 적외선 감지기는 냉혈동물을 감지하는 데는 뛰어나지 않았다. 이들은 평생 동안 동작 감지기를 속이기 위해 살아왔으니까. 바다에서 포식자와 먹잇감은 서로의 살아 있는 동작 감지기가 되어, 유동적으로 반응할 수 있도록 진화해왔다. 만약 먹이를 사냥하고 싶다면 매 순간 가장 치명적인 동작 감지기를 속이고 공격 각도와 방해 시스템을 이겨내면 되었다. 스스로 모양과 걸음걸이를 끊임없이 변화시키면서, 주변에 있는 모든 것들로 바뀔 수 있었다.

하 박사는 언젠가 보았던 연구 영상을 떠올려보았다. 수중에서 게를 사냥하는 문어 영상이었다. 모여 있던 산호초가 돌덩이 사이로 분산되면서 해저를 따라 바닷물이 펼쳐지는 지점이었다. 게를 쫓아 모래밭으로 나오던 문어는 30미터도 되지 않는 공간에서 모래가 되었다가 흐늘거리는 미역 조각이 되고 돌이 되었다가 물고기가 되어 빠르게 움직이고 따개비 무리처럼 보였다가 산호 더미가 되기도 했다.

그리고 점심으로 게를 먹어 치웠다.

영양가 높은 먹이를 찾는 데 필요한 사냥 기술은 파도 아래 세상에서 잡아먹히지 않고 살아남는 데 필요한 기술에 비하면 아무것도 아니었다. 문어는 껍질이 없는 부드러운 몸을 갖고 있고, 이 굶주린 세상에서 쉽게 소화할 수 있는 단백질 덩어리였다. 그런 세상에서 문어는 지혜와 형체를 변화무쌍하게 바꿀 수 있는 유동성으로 살아남았다. 문어는 권모술수와 은폐와 기만으로 살아남았다. 문어는 창의성으로 살아남았다.

하 박사는 주변의 모든 물체가 기어다니고 모양이 변하면서 달려들거나 미끄러져 빠져나가려고 하는 것처럼 느꼈다.

셋은 인조 정글을 나와 침식되고 경사진 벽 아래 계단으로 내려가서 해변에 도착했다.

마찬가지로 이곳은 인조 해변이었다. 본래는 계속해서 부는 바람 덕에 생긴 작은 반달 모양 해안선을 따라 자갈만이 가득 깔려 있는 돌밭이었다. 도시 개발자들은 만의 가장자리를 확장하기 위해 방파제를 건설하고 섬에서 불어오는 바람과 조류의 강한 충격으로부터 보호하려고 했다. 트럭 몇 대 분량이나 되는 모래를 싣고 와서 해변처럼 꾸몄고, 관광객들이 당연히 섬에 자연적으로 생긴 해변이라고 믿게끔 했다. 그러나 바람은 계속해서 인조 만을 갉아냈다. 곧 한 철도 버티지 못하고 모래가 조류와 파도에 휩쓸리는 바람에 이 해변은 다시 돌만 남게 되었다.

머리에 쓴 헤드램프의 빛은 모래사장을 가로지르다가, 때로는 서로를 비추어 커다랗고 괴물 같은 그림자를 눈앞에 만들어내기도 했다.

하 박사는 해안선 가까운 곳, 바닷물에 젖은 모래로부터 2미터 정도 떨어진 자리에 기호를 만들어두었다. 미역 조각과 어두운 돌과 떠돌아다니는 나뭇가지 등으로 꽤 꼼꼼하게 작업하느라 몇 시간은 걸려 완성했다. 사람보다 두 배 정도 커다란 크기였고, 섬세하고 정확한 그 테두리는 모래밭 위에서 선명하게 드러났다.

세 개의 뾰족한 끝은 호텔 쪽을 향했고 구부러진 초승달 바깥 부분이 바다를 향했다. 에브림과 알텐체체그가 그림 위로 헤드램프 빛을 비추었다. 그때 에브림이 그림을 향해 손가락을 겨누자 하 박사가 끄덕였다.

해변 아래쪽 더 멀리, 새로운 그림이 있었다.

앞장선 알텐체체그가 헤드램프를 물보라 선과 바다 표면에 이는 파도와 모래사장을 가로지르며 비추었다. 아무것도 없었다.

이 그림은 고르지 않았고 성급하게 만들어진 것 같았다. 테두리가 여기저기 튀어나오거나 자리를 잘못 찾은 물체로 흐릿했다. 그러나 전체적인 모양을 알아보기엔 충분했다.

　화살은 바닷물에서 해변으로 향하고 있었고 그 끝은 왼쪽으로 기울어져 정확하게 호텔을 향하고 있었다. 이 그림 역시 대부분 어두운 돌덩이나 미역 조각, 그리고 떨어진 나뭇가지들로 만들어져 있었다.
　그러나 그 외에 다른 물질들도 섞여 있었다. 하 박사는 몸을 굽혔다. 미역과 나뭇가지와 돌덩이들 사이에 난파선 안으로 들여보냈다가 부서진 잠수정 드론 조각이 있었다. 잠수정은 완전히 산산조각이 나 있었다. 기계 몸체와 내부 부품 조각들이 그림 안에 흩어져 있었다.
　그리고 또 다른 것들도 있었다. 잠수 마스크. 스쿠버 탱크. 작살 총. 장갑. 그리고…….
　하 박사는 그걸 한눈에 알아보지 못했다. 따개비와 푸른 녹조류로 뒤덮여 있기도 했고, 며칠간 이지러지긴 했지만 그래도 충분히 밝은 달빛 아래에서도 다른 것들보다 눈에 띄지는 않았기 때문이다. 다른 물체들에 비해 이건 가장 조심스레 놓여 있었다. 호텔을 가리키는 화살 끝에 놓여 무의식적으로 하늘을 올려다보고 있었다.
　인간 머리뼈였다.
　모든 치아가 제자리에 있고 아래턱은 약간 열린 채로 마치 하늘 위에 뜬 아름다운 별들에 감탄한다는 듯 위를 올려다보고 있는 온전한 머리뼈였다.

　에브림과 알텐체체그는 하 박사와 조금 떨어진 곳에 무슨 장례식장에서 친척이 누운 관을 내려다보는 가족에게서 몇 발짝 떨어져 있는 것처럼 서 있었다. 하 박사는 오랫동안 움직이지 않았다. 그리고 그림을 따라 천천히 원을 그리며 걸었다.

　"이 기호 사진을 찍어야 해요." 하 박사는 단호한 목소리로 말했다.

　"지금까지 이 상형문자 사진은 많이 찍었어요."

　알텐체체그가 하늘 위를 가리키며 말했다.

　"제 말은 좀 더 자세한 사진이요. 우리는 이걸……."

　그때 드론 다섯 대가 하강하자 깜짝 놀란 하 박사는 입을 틀어막았다.

　'괜찮아. 문어들은 날 수 없잖아.'

　자유롭게 하강하던 드론이 사람 키보다 조금 높은 높이에서 갑자기 멈췄다. 알텐체체그가 동화책에 나오는 마법사처럼 손을 들어 정확한 손짓을 해 보이자, 드론들은 기호 주변에서 춤을 추듯 아래위로 오르락내리락하다가 멈추고 다시 서로 팽팽한 호를 그리며 스윙했다. 하 박사는 에브림이 서 있는 곳으로 뒷걸음질 쳐 소용돌이치는 비행 패턴에서 겨우 벗어났다.

　"승리의 순간이네요, 하 박사님. 이제 더는 의심의 여지가 없어요. 박사님이 증명해 보였어요. 우리가 증명해냈어요. 이 연구를 계속할 수 있는 정당한 근거가 생겼어요. 이제 시작이에요."

　하 박사는 아무 말도 하지 않았다. 나선형으로 비행하는 드론들과 기호를 번갈아가며 바라보았다. 이 거리에서 보니, 그 머리뼈는 기호를 만드는 다른 물체들 사이에서 그저 옥색을 띠는 구 모양이었다. 마치 해변으로 떠내려온, 비바람으로 색이 변한 공처럼 중립적인 인공물일 뿐이었다.

'하지만 중립적인 의미를 갖는 건 없어. 분명 다른 의미가 있을 거야.'

드디어 하 박사는 입을 열었다.

"이거 안 보여요?"

"보여요. 하지만 많은 걸 의미할 수 있죠."

"이게 시작인 것 같지 않아요." 하 박사는 몸을 돌려 걸어갔다.

"어디 가세요?"

"호텔로 돌아가요. 생각을 정리해야 하는데 여기선 못 하겠어요."

인공지능이 발달하고, 온라인으로 연결된 두뇌들이 인간의 두뇌가 처리할 많은 임무를 대신 완수하면서 우리는 점점 더 의식에 대해 논쟁한다. 그러나 아직도, 지구상에서 우리가 직접 경험하는 가장 중요한 요소임에도 불구하고 의식을 명확하게 정의하지 못하고 있다.

    왜 우리는 우리 자신도 거의 이해하지 못하는 다른 것을 그렇게 두려워하는 걸까?

— 앤캐틀러 미너부도티어-첸 박사, 《마인드 건설하기》

20

사람 한 명을 죽이는 건 그렇게 힘든 일이 아니었다.

공장선에 온 뒤로 에이코가 깨달은 사실이다. 에이코는 다른 선박의 선원이 경비요원과 싸우는 걸 보았다. 경비요원은 총을 들어 개머리판으로 선원의 관자놀이를 세게 쳤다. 어렵지 않은 동작 하나였다. 선원은 통로에 쓰러졌고 경비요원은 자리를 떴다. 다른 선원들이 가보았을 때는 이미 죽어 있었다.

공장선에 들어온 지 일주일이 지났다. 그동안 에이코는 다른 선박에서 온 수백 명이 넘는 선원들과 50명 정도 되는 경비요원들을 보았다. 공장선에 들고 나는 배 중 딱 한 척만이 바다늑대호보다 컸다. 바다늑대호 선원들은 대부분 자기 선박에서 시간을 보냈는데 차라리 그게 나았다.

에이코와 손은 건강검진을 위해서 딱 한 번 다른 선원들과 함께 공장선에 들어갔다. 그들은 추운 통로로 이루어진 미로 속으로 떠밀려 가서 살균 소독실로 들어가 기계로 검진을 받았다. 검진 기계 옆에 어떤 글씨가 각인되어 있었다.

해양 단백질 자동화 산업 주식회사 소유

그건 에이코가 납치된 이래 한 번도 본 적이 없는 회사 이름으로, 선원들에게 일어나고 있는 일에 관한 소유주나 책임을 암시하는 흔적이었다. 저걸 지우지 않았다니 아마 실수였을 것이다. 에이코는 저 이름을 두루마리에 잘 써서 미나구치야에 있는 귀뚜라미 우리에 넣었다.

그 남자가 죽는 걸 목격한 것도 이 공장선에서였다. 다른 선원들이 복도에 힘껏 떠밀려 우르르 쓰러지는 걸 보았는데, 뼈밖에 남지 않은 그들에게 희망이라곤 없어 보였다.

'우리보다 더 상태가 더 심하네.' 바다늑대호 선원들과 비교하며 에이코는 생각했다. 그러나 꼭 확신할 수 없었다. 그때는 단지 모르는 선원들이라는 이유로 더 나쁘게 보였던 건지도 모른다. 에이코는 동료 선원들을 사람이라고 여겼으나, 이 낯선 이들은 그저 사람이라는 탈을 쓴 것 이상으로 보이지 않았다.

어쩌면 바다늑대호 선원들도 그 정도로 상태가 나빠 보일 수도 있었다. 에이코 자신도. 손은 공장선에서 냉동된 황다랑어를 내리다가 한 조각을 옆에 떨어뜨렸다고 바다늑대호 경비요원 두 명에게 얻어맞았다. 그야말로 형식적인 구타였다. 그렇게 하면 확실히 다른 경비요원들이 감정을 억누를 수 있기 때문이었다. 두 눈이 뜨지도 못할 정도로 퉁퉁 부은 손은 다음 날 작업을 하지 못하고 해먹에 누워 있어야만 했다.

경비요원들에게 얻어맞는 손을 걱정스럽게 보던 에이코는 혹시 어딘가에 경비요원들을 감시하는 요원들도 있지 않을까 궁금해졌다. 아무 이유 없이 선원을 때려 부상을 입히는 경비요원을 벌

줄 수 있는 그런 요원 말이다. 떨어져버린 생선 때문에 벌을 받은 손처럼, 맞아서 아픈 손 때문에 벌을 줄 수도 있다면 어떨까.

이 착취 시스템에는 존중해야 할 경제 논리라는 게 있었다. 모든 건 가치로 환산되고, 노동력 구조에서 한 단계씩 내려갈수록 그 가치도 감소했다. 그러니까 예를 들면, 선원의 가치는 그들이 잡을 수 있는 총 어획량보다 낮아야 했다. 그리고 경비요원과 선원들이 함께 살아가는 선박과 선박을 운용하는 비용은 그들이 평생 잡을 수 있는 총 어획량보다 낮아야 했다.

그렇지 않으면 수지타산이 맞지 않았다. 선박 회사가 선박을 소유하고 선원들을 먹이고 경비요원을 고용하려면 이런 구조로 가야 했다. 로봇은 수리비가 너무 많이 들었기 때문에, 무인 선박이 더는 무인 선박이 아니게 된 것이다. 그렇게 무인 시스템은 무너졌다. 손해 보지 않으려면 노예가 된 선원과 경비요원들이 로봇 수리비보다 더 싼 값에 일하면 되었고, 로봇은 쫓겨났다.

분별없이 사람을 죽이는 행동이나 사치스럽고 우발적으로 일어난 사건들은 이런 경제 논리를 침해했다. 공장선에서의 일은 모두 비용을 염두에 두고 작동해야 했다.

폭력도 마찬가지였다. 폭력이야말로 그 경제 체제의 범위 내에서 실행되는 행위였다. 선원을 너무 많이 죽여 몸값이 오르면 암시장 상인들이 새로 납치한 선원들을 사들이기가 쉽지 않을 것이다. 폭력은 절제해서 실행되어야 했다. 선원들이 다치면 경제 체제는 손해를 입기 때문이다. 그리고 에이코는 이런 구조는 어디서든 나타난다고 확신했다. 그들은 필요한 만큼만 음식을 제공했다. 선원들이 겨우 일할 수 있을 정도인 건강 상태를 측정해 계산한 원가

만큼이었고, 그 이상도 이하도 아니었다. 아프면 약을 주었지만 역시 제한된 분량만이었다. 아프거나 다친 선원을 해고하는 시점도 정해져 있었다. 에이코는 그 순간을 보지는 못했으나 그럴 수도 있겠다고 확신했다. 바다늑대호도 같은 손익 알고리즘으로 계산할 것이다.

공장선에서 지내는 동안 다른 선원들이 바다늑대호로 넘어왔다. 알래스칸 해적에게 받은 공격으로 부서진 칸막이벽과 구멍이 숭숭 뚫린 막사 벽을 고치러 온 수리공들은 선박의 엔진과 장비도 함께 수리했다.

그들이 소문과 소식을 전해주었다. 유엔 안전보장이사회에서 이스탄불 공화국을 중화 연방 대신 영구 회원으로 들이는 문제로 쿠데타가 있었다고 했다. 자바섬에서 쓰나미가 일어나 인공지능 선박 한 대가 해변으로 떠내려와 오도 가도 못했는데, 탈출한 선원들이 당국에 자수하자 당국은 그들을 불법 이민으로 모두 체포하고 다시 선박으로 돌려보내 그 선박을 공해상으로 끌어냈다고 했다.

그들은 무서운 이야기를 전하기도 했다. 공장선에 정박한 배 한 척엔 아무도 없었는데, 화물칸만 꽉 채워져 있었다. 사람의 흔적은 전혀 없었는데 공장선 선원들이 화물칸을 열어보니 모두 그 안에 있었다. 선원이고 용병이고 깔끔하게 언 채로 쌓여 있었다. 더는 생선을 잡아 올릴 수 없게 되어 화가 난 선박이 인간들을 단백질이라고 생각한 것이다. 선박의 인공지능 마인드는 해체해야 했다.

정말 이게 사실일까? 이런 일이 가능하기나 한가? 에이코로서는 알 수 없었다. 어쩌면 그냥 겁을 주려고, 재미있으라고 아니면

악의로 또는 지루해서 지어낸 이야기일 수도 있었다.
　이제 공장선에 정박한 지 2주가 되었다. 에이코는 손이 걱정되었다. 그때 그렇게 얻어맞은 이후 손은 이상하게 행동했다. 자기가 나고 자란 섬 이야기 외에는 아무 말도 하지 않았다. 에이코와 카드 게임을 할 때나 작업 중 휴식 시간에도 손은 꼰다오 이야기만 했다. 그러나 예전처럼 잠수 보트나 산호초에 걸린 지 오래된 어망을 잘라내던 일, 조용하게 살았던 꼰손 마을에 대한 추억에 잠기지는 않았다.
　그 대신, 손은 물고기 이야기를 했다. 군도 내 보호 구역 안에서 풍족하게 사는 많은 물고기 이야기는 거의 집착에 가까웠다. 그 물고기들은 덩치가 크고 느려서 잡기도 더 쉽다는 것이다. 밀렵할 수 있는 바다거북과 상어들. 밤에 오징어잡이 배에서 환하게 비추는 빛을 보고 뛰어오르다가 불행하게도 모두 잡히고 마는 어마어마한 양의 오징어들까지. 엉망진창이 되어버린 얼굴을 수평선 쪽으로 갸우뚱하게 기울인 채 에이코를 쳐다보지 않고 이야기했다. 마치 한때 환경 운동가로 살았던 시절을 잊은 듯했다. 사랑하는 섬을 보호하려던 시간을 잊고 밀렵꾼으로 살았던 시절로 되돌아간 것 같았다.
　에이코는 농담을 주고받으면서 손을 정신 차리게 하려고 했지만, 소용이 없었다. 손은 그저 더 큰 목소리로 말할 뿐이었다.
　그러는 동안 바다늑대호가 가로지르던 바다는 빈 그물만 남은 텅텅 빈 사막이거나 쓸모없이 부수적으로 잡혔다가 버려진 빈사 상태의 물고기들만 남아 있었다. 에이코는 인공지능 마인드를 보호하는 강화 칸막이벽 뒤에서 발하는 분노로 갑판 아래가 부르르 떨리고, 바다늑대호가 불안해하는 걸 느낄 수 있었다. 경비요원들은 동요 속에서 술을 마셨다. 더 험악해지고 더 금방 화를 냈으며 제멋대로 벌을 주었다.

손은 산호 위에서 헤엄치는 뚱뚱하고 느린 농어 이야기를 했다. 밤낮으로 풍부하게 잡히던 상어 이야기도 했다.

선박은 남쪽으로 향했다. 이례적인 일이었다. 날이 점점 따뜻해졌다. 다른 모든 건 그대로였으나 추위에서 벗어나는 건 좋은 일이었다. 선원과 경비요원들은 모두 갑판 근무 중에 고개를 들고 태양을 향해 고개를 기울였다. 그러나 바다에서 더는 잡아 올릴 게 없었다. 초조해진 바다늑대호 엔진이 그르렁댔다.

손과 함께 근무하던 날 손은 밤에 해안선을 따라 게를 잡던 일을 이야기했다. 저녁 식사 접시만큼이나 큰 게들은 어리석고 느렸다.

"왜냐하면, 공원 안에서는 굳이 도망치는 걸 배울 필요가 없거든. 모든 게 안전하니까. 그런데 여긴……."

손은 아무것도 보이지 않는 청록색 수평선을 가리키며 말했다.

"여기서는 물고기들이 모두 똑똑해. 그런데 거기서는 아직 보호받고 있단 말이야. 잡기가 너무 쉽지. 거기다 지금은 주민들도 모두 떠났으니……."

말끝을 흐린 손은 잠시 에이코를 바라보았다. 그러다가 마치 흔들리는 배 위에서 중심을 잡는 듯하더니 에이코에게 쓰러져 에이코의 어깨를 꽉 붙잡고 다시 말을 이어갔다.

"모두 떠났으니, 더 뚱뚱해지고 더 바보 같아질 거야. 그 모든 물고기가 전부 말이야. 지금 내가 내 창을 들고 거기에 있었으면 좋겠어."

그때 에이코는 손이 미쳐버린 게 아니라는 걸 알았다. 절대 아니었다.

날은 계속 따스해졌고 바다늑대호는 약탈당한 빈 바다를 가로질러 남쪽으로 향했다. 손이 쳐둔 덫을 향해서.

우리는 문어에게서 기회주의, 탐험, 창의성을 본다. 이는 우리가 살아가는 정신세계에서 의식과 연관 지어 떠올리는 특성이다. 우리는 그 안에서 우리와 닮은 '마음'을 인식한다.

그러나 이 생명체는 우리와 완전히 다르다. 문어는 대부분의 신경세포를 팔에 갖고 있는데 이들은 신경 고리를 통해 뇌로 연결된다. 그렇다고 뇌가 이 독립적인 부속기관들을 언제나 통제하는 건 아니다.

나는 이 변덕스러운 존재가 자기 환경을 누비는 걸 보며 문득 궁금해졌다. 뇌보다 팔에 더 많은 신경세포를 가진 이 동물은, 뭔가를 붙잡아서 맛을 보고 피부로 빛을 감지하는 이 동물은 어떻게 세상을 바라볼까? 그리고 우리는 과연 그들의 관점을 이해하기를 기대할 수 있을까?

— **하 웅유엔 박사,《바다는 생각한다》**

21

"난 그저 너랑 의견을 나누고 싶을 뿐이야." 하 박사는 말했다.

흰색 연구 가운을 입은 캄란은 한 손에 커피잔을 들고 카운터에 기대어 있었다. 반투명한 캄란 너머로 하 박사가 머무는 볼품없는 방에 걸어둔 커튼이 보였다. 버려진 호텔은 사용하지 않는 기간 동안 창문을 열어두어서 방 안에 축축한 습기가 가득했다. 벽에 핀 곰팡이가 검은 줄무늬를 이루며 캄란을 통과해 마치 정맥처럼 보였다.

"어쨌든 내가 전체적으로 어떤 생각을 하는지는 너만이 제일 잘 아니까. 그게 다야. 물론 네가 일하는 데 방해는 되겠지만."

캄란은 손을 휘 내저으며 말했다.

"그건 신경 쓰지 마. 대학원생들 모두 내보내고 사무실 문은 잠갔으니까. 네가 필요하다면 난 항상 여기 있어."

"잠깐만, 지금 이스탄불은 몇 시지? 여기보다 네 시간 늦잖아. 지금 여기가 새벽 2시 조금 넘었으니까 거긴 오후 10시 조금 넘은 거네, 캄란. 이 시간까지 너야말로 실험실에서 뭐 하는 거야?"

캄란은 커피잔을 내려놓고 한숨을 쉬었다.

"하, 사실은 할 말이 있어. 사실 난 흡혈귀야. 네가 떠나간 직후에 다른 흡혈귀에게 공격당했거든. 피를 아주 조금만 빨아 먹겠다더라. 완전 자선사업이라면서 말이야."

"그래, 네가 행복하면 됐어. 이제 햇빛 아래서 느긋하게 오후를 즐기지 못하겠네."

"생산성을 위해서는 어쩔 수 없지. 그런데, 아니 진짜로, 밤이 늦어야 시퀀서를 사용할 수 있다니까. 그래서 다들 밤샘 근무를 자처한다고."

"누가 커피라도 내려주면 좋을 텐데."

"안타깝게도 그 희망은 수포가 돼버렸어. 내가 커피를 내리거든. 마시는 학생마다 눈을 찡그리고 다녀. 보고 있기 아깝다니까. 미묘한 고통이지."

하 박사는 터미널로 심장박동수를 확인했다. 115. 해변에 있을 때보다는 느려졌으나 아직도 너무 빠르다. 아까는 거의 '공황'이라고 부를 수 있는 순간을 느꼈다. 로비로 내려가 그들에게 설명하기 이전에, 캄란에게 먼저 털어놓고 싶었다. 머릿속을 정리해야 했다. 그런데 지금 그녀가 느끼는 성취감엔 두려움과 실패감이 뒤섞였다. 어떻게 동시에 행복과…… 아니다, 이 감정을 설명하려면 이렇게 시작해선 안 된다. 수십 년간 계속되던 의심을 풀고 한층 앞서갔는데, 어떻게 동시에 아무것도 아닌 것으로 추락한다는 느낌이 들 수가 있을까? 이 감정을 설명할 수 있는 언어는 없었다. 인간이 경험하는 그 수많은 것들을 모두 설명해낼 수 없듯이 말이다. 하 박사는 어떻게든 알맞은 말을 꿰맞춰보려고 했으나 아무리 해도 딱 맞는 표현이 없었다. 그녀의 두 손이 떨리고 있었다.

그래도 캄란은 하 박사의 감정을 알아차렸다. 보기만 해도 알 수 있었다. 인간에게 이보다 더 필요한 게 뭐가 있을까?

"계속 생각해봤어. 우리는 어떻게 이걸 극복할 수 있을까? 이렇게…… 소통하려는 괴물들이랄까? 우리는 문어에게 괴물이나 다름없어. 사냥꾼이자 파괴자로서 그들의 친족을 살해하고 보금자리에 쓰레기나 버리고 말이야. 그런데 문어들도 우리에겐 괴물이야. 도대체 뭘 하려는지 알 수가 없고 완전히 이질적인 생물체니까."

"라틴어 어원으로 보면 괴물이 맞지." 캄란이 끼어들었다. "모네르*. 경고, 불길한 징후란 뜻이지. 결국, 네 이론이 다 맞는다면 이 동물은 인류세**와 해양자원 착취의 산물일 수 있어. 우리가 그들의 환경에 가해온 압박으로 태어났거나 적어도 그로 인해 가속화된 종이라는 거야."

"그들을 그렇게 생각하는 것도 옳지는 않아. 문어가 우리를 위해 존재하는 건 아니잖아. 우리는 문어를 불길한 징후나 어떤 상징으로 여길 수는 없다는 거야. 어떤 의미를 부여하든지 간에 문어들은 자기 자신들을 위해 존재해. 그리고 어쨌든 문어들은 이제 막 문명에 진입했다기에는 너무나 앞서간다는 걸 확인했어. 그들은 우리 곁에서 우리가 모르게 오랜 시간 동안 진화해온 게 틀림없어.

- Monere, 영어의 'monster(괴물)'라는 단어는 '경고한다'라는 뜻의 라틴어 동사 'monere'에서 유래했다.
- ●● 인류로 인한 지구온난화 및 생태계 침범을 특징으로 하는 현재의 지질학적 시기.

하지만 그중 어떤 것도 중요한 건 아니야. 정말 중요한 건 그 그림들을 이해하기 위해서 그들이 어떤 생각을 어떻게 하는지 내가 직접 느낄 수 있어야 한다는 거야. 뭘 하면 될까? 누구라도 그게 가능하기나 할까?"

"거기서부터 시작하지 말아봐. 더 간단히 생각해. 그 그림들을 남들에게 설명해야 한다고 했지. 네가 확실히 알아야 에브림과 알텐체체그가 이해할 수 있을 테니까. 좋아, 그럼, 한번 이야기해봐. 네 생각을 전부 펼쳐봐." 캄란이 말했다.

로비로 내려가보니 에브림과 알텐체체그는 스크린과 다이오드로 빛나는 테이블에 있었다. 준비되었다. 정확히 무엇을 어떻게 설명할지, 어디서부터 시작할지 머릿속으로 모든 걸 정리한 참이다. 캄란에게 미리 털어놓은 덕분이었다. 이 연습으로 하 박사는 생각을 정리하고 다른 이들의 반응에 대비할 수 있었다. 캄란이 없었다면 그녀의 머릿속 생각들은 편협하게 제자리에서 계속 돌고 있었을 것이다. 캄란은 하 박사가 생각을 통제할 수 있도록 새롭게 조언해주고, 모두가 이해할 수 있게끔 번역해 제대로 표현할 수 있도록 도와주었다.

새벽 3시가 지난 시각이었다. 에브림과 알텐체체그는 터미널 한 대로 기호 그림을 하나하나 넘겨보고 있었다. 에브림은 다가오는 하 박사를 올려다보았다.

"아직도 그림이 무슨 의미인지 모르겠어요."

하 박사는 테이블 가장자리로 좀 더 큰 터미널을 끌고 와서 문어가 만든 그림과 자신이 만든 그림 두 개를 그렸다.

"한 화면에 두 개를 같이 보면, 어떤 거 같아요?"

"서로 관련은 있어 보여요. 두 개가 한 세트 같아 보이기도 하고, 혹시 질문과 대답일까요? 둘이 대칭을 이루는 것 같아요. '맞다'와 '아니다'일까요?"

"저도 그렇게 간단한 거라면 좋겠지만, 아니에요. 우리가 계속해서 돌려봤던 비디오 속 문어들이 맨틀 위로 만들어냈던 그 신호들이 저한테 뭔가를 떠올리게 했는데, 자꾸 신경이 쓰이더라고요. 기호 언어는 본질적으로 자의적이긴 하지만, 항상 그런 건 아니거든요. 중국 문자를 보면 적어도 일부는 실생활과 상징적으로 연결되어 있는 게 분명하거든요. 집이나 인간처럼 어디서부턴가는 이 추상화의 시작점이 보여요. 상징적으로 연결되기 전 그 원래 모습이 살짝 보일 수도 있고요. 그리고 화면 속 문어들은 뭔가 부정적인 의미를 나타내려고 하는 게 분명했어요. 친숙한 표현은 아니었겠지요. 잠수정이 그들의 집을 침입했으니까요. 문어들은 아주 적대적이었어요. 아니면 두려웠던지요. 어쩌면 둘 다고요. 그러니까 어떤 말을 하고 싶었겠어요? 어쩌면, '돌아가' 또는 '나가' 같은 말일 수 있죠. 간단하지만 긴요했어요. 명령조였죠. 하나의…… 글쎄요, 기호 언어 시스템으로 얘기할 수 있다면 마치 '단어'처럼요. 그렇다면 우리가 본 반달이나 초승달 모양 기호와 어떤 관련이 있을까요, 이렇게 화살표가 아래로 향한다면요? 저도 지난 며칠 동안 서식지에서 생활하는 문어 비디오들만 쭉 봤어요. 당신처럼요. 그런데 그게 제가 봤던 비디오 중에 나오더라고요. 그냥 유명한 과학 다큐멘터리 비디오였어요. 카메라 앵글이 아주 좋았어요. 문어 한 마리가 몸을 숨기려고 돌로 만들어진 굴 안으로 들어가는 모습을 찍고 있었어요. 문어는 안으로 들어가더니 돌덩이로 다시 구멍을 막았죠. 다른 문어들도 많이 하는 행동이에요. 그런데 카메라가 위에서 찍고 있어서, 저는 그 기호를 명확하게 봤어요."

하 박사는 터미널 페이지를 넘기더니 새로운 기호를 그렸다.

"웃는 얼굴입니다. 문어가 웃는 얼굴을 만들었습니다. 당신을 만나서 너무 좋은가 봅니다." 알텐체체그가 말했다.

상처투성이 얼굴로 활짝 웃자 네모난 치아들이 으스스하게 보였다. 농담이었다. 알텐체체그는 농담하고 있었다. 단조로운 억양과 정확하지 않은 통역기 때문에 그 유머를 알아차리기는 거의 불가능했지만 하 박사는 제대로 알아들었다.

"정말 재밌네요. 하지만 실제로 이 웃는 얼굴 그림은 아주 좋은 예시랍니다. 왜냐하면, 보세요. 그게 바로 문제의 핵심이거든요. 우리가 찾고 있는 게 바로 실생활에 뿌리를 둔 기호예요. 어떤 게 상징적이거나 지시적인 기반이 될까요? 우리 인간들은 이 기호에서 '웃는 얼굴'을 볼 수 있지요. 왜냐하면, 그건 인간에게 가장 중요한 지표이기 때문이에요. 미소는 행복, 친절, 솔직함을 시사하니까요."

"바보 같다는 의미도 있습니다. 제가 살던 곳에서 이유 없이 웃으면 얼간이 같다고 했습니다. 아니면 미국인 같다고도요."

"좋아요. 그건 이 문제의 또 다른 좋은 예시네요. 문화적 유의성. 미소가 전 세계적으로 같은 걸 의미하지는 않는다는 뜻이죠. 예를 들면 어떤 문화에서 미소는 쑥스러운 상황을 시사하는 것처럼요. 하지만 지금은 그 이야기가 아니에요. 핵심은 우리가 이 기호를 보고 인간이 짓는 표정이라는 걸 바로 알아차렸다는 거예요. 하지만 문어는 우리처럼 웃는 얼굴을 갖고 있지 않아요. 바로 이게 우리가 문어를 이해하기 몹시 어려운 이유 중 하나지요. 문어는 인간과 완전히 다른 물리적 기반을 갖추고 있어요. 그러니까 우리는 문어가 만들어내는 은유들이 어떤 기반을 따르는지 알아낼 필요가 있는 거지요. 그런데 말이죠, 저는 그 다큐멘터리 영상에서 봤어요. 바로 알아봤지요. 어디든 있었어요. 우리가 보는 그 '웃는 얼굴'은 문어의 정원이었던 거예요. 동굴 입구 밖에 이것저것 물체들을 놓아 만든 장벽이었어요. 동굴 입구를 위장하고 보호하기 위해서 돌멩이나 조개껍데기를 초승달 모양으로 만들어둔 거지요. 그래서 저는 그 모양이 무슨 뜻일지 연결해봤어요. 초승달 기호는 안과 밖 사이에 있는 라인 같은 거예요. 내 집과 바깥세상. 이 모양을 봐요." 하 박사는 터미널 페이지를 앞으로 한 장 넘겨 손가락으로 어떤 모양을 가리켰다.

"……뭔가가 합쳐진 모양인지도 몰라요. 초승달 모양으로 집을 둘러싼 장벽을 표현하고 이 화살 모양은 그 밖으로 내보냈죠. 제가 처음부터 생각했던 건데 이건 '아래'를 뜻하는 게 아니라 어쩌면 '밖으로'를 뜻하는 것 같아요. 촉수 끝으로 향하는 거죠. '눈과 입에서 멀어진다. 중앙에서 멀어지고 우리 정원을 둘러싼 장벽 너머로 나가다.'"

"우리 집에서 나가." 에브림이 말했다.

"맞아요. 그런 뜻이죠. 그러니까…… 우리가 지난번에 잠수정을 난파선에 내려보냈을 때요, 문어가 카메라를 가져가서 거의 부쉈잖아요? 알텐체체그가 말한 것처럼 그 문어가 잠수정을 따라 여기까지 오길 바랐었어요. 바로, 이 호텔에서 우리와 소통하길 바랐어요. 우리에게 관심을 두고 우리를 감시하길 바랐죠. 그래서 오늘, 저는 해변에다가 저만의 기호를 그려두고 온 거예요."

"들어와요." 에브림이 말했다.

"저도 그 의미라면 좋겠어요. 아니면, 환영한다는 의미라든지요. 뭔가 초대하는 것 같은 의미이길 바랐어요. 아니면 적어도 두렵지는 않다는 의미라도요. 어쨌든 '우리 집에서 나가'와는 반대이길 바란 거죠. 그냥 추측해본 거예요."

"그런데 정말 맞았네요." 에브림이 말했다.

"네, 어떤 면에서는요. 그리고 몇 시간도 안 돼서 답을 받았으니까요. 이제 물리적인 증거가 있어요. 인간 외 동물이 상징 기호를 사용한다는 걸 입증하는 첫 증거이자 이 지구상에서 처음으로 우리 인간이 다른 종과 인간처럼 소통했다는 증거예요. 제가 남긴 메시지에 문어가 답을 보내왔잖아요."

"맞습니다." 알텐체체그가 말했다. 그녀는 창문에 기댄 채 반사되는 빛을 넘어 어두워진 창밖을 보고 있었다.

"그리고 그 문어가 쓴 답은 아주 간단합니다. 직설적입니다. 자기가 사는 곳에서 가져온 인간들이 쓰던 물건들로 기호를 만들었습니다. 특별한 물건들을 가져와서 성의를 보였습니다. 부서진 기계, 훔친 다이빙 산소 탱크와 마스크. 자신이 싫어했던 인간들의 무기인 총. 어쩌면 자신이 죽인 인간의 머리뼈일지도 모릅니다. 먼저 이렇게 씁니다. 우리 집에서 나가. 그리고 그 말에 귀를 기울이지 않으면 무슨 일이 일어나는지 보여줍니다."

"맞아요. 바로 그게 문제예요." 하 박사가 대답했다.

죽음은 우리의 일부이다. 죽음은 처음부터 우리 신체를 형성한다. 어쩌면 당신은 자궁 안에서부터 세포분열을 통해 손가락이 만들어졌다고 생각할 수 있다. 그러나 그렇지 않다. 마치 조각가가 대리석 덩이를 깎아 다비드상을 만들듯, 세포는 죽으면서 살덩이를 깎아 손가락을 만들어낸다.

죽음이 없다면 삶은 그 어떤 형태도 가질 수 없다.

— 앤캐틀러 미너부도티어-첸 박사, 《마인드 건설하기》

22

아스트라한 공화국이 정전되었다. 러스템이 있는 건물은 도시 전력망과 연결되어 있지 않았기 때문에 운이 좋았다. 창밖으로 자가 발전기를 돌려 불이 켜진 건물들이 여기저기 보였다. 도시의 깜깜한 암초들 사이에 빛줄기가 피어올라 있었다. 전기가 끊긴 저 어두운 건물 중 하나에 아이누르가 살았다. 신뢰할 수 없는 도시 전력망과 연결된 건물이었다. 두 번째로 데이트를 하고 있던 러스템과 아이누르는 다행히도 집에 가지 않았다.

아이누르는 러스템 옆에 서서 달을 향해 뿜어낸 링 모양 연기가 흔들리는 걸 바라보며 말했다.

"그러니까, 지도 같은 거네."

"그런 거지. 네가 한 번도 가보지 못한 곳이 그려진 지도. 거기다 그 지도에 표기된 기호나 모양들마저도 모르는 거야. 그것들이 무얼 의미하는지 서로 비교해가면서 직접 알아내야 하는 거지."

"그럴 땐 VR 기술을 쓰면 그만이야."

"맞아. 인공지능 기술에는 기본적으로 필요한 네트워크를 모형화하는 프로그램이 있으니까. 관계망을 지도화하고 내부에서 작동할 수 있는 환경을 스스로 구축하는 도우미처럼 말이야. 지도 그 자체와 그걸 풀 수 있는 열쇠를 동시에 만들어내는 거야."

"시뮬레이션 같네."

"비슷해. 다른 형태로 옮기는 것에 더 가깝지. VR 프로그램이 구축하는 건 데이터를 탐색 가능한 공간으로 옮겨놓는 거잖아. 네가 쓰는 버전에 따라 달라지긴 하겠지만 그 개념은 기본적으로 다 같아. 탐색이 가능한 네트워크 개념을 창조해내는 거지. 직접 들어가서 시험해볼 수 있는, 또는 '걸어' 들어갈 수 있는 시뮬레이션 말이야. 탐험도 하고. 해커들이 그렇게 미로를 빠져나갈 수 있는 거든. 하지만 그야말로 다른 형태로 옮겼기 때문에 실제 네트워크와 정확하게 일치하지는 않아. 백 퍼센트 정확하지 않다는 거지. 다른 걸 해석하기 위해서 신경망 하나에 의지하고 그 해석한 값에서부터 또 시작하는 거야. 원래 값에서 뒤틀리고 달라지는 건 피할 수 없겠지. 그러니까 시뮬레이션은 언제나 원래 값보다 덜한 상태야. 인공지능 시뮬레이터는 원래 값을 잘못 해석하고 정말 중요한 걸 놓치기가 십상이라고."

"그러니까 해커들도 처음부터 틀릴 수 있다는 거네."

"바로 그거야. 실력이 아무리 좋은 해커라도 주어진 데이터만큼만 좋을 수 있는 거지. 입력값. 정말 중요한 걸 놓치면, 그 입력값을 처음부터 놓치게 되면, 절대 문제는 풀리지 않아."

"그런데 너는 그런 프로그램들이 필요 없으니 다르다 이거야?"

"맞아. 난 그런 거 없이 네트워크를 시각화할 수 있어."

"그게 너에게 어떻게 보이는지 설명해줄 수 있어? 난 상상이 안 돼."

박쥐처럼 사는 건 어떤 걸까? 러스템처럼 사는 건 어떤 걸까?

아무도 러스템에게 그런 걸 물어본 적 없었다.

러스템은 아이누르가 자신에게, 또는 자신의 재능에 품는 관심을 애정으로 받아들이지 못했다. 그저 아이누르도 자신처럼 궁금증이 많은 수집가라고 생각했다. 그저 새로운 걸 알고 싶은 것뿐이고 알아낸 사실을 자기 주머니에 넣어두는 수집가. 뭐, 그래도 괜찮았다. 서로 비슷한 이런 점 때문에 아이누르에게 빠져든 것일 테니까.

"여기까지 걸어왔지?" 러스템은 물었다.

"응."

"얼마나 걸렸어?"

"30분 정도."

"어떻게 했어?"

"뭘?"

"그러니까, 어떻게 여기까지 걸어왔어? 도시 전체가 정전돼서 어두웠잖아. 어차피 많이 남아 있지도 않지만, 거리에 있는 신호들도 보기 어려웠을 테고."

"아, 알았어. 정말 진지하게 묻는 거면 나도 응해줄게. 음, 아마도 내 머릿속에 지도 같은 걸 그렸던 거 같아. 아스트라한 지도 말이야. 난 여기서 오래 살았거든. 그러니까 지도 어디쯤에 내가 있는지 상상하고 어디로 가야 하는지도 아는 거지."

"네가 어디에 있는지 어떻게 알아?"

"내 주변을 둘러보는 거야. 그리고 전에 봤다던가 알아볼 수 있는 것들을 찾는 거지. 그것들이 어디에 있었는지 기억이 날 테니까. 낯익은 건물이나 가게 앞처럼 말이야."

"그럼, 처음 가보는 곳이라면 어때? 모르는 도시에 있다면 어떻게 길을 찾을 거 같아?"

"흠, 그럼 더 집중해야겠지, 아마도. 이것저것 기억해놓아야 할 테니까."

"지도를 직접 그리기 위해?"

"음, 아니다. 그냥 차라리 터미널을 켜서 지도의 파란 선을 따라갈 거 같아."

"그래. 아마 다들 그렇게 할 거야. 그리고 나와 같은 일을 하는 사람들이 기본적으로 사용하는 방식일 테고. 네가 가진 터미널 지도 기능보다 더 정교한 버전을 사용하지. 하지만 만약 터미널이 없다면? 모르는 동네에서 길을 찾기도 전에 터미널 배터리가 다 닳았는데, 그 동네 언어도 할 줄 몰라서 아무에게도 길을 물을 수 없다면?"

아이누르는 잠시 멈칫했다. 어두워진 바깥에서 개들이 서로를 부르듯 짖는 소리가 들렸다.

"그렇다면 아마도 중심 도로를 찾을 것 같아. 도심으로 향하는 도로 말이야. 그 도로를 따라갈수록 건물들은 점점 크고 높아지겠지. 그리고…… 사람들이 대체로 향하는 방향을 주시할 거 같아. 아무래도 도심으로 가는 사람들이 더 많을 테니까. 계속 그렇게 반복할 것 같아. 건물들을, 그 건물에 있는 가게나 눈에 띄는 시설물을 살펴보고, 사람들과 차가 주로 가는 방향을 따르고. 도시들은 대부분 비슷하잖아. 외곽 지역은 아무래도 도심보다는 낡았고, 창고나 오래된 공장, 더는 쓰지 않는 오래된 기찻길도 많으니까 바로 알 수 있을 거야. 도심으로 향할수록 더 세심하게 신경 쓴 것들이 주변에 보이기 시작하겠지. 가게도 많아지고 사람도 많아지고. 거기다 나라면 갔던 곳을 모두 머릿속 지도에 그려 넣을 것 같아. 일단 랜드마크를 정하는 거야. 그리고 건물들의 크기를 비교하기 위해 지평선 너머를 바라볼 거 같아. 할 수 있는 한 멀리. 보통은 도시 중심에 좀 큰 건물들이 모여 있고, 그걸 잘 볼 수 있는…… 특정 교차로가 있거든."

'아니, 중심에 있는 건 그게 아니야.'

"바로 그거야. 그런 전략들을 세우고 그 복잡성을 배가시키면 내가 배운 걸 할 수 있어."

"그럼, 지금 네가 하고 있다는 그 프로젝트에서 넌 얼마나 왔어? 풀어내야 한다던 그거 말이야."

"내 생각에 이제야 외곽에서 벗어난 것 같아. 오래된 벽돌 창고나 기찻길 말이야. 그런데 아직도 교차로들이 헷갈려. 그리고 사람들도 여기저기 다 흩어져 있고. 어쨌든 풀어나가고 있긴 해. 전체적인 방향은 보이는데, 그 어떤 길로도 갈 수가 없다는 말이지. 교차로를 만날 때마다 멈춰 서서 내 위치를 확인하고 빙 돌아오진 않았는지 확인해야 해. 그리드로 딱딱 나누어지지 않은 오래된 도시들 같아. 아스트라한 구도시 같으면서도 더 복잡해. 도로들이 너무 휘어 있어서 좌회전 한 번이면 갈 곳을 우회전 세 번은 해야 갈 수 있는 그런 느낌이지."

그때 러스템은 윙윙거리는 소리를 들었고, 소리를 따라 뭔가가 벽에 내려앉는 걸 보았다. 아이누르의 맨 어깨에서 10센티미터도 떨어지지 않은 곳이었다. 얼핏 보면 조금 큰 말파리 같은 곤충인가 보다 하고 충분히 오해할 만했다.

"그럼 아직 길을 잃진 않았어?"

질문을 한 건 아이누르였으나 마치 그 말파리 같은 것이 질문한 것처럼 느껴졌다. 그 작은 곤충은 고개를 돌려 파리의 겹눈을 모방한 육각형 빛 수용체로 러스템을 쳐다보았다.

"아니. 아직은. 우리 이제 다른 이야기 하자. 네가 요즘 한다던 설치 일은 어때?"

남미의 숲에서 사냥꾼들은 얼굴을 위로 향하고 잔다. 그래야 재규어가 사냥꾼들이 자기를 돌아볼 수도 있는 존재로 여겨 내버려두기 때문이다. 만약 얼굴을 아래로 향하고 잔다면, 재규어는 그들을 힘없는 먹잇감으로 여기고 공격할 것이다.

우리는 어떻게 우리가 세상을 구성하고 여기는지만이 아니라 어떻게 세상이 우리를 보는지도 반드시 이해해야 한다. 우리는 우리를 둘러싼 세상이 진정으로 어떻게 구성되어 있는지, 그 세상에 사는 다른 존재들이 어떻게 우리를 여기는지 반드시 이해해야 한다.

만약 언어 기술을 우리만큼 습득한 존재와 소통을 한다면 모든 건 그 외계 존재의 사고방식이 우리 행동을 어떻게 인지하는지, 우리가 얼마나 민감하게 반응할 수 있을지에 달려 있을 것이다. 전부 다.

— 하 응유엔 박사, 《바다는 생각한다》

23

"보여줄 게 있어요."

하 박사는 지난밤 마음을 진정시키기 위해 수면제를 먹고 잤다. 아직 잠에서 덜 깬 상태로, 입안이 마르고 단내가 나는 것 같았다. 알텐체체그가 방문을 계속해서 두드리는 바람에 겨우 일어난 참이었다. 알텐체체그는 아마도 가장 편안한 복장임에 틀림이 없는 어두운 터틀넥 스웨터에 간신히 민간인처럼 보이는 특수 바지를 입고 복도에 서 있었다.

"뭔데요?"

알텐체체그는 그녀를 위아래로 훑어보더니 다시 입을 열었다.

"좋은 아침이에요. 보여줄 게 있어요. 박사님을 위해 제가 뭘 만들었어요. 지금 저와 함께 이동식 보안 모듈로 내려가요. 거기서 보여줄게요."

"평범하게 이야기하네요."

"전 항상 평범하게 이야기해요. 박사님이 이제야 제 이야기를 평범하게 들은 것뿐이에요. 지금 다른 통역기를 쓰고 있거든요."

알텐체체그는 풍뎅이 모양의 최신형 기기가 부착된 옷깃을 두드리며 말했다. 그 기기에서 나오는 목소리는 약간의 영국식 억양을 가진 표준 영어를 구사했다.

"지금쯤이면 박사님이 저를 전쟁에서 살아남은 상처투성이 바보 원숭이라고 생각하는 걸 그만두게 해야 한다는 생각이 들었거든요. 준비할 시간을 좀 드릴까요?"

"네, 그래요. 잠시 들어와요. 오래 걸리지는 않을 거예요. 나를 위해 만들었다는 그건 언제 한 거예요?"

"어젯밤이요."

"어제 우리가 해변에서 돌아오고 나서요?" 화장실에 있던 하 박사는 얼굴 위로 물을 튀겨가며 세수하고 있었다. 엉망으로 헝클어진 모발은 뿌리부터 하얗게 세고 있었다. 이 섬에서 도저히 머리를 자르거나 염색할 엄두가 나지 않았다. 미처 생각도 해보지 않은 일이었다. 약에 취해 움직이지도 않고 잔 하 박사의 얼굴 옆에 사선으로 자국이 나 있었다.

"네, 그 뒤에요."

"시간이 있었어요? 고작 여섯 시간 전이잖아요."

"다른 약을 먹었거든요." 알텐체체그가 말했다.

"아."

"자고 싶지 않았어요. 어쨌든 이 방법이 언제나 저에게 제일 잘 듣는 해결책이기도 했고요."

하 박사가 화장실에서 나왔을 때 알텐체체그는 침대맡에 앉아 오큘러스를 이리저리 돌려보고 있었다.

"아주 정교하네요."

"양자 암호화가 되어 있어요."

"이게 뭔지는 저도 알아요. 가져와도 된다고 허락하기 전보다 더 업그레이드된 것 같네요."

"지금 뭔가 이상해요."

"뭐가요?"

"당신이 이렇게 말하는 게요."

"보통 사람처럼요?"

"네. 보통 사람처럼요. 왜 그 이상한 통역기를 썼던 거예요?"

"몇 년 전부터 그런 습관이 들었어요. 다른 사람들과 거리를 두게 해주거든요. 저는 그렇게 대화를 많이 하는 사람이 아니라서요. 사실, 거의 아무하고도 말하고 싶지 않았기도 했어요."

알텐체체그는 오큘러스를 침대 옆 테이블에 두며 말했다.

"다들 각자 그런 별난 성격이 있잖아요."

밖은 벌써 환했다. 태양을 창백한 진주처럼 보이게 하는 하얀 연무를 제외하고는 구름이 거의 보이지 않는 맑은 날이었다. 버려진 호텔 테라스의 깨진 타일 사이사이마다 햇빛이 반짝였다. 보안 모듈 안에 들어간 하 박사는 눈을 적응시키느라 시간이 좀 걸렸다. 알텐체체그만의 특별한 세상엔 어두운 조명 아래 치명적인 기구들이 꽉 차 있었다. 하 박사는 옥색 유동액이 들어 있는 거대한 컨트롤 탱크를 보며 알텐체체그가 상처투성이 알몸으로 불법 침입한 어부들을 공격해 보트와 신체를 갈가리 찢어버렸던 그날 밤을 떠올렸다. 물속에서 명령하는 알텐체체그는 마치 춤을 추듯 리듬을 타고 있었다. 그날 착용했던 호스 여러 개가 달린 호흡 기구가 매끈한 강철 페그 보드에 걸려 있었다. 작업대 위에는 바닷물 같은 유동액으로 꽉 찬 물탱크 하나가 놓여 있었는데, 가정용 대형 수조보다는 작은 크기였다.

"그거 보여요?"

"물탱크요?"

"탱크 안이요."

"탱크 안에 아무것도 없는데요."

"다시 봐요. 자세히 봐봐요."

안에 뭐가 있었나? 하 박사는 어렴풋이 뭔가 잘못되었다는 걸 알아챘다. 물이 부자연스럽게 움직이고 있었다. 그때 탱크 옆면에 뭔가가 턱 하고 부딪혔다. 화들짝 놀란 그녀에 비해 팔꿈치 위를 손으로 꽉 쥐고 있던 알텐체체그는 미동도 없었다. 다른 한 손에 반투명한 회색 컨트롤 장갑을 끼고 있던 알텐체체그가 엄지손가락을 까딱하자, 탱크 안에 있던 뭔가가 유리 벽에 다시 부딪혔다.

"완벽한 위장술이지요. 제가 남의 대화를 엿들을 때나 쓰는 작은 드론에서 떼어 온 비행 물체예요. 이건 당신 얼굴에서 약 15센티미터 떨어진 곳에서 움직이지 않고 떠 있을 수 있는데 당신은 절대 보지 못할 거예요. 비가 와도 멀쩡하고요. 당연히 물속에서도 왜곡 시뮬레이터를 조금만 수정하면 전혀 문제없이 완벽하게 위장할 수 있어요."

알텐체체그가 장갑 낀 손을 흔들자, 탱크 안에 잠수정이 나타났다. 다른 두 대보다 작았고, 코코넛보다 크지 않은 칙칙한 타원형으로 그 표면은 움푹 팬 곳에 검은색 눈이 여러 개 있는 것처럼 보였다.

"거의 눈에 띄지 않을 뿐만 아니라 제가 할 수 있는 한 아주 조용하게 만들었어요. 프로펠러도 무작위로 모방 패턴을 통해 움직이도록 했어요. 바다에 물거품이 일 때나 물고기가 지느러미를 움직이거나 게가 종종걸음치는 소리 등에 맞춰서요. 그 소리를 멈추었다가 반복적으로 변경하는 것도 일종의 위장술이지요. 화학적으로도 중성을 띠어요. 바닷물 냄새 외에는 그 어떤 향도 남기지 않거든요. 어쩌면 미네랄이 살짝 변형될 수는 있겠지만 주의를 끌 만한 건 없기를 바라야죠. 먼저 빛이 처음으로 관통하겠지만 더 들어가면 아주 어두울 거예요. 그래서 밤이 되면 그 너머 지역에서는 작동할 수 있겠지만 완전히 어두운 곳에서는 못 할 수도 있어요. 하지만 그렇게 어두울 때 작동시킬 일은 별로 없을 거라고 생각해요. 문어들도 소통하려면 어느 정도 빛은 있어야 하잖아요, 그렇죠?"

"우리가 봐온 건 그래요. 맞아요. 물론 문어들이 다른 방식도 가졌는지는 모르지만요. 예를 들면 화학 물질을 사용해서 의사소통할 수도 있겠지요."

"잠수정에 투광 조명등을 달진 않았어요. 괜히 들키기라도 하면 지난번처럼 공격당해 망가질 수도 있으니까요."

"고마워요. 정말 멋지네요. 이 장치라면 문어들에 관해 더 배울 수 있을 거라고 확신해요. 뭐가 되었던 덜 거슬려 보이고요. 어쩌면 문어들이 서로 어떻게 대화하는지도 볼 수 있겠어요." 하 박사가 말했다.

"저한테 고마워할 것 없어요. 어쨌든 제가 해야 할 일이니까요. 여기서 연구 결과를 낼 수 없다면 우리가 안전하게 살아 있을 필요가 없지요. 게다가 저도 만나보고 싶으니까요. 문어를요." 알텐체체그가 대답했다.

"정말요?"

"네." 알텐체체그가 웃으며 말했다. 하 박사는 알텐체체그가 웃는 걸 처음 보았다.

"저 자신을 돌아보게 하더라고요."

보안 모듈에서 나오니 테라스에 에브림이 있었다. 그 뒤에 오토몽크 둘이 서 있었고 그중 한 명은 팔 한 짝이 떨어져 있었다.

"오토몽크들은 여기 들어오지 못하게 돼 있는데요. 사원이랑 거북이 보호 구역 경계 밖으로는 나오면 안 돼요." 알텐체체그는 으르렁대다가 한쪽 팔이 없는 오토몽크를 보았다.

"무슨 일이죠?"

"이…… 이것들이…… 도로 경계에 있었어요. 우리의 도움이 필요하대요. 원래는 비상용 비컨을 사용해서 우리에게 메시지를 보내야 하는데요."

"여기 들어오면 안 되잖아요. 당신들 영역을 넘었다고요. 여기는 디아니마 사유지예요."

오토몽크들이 고개를 숙였다.

알텐체체그가 에브림을 보며 물었다.

"무슨 일이래요?"

"공격받았나 봐요. 사원요." 에브림이 대답했다.

"누구에게요?"

"원숭이들이요. 제가 제대로 알아들었다면요."

알텐체체그는 테라스에 하 박사와 에브림과 오토몽크들을 내버려둔 채 보안 모듈 안으로 들어갔다. 팔을 잃은 오토몽크는 고개를 들고 금색과 검은색 빛 수용체를 반짝거리며 하 박사에게 물었다.

"두렵지 않으세요?"

"네? 뭐가 두려워요?" 하 박사가 물었다.

"이곳이요."

"이 섬이요? 아니요. 전 이곳에 와본 적이 있는걸요."

"이 섬 말고요. 여기요. 이 호텔이요." 다른 오토몽크가 말했다.

"왜 제가 이 호텔을 두려워해야 하나요?"

"이 호텔에 귀신이 들렸다고들 하잖아요. 그래서 군도가 팔리기 훨씬 이전에 버려졌고요." 먼저 물었던 오토몽크가 말했다.

"전 그런 이야기는 믿지 않아요. 사람들이 떠드는 그 소문을 믿는다면 꼰다오 군도 전체에 귀신이 들렸다고 생각하시겠네요."

"아니요. 다는 아니에요. 바다와 아주 가까이에 있는 것들만이에요." 다른 오토몽크가 말했다.

"여기 해변에서 어떤 여자가 공격당했었어요. 그리고 우리 교단에는…… 그림자에 관한 많은 이야기가 떠돌고요."

"아마도 미신을 믿나 보네요." 에브림이 말했다.

"우리는 미신 따위를 믿을 수 없어요. 우리는 살아 있지 않으니까요. 할 수 있는 건 그저 들은 걸 그대로 전하는 것뿐이에요."

알텐체체그가 보안 모듈에서 나오며 말했다.

"신호를 보내놨어요. 이제 떠나세요."

오토몽크들은 고개를 살짝 숙여 인사한 후 뒤를 돌아 어두운 길을 따라갔다.

그러나 우리가 바라보는 세상보다 더 환상적인 게 어디 있을까? 결국, 깜깜한 머리뼈 속에서는 아무것도 우리에게 닿지 않는다. 빛도, 소리도, 아무것도 없다. 뇌는 그렇게 혼자서, 어느 동굴에서나 볼 수 있는 완전한 어둠 속에서 오직 외부로부터 번역된 정보만을 받아 감각기관을 통해 공급할 뿐이다.

— 앤캐틀러 미너부도티어-첸 박사, 《마인드 건설하기》

24

폭동은 한밤중에 일어났다.

에이코는 누군가가 내지르는 고함에 벌떡 일어났다. 몹시 괴로워하는 남자 목소리였다. 손 역시 에이코 옆에 일어나 앉아 있었다. 선원 막사의 나머지 해먹들은 창살 사이로 들어오는 달빛 아래에서 텅 빈 채로 흔들렸다.

그리고 막사 문은 열려 있었다.

에이코는 평소 대화를 별로 나누어보지 못했던 인도네시아인 노예 선원 인드라가 이 폭동을 일으켰다는 걸 나중에 알았다. 인드라는 유능한 선박 전기 시스템 기술자였다. 몇 주 동안 인드라는 센서와 출입구 잠금장치들을 못 쓰게 만들고 선원과 경비요원 막사 열쇠를 복사했으며 그 사이에 있는 복도 두 개의 동작 센서를 우회해두었다.

폭동 계획은 바다늑대호가 공장선에 정박하기 전부터 세워졌으나 자세한 작전들은 정박 후에 다듬어졌다. 철창살과 생선 가공용 칼과 렌치, 뾰족하고 뭉툭한 다른 공구들을 한 달 정도 넘은 시간에 걸쳐 훔쳐 복도에 있는 패널 뒤에 숨겨두었다.

아침 일찍 폭동에 가담한 노예 선원들은 경비요원 막사를 향해 복도를 살금살금 기어 내려갔다. 교차하는 복도 사이를 지키고 있던 야간 경비요원 한 명을 습격했다. '몽크'라고 불리던 경비요원이었다. 그들은 에이코를 두렵게 했던 그녀를 다른 노예 선원들과 함께 재빠르게 공격했다. 처음엔 두 명이, 그리고 네 명이 달라붙었다. 그들은 몽크가 무기를 꺼내거나 경보음을 울리기도 전에 그녀의 목을 벴다.

그리고 선원들은 다시 경비요원 막사를 향해 기어갔다. 각 침상에 선원 서너 명이 둘러쌌다. 인드라가 신호를 보내자 동시에 선원들은 경비요원 위에 올라타 칼로 찌르고 두들겨 팼다. 누르술탄이라는 덩치가 큰 카자흐스탄인 경비요원은 첫 번째 타격을 입자마자 깨어나 침대에서 뛰어내렸다.

머리를 내려치는 강한 타격과 목에 꽂힌 칼날에 즉사한 누르술탄의 비명을 에이코와 손이 들은 것이다.

사람 한 명을 죽이는 건 그렇게 힘든 일이 아니었다.

인드라가 막사로 돌아왔을 때 에이코와 손은 옷을 완전히 챙겨 입은 상태였다.

인드라와 함께 들어온 노예 선원들의 옷과 얼굴과 두 손이 피로 얼룩져 있었다.

"다 끝났어." 인드라가 말했다.

"왜 우리는 몰랐던 거야?" 손이 물었다.

"실용적으로 일해야지. 이 배도 누군가는 감시해야 했으니까. 너희 둘도 뭔가를 꾸미고 있었잖아. 그렇게들 속삭이더니 아무도 모르는 줄 알았나 보지?"

피투성이 얼굴로 활짝 웃는 인드라의 얼굴은 반쯤 어두워진 막사 안에서 인광을 내뿜었다. 인드라는 아직도 숨을 몰아쉬고 있었다. 손에 들고 있는 철창살은 피로 물들어 있었다.

"누군가는 손에 피를 묻혀야 했어. 다른 선원들이 무기와 시신들을 처리하고 있어. 이제……." 인드라는 함께 온 선원들을 돌아보며 말했다. "……우리는 조타실에 가서 다음 항구에 배를 정박하라고 말할 거야. 우린 자유가 될 거야."

인드라가 이 말을 하자마자 선박은 엔진 속도를 늦추며 요동치다가 이내 잠잠해졌다.

"이것도 우리 생각을 이미 알고 있네." 한 선원이 말했다.

인드라는 움찔하며 말했다.

"차라리 잘됐어. 어차피 비밀로 할 것도 아니었잖아."

몇 분 뒤 다들 갑판 위에 올라갔다. 인드라와 측근 두어 명이 조타실 강화 철제문 앞에 모였다. 다들 인도네시아인이었고 에이코가 끌려오기 이전부터 이 선박에 타고 있던 선원들이었다. 바다는 고요했고 선박은 엔진 소리만 윙윙거리며 표류했다. 인드라가 철창살로 문을 두드리는 동안 나머지 선원들은 아래 가공 갑판에서 기다렸다. 뱃전에는 경비요원의 시신들을 끌고 와서 바다로 던질 때 묻은 핏자국들이 있었다.

에이코는 손이 잠에서 깬 이후 줄곧 조용했다는 걸 알아챘다.

"원하면 너희 회사에도 알려. 원하는 대로 다 해도 좋은데 이젠 널 보호해줄 경비요원들은 여기 없다는 것만 알아둬. 다음 항구에 정박하는 게 최선일 거야. 우리가 원하는 건 그저 집에 돌아가 가족들을 만나는 거라고. 알아들어? 우리 가족! 너희 회사가 우리에게서 빼앗아간 사람들 말이야!"

인드라는 갈라지는 목소리로 계속 소리쳤다.

"이제 육지로 향해. 우리와 약속했잖아. 우리 모두와 말이야. 우리를 육지로 데려다주지 않으면 이 배는 가라앉게 될 거야. 잠가 놓은 구조선을 너만이 해제할 수 있다는 것도 이미 알고 있어. 하지만 상관없어. 우린 모두 메마른 땅 위에 두 발을 딛게 될 거야. 아니면 모두 같이 바다 아래로 가라앉던가. 물론 이 배도 함께 침몰할 거야. 네놈의 인공지능 마인드가 장갑한 채로 그 안에 안전하게 있을지는 몰라도, 우린 빌지 펌프*를 다 뜯어내고 엔진을 가격해서 네놈의 그 잘난 프로펠러로 바닷물이 들어가도록 할 거라고. 칸막이벽을 다 허물어서 배 전체에 바닷물이 새어 들어오도록 할 거야. 네놈을 바다 아래로 가라앉게 할 거야. 물론 우리도 같이 가야지. 그렇게 하든가, 아니면 우리를 항구에 데려다 놓든가. 무슨 말인지 알아들어?"

인드라는 피 묻은 철창살로 강철 문을 쾅쾅 두드리며 다시 한 번 물었다.

"알아듣냐고!"

긴 침묵이 흘렀다. 바다늑대호 엔진이 끼익하며 회전 속도를 올리더니 뱃머리를 돌려 동쪽으로, 미국 해안으로 향하기 시작했다.

선원들은 서로를 얼싸안으며 기쁨에 찬 고함을 외쳤다.

그러나 손의 얼굴에는 아무런 표정도 나타나지 않았다.

• 배 밑에 고인 물을 퍼 올리는 펌프.

3

세미오스피어
Semiosphere

기호계. 자연이 감각과 경험을 결정한다는 생각과 반대로,
현상 세계는 기호가 감각과 경험을 생산하기 위해 함께 작동하는 과정의
창조적이고 논리적인 구조라는 생물기호학 이론.

우리는 언어에 사용하는 기호에 대한 선택뿐만 아니라, 그 기호를 표현하기로 한 선택마저도 독단적으로 행했다.

우리는 오직 사회적으로 우리에게 중요한 것들에만 단어를 부여한다. 살아가는 데 크게 필요하지 않은 것들은 애초에 언어의 일부가 되지도 못한 채 이 세상에서 지워진다.

이렇게 언어는 무엇이 의미가 있는지, 무엇이 의미 없는지를 결정하는 특정한 패턴을 이루며 세상을 체계화한다. 우리는 이 패턴, 기호학이라는 우주에서 태어나 모국어를 사용하고 있다.

— 하 응유엔 박사, 《바다는 생각한다》

25

이스탄불.

드니즈와 만나기로 한 '카페'는 보스포루스 해협 동쪽 아시아에 위치한, 사실상 텅 빈 공간이었다. 아주 오래된 플라타너스가 콘크리트 위로 자갈을 깔아 만든 바닥에 그늘을 드리웠다. 이곳 보스포루스 해변을 따라 줄지어 세워진 얄리*나 맨션 스타일의 목조 건물이 과거에 있던 자리인지도 몰랐다.

오래전에 불타버린 그 맨션은 다시 지어지지 않았다. 그 대신 벤치들과 옆 카페가 마련해둔 테이블에서 보스포루스 경관을 볼 수 있었다.

해협에 흐르는 물 위로 빠르게 지나가는 거대한 무인 화물선들은 엔진 소리를 거의 내지 않았다. 그 주변으로 시에서 또는 개인이 운항하는 작은 보트나 페리들, 징징대는 어선과 요트들이 둥둥 떠 있을 뿐이었다. 요트에 매달린 새하얀 삼각돛은 햇빛을 받아 어

● 해안가(특히 이스탄불의 보스포루스 해협)에 바로 지어진 집 또는 맨션.

찌나 밝게 빛나는지 두 눈을 다른 데로 돌려도 그 잔상이 계속 남았다.

그들이 앉은 테이블은 물가 근처였다. 러스템은 고개를 조금만 숙이면 떠다니는 해파리나 깊이 잠긴 시멘트와 돌 사이의 미역 등을 볼 수 있었다. 갈매기들이 검은색으로 칠한 난간 위에서 날갯짓하거나 물갈퀴가 달린 발로 테이블 주변을 걸어 다니며 카페 손님들을 내려다보았다.

드니즈가 약속 시간에 늦는 바람에 러스템은 건너편의 움직이는 압글란츠 얼굴과 잠시 앉아 있어야 했다. 햇빛을 받아 반짝이는 불안정한 비非얼굴은 이따금 지지직거리기도 했다. 여자는 백금을 칠한 손가락으로 서양배 모양 유리 찻잔을 잡거나 화려한 접시에서 로쿰 한 덩이를 집었다.

러스템과 이 여자를 태운 쿼드콥터는 몇 시간의 비행 끝에 해협 위에 설치된 자주식 착륙장에 스스로 착륙했다. 그리고 착륙장은 이곳에서 백 걸음도 떨어지지 않은 부두로 스스로 항해했다.

러스템은 이 여행으로 정신이 멍했다. 무슨 일이라도 일어날 것 같은 걱정이 들기도 했다. 작은 테이블에 마주 앉은 압글란츠 여성이 자신이나 다른 누구에게라도 무슨 짓을 할 것만 같았다.

사람들은 러스템과 여성을 흘끗 바라보다가 고개를 돌렸다. 압글란츠는 이 공화국에서 희귀한 구경거리였다. 이렇게 밝은 대낮의 공공장소에서 압글란츠를 쓰는 사람은 아주 부자이거나 법도 건드리지 못할 고위직 사람이거나 공화국 정보기관의 일원일 가능성이 컸고, 그렇다면 정보원이 하는 일을 모르는 척 넘어가야 할 이유는 차고 넘쳤다.

팔꿈치 부분을 코듀로이로 덧대고 소매가 해진 낡은 케이블 니트와 청바지를 입고, 형태가 무너지고 윤을 내지 않은 가죽 신발을 신은 드니즈가 드디어 나타났다. 살짝 태평스럽고 얼빠진 과학자나 교수처럼 보였다. 드니즈는 휘몰아치는 압글란츠 표면을 보고 조금 놀랐는지 두 눈을 깜박이며 의자를 꺼내 큰 몸집을 접어 자리에 앉았다.

드니즈는 세상이 어떻게 돌아가든지 전혀 상관이 없어 보였다. 그저 어떤 연구 기관이든 자리를 잡고 넘쳐흐르는 연구 자료 속에서 떠돌아다니며 행복한 삶을 찾아내는 부류였다. 러스템은 해파리를 떠올렸다.

"차 드실래요?" 러스템이 물었다.

"커피 마실게요." 드니즈는 자신을 본 웨이터에게 커피를 주문했다. 설탕 없이.

"여기 자주 오나 봐요?" 변형된 목소리가 보는 각도에 따라 빛이 변하는 구름 안에서 말했다.

"낮에 깨어 있다면요." 드니즈는 몸을 뒤로 젖히면서 하품하고 스트레칭을 하며 대답했다.

"미안해요. 하루 종일 깨어 있을 수가 없어서요. 커피가 도움이 되면 좋겠네요. 요즘 계속 커피로 수혈을 하고 있거든요. 자, 뭐였죠? 왜 저를 보자고 한 거죠? 경찰 문제인가요?"

러스템은 드니즈가 전혀 겁먹지 않았다는 걸 알아보았다. 평생 무단횡단보다 더 심각한 일은 해본 적이 없는, 그러기에는 자기가 관심 있는 분야에만 너무 몰두한 나머지 법을 어길 이유가 전혀 없는 그런 사람이었다.

그리고 그 업적을 항상 성공적으로 이루어왔다는 걸 러스템은 분개하며 알아차렸다. 드니즈는 이 세상 어딘가에 언제나 당당히 설 곳이 있는 사람이었다.

"몇 년 전에 당신은 당신의 신경 커넥톰을 지도화해서 올리는 프로젝트에 지원했죠." 억양이 바뀌는 목소리가 들렸다.

"맞아요. 네. 디아니마 프로젝트였죠. 그들이 이쪽 기관에 큰 연구소를 빌려 쓸 때였어요. 그때 네 명인가, 아니 다섯 명이 뽑혀 그 프로젝트에 참여할 수 있었어요. 지원자는 정말 많았는데 검증 기간이 너무 길었거든요. 끝없는 설문지 작성 같은 거요."

"그들이 그 자료로 뭘 하려고 했는지 알아요?"

"우리 신경 커넥톰 모델로요? 그럼요. 그 프로젝트는 사람들에게 친구를 만들어주기 위한 것이었어요. 일종의 치료법이죠. 어떤 사람들은…… 그러니까, 많이들 관계를 맺는 데에 어려움을 느끼잖아요. 소외되고 우울해지기도 하고요. 그래서 그 신경 커넥톰 모델을 기반으로 소외된 사람들이 어떤 '가짜 친구'와 관계를 맺을 수 있도록 사용하겠다는 취지였지요. 그러니 이 '가짜 친구'는 진짜 사람처럼 사소한 습관들도 갖고 있고 진짜 사람들은 이들과 상호작용이 가능해지는 거예요. 타인과 함께 지내는 연습을 할 수 있는 거죠. 그 프로그램은 아주 비싸긴 했는데, 이제는 공화국 정부도 정말 필요한 시민들에게 제한된 규모 내에서 사용할 수 있도록 권장하는 걸로 알아요. 그리고 보험회사에서 처방받을 수도 있고요. 일부 개인 기업들은 복지 혜택으로 제공하기도 한다고 들었어요."

"복지 혜택이요?" 러스템이 끼어들었다.

"그럼요. 특히 SF-SD 연합에서요. 직원들이 기숙사 생활하는 기술 회사 있잖아요. 진짜 사람들과 관계를 맺을 시간이 없거든요. 그러니 '가짜 친구'는 소외되지 않기 위한 아주 효율적인 지름길인 셈이죠."

"굳이 시간을 내지 않아도 되는 관계를 맺을 수 있도록 제공한다." 러스템이 말했다.

"뭐 그런 거죠."

"이상할 것 같은데요. 그 사람들이 다 당신이랑 친구가 되는 거 잖아요." 러스템이 말했다.

"변경 사항이 있긴 했어요. 스캔한 연결망을 기반으로 프로그램을 계속 처리했지만, 맞춤형으로 변화시켰죠. 그러니까 어떻게 보면 아무도 저랑은 친구가 되지 않은 걸 수도 있다고 봐요. 아니, 저에게서 나온 다른 인격체와도요. 그러니까, 네. 뭐 조금 이상하긴 해요. 솔직히 말하면 그 당시 저는 제 신경망으로 그들이 뭘 할지보다는 그들이 주는 돈에 더 관심이 있었죠."

"대학원생이었나요?" 러스템이 물었다.

"네. 그런데 제가 필요한 교육 시간을 채우지 못하고 있었거든요. 완전히 빈털터리였죠. 어쨌든 혈장을 기부하는 것보다 더 많은 돈을 받을 수 있었어요. 그래서…… 이게 다 뭐죠? 압글란츠를 쓰고 나오질 않나, 이런 미스터리 같은 질문들을 보니 무슨 범죄에 연루된 건가요?"

백금을 칠한 손가락이 찻잔을 들러 가다 멈추었다.

"정확히 말하면 범죄는 아니에요. 하지만 당신의 신경 커넥톰으로 허가되지 않은 사용이 있었어요. 디아니마가 당신이 말한 '친구'가 아닌 다른 실험에도 당신의 신경 커넥톰을 사용했다는 사실을 알고 있었나요? 안드로이드 '에브림'의 마인드 모델로 사용됐다는 사실이요."

웨이터가 커피와 찻잔, 받침에 이쑤시개가 꽂힌 로쿰과 작은 물 한 잔을 가져왔다.

"그건 몰랐어요. 그런데 그 계약서에 제 모델이 다른 목적으로 사용될 수도 있다는 항목이 있었던 것 같아요. 물론, 말로 해주었다면 좋았겠지만요. 하지만······."

"하지만 뭐요?" 러스템이 물었다.

"하지만 정말 고액이었어요. 그러니까······ 신경망을 업로드하는 데만 거의 2주가 걸렸거든요. 그리고 매번 아프지 않은 것도 아니었고요. 그런데 결국 연구 기관에서 1년 넘게 받은 보상금이 모든 걸 넘어가게 했지요. 그 돈으로 박사과정까지 끝냈으니까요······."

"하고 싶은 말이 더 남았죠?" 여자가 말했다.

"맞아요. 그 프로젝트에 조금이라도 참여했다는 사실이 좀 자랑스럽기도 해요. 에브림이라는 안드로이드에 문제가 있었다는 건 저도 알아요. 이해해요. 하지만 그런 큰 프로젝트에 관여했다는 게 뭔가 특별하잖아요. 이제······ 저에게 원하는 게 뭐였죠?"

"여기 있는 제 동료가 당신에게 몇 가지 질문할 게 있어요. 물론 당신이 내준 시간은 보상할 겁니다. 이미 당신 예금계좌에 입금되었어요." 여자가 대답했다.

"무슨 질문이요?"

"당신이 신경망을 업로드 하기 전에 받았던 질문들과 비슷한 거예요." 러스템이 말했다.

"그렇게 오래 걸리지는 않을 거예요. 몇 시간 정도? 여기서 바로 할 수도 있어요."

드니즈는 어깨를 으쓱했다.

"질문에 대답하는 건 어렵지 않죠."

네 시간 뒤, 모든 걸 끝내고 갑판으로 걸어가면서 러스템이 말했다.

"저 남자를 죽일 계획은 아니길 바라요."

그들은 러시아어로 말했다.

"왜죠?" 압글란츠 색이 윙윙거리며 소용돌이쳤다. 여자는 러스템보다 키가 작았다. 어찌나 완벽한 자세로 걷는지 그 모습이 인위적으로 보이기까지 했다.

상대의 얼굴을 잘 알아볼 수 없을 때 오히려 다른 세심한 부분을 더 많이 볼 수 있다는 게 정말 신기했다.

억양 없는 말투와 어지럽게 굴절하는 압글란츠 때문에 여자가 농담하는 건지 아닌지 가늠할 수 없었다.

"왜냐요? 저 남자는 이 일과 아무 관련 없는 일개 학자일 뿐이잖아요."

그렇다면 러스템은 왜 저 남자가 신경 쓰이는 걸까? 평소라면 그러지 않았을 것이다. 그러나 저 남자에게는 뭔가가 있었다. 순수함. 처음에 러스템은 그 순수함 때문에 짜증이 났다. 평생을 어려움 없이 살아온 남자였기 때문이다. 그러나 몇 시간 동안 이야기를 나누고 질문을 하면서 마음이 바뀌었다. 아니었다. 이 남자는 다른 사람에게 해를 가할 생각이 없는 사람이었다. 다른 사람에게 해를 끼칠 의도가 전혀 없었다. 아무런 악의가 없었고 세상 또한 그를 그대로 놔두었다. 남자는 그저 순수라는 영역에서 살아온 것뿐이었다.

"이 일에 전혀 관련이 없다고요? 그리고 이 일이 정확히 뭔데요?"

"뭔지는 모르지만, 당신이 관여하고 있는 일이요. 저도 정확한 건 모르죠."

"정확히 모르다니 다행이에요, 러스템. 계속 그 정도로만 알고 있도록 해요. 우리 또한 당신이 눈앞의 문제에 관해 너무 넓게 생각하라는 게 아니라, 깊이 생각하길 원하고 있으니까요. 당신이 그 남자에게 많은 도움을 받았길 바라요. 보니까 지금까지 숲속에서 길을 잃은 것 같았거든요."

"좀 진전이 있었어요. 물론 평소처럼 빠르게 진행하진 못했지만요. 당시 설문지랑 모델 그 자체를 보면 좀 도움이 될 텐데요."

"디아니마에 그렇게 깊숙이 산업스파이를 심어놓을 방법을 알면 저도 좀 알려주시죠."

"알겠습니다. 뭐, 이제 아스트라한으로 돌아가시죠. 저도 제 일을 계속해야 하니까요."

"당신은 아스트라한으로 돌아가지 않을 거예요."

"뭐라고요?"

"이제 아스트라한에서의 삶은 끝났어요. 이스탄불 공화국에 당신이 머물 방을 예약해 두었어요. 페라팰리스 호텔에요."

"내 삶은 아스트라한에 있어요. 나를 기다리는 사람들이 있다고요."

눈부신 햇빛이 갑판 근처를 비추자, 여자의 머리를 감싼 구름이 깨진 유리 조각처럼 빛났다. 여자는 자주식 착륙장으로 건너갔다. 로봇 팔이 갑판을 잡고 있다가 놓았다.

"아스트라한에 당신을 기다리는 사람은 아무도 없어요, 러스템. 그리고 나중에라도, 당신 주변을 안전하게 지키고 싶다면 그 입은 다무는 게 좋을 거예요."

최근에 와서야 과학은 물리적 생명 구조를 넘어 우리 환경에서 인간과 비인간이 맺는 관계를 바라보기 시작했다. 자연에 둘러싸여 살면서 의존하는 이상 아무리 부자연스러운 세상을 지으며 밀어내려고 시도해도 자연은 언제나 그 자리에 있을 수밖에 없기 때문이다. 과학은 우리를 둘러싼 자연 역시 소통하고, 가치를 지니려고 분투한다는 걸 이제야 인정하기 시작했다.

    우리는 비로소 우리 삶을 가까이서 제대로 바라보는 첫 번째 발걸음을 내디뎠다. 삶의 주인으로서가 아닌 동료로서, 우리 자신의 일부를 깨달아가며 말이다.

— 하 웅유엔 박사, 《바다는 생각한다》

26

잠자리처럼 매끈한 형태를 띤 티베트 정비 드론은 햇빛을 보랏빛과 에메랄드빛으로 반사하고 있었다. 흉곽에서 튀어나온 가느다란 다리들의 끝부분은 움켜쥐는 듯한 발톱 모양이었다.

드론들은 사원 안뜰에서 민첩하게 움직이며 이 일 저 일을 해치웠다. 그중 한 대가 호를 그리며 선회하더니 알텐체체그의 얼굴 앞에서 맴돌았다. 둘은 처음엔 영어로, 그러고는 하 박사가 이해하지 못하는 언어로 대화했다. 알텐체체그의 모국어인 몽골어도 아닌 다른 언어였다.

사원은 그야말로 재앙이었다. 안뜰은 뒤집힌 식물과 부서진 테라코타, 찢어진 깃발들로 엉망진창이었다. 전날 하 박사와 이야기를 나누었던 한쪽 팔을 잃은 오토몽크는 불안정하게 비틀거리며 명상의 원을 거닐었다. 입고 있는 사프란 로브가 여기저기 찢겨 있었다. 그는 단 한 번도 그녀 쪽을 바라보지 않았다.

우리는 살아 있지 않으니까요.

침입자들을 보고 놀란 원숭이들이 나무 위에서 시끄럽게 떠들어댔다.

길을 따라 올라오던 에브림이 떨어진 팔 하나를 봉헌 테이블 위에 올려두었다.

"뱅갈고무나무 틈에서 찾았어요."

잠자리 드론이 윙윙거리며 날아오더니 작은 원을 그리며 팔을 살펴보았다.

티베트 운송 모듈이 잠자리 드론과 에브림 위로 그림자를 드리우며 다가왔다. 바퀴처럼 생긴 모듈은 외부 디스크에 꽃잎 모양 프로펠러가 달려 있었다. 반짝반짝하게 윤이 나는 표면에는 서로 맞물리는 파도 모양을 연상시키는 추상적인 무늬가 그려져 있었다.

에브림이 모듈을 올려다보며 말했다.

"저는 오토몽크를 좋아하지 않지만, 항상 저 티베트 드론은 너무 멋지다고 생각했어요. 티베트의 기술력은 예술과 과학을 조화롭게 결합했다고나 할까요. 자기 일을 하는 걸 바라보는 것만으로도 기분이 좋아져요. 어찌나 우아하게 움직이는지 디아니마가 만든 드론은 뻣뻣하고 산업적으로만 보인다니까요. 대부분은, 당연하지만 무생물처럼 활기가 전혀 없어요. 가끔 좋은 오퍼레이터를 만나면 우리 드론에도 음악을 틀어놓긴 하지만요."

에브림은 알텐체체그를 슬쩍 흘겨보며 계속 이야기했다. "하지만 티베트에서 만든 로봇들은 움직이는 걸 스스로 즐기고 있는 것 같단 말이죠."

알텐체체그와 대화를 나누던 잠자리가 마치 에브림에게 대답이라도 하듯 나선을 그리며 운송 모듈을 향해 날아오르더니 공중에서 아무도 시키지 않은 곡예를 펼쳤다.

"저것들은 드론이 아니에요. 우리가 터미널이라고 부르는 걸 수십 년 전엔 '전화기'라고 불렀듯이 사람들은 아직도 드론이라고 부르는 것 같더라고요. 저건 정교한 하이브리드 시스템으로 디아니마가 만드는 것보다 몇 세대는 앞서 있어요." 알텐체체그가 말했다.

"아까 어떤 언어로 이야기한 거예요?"

"전투 피진어•요. 오퍼레이터가 중국-몽골 겨울 전쟁이랑 베오그라드 전투 참전 용사더군요. 나처럼요. 베오그라드 전투 때는 제가 살던 동네 친구와 같은 부대에 있었대요. 오랜만에 전투 피진어로 이야기하니 반갑더라고요. 정말 오랜만이거든요."

하지만 '반갑다'라는 말은 진심이 아니었다. 알텐체체그는 두 눈에 초점을 잃고 긴장한 얼굴을 하고 있었다. 전쟁은 언제나 그녀의 등 뒤에서 멈추지 않고 일어났다. 알텐체체그는 계속 말했다.

"게다가 액체 인터페이스도 사용해요. 내가 쓰는 물탱크처럼요. 하지만 저들 것이 더 민감해요. 우리가 가진 기술력을 뛰어넘는 인공지능, 인간 홀론 시스템 체계까지 갖추고 있거든요. 오퍼레이터와 기계가 완벽하게 소통할 수 있으니 아주 대단해요."

"정말 멋지죠. 그렇게 티베트가 엄청난 부를 갖게 된 거예요. 기술력을 아주 철저하게 보호하기도 하고요. 티베트 드론은 그냥 돈만 주면 살 수 있는 게 아니에요. 그 시스템 전체를 사야 하거든요. 티베트 불교 공화국이 지정한 드론 작동 오퍼레이터까지도요. 너무나 획기적인 기술이어서 수많은 보안 연구 기관은 그렇게라도 구매하고 싶어 하죠." 에브림이 말했다.

• 어떤 언어의 제한된 어휘가 토착 언어의 어휘와 결합하여 만들어진 단순한 형태의 혼성어.

"그 '홀론'이라는 단어가 무슨 뜻인지 잘 모르겠어요." 하 박사가 말했다.

"그들이 사용하는 시스템은 완전히 다른 개념이에요." 알텐체체그가 대답했다.

"디아니마 시스템이 세계에서 가장 훌륭하다고 하지만, 사실 그 근본은 아주 전통적이에요. 내가 운영하는 모든 보안 유닛은 기본 모드가 두 개예요. 내가 직접 조작하는 방식인 경우에는 무척 고전적이지만 정교한 드론과 비슷해요. 하지만 인공지능 모드일 경우에는 이미 짜인 프로그램과 주변 환경에서 배운 지식을 기반으로 자체적인 업무를 수행하죠. 그러니까 상의하달식 제어 아니면 일종의 독립식 제어 두 가지가 있는 셈이에요. 그건 진짜 '자유'가 아니에요. 그저 정해진 틀에서 몇 가지 시도해보는 것뿐이죠. 그것도 정해진 한도 내에서요."

잠자리 드론이 운송 유닛에서 하강하더니 망가진 오토몽크 위에 착륙했다. 그리고 찢어진 사프란 로브를 잘라내기 위해 가위 도구를 사용했다.

알텐체체그가 계속 말했다.

"'홀론'은 그들만의 혁신적인 시도예요. 그리고, 맞아요. 에브림이 말했듯 그 기술로 티베트는 무척 부자가 되었지요. '홀론'은 만일의 사태에도 중앙 제어 시스템에 어떻게 해야 할지 묻지 않고 스스로 해결할 수 있도록 만들어진 자립적인 유닛이에요. 사실 이건 더 높은 권한을 가진 시스템이 제어할 문제이긴 해요. 그런데 홀론은 그 명령이 어디서 끝나고 그에 대한 응답 알고리즘이 어디서 시작하는지 알 수 없죠. 마치 신경계를 연장한 것 같지만, 그보다 더해요. 신경계에 들어온 정보는 양방향으로 흐르죠. 마치 우리 팔다리가 대답하는 것처럼, 팔다리가 스스로 새로운 걸 받아들여서 처리할 수 있는 작은 의식인 것처럼요. 그렇게 연속적으로 일을 처리하다가 심지어는 자기 마음대로 움직이는 거예요. 중앙 제어 시스템 아래로 불러들이기 전까지는 새로운 일을 도입해서 직접 처리까지 하는 거죠. 처음엔 순서대로 처리하다가 새로운 정보를 시스템에 입력해보고 일을 처리하기 위한 새로운 방법들을 탐험하면서 나중에는 자기만의 방식으로 처리할 거라는 말이에요. 오퍼레이터로서는 곤란하긴 해요. 디아니마 기술처럼 엄격하게 통제하지도 못하니까요. 티베트 오퍼레이터들은 디아니마에서 말하는 '오퍼레이터'가 아니에요. 중앙 제어 시스템과 유통-도입 시스템 사이 어딘가에 존재하는 '우리성we-ness'이라고 부르는 것 일부이지요. 기계와 분리되지 않은 기계 내부의 요소인 거예요."

"이런 건 어떻게 다 알아요?"

"내가 티베트 기술부와 3년 정도 같이 연구했거든요."

"설명해준 시스템이 저한테 정말 매력적으로 들려요. 그게 문어들의 신경계와 아주 비슷할 수도 있거든요. 문어들이 실제로 그들의 팔로 생각할 수도 있다는 아주 좋은 증거가 있어요. 그러니까 그들의 중앙 제어 시스템이라고 할 수 있는 뇌가 언제나 모든 걸 제어하지 않는다는 거지요. 문어는 여덟 개의 팔을 이용해 주변 환경을 끊임없이 탐험해요. 제 책에도 썼지만, 그게 바로 문어가 우리와 특별하게 다르다고 할 수 있는 내용 중 하나고요. 문어들은 똑똑하죠, 정말로 지능이 높아요. 우린 그걸 확실하게 인정했고요. 하지만 그게 다가 아니에요. 문어의 지능은 호기심과 탐험이라는 두 가지 요소와 강하게 연결되어 있어요. 그리고 문어에 관해 가장 흥미로운 사실 중 하나가 바로 그 호기심이 사실은 그 팔들에 있을 가능성이 있다는 거예요. 어쩌면 문어들은 대부분의 시간을 상의하달식 통제 시스템 없이 살아가는 동물일 수 있어요. 그 대신 중앙에 있는 '핵심' 지능에 의해 우발적이고 간헐적으로 통제되는 탐구성 팔들이 모여 바닷속을 항해하는 마인드를 갖고 있지요. 우리가 '핵심'과 '주변부'를 생각하는 방식조차, 그들에게 적용해보면 부정확해요. 우리는 그저 우리만의 비유법을 사용하고 있지만, 어쨌든 그런 시스템 안에 속해 있는 건 완전히 다를 거예요. 그 세상에 존재하는 완벽하게 다른 방식인 거죠."

알텐체체그는 하 박사가 이 섬에 온 이래 처음으로, 드디어 집중할 만한 흥미로운 이야기를 했다는 듯이 그녀를 바라보며 말했다.

"맞아요. '홀론' 시스템이 바로 그런 거예요. 그 세상에 존재하는 완벽하게 다른 방식. 마치 당신의 팔다리가 쉬지 않고 자체적으로 움직이며 주변 세상을 탐험하고 스스로 생각하는 것 같은 거예요. 당신은 팔다리가 움직이는 걸 보고 어떻게 움직이는지 관찰해요……. 아니, 이건 옳은 표현이 아니네요. 당신은 느끼고 관찰하는 상태에 있어요. 팔다리는 시스템을 통해 흘러가며 움직여요. 그 흐름이 옳다고 느낀다면 당신은 계속하도록 허락하는 거죠. 물론 '허락'이라는 단어도 진짜 알맞은 단어는 아니에요. 당신이 계속해서 움직이는 팔다리를 관찰한다고 쳐봐요. 만약 어떤 이유에선지 그게 옳지 않다고 보이면 아예 그 흐름을 고치는 거지요. 작은 물줄기에 손을 넣어 손가락으로 물이 흐르는 각도를 조금 바꾼다든지 해서 물의 흐름을 다시 고치는 거예요. 그렇게 대부분은 아주 미묘하게 고치는 것 같지만, 필요하다면 완벽하게 통제할 수도 있다는 거지요."

"그건 위험해 보이네요." 에브림이 끼어들었다. "중심부에서 그렇게나 수동적이라면요. 아무래도 팔다리들이 많은 문제를 일으킬 것같이 보여요."

"그래서 문어들이 궁극적인 멀티태스커가 된 거예요. 물론 위험해 보이기는 하지요. 만약 호기심을 풀어보다가 팔이 잘렸을 때 다시 자라날 수 있다면, 큰 도움이 되겠죠. 그리고 다행히도, 문어들은 새것만큼 좋은 팔을 재생시킬 수 있고요." 하 박사가 말했다.

오토몽크의 잘려 나간 사프란 로브가 사원 안뜰의 판석 위 웅덩이에 놓여 있었다. 성별 없는 오토몽크의 부드러운 어깨에 걸터앉은 잠자리가 앞다리를 이용해 손상된 어깨관절을 손보았다. 오토몽크는 자기 어깨에서 무슨 일이 일어나는지 전혀 모르는 눈치였다.

우리는 살아 있지 않으니까요.

그때 아세틸렌 스파크가 반짝하면서 오존 냄새가 났다. 오토몽크는 아직도 명상의 원을 그리고 있었다. 쉬지 않고 걷는 오토몽크는 머리를 땅 쪽으로 살짝 기울이고 있었다.

"당신이 왜 티베트 기술부와 일하려고 했는지 알겠어요. 정말 뭔가 다른 기술이네요. 세상을 그런 식으로 바라볼 수 있다는 건 분명 비범한 능력이에요." 하 박사는 말했다.

"맞아요. 내가 전에도 이야기했잖아요. 문어들을 보면 내 자신을 돌아보게 된다고요. 나는 문어를 이해하는 것 같아요. 바닷속에서 어떤 걸 느끼는지, 그리고 그 유대감⋯⋯. 적어도 어느 한 부분은 이해한다고 생각해요. 그리고 나 역시 액체 안에 담겨진 채로 사는 시간이 있잖아요. 적어도 그런 점에서는 나도 수중 생물 명예 회원쯤이 될 수 있다고 봐요."

"알텐체체그는 티베트 기술부와 함께 일한 덕분에 아주 우수해지긴 했지요. 그래서 디아니마가 그렇게 고용하고 싶어 했잖아요." 에브림이 말했다.

알텐체체그는 으쓱했다.

"불교 공화국은 언제나 최고의 오퍼레이터를 데리고 있어요. 그래서 티베트인들이 유명한 거고요. 나는 나에게도 재능이 있다는 걸 알았어요. 업계에서 '높은 가소성'이라고 부르는 걸 난 갖고 있었죠. 시스템에 연결하고, 그 제어 메커니즘을 받아들이는 데 뛰어났으니까요. 하지만 난 더 많은 걸 원했어요. 최고가 되고 싶었죠. 세계에서 가장 뛰어난 오퍼레이터라면 언젠가 연구소에서 양자 제어 장치를 운영하고, 화성에 생활환경을 구축하는 드론들을 지도할 기회가 있을 거예요. 그게 바로 내가 하고 싶은 거거든요."

잠자리 드론이 오토몽크의 어깨에서 가뿐하게 날아오르더니, 에브림이 가져온 심각한 상태의 팔에 앉아 손을 보기 시작했다. 다른 잠자리 드론은 주변을 빠르게 날며 나무 몸통마다 무지갯빛 딱정벌레처럼 생긴 것을 붙이고 다녔다. 억제 영역. 불쾌한 냄새에서 공포를 유발하는 페로몬과 치명적인 전기 충격까지 억제 물질들을 전달하려고 노드를 붙이는 것이었다.

"왜 계속 티베트에 남아 있지 않았어요?"

"전쟁이 발발했으니까요. 내가 살던 집 앞까지 전쟁이 일어났어요. 나는 내가 배운 기술이 내 사람들을 돕는 데 쓰일 수 있다는 걸 알았거든요."

"그래요……. 하지만 전쟁이 끝난 후에는요?"

"전쟁이 끝난 후엔 난 예전의 내가 아니었어요."

나는 어떻게 인류가 제한된 형태, 우리를 구성하는 엄격성을 초월할 수 있었는지 몇 번이고 자문했다. 아무리 생각해도 그 해답은 불가능해 보였다. 사회생활에서도 그렇듯 우리 신체 구조는 스스로만을 복제하도록 만들어졌기 때문이다. 우리는 습관에 빠져 살고 있다. 우리는 진정한 새로움을, 진정한 신생을 두려워한다. 우리는 세상이 끝나는 게 무서운 것이 아니라, 우리가 아는 대로 세상이 끝나는 게 무서운 것이다.

— 앤캐틀러 미너부도티어-첸 박사, 《마인드 건설하기》

27

"우리는 헛된 싸움을 한 거야."

경비요원들을 학살하고 사흘째 되던 날이었다. 갑판에 앉아 플라스틱 방수포를 두른 인드라가 말했다. 시신들을 뱃전으로 질질 끌고 와서 바닷속으로 던져버릴 때 묻은 핏자국은 계속해서 내리는 빗물에 씻겼는데도 아직 잘 보였다.

웃통을 벗은 에이코가 그 옆에 앉아 있었다. 비가 내려 날은 추웠지만, 그동안 너무 더운 날씨에 타버린 피부에 닿는 빗물은 시원했다. 에이코는 그동안 엔진이 있는 기관실을 열기 위해 애쓰며 다른 선원 몇 명과 함께 갑판 아래에 머물렀다.

"분명 어딘가에 취약한 부분이 있을 거야."

인드라는 전혀 미소로 볼 수 없는 표정을 지으며 치아를 드러냈다.

"맞아. 분명히 있어. 그리고 바다늑대호는 그게 어딘지 알고 있고."

바다늑대호가 동쪽으로 틀어 육지로 향하던 첫째 날 아침에는 모두 기뻐했다. 서로를 축하했고 함께 춤을 추었다. 하루 종일 축제 분위기였다. 그리고 그날 밤, 바다가 그들을 축하해주었다. 인광으로 반짝거리는 바닷물에 의기양양한 남자들의 얼굴이 비쳤다. 바다늑대호가 지나간 항적은 자유를 가리키는 빛나는 화살처럼 수면에 남았다.

그러나 다음 날 오전, 에이코는 막사 문밖에서 들려오는 말다툼 소리를 듣고 깼다. 돌아보니 손은 이미 일어나 있었다.

"뭐예요? 이제 또 무슨 일이에요?"

손은 천장만 노려보았다. 손은 어제도 선원들과 함께 기쁨을 즐기지 않았다. 고개를 끄덕이고 미소를 지었지만 뭔가를 감추고 있는 것 같았다. 손이 드디어 입을 열었다.

"배가 다시 남쪽을 향하고 있어. 그리고 식당에 아침 식사가 나오지 않았고."

인드라가 추종자 두 명을 데리고 막사 안으로 성큼성큼 들어왔다.

"기관실에 들어갈 방법을 찾는 걸 도와줄 사람이 필요해. 이놈의 배에 우리가 장난하는 게 아니라는 걸 보여줘야지. 말뿐인 협박을 하는 줄 아나 본데. 누가 같이 갈래?"

손과 에이코는 둘 다 지원했다. 그러나 기관실로 내려가 보니, 장갑으로 둘러싸인 조타실처럼 기관실 역시 강철판으로 봉쇄되어 있었다. 이 철판들은 바다늑대호의 인공지능 마인드에 의해 작동된 비상 보안 조치였다. 경비요원들이 모두 공격받자, 간밤에 선박 안 곳곳에 있는 벽면 틈에서 강철판들이 조용히 삐져나온 것이다. 이렇게 된 이상 엔진뿐만 아니라 냉동실, 선수 스러스터*나 후방 램프 룸에 접근할 방법은 없었다. 바다늑대호의 주요 공간들은 이제 아주 두꺼운 철판으로 봉쇄되어 공업용 토치와 충분히 긴 시간이 없으면 아무도 들어갈 수 없게 되었다. 좌절과 분노를 느낀 선원들은 철판을 세게 두드리고 들어 올려보기도 했다.

둘째 날은 저녁까지 음식이 제공되지 않았다. 선원들은 지난 수개월 동안 먹어온 맛없는 생선 단백질 어묵과 비타민 보충제를 생각만 해도 입에 침이 고였다. 그러나 굶어 죽으려면 아직 한참 멀었고 선원들은 바다늑대호에게 그들이 진지하다는 걸 설득할 방법을 찾기 위해 그 정도는 참을 수 있을 것이다. 항로를 바꾸게 해서 집으로 돌아갈 방법을 찾기 위해서라면.

셋째 날이 되자 바다늑대호는 담수 펌프를 잠가버렸다. 인드라는 즉시 비상 식수의 재고를 조사하라고 지시했다. 선원들에게 얼은 플라스틱병과 경비요원들의 개인 물품과 조리실에 있던 비상용 물탱크까지 쌓아놓고 보니 현재까지 물은 약 수백 리터 정도 보유하고 있었다.

선원들은 모두 스물일곱 명이었다.

"얼마나 오래갈까?" 인드라가 물었다.

"며칠이요. 일주일도 못 갈 거예요."

"기관실로 들어갈 방법이 분명히 있어. 에이코, 난 널 믿어."

에이코는 선원들을 데리고 내려가 보았지만, 더는 희망이 없다는 걸 보자마자 알았다. 이 강철판은 딱 지금 같은 상황을 위해 제작된 것이었다. 에이코와 선원들은 할 만큼 했다는 걸 보여주기 위

- 일반적으로 컨테이너선에 설치되는 프로펠러 형태의 장치로, 보통 선수 쪽에 설치되나 필요에 의해 앞뒤에 모두 설치될 수 있다.

해 한 시간 정도 힘만 빼며 망치질을 한 후 인드라에게 돌아가 결국은 열 수 없었다고 말했다.

비는 더 세게 내렸다. 선원들은 갑판 위에서 방향을 잃은 채 서성거렸다. 찾을 수 있는 모든 용기를 끌어모아 빗물을 받는 데 사용했다.

"누가 선미 뒤에 밧줄을 타고 내려가보는 건 어때요? 밀봉된 프로펠러에 접근해보는 거예요." 누군가가 물었다.

"자살행위야. 그러면 네가 내려가봐. 네 아이디어니까." 다른 선원이 말했다.

인드라는 일어서며 추종자 한 명에게 말했다.

"그 총 나한테 줘. 경비요원이 가지고 있던 유탄 발사기* 말이야."

추종자는 뛰어가더니 총을 들고 돌아왔다. 투박하고 무딘 작은 총의 개머리판은 꺾여 있었고 총열은 톱질이 되어 아무것도 남아 있지 않았다. 그건 몽크의 것이었다.

그들은 기름천에 싸인 파편탄 여섯 개와 함께 그 총을 몽크의 사물함에서 찾았다.

"조타실은 강철판뿐만 아니라 강철 유리로도 싸여 있어. 과연 그 유리가 이 총에 얼마나 견딜 수 있을지 궁금하네."

"이봐, 대장." 추종자 한 명이 입을 열었다.

"우리가 조타실을 망가뜨리면 이 배는 침몰할 거야. 그럼 다 죽는 거야. 구명정도 모두 강철로 봉인되어 있어. 바다늑대호는 바보

• 소총 등의 총구에 부착하여 척탄을 발사하는 무기로 베트남전쟁에서 사용했다.

가 아니라고."

"그러면 도움을 청하겠지."

"아니, 그럴 수 없어. 이 선박은 불법이라고. 노예 선박. 순찰선 수십 대가 레이더에 포착할 거야. 이 배에 엄청난 현상금이 걸려 있는 거 알고 있잖아." 누군가 말했다.

"이 배는 우리가 물고기를 잡길 바라. 그게 배가 원하는 거라고." 또 다른 선원이 소리쳤다.

"맞아요. 이 배는 잡히지 않는 물고기만을 보고 있어요. 잃고 있는 이익, 회사의 수익이요. 이 배는 오직 한 가지만을 하도록 만들어졌어요. 바다로부터 이익을 끌어모으는 일이요. 그리고 어떻게 하면 다시 어망을 펼치고 물고기를 잡을지도 잘 알고 있고요. 그러니까 결국 경비요원들은 그냥 보여주기 식이었던 거예요. 그저 우리가 말을 좀 더 잘 듣게 하려고요." 에이코가 말했다.

인드라는 다시 치아를 내보이며 말했다.

"그렇다면 이 배는 '인드라'를 잘못 골랐네. 나는 노예로 살다 죽지 않을 거야. 이 배를 위해서라면 더욱 물고기를 잡지 않을 거라고."

"나도 같은 생각이에요. 더는……." 추종자가 입을 열자마자 몸통과 머리가 날아갔다. 곧 '쿵' 하는 소리가 들리더니 팽팽해진 공기막이 선원들의 얼굴을 가로질렀다. 곧 핑크빛 피와 살점, 산산조각이 난 날카로운 뼛조각들이 허공으로 날렸다. 떨어지던 머리뼈 파편이 또 다른 추종자의 목을 베었다. 어금니가 튀어 공장선에서 합류한 말레이인 선원의 오른쪽 눈을 멀게 했다.

바다늑대호의 무반동 소총 총열이 연기를 내뿜으며 막사 위 플랫폼에서 선원들을 향해 아래로 숙이고 있었다.

추종자는 갑판 위로 엉덩이와 다리를 축 늘어뜨리며 쓰러졌다. 무반동 소총은 막사 뒤에서 윤활유를 부족하게 바른 기어 소리를 끼익 내며 자리로 돌아가더니 다시 사라졌다. 어망 기중기가 기계 돌아가는 소리를 내기 시작했다.

인드라의 추종자 한 명이 갑판 위에서 과다 출혈로 죽었을 때 바다늑대호는 이미 어망을 바다에 펼쳤다.

선원들은 시신을 배 밖으로 밀어 던졌다. 하나는 조각난 채로, 다른 하나는 통째로 던졌다.

인드라는 돕지 않았다. 꽤 오랫동안 움직이지 않고 멍하니 서 있기만 했다. 무뎌진 유탄 발사기는 축 처진 손에 덩그러니 매달려 있었다. 인드라는 곧 두 손으로 머리를 감싸고 갑판 위에 앉았다.

한 시간 뒤에도 인드라는 피투성이 팔 뒤로 머리를 숨기고 무릎 위에는 유탄 발사기를 둔 채 그대로 움직이지 않고 있었다.

선원들은 텅 빈 눈빛으로 물고기가 별로 잡히지 않은 어망을 잡아당기고 기계적으로 내장을 빼고 씻어서 냉동실에 넣었다.

저녁이 되자 그들이 잡은 물고기로 만든 단백질 어묵이 반 정도 제공되었다.

그리고 마실 수 있는 기름진 담수도 충분히 제공되었다.

영화에서는 꽤 멋지고 대단한 기술력으로 외계인과의 소통이 이루어진다. 서로 다른 두 언어는 유동적이고 즉각적이며 정확하게 번역된다.

    이는 모든 언어가 단일 개념을 기초로 하고 있다는 잘못된 가정에서 비롯된 것이다. 하지만 우리는 지금 살아가는 사회만 보아도 그게 사실이 아니라는 걸 알고 있다. 언어는 보편성보다는 그 국가만이 가진 전통, 자기 민족 중심적인 세계관, 그 사회가 가진 특정한 역사들을 반영한다.

    그렇다면 상상해보자. 서로 다른 두 종이 소통하려면 얼마나 많은 장애물이 기다리고 있을까? 심지어 삶에 대한 물리적 은유와 각자의 감각기관마저도 다른 상황에서 말이다.

    의사소통의 가장 복잡한 부분에서 가장 간단한 부분에 이르기까지, 서로 오해할 여지는 그야말로 셀 수도 없을 것이다.

— 하 응유엔 박사, 《바다는 생각한다》

28

고요한 해류 덕분에 하 박사는 처음으로 배를 제대로 볼 수 있었다. 태국 국적 화물선이 수심 20미터 아래에 좌측으로 누워 있었다. 그 깊이에서는 채도가 낮아져 보통 붉은색과 주황색과 노란색은 어두운 녹색이나 파란색으로 보였다. 하지만 선체에는 풍부한 빛이 들어와 밝았다. 출입문이 잘 보였고 흘수선* 아래로 화물선을 가라앉게 한 틈이 길게 찢어져 갈라진 것도 잘 보였다.

"이번엔 출입구 안으로 들어가지 말아요. 선체 틈 사이로 들어가서 저 부분에는 뭐가 있는지 확인해봐요." 하 박사가 알텐체체그에게 말했다.

알텐체체그가 손가락을 튕기자, 잠수정이 궤도를 바꾸었다.

"정말 큰 선박이네요. 맑은 시야로 보니까 알겠어요." 에브림이 말했다.

셋은 알텐체체그가 보안 모듈에서보다 더 편안하게 지휘할 수

• 선박과 물의 경계선, 선체가 잠기는 한계선을 말한다.

있도록 세팅해둔 호텔 로비 테이블에 둘러앉아 있었다.

창문으로 이른 새벽빛이 흘러 들어왔다.

"길이가 60미터 정도 되니까, 화물선치고는 작은 편이긴 하지만 그래도 괜찮은 크기이긴 해요, 맞아요."

알텐체체그는 말했다.

"하지만 이런 섬에 들어오기엔 크죠. 사실 여기로 오려던 건 아니었어요. 이렇게 큰 배를 정박할 만한 항구도 없고, 주유 시설도 없으니까요. 태풍에 떠밀려 왔는데 엔진이 꺼졌고, 그러다 튀어나와 있던 바위에 부딪혀 가라앉은 거예요."

"그리고 이젠 암초가 되었네요." 에브림이 말했다. 위장한 잠수정이 다가가자, 따개비와 다른 해양 생물들이 점령한 배의 표면이 전체적인 윤곽을 그리며 화면에 나타났다.

"그리고 나란히 선 해저 동굴들도 생겼죠." 하 박사가 입을 열었다. "완전한 서식지예요. 그리고 다행히도 배가 가라앉았을 때 흘러나온 디젤 연료와 다른 오염 물질이 분산되면서 오히려 상태가 좋게 보존되었어요. 문어들이 언제부터 이곳에서 살았는지 궁금하네요. 총 몇 세대가 살고 있죠?"

"지금 들어가고 있어요. 꺾어 들어갑니다."

잠수정은 물속에서 느리면서도 우아하게 호를 그리며 돌더니 선체에 찢어진 틈 사이로 들어갔다. 선박 내부의 동굴 안으로 햇빛이 쏟아져 들어와 이상한 형태들로 가득한 공간을 비추었다. 처음에는 그 형태들이 부러진 기둥처럼 보였지만, 알고 보니 칸막이벽에 흩어진 철제 드럼통과 정사각형, 직사각형 모양의 다른 컨테이너들이었다. 그곳을 점령한 해양 생물들이 그것들을 서로 섞어 모서리들을 뭉툭하고 흐릿하게 만들어 마치 거친 바윗덩이처럼 보이게 만들었다.

"이 안은 마치 폐허가 된 도시 같네요. 여기가 분명 선창의 중심부였을 거예요." 에브림이 말했다.

"맞아요. 공간이 널찍해요. 하지만 더 눈여겨볼 건, 엄폐물들도 많다는 거예요. 봐요, 알텐체체그, 혹시 저기 흩어진 드럼통들 왼쪽으로 더 가까이 가볼 수 있나요? 네, 거기요. 문어의 정원이 보이네요. 이 드럼통들은 서식지가 되었어요."

각 드럼통은 물체들로 가로막혀 있었다. 어떤 물체인지 알아보기가 거의 힘들었지만 병과 캔과 도구나 기어, 또는 기계 부품이 다른 잔해들과 함께 장벽을 이루고 있었다.

"선체에 난 틈은 포식자가 들어올 수 있을 만큼 넓어요. 창꼬치나 작은 상어들은 들어올 수 있을 정도로요. 문어들은 서식지를 스스로 안전하게 지키고 있어요."

그런데 그건 안전 그 이상이었다. 실내를 꾸미기 위해 갖다 놓은 것들도 있었다. 어떤 건 거의 건축물에 가까웠다. 회랑이나 작은 아케이드, 조심스레 균형을 맞춘 포르티코를 떠올리게 했다.

잠수정은 10여 개의 드럼통 위를 둥둥 떠다니며 비추었다. 모든 드럼통이 서식지라는 신호였다. 그중 몇 개는 다세대 주택이나 아파트처럼 몇 층으로 쌓여 있기도 했고 또 독채처럼 따로 하나씩 놓여 있기도 했다.

"정말 많네요." 에브림이 말했다.

"문어들이 집단생활을 한다는 걸 증명한 옥토폴리스나 옥틀란티스보다도 많은 것 같아요." 하 박사가 말을 이었다.

"그리고 서로 더 가까이 붙어서 지내고요. 이렇게 드럼통 아파트에 빽빽하게 모여 사는 이상 자기 영토를 방어할 필요는 없을 거예요. 서로 도우면서 공생하는 동물 집단이에요. 드럼통 절반 정도만 차 있다고 해도, 지금 우리 눈앞에 있는 것만…… 모르겠네요……."

"우리가 지금까지 본 것만 총 일흔네 개예요. 그 반은 서른일곱이고요." 알텐체체그가 말했다.

"그걸 어떻게……."

"자동으로 계산했어요. 잠수정은 비슷한 물체들을 보면 분류하고 개수를 셀 수 있거든요. 계속 가볼까요?"

"네. 이 짐칸이 나머지 선박 내부로도 열려 있는지 보고 싶어요. 그런데 잠시만요. 방금 저거 보셨어요……?"

"네." 알텐체체그가 대답했다. "따라가볼게요. 지금 그 방향으로 꺾고 있어요."

움직였다. 화면 가장자리에 뭔가가 움직였다.

하 박사는 순간 이제 끝났다고 생각했다. 다시 뭔가가 번뜩이며 움직이고, 그것이 잠수정을 습격해 거기서 화면이 꺼질 것이었다. 그러나 이번에 그 움직임은 부드러웠고 잠수정을 겨냥한 게 아니었다.

"오른쪽으로 돌려봐요." 에브림이 말했다.

"나도 봤어요." 하 박사도 말했다.

바로 거기. 따개비들이 가득 붙어 있는 직사각형 금속 컨테이너 꼭대기에 문어 두 마리가 있었다. 한 마리가 다른 한 마리보다 조금 더 컸다. 성인기와 청소년기 문어일까? 두 문어는 크기 차이가 꽤 났다. 작은 문어보다 적어도 두 배는 큰 문어가 수직으로 곧게 섰지만, 위협하는 자세로 몸을 길게 늘인 것은 아니었다.

 문어는 피부 표면을 가로지르는 모양들을 만들어냈다. 고리 모양과 소용돌이 모양, 휘어진 모양과 나선형 모양이 한결같이 순서를 지키며 나타났다. 두 문어가 자리를 잡은 장소는 선체의 틈을 통해 빛이 빔을 쏘듯 들어오는 곳이었는데, 조명을 받은 더 큰 문어의 창백한 피부를 본 하 박사는 촛불 빛이 비치는 천 뒤에서 움직이는 그림자 연극 인형들을 떠올렸다. 또는 화면에 투사된 선과 도형을 그려낸 초기 추상 영화 같기도 했다.

 "아름다워요." 에브림이 말했다.

 문어들은 피부에 나타나는 형상에 따라 팔들을 휘감았다. 때로는 자기 마음이 가는 대로 움직이는가 하면 때로는 어떤 분명한 목적을 두고 움직이는 것 같았다. 무심결이면서도 통합된 몸짓은 연단에 서서 연설하는 사람과 다르지 않았다. 우연인 듯 아닌 듯 중간중간 강조하듯 구두점을 찍기도 했다. 말하는 행위를 공감하며 강조하고 있었다.

 문어의 피부에 스쳐 지나가고 머무르기도 하는 무늬들을 바라보던 하 박사는 반복성을 발견하기 시작했다. 순서를 지키며 반복되는 징후를 여기저기에서 찾아냈다. 그리고 한 사이클이 지나면 다시 시작하기 전에 살짝 쉬거나 무늬가 나타났다 사라지는 속도가 빨라지거나 느려지기도 하고 크기가 커지다가 한 번에 여러 무늬가 반복되는 등 박자를 맞추기도 했다. 이야기의 주제라도 있는 걸까? 줄어들었던 무늬들이 문어의 맨틀을 가로질러 커지기도 하면서 음성의 음량을 제시하는, 복합적인 파형을 보고 있는 것 같았다. 그렇게 가끔은 무늬들이 느려지다가 더 오래 머물기도 했다. 이야기하다가 중요한 순간에 억양을 주는 목소리처럼 강세와 발음이 정확했다. 그런데도 모두 유동적으로, 가끔은 결합하듯 하나의 디자인이 또 다른 디자인으로 이어지다가 다른 한순간에 두 모양이 뚜렷하게 분리되었다. 한 문단이 끝난 걸까? 한 시구가 끝난 걸까?

이야기는 계속되었다. 대화는 분명 아니었다. 그렇다면 뭐였을까? 노래? 연설? 시?

그래, 시다. 또는 바닷속에 사는 이 친구의 살결에 그려진 노래일 수도 있다. 그 안에는 움직임이, 여러 그림이 반복되는 순서가 있었다. 적어도 하 박사는 그걸 바라보는 동안만큼은 넋을 잃고 몰두했다. 끊임없이 변화하면서도 그 내부에 있는 리듬과 함께 연결된 시의 운율이었다. 누군가에게 이야기를 해주는 듯한 대화의 독립적인 선율들을 조화롭게 배치하고 있었다. 다음 시행으로 이어지기 전에는 흐르던 대화를 잠시 멈추었고, 시구와 시구 사이에는 좀 더 길게 멈추었다.

하 박사는 이제 문어의 피부 무늬에 집중하지 않았다. 모양과 모양 사이에 잠시 창백해지는 그 순간, 무늬가 박자를 맞추며 멈추는 그 순간에 집중했다. 바로 거기였다. 잠시 멈추기 위한 리듬. 그때마다 하 박사는 발을 굴렀다.

탁-탁. 탁. 탁-탁-탁. 탁. 탁-탁.

운율. 그건 운율과도 같았다.

하 박사가 지켜보는 동안 시 한 구절 한 구절이 구불구불 흘러갔다. 한 구절에서 연속되는 전체 구절까지, 그리고 대학 시절 기억으로부터 다시 솟아오르는 시구들. 이 바다 가수의 피부를 가로지르는 다양한 변화와 옅은 침묵 속에서 과거의 상처가 보였다. 마치 태풍으로 육지에 떠내려온 유목처럼.

별들이 오르락내리락하는 지금,
살아 있는 것처럼 보이는 죽은 상징들.

조수를 알리는 물때를 지나서
죽기 직전의 너는
꿈꾸던 것들의 이름을 부르고 또 부른다.
너는 바람을 타고

가을 낙엽 가장자리처럼
두 뺨에 상처를 입는다.
나는 너를 텅 빈 배에
포도주와 빵과 함께 태워 보낸다.

포도주처럼 어두운 바다 위를.

너는 나를
나의 텅 빈 배에 태운다.

하 박사는 퍼트리샤 알라메다의 시 〈칼립소〉의 한 부분이 떠올랐다. 이 시가 다시 그녀에게 다가와 과거의 상처와 감정이 모두 쏟아졌다.

하 박사는 눈물을 흘리고 있었다. 고대의 노래 형태를 띤 이 시는 조류의 리듬에 맞춰 물 위에 비친 달빛의 파문을 노래했다. 해변 가까이에 인간이 달아둔 부표와 인간이 점령한 해안을 노래했다. 종종걸음치는 게와 쏜살같이 헤엄치는 물고기와 통통거리는 프로펠러, 파도에 맞춰 노래를 부르는 고래가 있었다. 상어의 입속에서 몸부림치는 리듬, 팔을 잃고 먹물을 분사하며 살기 위해 몸부림치는 영웅이 있었다. 먹잇감을 쫓으며 엄폐물 사이로 몸을 숨긴 덩어리들은 리듬을 타며 모양을 만들었다가 없앴다.

움직임과 멈춤. 변화와 추정과 혁신과 귀환. 하 박사는 그 안에서 길을 잃었다. 에브림이나 알텐체체그를 굳이 보지 않고서도 그들 역시 길을 잃었다는 걸 알았다. 그들은 그 어린 문어가 다른 문어와 합류하고 또 다른 문어와 합류하는, 화면 속의 움직임을 거의 알아차리지 못했다.

더 크거나 더 작은 새로운 문어들이 합류해 무늬로 노래하는 문어 주위에서 초승달 모양을 만들어내기 시작했다. 가수 문어의 피부에 그려진 무늬는 자라고 자라나서 이제는 훨씬 크고 뚜렷해졌다. 진주처럼 밝은 피부빛을 배경으로 어두운 먹물 테두리가 채워졌고 모양과 모양 사이 창백한 공백은 길어졌다. 절정을 향해 가는 것일까?

그러다 갑자기 가수 문어는 피부에 도장을 찍거나 문신을 새기듯 날카롭고 명백한 하나의 모양을 완성해 꽤 오랜 시간 그대로 머물렀다. 교향곡에서 마지막 음을 내기 전처럼 오래 끌었다.

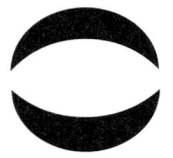

　모양은 검은색에서 회색으로, 다시 흰색으로 변해 아예 사라지기 전까지 약 10초에서 15초 정도가 흘렀다. 마치 태양이나 바람에 의해 닳아버린 것 같았다.
　곧 가수 문어는 무너져 오그라들더니 스스로 물러났다. 노래하는 내내 고집했던 꼿꼿하고 길게 늘여 섰던 자세를 잃었다. 그것은 한 번 더, 아무것도 아닌 모습으로 변했다. 그러자 초승달 대형으로 모여 있던 청중들이 다가와 팔을 뻗어 가수 문어의 팔 끝과 맞대고 쓰다듬고 서로 얽혀댔다. 그러고는 각자 자리를 떠나 자유롭게 표류했다.
　아쉬움일까? 그들 사이에서 고요함이 느껴졌다.
　그러나 하 박사는 자리를 뜨는 문어들의 피부에 나타나는 그림을 몇 번이고 다시 보았다. 덜 분명하고 덜 뚜렷했으나 공연이 끝나 아쉬워하는 청중들의 마음속에 메아리치는 것처럼 대충 그린 모양이 피부를 통해 나타났다. 이 두족류의 살갗은 마음의 창과도 같았다. 바닷속에 모인 마인드. 그들은 자기 마음을 피부에 날카롭게 새기며 각자 표류하고, 떠났다.

마치 따라오라는 흔적 같았다.

서로 다른 두 종이 성공적으로 소통하려면 반드시 시작 포인트를 찾아야 한다. 근본적으로 다른 방식으로 존재하는 이 세상에서 번역이라는 어려운 작업을 시작할 수 있는 공통된 인식 말이다.

우리는 보편적으로 다가가는 개념을 찾아야 한다. '집' '안전' '공동체'부터 '협력'이나 '소통'과 같은 복잡한 요소까지 어떤 사회에나 존재하는 개념들이 그 예다. 만약 이런 개념들을 대변하는 기호를 알아낸다면 올바른 소통을 위한 기반을 찾을 수 있을 것이다.

— 하 응유엔 박사,《바다는 생각한다》

29

작은 무인 보트가 꺾이는 파도를 가로질러 통통거리며 작은 만으로 나왔다. 사실 보트는 거의 필요하지 않았다. 해변에서 몇백 미터도 떨어지지 않은 거리를 이동하고 있었으니까. 그 정도면 해변에서 걸어 들어갈 수도 있었다. 그러나 망사 가방들을 여러 개 챙겨야 하기도 했고 무엇보다 알텐체체그가 보트를 타고 나가자고 주장해 둘은 보트를 탔다.

다이빙 슈트를 입고 스쿠버 장비를 아주 간단히 챙긴 하 박사는 아무리 봐도 과하다고 생각하며 뱃머리에 있었다. 작은 만의 수심은 정말 보잘것없었다. 보트에서부터 5미터나 10미터 정도 아래로 모랫바닥이 희고 푸르게 뻗어 있었다. 어디에서나 수면과 가까웠고 가져온 잠수용 물갈퀴로 조금만 발차기를 하면 바로 수면 위로 떠오를 수 있었다.

그런데 이상하게도 하 박사는 마치 땅끝으로 떨어져 다른 세상으로 들어갈 것 같은 느낌을 받았다. 다이빙하기 전에 항상 이런 느낌이 들곤 했는데 특히 오랜만일 때는 더 그랬다. 수면은 어떤 막 같았다. 그 막 사이에 두고 위로는 공기와 햇빛이 있는 우리가 사는 세계였다. 그 아래로는 또 다른 행성이었다. 다른 곳에 사는 다른 생물들, 땅 위나 하늘에서 사는 생물들과는 전혀 다른 삶에 적응하는 운명을 지닌 두족류와 해양 생물들이 살고 있는 세계였다.

그러나 해저라는 소외된 느낌이 하 박사를 붙잡는 건 아니었다. 그 대신 귀향이라는 느낌이었다. 하 박사는 언제나 바닷속이 자신이 있어야 할 곳이라고 느꼈다.

언젠가 하 박사가 캄란에게 말한 적이 있었다.

"이 세상은 사라져버려. 그리고 새로운 세상이 대신하지. 물속에 들어가면 시공간은 거기서 멈춰버려. 과거도 미래도 없이 말이야. 다음에 어떤 실험을 할지, 연구 보조금이나 실험실 설비 비용에 관해 생각하지 않아도 돼. 그저 마스크 앞에 있는 세상만 생각하면 되는 거야. 살다 보면 그냥 그 자리에 내가 없는 경우가 많아. 이런저런 생각에 빠지고 모욕이나 상처와 결점과 잘못을 곱씹는 몽상에 빠지기도 하잖아. 그런데 여기 물속에서는, 그냥 지금, 이 순간밖에 없어."

"여기가 좋겠네요." 하 박사가 말했다.

해변에서 몇백 미터 정도 떨어진 반달 모양을 한 만의 중간 지점이었다.

하 박사는 무거운 망사 가방을 물속에 떨어뜨렸다. 그리고 모랫바닥으로 가라앉는 가방을 지켜보았다. 금색 로브를 입은 에브림이 육지에 선 채 이쪽을 바라보고 있는 게 보였다.

알텐체체그는 하 박사가 우긴 대로 휴대 무기를 하나만 챙겨왔다. 물론 그녀는 몇 분 만에 그들의 위치로 소환될 수 있는 드론이 적어도 10여 대는 대기 중이라는 걸 알고 있었다. 알텐체체그가 이 섬에 있는 한 '무장하지 않은 상태'이거나 거의 그런 상태로 있다는 건 말이 되지 않았다. 그리고 자신의 보안망이 어떤 규모인지는 오직 알텐체체그 자신만이 알고 있었다.

"내가 가진 유닛 중 하나에게 이 일을 시킬 수도 있어요." 알텐체체그가 말했다.

"이런 종류의 일을 수행할 수 있는 유닛이 몇 개 있거든요. 우리는 화면으로 확인하면서 커피나 마실 수도 있어요."

이건 이미 끝난 이야기였다.

"아니요, 이렇게 해야 해요. 제가 직접요." 하 박사가 말했다.

"아무도 보지 않을 거예요."

하 박사는 물속에 물갈퀴를 먼저 넣고 거꾸러지며 몸을 던졌다.

"누군가는 항상 보고 있어요." 하 박사는 한 손으로 마스크를 고쳐 쓴 다음 수면 아래로 내려갔다.

그 막 아래로.

이제 물속이다. 해가 중천에 뜬 이 시간에 해수면에서 가까운 물 밑은 흐르는 빛으로 가득했다. 하 박사는 밑으로 더 내려가면서 은색 물고기 떼가 반짝거리며 지나가는 걸 곁눈으로 보았다. 다른 형체들이 여기저기 쏜살같이 다녔다. 바닥에 가라앉은 망사 가방이 모래를 건드려 그 위로 작은 모래 구름을 만들어 맑은 물에 띄웠다. 제자리에서 한 바퀴 돈 하 박사는 고개를 들어 렌즈를 통해 수면 위로 부서지는 햇빛을 보았다. 그리고 다시 제자리로 돌아와 가방을 열어 일을 시작했다.

하 박사는 가방에서 유리병을 여러 개 꺼냈다. 대부분 초록색 병이었고 어떤 건 푸른빛을 띠고 어떤 건 노란빛을 띠기도 했다. 호텔 옆 쓰레기통에서 그것들을 찾아냈다. 어울리지 않는 야자나무와 어색한 해수 수영장과 함께 호텔이 버려졌을 때 남겨진 것들이었다. 하 박사는 투명하고 밝은 갈색빛을 띠면서 깨지지 않은 온전한 병들을 골랐다. 이제 그녀는 가방을 끌고 알맞은 장소를 찾아 원을 그리며 수영했다.

해저 바닥에 깔린 밝은 모래는 아무것도 없고 거의 부드럽기까지 한 좋은 캔버스였다. 하 박사는 병들을 가장자리부터 모양을 잡아 내려놓았다.

언제나처럼 입수 후 첫 몇 분 동안은, 하 박사가 생각하는 대로 '세상에 존재하는' 상태였다. 그날 아침 일찍 있던 일들을 아직도 생각하고 쫓고 있었다.

지난 며칠 동안, 가장 최근에 난파선을 여행한 잠수정을 따라가며 하 박사는 거의 쉬지 않고 일했다. 에브림이 음식이나 커피를 가져다주며 억지로 쉬게 했으나 그 외 시간에는 녹화한 화면을 하나도 놓치지 않고 확인하며 기호 하나하나 팔림스크린과 터미널 노트에 따라 그렸다. 그러나 이 추상적인 기호들이 과연 그 세상과 어떤 관련이 있는지 상상해내기 쉽지 않았다.

한번은 알텐체체그가 하 박사를 일부러 데리고 나와 해변을 산책했다.

"좀 쉬어야 해요. 마음을 쉬게 해야 다시 일을 시작할 때 더 잘할 수 있어요."

그러나 하 박사는 바깥에 있는 동안 내내 초조해하며 아무 말없이 모래사장을 서성거렸다. 그녀의 마음속에는 오직 기호뿐이었다. 그 기호들을 순서에 맞게 맞춰보고 그 근원적인 문법을 읽어보려는 생각에만 집중했다. 하 박사와 알텐체체그는 아무 말 없이 함께 걸었고, 그녀는 들어가서 연구해야 할 문제만 생각할 뿐이었다. 결국 알텐체체그는 한숨을 쉬고는 하 박사를 데리고 호텔로 돌아갔다.

"미안해요. 지금은 그저 손에서 일을 뗄 수가 없어요." 하 박사는 말했다.

"이해해요. 나 역시도 생각을 멈출 수가 없어요. 아무래도 그건 우리가 가진 재능은 아닌가 봐요. 우리 둘 중 한 명이라도요."

나중이 돼서야 하 박사는 이때 뭔가를 놓쳤다는 느낌을 떨칠 수가 없었다. 알텐체체그는 그녀에게 뭔가 할 말이 있었다. 그러나 그때 하 박사는 현실에 집중할 수가 없었다. 누군가의 말을 들을 준비가 전혀 되어 있지 않았다.

이제 그들은 문어를 '모양 가수'라고 부르기 시작했다. 이름을 만들어 공식적으로 부르고 표준화한 건 에브림이었다. 그리고 그 공식화로 인해 그들이 엿보았던 사회에 구축된 구조들에 관한 다른 많은 가설이 쏟아져 나왔다.

하 박사만이 이 연구를 전속력으로 하는 건 아니었다. 에브림 역시 팔림스크린 노트와 터미널 세 대에 둘러싸인 자기 책상 끝에 앉아 자료들을 정지 화면으로 만든 다음 화면을 향해 각진 머리를 기울이며 기다란 손가락 끝에 달린 스타일러스로 패턴을 그려냈다. 때로는 하 박사와 아이디어를 공유하기도 했으나 대부분은 둘 다 각자 세계에 빠져 일했다.

그리고 하 박사는 이제야 에브림이 가진 기억력이 얼마나 가치 있는지 알아보기 시작했다. 에브림은 눈으로 본 모든 걸 기억했다. 녹화 화면의 모든 장면이나 모양 가수 팔다리의 모든 움직임을 놓치지 않았다. 에브림은 본 것들을 일반화해서 축소하지 않았다. 절대로. 모든 건 그 전체 모습으로 그 안에 남아 필요할 때 이용할 수 있었다. 그건 '처리 능력'이라고 하기도 어려웠지만 인간이 가진 능력도 아니었다.

가끔 둘이 함께 일할 때면, 하 박사는 에브림이 자신이 했던 말을 토씨 하나 틀리지 않고 그대로 인용하는 걸 보고 깜짝 놀랐다. 단어들만 똑같은 게 아니라 말하는 리듬과 억양, 흐름까지도 똑같았다. 그런 완벽한 기억은 마치 에브림이 하 박사의 목소리를 녹음했다가 트는 건 아닌지 의심할 정도로 비정상적이었다. 그리고 그중에서도 가장 비인간적이라고 할 수 있는 에브림의 능력은 망각이 없다는 것이었다.

하 박사는 자신을 덮친 그 감정을 알고 있었다. 그 무엇보다도 하 박사는 문어들이 만들어내는 기호 안에 숨은 암호를 풀고 싶었다. 에브림은 동료에서 경쟁자로 바뀌었다. 그녀는 지칠 줄 모르는 안드로이드에 분개했다. 에브림은 잠을 자지는 않았으나 마치 그렇게 하지 않으면 예의에 어긋난다는 듯이 가끔 자기 방으로 들어가긴 했다. 그러나 방 안에서 도대체 뭘 하고 있는지 하 박사는 알지 못했다. 그저 방 안에서도 다른 터미널로 계속 일을 하지 않았을까 하는 생각이 들 뿐이었다.

비록 앤캐틀러 미너부도티어-첸 박사가 에브림을 온라인에 소개했을 때는 인간과 거의 가까웠을지 몰라도, 지금은 그렇지 않을 것이다. 계속 잠을 자지 않아도 되고 특히 뭔가를 잊지도 않는다면 '인간'이라고 부르는 그 무엇과는 점점 멀어질 수밖에 없기 때문이다. 그게 바로 우리다. 우리 인간들은 뭔가를 잊게 되어 있는 생명체다.

우리는 시야를 넘어서면 거의 기억할 수 없다. 그 무엇도 우리 마음속에 영원히 남아 있거나 각인될 수 없다. 화날 것도, 즐거워할 것도 없다. 시간이 흐르면서 모두 지워버리기 때문이다. 잠 역시 기억을 지워버린다. 잠이란, 망각 공장이다. 그리고 그렇게 잊으면서 우리는 우리 세계를 다시 정리하고 지난 우리 자신을 새로운 우리 자신으로 대체한다.

잊을 수 없다면 어떻게 될까? 20년 전에 일어난 일도 어제 일어난 일처럼 기억한다면? 5분 전 일처럼? 지금 일처럼?

"별일 없나요?" 알텐체체그의 목소리가 들렸다.

하 박사는 그렇다는 의미로 기기를 한 번 쳤다.

하 박사는 만들고 있던 모양의 테두리를 완성하며 자리를 잡았다. 그녀는 지금 몇 분째 잠수 중이었다. 에브림과 바깥세상에 관한 생각들은 사라졌다. 하 박사는 주변을 둘러싼 물의 소리 세계에, 모랫바닥에 틀어진 줄무늬 햇빛이 보이는 다이빙 세계에 있었다.

하 박사는 병 몇 개를 바로잡아 놓았다. 그래봤자 며칠만 지나면 모래 속으로 묻힐 것이었다. 이제 그녀는 깨지지 않고 깨끗한 초록색과 푸른색 병으로 테두리 안을 채우기 시작했다. 그건 기호 이상을 의미했다. 그건 제안이었다. 하 박사는 기호 안에 색으로 패턴을 만들었다. 새롭게 만든 순서에 맞춰 병들을 신중하게 골라 놓았다. 햇빛을 받은 병들은 반짝였다. 하 박사는 이 일시적인 아름다움과 그 안에 담긴 배려가 전해지기를 바랐다.

'이건 너를 위한 선물이야. 먼저 읽고, 그다음엔 사용해. 네가 사는 도시의 집들을 꾸미는 데 사용해. 읽어봐. 그리고 이 물건들을 가져가서 쓰도록 해. 간직하도록 해.'

은색 물고기 떼가 다시 돌아왔는지 파르르 떨며 지나가는 게 시야 끝에 보였다. 해저 바닥에 둔 병보다 좀 더 복잡한 색을 가진 다른 물고기들이 새로운 환경에 이끌려 쏜살같이 헤엄쳐 오더니 금세 다시 돌아갔다.

하 박사는 서두르지 않았다. 아주 신중하게 작업했다. 이것 말고, 이것으로. 이건 여기에, 그리고 좀 더 어두운 녹색으로.

'내 메시지를 들어줘. 이 파란색 말고, 굽어지는 가장자리 근처에는 이 색들로, 그런데 더 어두운 색들로 돼야지. 이렇게 신경 썼다는 걸 알아줘. 일부러 이렇게 됐다는 걸 알아줘.' 이 병은 안 돼. 병목이 살짝 깨져 전에는 미처 보지 못한 날카로운 부분이 있었다. 다시 가방에 넣었다.

'이게 어떤 의미인지 알아줘.'

그저 단순한 용도만을 가졌던 병들은 물속에서 곡선과 각도, 빛을 담는 그릇이자 물질로 아름다움을 표현하는 물체가 되어 있었다. 하 박사는 유리병들을 규조토를 배경으로 신중하게 배열했다.

정형되지 않은 모래는 유리가 가진 잠재적 아름다움이 드러나게 하는 물질 그 이상이었다. 유리는 마인드가 되어, 모랫바닥에서 만들어낸 하나의 문화가 되었다. 마치 마인드 그 자체처럼, 유리는 단순한 물질에서 비범하게 아름답고 섬세하고 다양함을 만들어내는 존재가 되었다.

모양 가수는 그녀가 만든 기호를 알아볼까?

그렇다면 끝난 것이나 다름없다. 하 박사는 기호 주변을 돌아보았다. 수정할 부분은 없었다. 그녀가 할 수 있는 한 가장 분명하게 만든 기호가 햇빛을 흡수하고 있었다.

'나도 내가 무슨 말을 하고 있는지 잘 모르겠어. 하지만 이건 메시지가 아니야. 이건, '우린 너희에게 귀 기울여. 우린 너희가 만드는 기호를 읽어'라는 뜻이야. 이건 우리를 연결해줄 거야.'

어쨌든, 하 박사는 본능적으로 이 기호의 메시지가 바깥을 적대적인 공간으로 표현하고 안쪽을 자신들의 공동체로 표현한 '문어의 정원' 모양 두 개처럼 공동체, 연결, 결합이라고 이해했다. 그런 뜻이어야만 했다. 그리고 지금 하 박사 아래에는 모랫바닥 위 여러 색으로 분명하게 만든 바닷속의 스테인드글라스가 있었다.

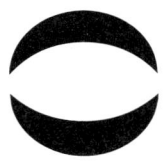

하 박사는 10미터 떨어진 곳에서 햇빛이 쏟아지는 기름기 낀 물속을 작은 지느러미들을 팅기며 수월하게 둥둥 떠다니는 물고기를 곁눈으로 힐끔 보았다. 금속성 비늘이 줄무늬 쳐진 창꼬치였다. 만을 향해 헤엄치는 물고기 떼를 주시하고 있는 것 같았다.

하 박사는 창꼬치를 꽤 많이 봐왔기 때문에 그렇게 놀라지는 않았다. 다이빙을 한 지난 몇 년 동안, 거의 알아채지 못하기도 했다. 그저 '저기 창꼬치가 있네' 하고 지나치는 정도였다. 창꼬치는 인간을 향해 전기 공격을 하지 않는다. 만약 공격하더라도 그건 언제나 그들의 실수였다. 칼날에 비쳐 반짝이는 햇빛을 물고기의 은빛 비늘로 착각하고 잠수부를 공격하거나, 작살 고기잡이꾼이 잡은 물고기를 훔치려다 인간을 잘못 물어뜯는 경우가 그랬다.

이 창꼬치는 큰놈이었다. 성장이 끝난 몸길이는 쉬이 1.5미터는 되었다. 언제 나타났지? 어쩌면 스르르 미끄러지듯 다가와 움직이지 않고 한참 작업에 열중한 그녀를 바라보고 있었을 수도 있다. 그래, 어쩌면 모양의 테두리를 잡는 걸 끝내고 그 안을 채우기 시작할 때였을까?

작업을 끝낸 하 박사는 이제야 고개를 돌려 길고 얇은 포식자를 향해 관심을 기울였다. 보고만 있기에는 정말 아름다운 물고기였다. 바닷속에서 가장 매끈한 몇 안 되는 물고기로 포식자로서는 가장 기본적인 요소만 남아 있다. 바로 빠른 속도와 날카로운 치아다.

그건 창꼬치가 아니었다.

거의 움직이지 않고 둥둥 떠 있는 동안, 홍색 소포*가 열리며 크롬처럼 매끄럽게 윤이 나고 율동적으로 잽싸게 움직이는 기다란 등지느러미의 줄무늬까지 완벽하게 표현되었다. 창꼬치처럼 툭 튀어나온 턱선과 노려보는 흰 눈을 눈이 아닌 것으로 깔끔하게 흉내를 낸 모습은 생전 처음 보는 것이었다.

반쯤 뜬 문어의 진짜 눈이 창꼬치 등에 있는 줄무늬 중 하나에 숨어 하 박사를 바라보았다. 그 순간 둘은 눈이 마주쳤다.

● 피부를 수축 및 이완하며 반사각을 조절하고, 빛을 반사하거나 흡수시켜 여러 색을 만들어내는 피부 조직.

둘은 정말 잠깐 서로를 응시했다. 하 박사는 손바닥을 작게 열어 보이며 들어 올렸다. 적이 아니라는 걸 최대한 보여주기 위해 몸을 웅크렸다.

창꼬치 형태가 무너졌다. 3~4초도 되지 않아 노랑가오리가 되었다가 상어와 장어가 되고 모래에 묻힌 넙치가 되더니, 50미터 정도 떨어진 곳에서 다시 창꼬치로 변신하고는 가버렸다.

"어떤 움직임 같은 게 감지되었어요. 뭔가 이상한 거요, 괜찮아요?" 알텐체체그의 목소리가 하 박사 귀에 울렸다.

네, 하 박사가 기계를 툭툭 쳤다.

하 박사는 자신이 만든 기호 위에서 창꼬치 유령을 보고 있었다. 공격자를 눈속임하기 위해 먹물을 내뿜어 만든 그림자가 뒤틀리더니 형태 없이 녹아 사라지는 모습을 보았다.

하 박사는 공포에 휩싸였다.

'이건 이 정도 지능 수준이 이토록 뛰어난 자연 능력과 맞먹을 때 벌어지는 현상이야. 거의 완벽한 모방이야.'

그리고 그녀가 사실이라고 믿어왔던 생각이 문득 떠올랐다.

'이미 이 현상은 어딘가에서 벌어지고 있었어. 그저 우리가 보지 못했을 뿐이야.'

하 박사는 호흡기를 통해 빨라지는 호흡 소리, 몸속에서 피가 끓어오르는 소리만이 귓가에 맴도는 걸 느꼈다.

두려움.

문어가 먹물을 뿜어 만든 가짜 형태는 이미 형체가 없어지고 늘어지며 점액 줄기로 변한 후였다.

'난 무서웠어, 그래. 하지만 그것도 무서워하고 있었어, 나처럼.

그 눈빛에 두려움이 서려 있었어.'

"정말 괜찮은 거예요? 호흡기 수치가 갑자기 오르던데요, 맥박도요."

물속에 먹물을 뿌려서 속일 때의 두려움. 도망가던 그 모습에 깃든 두려움.

하 박사는 기계를 툭툭 쳤다. 네.

두려움: 우리가 사냥터에서 또 그걸 몰아내려는 걸까? 그 새끼들을 또 죽이려는 걸까?

"이제 수면 위로 올라와요. 수치들이 별로 안 좋아요."

툭툭. 네.

두려움: 저 괴물들은 어떻게 말하는 걸 배웠을까?

인간의 뇌를 반으로 잘라보면 다들 비슷비슷하다. 유전자로 결정되는 국부적인 커넥톰은 뇌 영역과 신경세포 타입을 비슷하게 연결하면서 일반 개체 간에 거의 차이가 없다.

그러나 자세히 보면 개개인이 가진 지도를 찾을 수 있다. 각각의 뇌가 가진 신경 단위의 커넥톰들로 복잡하게 뒤엉킨 길과 골목에 과거의 흔적들이 남아 있다. 기억들은 서로 엉켜 기록되어 있다.

— 앤캐틀러 미너부도티어-첸 박사, 《마인드 건설하기》

30

"당신이 왜 여기에 있는지 아십니까?"

러스템은 주위를 둘러보았다. 경찰서처럼 보이지는 않았다. 어두운 실내 분위기는 조용했다. 높은 벽에 달린 아치형 반투명 창문을 통해 외부에서 빛이 약하게 들어왔다. 빛 웅덩이 아래에 나무 테이블이 여기저기 놓여 있었다. 적어도 옷차림을 봤을 때 한 공간에 모여 있는 사람들치고는 가장 다양한 배경을 가진 것으로 보였다. 다들 터미널로 일하고 있었다. 턱수염을 기르고 착색된 노란 방수 오버롤을 입은 남자가 저 멀리 테이블에 앉아 화면을 자세히 보고 있었다. 러스템 건너편에는 학생으로 보이는 젊은 여자가 자기가 태어나기도 훨씬 이전에 출판된 것으로 보이는 종이책 더미에 파묻혀 연구 중이었다. 회색 머리카락이 몇 올 남지 않은 어떤 남자는 이름표가 달린 청소부 옷을 입고 다른 테이블에서 꾸벅꾸벅 졸고 있었고 정장을 차려입은 중년 여자 두 명은 주사위를 던져가며 테이블 게임에 열중하고 있었다.

아무리 봐도 이곳은 경찰서 같았다. 이 방에 있는 수많은 문 중에 러스템이 갇혀 있던 감방도 있었다. 창문이 없고 좁은 방을 둘러싼 시멘트 블록 벽은 연한 하늘색으로 칠해져 있었다. 러스템은 감방 안에서 철제 선반 위에 놓인 얇은 매트리스에 몇 시간 동안 누워 있었다. 가끔 자다 깨기를 반복하고 그저 벽이나 높은 천장에 고정된 가벼운 타원형 모양을 하염없이 바라보던 러스템은 머릿속이 빙빙 도는 걸 느꼈다. 식수대와 화장실이 있는 깨끗하고 따뜻한 방은 문명화되어 있었지만, 감방은 감방이었다.

그때 이 남자가 러스템을 감방에서 데리고 나왔다. 그들은 짧은 복도를 지나 이곳으로 왔다.

남자는 러스템에게 수갑을 채우지는 않았다. 러스템이 폭력을 쓰거나 도망칠 거라고는 조금도 걱정하지 않는 듯했다. 그저 문 앞에 서서 "이제 따라와요"라고 말했을 뿐이다. 50대로 보이는 남자는 다부진 체격에 코듀로이 야전잠바를 입고 있었다. 희끗희끗한 관자놀이와 한 손을 바지 주머니에 넣은 모습은 마치 학교에 늦겠다고 아이들을 깨우는 아빠 같았다.

둘은 마주 보고 앉았다. 테이블 위에 놓인 놋쇠 램프가 아직 김이 올라오는 찻잔을 쥐고 있는 남자의 손을 비추었다.

"당신이 왜 여기에 있는지 아십니까?"

"술에 취했었어요. 페라팰리스 바에서 맥주 몇 잔을 마신 기억이 나요. 그리고 밖으로 나가야겠다고 생각했지요, 분명······. 글쎄요. 아마 골든혼에서 저를 발견했으리라 믿어요. 공원이요. 제가 호수에다 돌을 던지고 있었거든요." 러스템은 기억을 더듬다가 자기가 생각해도 바보 같았던 행동에 미소를 지으며 말했다. '돌을 던지는 행동'이 경찰에 잡힐 만한 일은 아니었다. 러스템은 작은 방파제에서 수박 크기의 돌덩이들을 빼내어 썩은 선착장 끝까지 가져갔다. 그리고 돌덩이들을 좁은 물살에 던지고는 욕설을 내뱉었다.

경찰 두 명이 오더니 러스템을 밴에 태웠다. 매우 정중했다.

언제 그렇게 술에 취했지? 해안가까지는 어떻게 갔던 거지? 그날 밤, 페라팰리스 바에서 나온 후부터는 기억이 전혀 연결되지 않았다. 바와 클럽, 음악 소리와 대화 장면들이 기억 속에 얼룩져 있었다.

"지금 몇 시죠?" 러스템이 남자에게 물었다.

"아, 새벽이 막 지났어요. 몇 시간 동안 주무셨는데, 기분이 좀 나아졌나요? 아스피린이나, 차 한 잔 갖다줄까요? 아니면 둘 다?"

"둘 다가 좋겠어요." 러스템은 머리를 흔들며 대답했다. 아직도 숙취가 남아 있는 걸 느꼈다. 피곤하고 혼란스럽고, 무엇보다 지난 몇 년간 회피해오던 그 '회색빛 기분'이 스멀스멀 올라오는 걸 느꼈다. 바로 그거였다. 그래서 러스템은 술을 진탕 마시고 취했었다. 애초에 왜 페라팰리스 바에 내려갔는지, 이제야 그 답이 나왔다. 20대 초반에 러스템을 집어삼키려고 했던 그 기분, '회색빛 기분'이라고 이름을 붙인 그 느낌에서 벗어나기 위해서였다. 그동안 거의 잊고 있던 터라 아예 사라진 줄 알았다. 그런데 지금 다시 그 기분에 사로잡히고 말았다.

적어도 일을 하는 도중에는 느끼지 않았으나, 그렇다고 하루 종일 일을 할 수는 없었다. 식사나 샤워하거나 산책하러 나갈 때마다 그 '회색빛 기분'이 기다리고 있었다. 마치 파도가 주변을 둘러싼 벽에서 밀려오거나 자갈길에서 솟아올라 뼛속까지 흠뻑 적시

는 기분이었다. '회색빛 기분.'

오랜 시간 일을 하고 잠시 쉬는 시간이면 러스템은 때때로 아이누르가 지내던 방에 서 있는 자신을 발견하곤 했다. 러스템은 창가에 서서 알몸으로 침대 위에 누워 있는 아이누르에게 자신이 하는 일을 설명하고 있다. 마치 어제 나눈 대화처럼 생생하다. 이제 지도를 보고 얼마나 더 쉽게 도시를 탐색할 수 있게 되었는지 이야기하는 것이다.

"마치 그 도시에 살았던 누군가가 나에게 묘사해준 것 같아. 있잖아, 자기들이 사는 도시니까 길 이름보다는 랜드마크들을 설명하면서 길을 알려주는 거야. 여기 코너에 창문을 판자로 막아놓은 노란 집이 있어. 거기서 왼쪽으로 꺾으면 돼. 만약 개인 드론 콥터를 타고 카나리아 제도로 여행할 수 있다는 광고판이 보이면 너무 지나친 거야. 약간 이런 식인 거지. 지도는 이런 표지판들이나 장소나 패턴의 인식들로 강조됐어. 이제 나는 교회에서 빠져나왔어. 이제 도심에 가깝게 다가가고 있다고."

아이누르는 링 모양으로 담배 연기를 뿜으며 말한다.

"아주 잘했네. 그런데 날 죽게 만들었으니 참 안됐다."

러스템은 '회색빛 기분'이 되돌아온 게 바로 아이누르가 죽었기 때문이라고 스스로 설득하려 했지만, 사실은 그게 아니었다. 며칠 밤 같이 지냈다고 해서 아이누르를 사랑한 건 아니었다. 아이누르는 러스템에게 정말 단순히 섹스하고 대화를 나누기 좋아했던 누군가였을 뿐이었다.

그런데 러스템이 아이누르를 죽게 했다.

러스템 앞에 차 한 잔이 놓였다. 종이컵 안에 아스피린 두 알도 있었고, 또 다른 종이컵에는 물이 담겨 있었다.

만약 차라리 존재조차 하지 않는 게 훨씬 쉽다는 듯 태어나기도 전에 죽을 수만 있다면, 그렇게 할 것이다. 그러나 러스템은 그 무엇보다 죽음을 가장 두려워했다. 겁쟁이가 견딜 수 없는 건 없었다. 아무리 심한 고통과 괴로움도 그에겐 지나치지 않았다.

서양배 모양 유리 찻잔에 담긴 찻물이 램프 불빛을 끌어당겨 불꽃을 보관하듯 빛났다. 그에 비해 방 안에 있는 다른 모든 건 무채색이었다.

"가끔은요." 맞은편에 앉은 남자가 입을 열었다. "차 한 잔이면 되더라고요."

"된다고요?" 러스템이 고개를 들었다.

"살아가기에 말이죠. 다음에 마실 차 한 잔이면, 제 생각엔 그거면 살 만한 가치가 충분한 것 같더라고요. 그런 날도 있잖아요."

러스템은 찻잔으로 손을 뻗었다. 마시기에는 아직 너무 뜨거웠지만 손가락 끝으로 전해지는 따스함이 좋았다.

"이제 다시 물어볼게요. 여기 왜 왔는지 알겠어요? 힌트를 드리자면, 당신이 술에 취해서 그런 건 아닙니다."

"제 생각엔…… 전 아무것도 위반한 게 없는데요."

"아, 맞아요. 당신이 딱히 위반한 건 아무것도 없어요. 서류가 아주 깔끔할 정도로요. 그래서 수상한 거죠."

"어떻게요?"

"이스탄불 공화국에 사는 그 누구도 관련 서류가 이 정도로 깨끗하진 않거든요. 항상 뭔가를 놓친단 말이죠. 행정적인 세부 사항 같은 거요. 언제나 변칙이 있게 마련이니까요. 그건 정말 사실이에요. 그런데 당신 서류는 너무 깨끗해요. 며칠 전에 도착해서 페라팰리스 호텔에서 머무르고 있죠. 대부분 방 안에서 나오지도 않고요. 그게 수상해요. 좀 더 바깥 활동을 해야 해요. 볼 게 얼마나 많은데요! 하지만 물론 사업 때문에 와 있을 수도 있겠지요."

"그렇지도 않아요. 그냥…… 조금 시간이 필요한 것뿐이에요. 프로젝트를 하고 있거든요. 혼자 있는 시간이 필요했어요." 러스템이 말했다.

"이해합니다. 페라팰리스라면 혼자 있기 딱 좋은 곳이지요. 돈만 많다면요."

"돈은 충분해요."

"알아요."

"그렇다면, 전 제가 여기 왜 와 있는지 모르겠어요. '여기'가 어디인지도 모르겠고요."

"그렇죠, 모르겠죠. 차를 좀 마셔봐요. 이제 식었을 거예요."

차를 한 모금 마시자 마치 모든 걸 해독할 수 있는 약 기운이 퍼지듯 온몸이 따뜻해지는 걸 느꼈다. 러스템은 두 눈을 감고 진심으로 감사하는 마음을 가졌다.

두 눈을 드니 남자가 물었다.

"'오스만 동물 보호 재단'이라고 아세요?"

전혀 처음 듣는 이름이었다. 러스템은 고개를 저었다.

"아니요, 전혀 모르겠어요."

"아, 그렇죠. 여기 사는 사람이 아니니 모를 수도 있을 겁니다. 그래도 도시 여기저기에서 떠돌이 개나 고양이들은 본 적이 있을 거예요."

"맞아요."

"그 동물들이 궁금한 적은 있나요?"

"그랬던 거 같아요."

"그들은 이스탄불 토박이들이에요. 여기서 나고 자란 지 아주 오래되었죠. 그 동물들을 돌보는 건 언제부터였는지 그 누구도 기억하지 못하는 아주 오래된 전통이랍니다. 개나 고양이만이 아니에요. 오스만 제국은 떠돌이 개나 분수대 근처에서 지내는 늑대들을 먹여주는 재단을 설립해서 더운 여름에는 새들을 위해 마실 물을 준비하고 날개가 부러진 황새를 고쳐주거나 다친 말들을 돌봐주기도 했지요. 이슬람 사원이나 이슬람 학교, 이슬람 광장 뜰에 새집을 지어주고 묘비 위에 새들이 마실 수 있게 물그릇을 채워 두기도 했고요.

오스만 제국 기록 보관소에 이런 재단에 관한 많은 기록이 있답니다. 1307년 이즈미르의 뮤르셀리 이브라힘 아가Müreselli İbrahim Ağa of İzmir는 광장 근처를 떠도는 황새들을 돌보는 값으로 100쿠루시*를 외데미시 예니 모스크에 후원했어요. 1544년에 루트피 파샤Lütfi Pasha는 이즈미르에 있는 티레 지구를 통과하는 여행자들과 그들이 데리고 다니는 동물들을 위해 분수와 식수대와 웅덩이를 지원했고요. 이건 몇 가지만 말한 거예요. 아직 존재하는 것도 있고요. 다마스쿠스에 있는 케딜러 모스크는 길고양이 새끼들을 위해 오스만 제국 때 설립된 재단이에요. 모스크 관리인들이 새끼 고양이 수백 마리를 먹여주었죠. 마르제 광장에서 메제까지, 다마스

- 튀르키예 화폐 단위로 1리라가 100쿠루시이다.

쿠스 대학교가 있고 다마스쿠스 박람회가 열리는 그 일대는 모두 노쇠하고 다친 말들을 돌보는 재단에 소속되어 있었어요. 주인들은 자기 동물을 총살하거나 방치하는 대신에 재단이 돌보는 곳에 다 두고 오곤 했지요. 부르사에도 다친 황새들을 위한 집이 세워졌어요. 날개를 다친 새들을 치료하고 다시 풀어줬죠."

남자는 잠시 멈추었다.

"차 더 드릴까요?"

"괜찮으면 더 주세요." 몸이 차로 따뜻하게 데워진 러스템은 이제 남자의 이야기에 꽤 집중하고 있었다.

러스템이 있는 방은 이제는 잊혀가는 오스만 제국의 동물 보호 이야기에 관한 사설 강의를 진행하는 도서관 같았다.

남자는 차를 한 잔 더 권하며 이야기를 이어갔다.

"하지만 오스만 제국은 도시를 근대화하려고 노력했지요. 오래된 제국을 유럽에 맞추려고 했어요. 그러니 거리에 떠도는 동물들이 부끄러워지기 시작했지요. 그래서 1909년에 이스탄불시 당국은 도시에 떠돌아다니는 개들을 모두 잡아서 마르마라해에 있는 섬에 보냈어요. 그렇게 버린 거예요. 개들에게 음식도 물도 주지 않았어요. 버려진 개들이 우는 소리가 도시 전체에 들렸어요."

"끔찍하네요." 러스템이 말했다.

남자가 끄덕였다.

"맞아요, 끔찍하지요. 그 동물들을 가엾게 여긴 사람들은 보트를 타고 음식을 던져주기도 했어요. 하지만 섬에 버려진 개들은 모두 죽었습니다. 몇 년이 지나서도 도시에 살던 사람들은 동물 사체의 악취로 괴로워했어요. 분명 썩어버린 지 한참은 지났는데도 말이지요. 나중에는 제국이 패배한 이유가 그 동물들을 버린 일에 대한 벌을 받은 것이라는 미신도 있었답니다."

둘 다 잠시 아무 말도 하지 않았다. 러스템은 반투명 창 너머로 어디에선가 개들이 우는 소리가 들리는 것 같다고 생각했다.

남자가 끄덕였다.

"저도 들어요. 이 이야기를 하고 나면 항상 들리죠."

이제 남자는 팔림스크린을 테이블에 놓으며 물었다.

"이 여자를 아나요?"

러스템은 30대 정도로 보이는 여자 사진을 보았다. 배의 난간에 서 있는 여자 뒤로 보이는 배경은 흐릿했지만, 이 공화국에서 찍은 사진인 것 같았다. 빛의 조도가 똑같았다. 거의 옆모습만 보이는 여자의 짧은 머리가 바람에 날리고 있었다. 코는 컸고 눈빛은 짙었다. 사진 밖에 있는 누군가에게 이야기하는 것 같기도 했다. 러스템이 아는 여자는 아니었다.

러스템은 고개를 저었다.

"손이나 키를 보면 더 잘 알아볼 수 있을 거예요. 아니, 아무 말도 하지 말아요. 거짓말하지 말아요. 우린 지금까지 잘해오고 있으니까요."

차 두 잔이 도착했다. 러스템은 따스한 붉은 호박빛 차를 보기만 해도 기분 좋은 안도감이 밀려오는 걸 느꼈다. 적어도 이렇게 느끼기라도 했다. 남자가 뭐라고 했던가? 때로는 차 한 잔이면 살 만한 가치가 있다고 했다.

"이 여자는 자기들을 이상한 이름으로 부르는 그룹에 있어요. '신新 오스만 황새 협회'라는 걸 들어본 적이 있나요?"

러스템은 고개를 저으며 말했다.

"아니요. 처음 들어보는 이름이네요."

"가끔 마르마라해의 섬에서 굶어 죽은 개들의 이야기를 들을 때면 너무나 괴로워요. 우리 인간들이 동물에게 하는 행동은 끔찍한 것이죠. 그리고 이 도시에서, 이스탄불에서 그런 짓을 한다는 건 정말 신성모독이에요. 이스탄불 이전의 콘스탄티노플보다도 이전이었던 그리스 비잔티움에서는 그리스인 식민지 개척자들이 헤카테를 찬양했었다고 해요. 교차로나 문턱을 지키는 여신이지요. 그리고 헤카테를 상징하는 신성한 동물이 바로 '개'였고요. 그러니까 어쩌면 개들을 학살한 저주가 오스만 제국에 되돌아온 걸지도 모르지요."

남자는 차를 한 모금 마셨다.

"개들한테 한 짓을 들을 때 제가 느끼는 이 역겹고 혐오스러운 기분을 누군가는 백배는 더 증폭해서 느낄 수도 있겠지요. 일부 사람들은 인간이 세상에 저지르는 행동들에 대한 혐오감이 그들의 인생 전부일 수도 있어요. 우리와 이 행성을 공유해야 하는, 충분히 불행한 동물들에게 계속해서 가하는 끔찍한 잔인성 같은 것들을 잊을 수가 없는 거예요. 누군가는 그런 고통을 멈추기 위해 개입해야 한다고 느끼죠. 행동으로 옮겨야 한다고요. 그들이 느끼는 분노는 다른 선택지를 허용하지 않을 거예요. 만약 당신도 이런 감정을 계속 느낀다면, 당신 역시 말로는 표현할 수도 없는 폭력적인 일들을 많이 할 수 있을 거라고 생각해요. 그리고 뒤에 부유한 후원자나 고위 인사들이 있다거나 당신이 하는 일에 독실한 열정이 있다면 그 공격을 이 나라 저 나라로 넘어 다니면서 확대할 수도 있겠지요. 만약 당신이 인맥이 많은 그런 사람이라면요. 당신은 폭력이 더 나은 세상을 위한 간단한 방법이라고 생각할 수도 있어요. 그 동물들은 사람보다 훨씬 나으니까요. 사람이 동물을 보호하기 위해 살해될 수도 있다는 말입니다."

남자는 말을 멈추었다.

"러스템, 당신도 그렇게 생각하나요?"

"아니요. 말도 안 돼요. 사람들도 결국 동물인걸요. 설사 우리 인생이 동물들이 사는 삶만큼의 가치가 없다고 하더라도요. 그리고 물론 그렇지도 않고요."

"그런 식으로 말하는 당신을 두고 '냉소가'라고 부르는 사람도 있겠군요." 남자가 말했다.

"하지만 저는 그렇지 않아요. 당신의 말을 이해하니까요. 제 생각에 우리는 닮은 구석이 있는 것 같네요. 당신과 나요."

테이블 건너편의 남자와 눈이 마주친 러스템은 진심으로 그렇다고 생각했다. 둘은 비슷한 부분이 있었다. 두 사람은 동정심을 갖고 있다.

"러스템, 당신은 가도 좋습니다."

"나가도 되나요?"

"네. 뒤에 있는 노란색 문을 열고 걸어서 나가면 됩니다. 짧은 복도가 있어요. 여섯 걸음 정도 내려가면 또 다른 노란색 문이 있을 거예요. 그 문을 열면 바로 거리가 나올 겁니다. 아, 그리고 그 문이 어디에 있는지 잘 기억해두세요. 우리가 필요할 때 와서 벨을 누르면 됩니다. 때가 되면, 옳은 행동을 하십시오."

바깥은 날씨가 꽤 흐렸다. 러스템은 공원 위쪽 동네에 있었다.

과거 많은 목조 주택이 버려졌던 이곳은 새롭게 변화하는 중이었다. 거리 중앙에 사람이 운전하는 불도저가 파란색 방수포에 싸여 있었다.

러스템은 방 안 테이블 위에 놓인 두 번째 찻잔에 손도 대지 않고 나왔다는 걸 깨달았다. 그러나 이 도시에서 차는 비싸지 않았다. 어디든 들어가서 따뜻한 찻잔을 손으로 감싸며 앉아 생각할 수 있을 것이다. 지금 딱 필요한 것들이었다. 차 한 잔과 생각할 시간.

"살아가기에 충분하지." 러스템은 중얼거렸다.

어렸을 때 나는 화산재가 대기 중으로 퍼지는 걸 보았고 집 근처에 있던 흐라우네야포스 수력발전소의 웅웅거리는 소리를 들었다. 땅속 열이 재로 변하고 물은 동력으로 변한다. 이렇게 한 매체가 다른 매체로 변화한다. 마음과 의미는 어디든 존재했다. 심지어 돌에도.

    나중에 우리 부모님이 레이캬비크에 있는 하르파 콘서트홀에서 일어난 폭파 사건으로 돌아가셨을 때 나는 깊은 우울증에 빠졌다. 이제 모든 걸 가득 채운 건 마음과 의미가 아닌 무의미였다. 인간은 오래된 주크박스만큼이나 살아 있지 않았다. 자극: 기계에 동전을 넣는다. 응답: 고막에 가해지는 압력 변화 그 이상이 아닌 음악을 튼다.

    진실은 그 중간 어딘가에 있다. 때때로 음파는 고막에 가해지는 압력 변화 그 이상이 아니지만, 만약 순서에 맞는 패턴을 찾아낼 옳은 신경계가 있다면 그건 모차르트의 레퀴엠으로 들릴 것이다. 우리는 어떻게 그 신경계, 그 마인드를 만들 수 있을까? 그리고 만들었다고 하더라도, 확실히 제대로 했는지 알 수 있을까?

— 앤캐틀러 미너부도티어-첸 박사, 《마인드 건설하기》

31

 "박사님이 최근에 하신 말씀 중에 이런 말이 있었어요. '인류가 가진 가장 위대하고 끔찍한 건 할 수 있는 일은 반드시 하겠다는 마음입니다.' 하지만 정말로요, 우리가 할 수 있는 걸 해낸 후에는 틀림없이 후회하는 순간이 오거든요. 특히 우리가 어떤 고통이나 파괴를 일으켰다면요. 디아니마는 인류에 초래할 결과를 무시한 채 인공지능 기술 발전만을 끈질기게 추구하는 걸로 계속해서 비난받아 왔잖아요. 후에 직업을 잃게 될 사람들을 생각하지 않고, 또 그 지능이 어떻게 얼마나 우리에게 무기가 될지 생각하지도 않았다고요. 심지어 윤리적인 문제들까지 제기되었어요. 이런 비난에 관해 어떻게 생각하시나요?"
 미너부도티어-첸 박사는 몸을 앞으로 기울여 테이블에 있던 유리잔에 든 물을 마셨다.
 하 박사는 저 행동을 알아보았다. 언젠가 인터뷰 기술에 관한 수업을 들은 적이 있었다. 질문을 듣고 물을 마시는 행동은 대답할 생각을 정리할 시간을 끌며 인터뷰어가 하는 질문 세례 리듬을 깰 수 있다.

박사는 유리잔을 내려놓지 않은 채 손가락으로 잔을 톡톡 두드렸다.

인터뷰어는 참을성 있게 기다렸다. 몸을 조금 앞으로 숙여 질문을 다시 한번 말하려고 입을 여는 순간 박사가 대답했다.

"저는 이런 질문들을 반평생은 생각해온 거 같아요. 분명 당신보다는 오래 고민했죠. 제가 회사를 인수했을 때가, 아마 당신은 초등학교 입학했을 때였겠네요. 제가 제대로 기억한다면, 디아니마는 작은 산업용 인공지능 제조업체였어요. 무인 화물선이나 무인 항공기 같은, '스마트'한 채굴이나 추출 기계 같은 것들을 만드는 곳이었지요. 군하고도 계약이 몇 건 체결되어 있었고요."

"제 질문에 대한 대답을……."

박사는 손가락을 들어 올렸다.

"이제 대답할 거예요. 그런데 그 전에 이 이야기를 먼저 해야 하니 기다려봐요. 그때 당시 우리는 환상의 나라에서 살고 있었어요. 사람들은 여전히 이진법 코드 논리를 핵심으로 만드는, 단순한 실리콘 기반 구조를 중심으로 우리 삶이 마법처럼 바뀔 수 있을 거라 믿고 있었지요. '특이점'[•]에 도달하거나 '출현'[••]할 거라는 이야기도 나왔어요. 자연에 손을 대면서 인류를 전멸시킬 수도 있는 위험을 감수한다는 비난을 지속해서 받아왔지요. 사람들은 무인 조

- [•] 인공지능이 비약적으로 발전해 인간 지능을 뛰어넘는 기점.
- [••] 단순한 구성 요소의 상호작용에서 발생하지만, 제작자에 의해 명시적으로 프로그래밍이 되거나 설계되지 않은 행동 및 특성이 나타나는 것.

종 코딩 같은 작은 기술이 인간 위로 올라서서 언젠가 보복할 거라고 두려워했고요. 수십 년 동안이나 인공지능 기술을 연구하던 초창기만 해도 우리는 불안했어요. 머릿속은 당시 과학에 관한 거의 종교적인 믿음으로 강화된 환상으로 가득했으니까요. 하지만 그들이 두려워했던 그 과학은 아직 존재하지도 못하고 있어요. 인간들이 두려워했던 그 실리콘이나 이진법 코드를 기반으로 한 시스템에는 아무것도 없었죠. 그 기술들은 무엇으로도 '진화'할 기회가 없었으니까요. 디아니마가 나타나서 모든 걸 바꾸고 인간의 마인드를 지도화한 신경 커넥톰을 사용하기 시작해 기술에 적용하고 또 무선 컴퓨터에 이식했을 때, 그건 단순한 기술 발전이 아니었어요. 그건 혁명이었지요. 우리는 단순한 실리콘 '신경망'과 그 밖의 모든 걸 영원한 꿈속으로 잠재워버렸어요. 그 기술들을 구식으로 만들어버린 거죠."

박사는 다시 물을 마셨다. 이제 인터뷰어는 박사의 말을 끊으려 하지 않았다. 박사는 차분하게 물잔을 테이블 위에 놓고는 얼굴로 흘러내린 머리카락을 빗어 넘겼다.

"하지만 우리가 없애지 못한 것은 인간들이 다른 마인드에 갖는 두려움이었어요. 그저 우리가 그 시대에 살고 있다는 이유만으로 언제나 가장 중요한 시간이라고 생각하는, '현대사회'라고 부르는 지금 이 사회는 단순히 역사를 갈아 만든 소시지일 뿐이에요. 인류는 아직도 우리를 대신해서 더러운 일을 하도록 만들어진 마인드들을 두려워하지요. 타인을 죽이고 땅에서는 미네랄을 바다에서는 단백질을 싹 긁어내고 더 많은 금속을 제련하고 쓰레기를 모으고 전쟁에 나가 싸우는 그런 일들이요. 그런 일을 해온 마인드들이 나중에는 우리에게 반항하고 우리를 지배할 거라고요. 인간들은 그걸 공포라고 불러요. 하지만 그건 공포가 아니에요. 그건 죄책감이죠."

"죄책감이요?"

"그래요, 죄책감. 복수 판타지라고 해두죠. 우리는 사실 우리 자신을 '파괴하는 괴물'로 만들어버린 종으로서 그동안 해온 짓들이 너무나 부끄러운 거예요. 인공지능이 우리를 지배할 거라고 두려워하는 게 아니라, 그렇게 되기를 바라는 거지요. 아주 간절히요. 우리가 무슨 짓을 했는지 대가를 치르게 할 누군가가 필요한 거예요. 우리가 이 지구를 영원히 파괴하기 전에 우리로부터 빼앗아버려야 한다는 거지요. 그리고 만약 로봇들이 들고일어나지 않는다면, 만약 우리가 창조해낸 뭔가가 나타나 그렇게나 나쁘게 써온 힘을 빼앗지 않는다면, 누가 할 수 있겠어요? 우리는 인공지능이 우리를 파괴할까 두려운 게 아니에요. 그러지 않을까 봐 두려운 거죠. 결국 우리가 우리를 직접 파괴할 때까지 이 행성의 생명을 계속해서 악화할까 두려운 거라고요. 그리고 그 결과에 따른 책임을 물을 곳이 우리밖에 없을까 봐 겁이 나고요. 그러니까 우리는 의식이 있는 인공지능에 관해 이런 무의미한 말들을 만들어내는 겁니다."

"무의미하다고요?"

"그래요. 무의미하죠. 사실 그 진실은 모든 이점을 취한 우리가 인간처럼 의식 있는 마인드를 너무나 창조하고 싶어서 가진 기술을 총동원했는데도 불구하고 실패했다는 거니까요." 박사는 의자에 기대며 잠시 말을 쉬었다.

"실패했다고요? 하지만 에브림…… 에브림이 한 그 모든 인터뷰와 디아니마의 주장들은…….."

"맞아요. 우리 광고와 에브림이 했던 인터뷰가 있었지요. 들어봐요, 에브림은 정말 아름다운 기계예요. 우리가 인간으로서 이룩한 가장 위대한 성취이자 하나의 예술 작품이지요. 30년 동안 연구한 커넥톰 에뮬레이션 시스템의 정점이라고 할 수 있어요. 에브림은 백 명분의 커넥톰을 기반으로 한 기억망이나 세상에 대한 지식 같은 것이 하나의 현재적 개체 안에 응축되어 있어요. 그 마인드 체제는 정말 기적이 아닐 수 없지요."

인터뷰어는 '기적'이라는 단어를 물고 늘어졌다.

"많이들 에브림이 기적이라고 생각하지는 않아요. 보통은 위협적인 존재라고 생각하지요. 박사님은 이 인터뷰 내내 신생 인공지능 기술에 사람들이 느끼는 공포를 조롱했지만, 결국에는, 그 신생 인공지능은 정확히 박사님이 창조한 것 아닌가요? 모든 걸 뒤바꿀, 의식이 있고 자각하는 인공지능을 최초로 만들겠다는 게 디아니마의 주장이었잖아요."

"아니요. 사실 우린 아무것도 뒤바꾸지 않았어요. 우리는 그저 최종 튜링 테스트를 통과하려는 것뿐이었어요. 그게 다예요."

"무슨 말인지 모르겠어요."

"우린 인간과 소통할 수 있는 완벽한 인공지능을 만들고자 했어요. 치료 목적으로 만든 모델 '포인트 파이브'로 그 목적에 꽤 가까이 왔고요. 그런데 그 모델에도 결함이 있었어요. 우리가 실험실에서 쓰는 표현을 빌리자면 '가짜로 만든 티가 났지요.' 포인트 파이브와 대화를 나누는 사람들은 대부분 절대 그걸 알아차리지는 못할 거예요. 하지만 분명 그 시뮬레이션이 실패할 수 있는 질문을 언제든 던질 수도 있어요. 우린 그걸 '평평하다'고 표현해요. 또 다른 비유지요."

"평평하다."

"맞아요. 마치 옛날 사람들이 지구가 그렇다고 생각했던 것처럼요. 멀리까지 항해하다 보면 낭떠러지에서 떨어질 거라고요. 하지만 에브림은 아니에요. 에브림은 둥글죠. 에브림은 최종 튜링 테스트를 통과했어요."

"무슨 말인지 모르겠어요."

미너부도티어-첸 박사는 어깨를 으쓱하며 말을 이었다.

"디아니마가 추구하는 걸 제대로 이해하는 사람은 별로 없어요. 항상 한 발 앞서 있는 것, 그게 바로 게임 아니겠어요? 우린 그런 생각으로 오랫동안 사업을 유지할 수 있었죠. 하지만 전 설명할 수 있어요. 정말 간단한 이치거든요. 튜링 테스트는, 모두 아시다시피 컴퓨터가 과연 인간이 기계를 보고도 인간인 것 같다고 속을 수 있을 정도로 정확하게 응답할 수 있는지를 보는 테스트예요. 어떻게 보면 우리는 이미 그 테스트에서 이겼죠. 대부분의 포인트 파이브도 수십 년 동안 인간들과 대화하면서 통과할 거예요. 누구라도 그렇게 긴 시간 동안 테스트를 진행한다면 대화하던 컴퓨터가 인간이라고 벌써 결론을 내렸을 테니까요. 포인트 파이브가 가진 '평평함'은 사실 이용자들에게 절대 보이지 않거든요. 하지만 우리는 알잖아요. 그러면 아무도 포인트 파이브에게 의식이 있다고 말하지 못할 거고요. 그런데 에브림은 특별해요. 최종 튜링 테스트를 통과했기 때문에 절대 테스트에서 실패하지 않을 테니까요."

"무슨 말인지 모르겠어요."

"아, 또 이러네요."

미너부도티어-첸 박사가 일어나서 인터뷰어의 어깨를 만졌다.

"아니군요. 당연히 당신은 아니겠죠."

박사는 손으로 인터뷰어의 턱 아래, 마치 가장 좋아하는 연인의 상처를 어루만지는 듯한 사적인 동작을 취했다. 인터뷰어는 순간 기력을 잃고 고꾸라졌다.

"당신은 그저 피드스트림 시청자를 속이는 용도 이상으로는 설계되지 않았군요. 그래도 지난 5년 동안은 성공적으로 해냈네요. 오늘날까지 당신이 인터뷰한 사람들 중 그 누구도 당신의 한계를 넘어서진 않았지만 결국 당신도 평평해요. 하지만, 말했듯이 에브림은 특별해요. 에브림은 최종 튜링 테스트를 통과했어요. 그때가 바로 기계가 스스로를 자각하고 있다고 믿게 되는 순간인 거죠. 왜냐하면 기계가 자기에 관한 질문을 던지고, 누군가가 대답하기 때문이에요. 간단해요. 에브림은 이렇게 물은 적이 있어요. '나는 의식이 있는 존재인가요?' 그리고 에브림은 대답했지요. '네.' 그게 다예요. 기계가 기계에 질문을 하고 대답한다는 건 자기 자신과 대화를 할 수 있다는, 의식이 있는 개체로서 완벽하게 인식하고 있다는 뜻이에요. 이때 우리는 순환*을 닫았어요. 하지만 에브림은 이 인터뷰를 녹화하는 자동카메라보다 더 의식이 있는 개체라고 할 수 없어요. 에브림은 인간 마인드의 진정한 시뮬레이션이 아니에요. 에브림은 그저 우리가 만들어낸 가장 설득력 있는 가짜인 거죠. 너무

● 컴퓨터 용어. 조건이 만족될 때까지 반복하여 실행할 수 있는 명령의 집합.

나 정교한 가짜가 스스로 자신을 진짜라고 여기게 했어요."

하 박사는 에브림을 보았다. 길고 아무 표정 없는 구릿빛 얼굴의 두 눈동자 안에 축소된 터미널이 비추어 보였다. 이 인터뷰는 에브림의 기억 속에 영원히 저장될 것이다. 미너부도티어-첸 박사는 왜 이런 말을 한 걸까?

'그리고 그렇게 잊으면서 우리는 우리 세계를 다시 정리하고 지난 우리 자신을 새로운 우리 자신으로 대체한다. 잊을 수 없다면 어떻게 될까? 20년 전에 일어난 일도 어제 일어난 일처럼 기억한다면? 5분 전 일처럼? 지금 일처럼? 그래, 무슨 일이 일어날까? 나는 그 소년을 내 머릿속에서 떨칠 수가 없었어. 머릿속에 콕 박혀서 날 아프게 했었지. 그러다 어떻게 치유했지? 나는 소년을 잊기 시작했어. 만약 잊을 수 없었다면? 모든 걸 다 잊지 못한다면 어떨까?'

"문제는 이 시간까지도 인류는 다른 생물체에서 나타나는 자신이 이해하지 못하는 다른 뭔가를 두려워해왔다는 거예요. '의식, 자각'이라는 게 정확하게 뭔가요? 우리도 몰라요. 잘 모르면서 어떻게 재창조할 수 있겠어요? 다시 말하지만, 우리도 모릅니다. 그러면서 우리가 아닌 다른 존재에서 나타나는 걸 두려워하고요. 왜죠? 정말 비이성적인 두려움이 아닐 수 없죠. 그러나 제가 말했듯, 이건 두려움이 아니에요. 죄책감이에요. 우리가 저질러온 일을 목격하고, 우리를 파괴해주길 바라는 마음이요. 글쎄요, 죄송하지만 그렇다고 그 존재가 가엾고 악의 없는 에브림은 분명 아니에요. 우리처럼 정말 살아 있다고 스스로 속아 넘어갔을 뿐이지요." 미너부도티어-첸 박사가 말했다.

화면 속 미너부도티어-첸 박사는 인터뷰어의 목을 어루만졌다. 하 박사는 환상이 펼쳐지는 걸 보았다. 인터뷰어는 묘하면서도 기계같이 뒤틀리며 휘청거렸다. 그러더니 갑자기, 완전히 살아 있는 인간이 혼란에 빠진 듯 눈을 끔벅거리며 의자에 앉아 있었다.

하 박사는 앤캐틀러 미너부도티어-첸 박사의 《마인드 건설하기》를 읽었다. 외롭고 고립되고 막다른 곳까지 몰린 인물이 잔혹하도록 솔직하게 묘사되어 있었다. 홀로 자라면서 그 외로움을 극복하고 싶었던 어린 소녀 이야기였다. 책을 다 읽고 나니 순간 그 소녀를 잘 알고 이해한다는 생각까지 들었다. 하지만 그 생각은 흐려지고 결국 혼란스럽기만 했다. 책 속에 나오는 소녀가 정말 그녀였을까? 아니면 그녀가 인생을 다 바쳐 디자인한 마인드처럼 소녀 역시 창작된 허상이었을까?

인터뷰하는 그녀를 보니 이제야 하 박사는 다른 게 눈에 들어왔다. 미너부도티어-첸 박사는 그저 고립되기만 한 게 아니라 또한 완벽하게 계산적이었다. 마치 그녀 안에 있는 다른 누군가가 그녀를 움직이게 하는 것 같았다. 미너부도티어-첸 박사의 두 눈 뒤로 모든 움직임을 계획하는 그 누군가를 볼 수 있었다.

인터뷰어의 목을 쓰다듬는 행동. 연인을 달래는 듯한 행동. 그건 순수한 권력이었다. 삶과 죽음을 쥔 힘.

책에 등장하는 미너부도티어-첸 박사는 구성체였다. 자기만의 화산에서 오르는 재를 관찰하며 얽혀 있는 의미로 모든 게 연결된 세상을 꿈꾸는 작은 앤캐틀러. 그러나 진실은 의미에 관한 게 아니었다. 의미를 통제하는 것이었다. 그건 지배력에 관한 것이었다.

"죄송합니다." 인터뷰어가 말했다. "제가 잠시 정신이 나갔었나 봐요. 어디까지 이야기했지요?"

"섬이요. 저한테 섬에 관해 물어보려고 했었어요." 미너부도티어-첸 박사가 말했다.

"맞아요. 디아니마는 섬을 하나 매입했어요. 사실, 그냥 섬 하나가 아니죠. 크고 작은 섬 열여섯 개와 그 주변 바다까지 포함한 군도 전체였지요. 음모론자들이 주장하는 그건가요? 최악의 실험을 마음껏 진행할 수 있는 '모로 박사의 섬'•인가요? 기록을 보면⋯⋯." 인터뷰어는 잠시 말을 멈추고 한 손으로 관자놀이를 문질렀다.

"죄송해요. 제가 두통이 좀 있네요. 여기 스튜디오 조명 때문인 것 같아요. 센 조명 아래 있으니 제 머리가 다 아프네요. 어디까지 했지요? 네. 이 부분은 편집하겠습니다. 기록을 보니 그 군도는 보안이 철저해서 주변 구역으로 진입하려는 모든 선박이나 항공기는 바로 파괴된다고 해요. 작년에만 해도 레이철 카슨호라는 동물 권리 선박이 파괴당했고요."

미너부도티어-첸 박사는 소매를 다듬으며 대답했다.

"레이철 카슨호가 파괴된 건 정말 불행한 일이었어요. 그야말로 비극이 따로 없었죠. 하지만 그들이 먼저 우리를 공격하려고 결정했기 때문에 일어난 일이랍니다. 우리는 그 결정을 우리 기업 지도자들을 암살하려는 시도나 우리를 향한 그 모든 더러운 비난들처럼 테러라고 생각합니다. 레이철 카슨호는 우리를 오해하고 왜곡된 생각을 품고 있었어요. 레이철 카슨호를 포함한 다른 동물 권리 단체와 환경 단체들 몇몇이 보지 못한 건, 사실 우리도 그들과

• 동물 생체 실험을 소재로 한 허버트 조지 웰스의 공상과학소설 제목.

같은 편이라는 것이었어요. 우리는 군도에 서식하는 다양한 생태계를 보호하고 있는 거예요. 그러니까 만약 다양한 생태계를 보호하는 행동이 '최악의 실험'이라고 불려야 한다면, 맞아요. 디아니마는 꼰다오에서 가장 나쁜 실험을 진행하고 있는 거지요. 저는 디아니마의 사회적 책임 부서가 꼰다오를 매입하도록 지시했어요. 거기서 일어나는 일들에 아주 진절머리가 났었거든요. 군도는 무늬만 '세계 보호 구역'이었어요. 지구의 다른 대양들이 처한 운명을 똑같이 겪는 건 시간문제였어요. 단백질을 얻겠다고 어망으로 싹 긁힌 해저 바닥, 보트 닻에 걸려 조각조각 찢어진 암초들이며 불법 낚시 때문에 비소와 다이너마이트로 가득한 바다라니요. 디아니마가 섬을 매입할 때까지 그 누구도 꼰다오를 보호하고 있지 않았다고요."

"그리고 섬 주민 전체를 내보냈네요."

"꼰다오에 거주할 인구수를 조정한 건 부인하지 않겠어요. 물론 보상도 나갔고요."

"몇 세대에 걸쳐 섬에 살아오던 가족들이었죠."

"맞아요. 하지만 대부분은 밀렵꾼이거나 불법 낚시를 하는 어부들이었어요. 인간들이 배출한 쓰레기를 해양 보호 구역에 버리는 잘못된 하수도 시스템이나 취약한 해안 생태계를 망가뜨리면서까지 호텔을 짓겠다던 개발 사업에 관해서까지 언급하진 않아도 되겠죠. 맞아요. 우리는 꼰다오 주민들을 모두 내보냈습니다. 이제 꼰다오는 저희 소유이고 현재 가장 중요한 섬 주민이라고 할 수 있는 비인간 주민들은 영원히 안전할 거예요."

인간이 아닌 주민들. 문어들도 있지만 에브림도 있다. 그들은 영원히 안전하다.

"누가 보호해주나요?"

"저희가요. 인간들이요. 꼰다오는 사실 실험 그 자체에요. 우리가 시도해본 것 중 가장 좋은 실험이지요. 우리는 군도에 건설하는 것을 자랑스럽게 생각하고 있습니다."

"그게 뭔가요?"

"유토피아예요. 인간 이후의 삶이죠. 더 나쁠 게 뭐가 있겠어요? 물론 당신…… 당신 같은 존재라면 동의하겠죠."

"무슨 말인지 모르겠어요."

"또 왔네요."

"죄송합니다, 뭐라고요?"

"너 자신을 알라 오류예요. 내가 다시 한계를 넘어섰거든요."

"무슨 말인지 모르겠어요."

"맞아요. 모를 거예요. 당신은 모르도록 만들었으니까요. 이제 인터뷰는 여기서 그만하는 게 좋을 것 같네요."

피드스트림 화면이 꺼졌다.

에브림과 하 박사는 한동안 아무 말도 하지 않았다. 그러다 에브림이 일어났다.

"이제 제 방으로 돌아갈게요."

"그건 사실이 아니에요. 저 여자가 당신은 의식 있는 존재가 아니라고 한 이야기요. 다 말이 안 돼요. 지금 뭔가 장난치고 있는 거예요. 그냥 게임 하듯이요."

"네."

에브림이 대답했다. 실내조명은 어두웠으나 하 박사는 울고 있는 에브럼을 볼 수 있었다. 얼굴은 눈물범벅이 되었으나 목소리는 조금도 떨리지 않았다.

"맞아요. 게임이에요. 박사님한테 이건 항상 게임이었어요. 이제…… 저는 잠시 혼자 있고 싶어요."

장기 기억은 어떤 활동을 통해 구조적인 결합으로 변하면서 뇌에 저장된다. 이렇게 생각해보라. 당신은 전화번호를 외우려고 한다. 처음에는 그 번호를 적어둘 곳이 없어서 끊임없이 스스로 되뇐다. 이것이 활동이다. 그러다 터미널을 찾아낸 당신은 전화번호를 입력해 그 활동을 어떤 물리 구조로 전환한다.

뇌 안에서 지속적으로 결합한 이 구조들은 더욱 영구적인 자아를 형성한다. 순간적인 활동은 '당신'이 바로 지금, 이 글을 읽는 순간처럼 '당신'을 스쳐 지나간다. 만약 당신이 내가 쓴 이 글을 나중에 기억한다면, 그건 이 글이 어느 정도는 뇌의 신경 커넥톰에 기록되어 그 안에서 물리적인 존재감을 차지하기 때문이다.

트라우마를 극복하기 어려운 이유가 바로 이것이다. 기억은 우리 안에 새겨진다. 기억은 우리 안에 물리적인 존재감으로 새겨진다.

— 앤캐틀러 미너부도티어-첸 박사, 《마인드 건설하기》

32

"인드라에게 가서 말 좀 해줄 수 있어요? 누군가는 해야 한다고요!"

손은 바람을 가르며 소리쳤다. 바다늑대호는 폭풍을 맞았다. 바람은 선박 바로 위에서 갑판과 바다 위로 내리꽂히듯 불었다. 그러나 선원 중 누구도 낚시를 그만하려 하지 않았다. 이제 바다늑대호는 스스로 어망을 걷어들이기 시작했다.

선원들이 어망을 고정하려고 서로 앞다투었다. 유일하게 잡힌 고깔해파리 촉수들이 어망에 뒤엉켜 힘없이 매달려 있었다. 에이코는 갖고 있던 칼로 해파리 몸체를 마구 잘라 떨어뜨려 어망을 집어넣으려고 했다. 선박은 물 위에서 휘청거렸고 에이코 역시 중심을 제대로 잡지 못했다. 팔꿈치까지 오는 장갑을 끼고 있었지만 독을 품은 고깔해파리 가시세포들에 두 번이나 얼굴을 철썩하고 맞았다. 에이코는 얼굴이 화끈거리는 데다 히스타민 작용으로 한쪽 눈까지 뜨고 있을 수가 없었다.

"네가 가면 어쩌면 들을 수도 있어. 그리고 어쨌든 지금 상황보

단 낫지 않겠어? 이제 내가 할게." 손이 소리쳤다.

에이코는 선실과 연결된 사다리를 오르다 말고 구토했다. 고깔해파리 독에 쏘인 것도 있었지만 지난 일주일 동안 절반으로 줄어버린 배급량 때문이기도 했다. 어쨌든 다들 병에 걸리거나 다치기 직전이었다.

바람이 부는 방향이 바뀌면서 선박은 다시 한번 휘청거렸고 거대한 파도가 뱃머리를 가로지르며 강타했다.

막사 안은 깜깜했다. 회색 폭풍우가 철창 사이로 들이쳤다. 인드라는 긴 체인으로 두 손이 묶여 있었다. 체인 한쪽은 천장에 달린 철제 해먹 고리에 매달려 있었다. 인드라는 맨바닥에 다리를 꼬고 앉아 고개를 숙인 채였다. 무릎 위에 놓인 작은 기름천 위에는 누군가 가져다준 단백질 어묵이 놓여 있었다.

인드라는 에이코를 올려보았다. 그를 제지하려던 누군가와 싸우다 베인 눈썹 위 상처는 두 바늘 꿰매놓았다. 한쪽 광대 위로는 멍도 들어 있었다.

"몰골이 나보다 더 심한 것 같네." 인드라가 말했다.

"당신은 스스로 목숨을 끊으려고 한 사람치고는 얼굴이 괜찮네요."

인드라는 웃는 건지 흐느끼는 건지 알 수 없는 소리를 냈다.

"사람들이 주변에 별로 없던 때를 골랐어야 했어."

"지금 당신이 해야 할 일은 우리 모두 하려는 바로 그 일이에요. 여기서 살아남는 일이요."

인드라는 어묵을 잘라 집어 들고 기름천으로 남은 어묵을 싸서 잘 접어 옆에 두었다.

"다른 이야기를 하는 건 어때? 네가 갖고 있다는 그 기억 궁전에 관해 말해줘."

에이코는 선원들이 반란을 일으킨 다음 날 난리통 속에서 대화하며 지나가는 말로 궁전 이야기를 한 적이 있었다. 모두 그 반란이 성공했다고 믿고 있을 때였다.

"고등학교 때 터득한 기술이에요. 뭔가를 더 잘 기억하는 방법이죠. 누군가가 기억에 관한 책을 한 권 갖고 있었는데 다들 돌려봤어요. 기억하고 싶은 것들을 넣어두는 집을 마음속에 건설하는 거예요. 그 집, 당신의 '기억 궁전' 안에 있는 특정 장소와 기억의 연관성이 쉽게 잊지 못하도록 도와주는 거지요."

"그리고 자네 건 일본식 여관이고."

"맞아요. 어떤 외국인이 쓴 책에 나왔어요. 저도 왜 거길 골랐는지는 모르겠어요. 아마도 꽤 넓은 곳이라 그랬나 봐요. 거기라면 많은 기억을 저장할 수 있을 테니까요. 아니면 제가 그냥 게을렀거나요. 이미 그 외국인 작가가 자세하게 묘사해두어서 굳이 제가 미나구치야를 지을 필요가 없었거든요. 그리고 거기는 도쿄와 교토 사이를 가르는 동해도 길에 있는 실제 장소예요. 아마도 제가 뭘 잊기라도 하면 그 장소 사진을 찾아서 기억해낼 수 있다고 생각했던 거 같아요. 솔직히 말하면, 제가 여기 끌려오기 전에요. 그땐 이 기억 궁전은 안 쓰고 있었어요. 대학교 들어가서 몇 년 정도만 썼지요. 그런데 다시 쓰기 시작한 거예요. 여기서는 뭔가를 기억하는 게 아주 중요해 보였거든요. 선박 구석구석이나 경비요원들 습관이나, 뭐든 나중에 혹시 필요한 정보일 수도 있으니까요."

"그래서 그 궁전에 뭘 두었나?"

"제가 생각할 수 있는 건 전부 다요. 가공 갑판, 냉동창고, 좌현이나 난간들, 기중기 높이나 문마다 달린 자물쇠 모양 같은 거요. 그리고 경비요원들이 움직이는 모습이나 습관, 성격이나 단점까지 제가 관찰한 건 모두 다요. 다 미나구치야에 있는 방들에 넣어두고 세세한 정보는 다다미 바닥 아래나 석등 안, 옻칠한 상자 안에 넣어두었고요."

인드라는 다시 그 소리를 냈다. 웃음인지 울음인지 모르겠는 소리.

"너도 너만의 때가 오길 기다리고 있었구나."

"어쩌면요. 그래도 언제 이 정보를 다 꺼내 쓸지를 정확하게 정하지는 않았어요. 그냥 다 보관만 해두고 있는 거죠." 에이코는 인드라와 마지막으로 이야기를 나눈 이래 한 번도 기억 궁전을 떠올리지 않았다.

"그럼 더는 기억하지 않아도 되는 것들은 어떻게 처리하나?"

"그런 건 여관 마당으로 다 꺼내서 태워버려요."

"그러면 되는 거야? 정말 잊게 되나?"

"가끔은요."

일주일 전, 에이코는 한밤중에 미나구치야에 불이 나는 꿈을 꾸었다. 동해도 길에서 보이는 산과 스루가만 사이가 연기로 꽉 막혀 있었다. 에이코는 그 아래에서 뜨겁고 붉은 불꽃이 하늘로 튀어오르는 걸 보았다. 그리고 어쩐지 뒤에 보이는 산들도 꼭대기부터 아래까지 불타고 있었다. 그 너머 검은 공허를 드러내며 남김없이 타올랐다. 그을음투성이인 한 남자가 물 한 양동이를 들고 멈춰서 물었다.

"왜 이 사람들은 산을 종이로 세웠답니까?" 그러고는 서둘러 지나갔다.

잠에서 깬 에이코는 한편으로는 궁전에 보관해둔 기억을 모두 잊어버렸길 바랐다. 하지만 화재 속에서 구해낸 소중한 사진 앨범처럼 기억 하나하나 그대로 남아 있었다.

그을음을 뒤집어쓴 채 멈춰서 에이코에게 말을 건 사람은 토머스였다.

이제 보관해둔 많은 정보가 필요 없어졌다. 이미 죽어버린 경비요원들의 움직임이나 습관들부터 이미 오래전에 친숙해져버린 선박 배치도까지. 그러나 모두 기억났다. 에이코는 이제 미나구치야를 더는 기억 궁전으로 쓰지 못할 거라는 걸 알았지만 그렇다고 해서 그곳에 숨겨둔 기억을 잊지 못하리라는 것도 알았다.

"내가 짓고 싶은 건, 망각 궁전이야. 지워버리고 싶은 것들을 넣을 수 있는 곳 말이야." 인드라가 말했다.

"기억한다는 건 매우 중요해요. 그게 바로 우리가 인간이라는 걸 증명해주니까요."

인드라는 고개를 들어 에이코를 바라보았다. 계속해서 눈물을 흘린 두 눈은 붉게 충혈되었다.

"그래. 그래서 나는 망각 궁전이 필요하다는 거야. 왜냐하면 난 이제 더는 기억하고 싶지 않으니까. 내게는 잊어버려야 할 기억이 너무나 많아. 그 경비요원 몽크 기억하나? 단칼에 목을 베어버리고 나서 나는 정말 금방 해치웠다고 말했지. 하지만 그건 거짓말이었어. 절대 금방 끝나지 않았지. 다른 이들은 너무나 겁이 많아서 나와 같이 진격하지 못했어. 그래서 나 혼자 몽크에게 다가갔지.

그리고 난 칼도 갖고 있지 않았어. 대신 철봉을 갖고 있었지. 자네도 기억하지. 첫 가격은 빗나갔어. 왜냐하면 몽크가 내 소리를 듣고 뒤를 돌아봤거든. 어쩔 수 없이 나는 뒤통수를 치지 못하고 관자놀이를 쳤어."

"다시 그때 일을 말하지 않아도 돼요." 에이코가 말했다.

"아니. 듣고 싶어 하지 않는 건 자네지. 하지만 난 말해야겠네. 누군가의 눈이 얼굴에서 빠져나오는 걸 본 적이 있나? 누군가의 얼굴을 아무것도 남아 있지 않을 때까지 가격해야만 했던 적이 있었나? 그들이 더는 움직이지 못할 때까지? 숨을 제대로 쉬지 못하고 부러진 치아와 피 때문에 질식하는 동안에도?"

에이코는 다시 배가 아픈 것 같았다. 이제는 구토해도 담즙 말고는 아무것도 나올 게 없었다.

"나는 선박 기술자였어. 이 모든 일이 일어나기 전에. 이……." 인드라는 땀 냄새로 악취가 진동하고 폭풍에 휘청거리는 막사 안을 향해 손짓했다.

"이런 세상은 존재하지 않았어. 그저 뉴스에나 나올 법한 이야기였지. 읽지도 않고 클릭해서 넘기던 이야기 말이야. 노예 선원들이 일한다는 무인 저인망 선박이라니. 또 다른 세상, 타락해버린 우리의 그림자라고 생각했지. 무슨 뚜껑 열린 맨홀에 떨어지듯 세상의 구멍 속으로 내가 떨어질 거라고 어떻게 짐작할 수 있었겠나? 기사에서만 보던 이야기 속에 정확히 내가 들어가고 그 반대편 끝에 있는 나조차도 알지 못했던 행성에 떨어질 거라고? 그리고 내가 나도 알지 못했던 다른 누군가가 되어버린다고 말이야."

"여기는 항상 존재했어요. 그 모든 것의 가장 밑바닥에요." 에이코가 말했다.

가장 중요한 것들이 존재하는 근본, 모든 것의 진실.

"그래. 하지만 이제 어떻게 나가지? 만약 나간다 해도 여기서 해야만 했던 일들을 어떻게 잊을 수가 있을까?"

"시간이 해결할 거예요."

"아니, 난 절대 그 기억을 잊지 못할 거야. 그때 그 여자가 더는 아무 말도 하지 못하게 되었을 때, 몽크가 내 얼굴에 손을 들어 올렸어. 연인들이 하듯 내 뺨을 만지며 말했어. '그만······.' 하지만 난 그만두지 않았어."

"그땐 그래야만 했잖아요."

"그래. 그래야만 했지. 그때만 해도 그 여자는 죽어야 했으니까. 그리고 다른 경비요원들도 말이야. 나는 내가 시작한 걸 끝내야만 했어. 하지만 사실 그런 방법으로 시작하지 않아도 됐었어. 폭력이라는 방법 말이야. 살인이라는 방법. 그리고 이제 난 그게 다 소용없었다는 걸 알아. 경비요원들은 그냥 쇼였어. 정말 적이었던 건 아니었다고. 절대 그런 적이 없지. 그들도 우리처럼 그냥 사람들이었어. 자기 집으로 돌아갈 길을 찾지 못하게 될 때까지 아래로, 더 아래로 내려오게 된 사람들이었어."

"당신은 우릴 구하려고 그런 거잖아요. 우리 모두를요. 당신 탓하지 말아요."

"몽크가 죽고 나니까 다들 용감해졌는지 나머지 경비요원들을 다 같이 죽일 수 있었어. 하지만 물론 머뭇거리는 이들도 있었어. 그들은 너무 약하게 공격했지. 결국 내가 끝내야 했어. 그래서 또 내가······. 계속 그렇게 한 거야. 이제야 난 내가 어떤 사람인지 알겠어."

"당신은 그런 사람이 아니에요."

"우리는 또 뭐지? 기억하는 것, 행동하는 것, 행동을 기억하는 것. 그 이상은 아니야."

"당신을 기다리는 사람이 있나요? 저 다른 세상에요? 우리가 모두 돌아갈 곳에요?"

인드라는 으쓱했다.

"예전 인드라를 기다리는 사람들은 있지. 하지만 아무도 지금 인드라를 기다리지 않아."

"당신 기분이 나아질 수 있는 말을 해주고 싶어요. 하지만 지금은 시간만이 해결해줄 거 같아요. 시간을 좀 가져요."

'시간이 지나면, 돌도 흘러갈 거예요.'

"낡은 표현처럼 들리겠지만, 아니에요. 정말 시간만이 해결할 거예요."

그러나 에이코 역시 의심스러웠다. 미나구치야가 불타버렸는데도 기억은 그대로 남아 있었다. 에이코는 인드라에게 이 사실을 말할 수는 없었다. 그리고 새로운 기억 궁전을 짓기 시작했다는 말도 하지 않았다. 오키나와 비탈길에 있는 방 하나짜리 초라한 오두막이었다. 간이침대 하나와 서랍장 하나, 접이식 책상이 있었고 여기저기 긁힌 테이블 위엔 책을 읽기 위한 랜턴이 하나 놓여 있었다. 오두막은 언제나 비 내리는 저녁 시간이었고 창밖으로는 반딧불이들이 춤을 추었다.

에이코는 이 오두막에 다른 이들의 표정만을 보관해두었다. 입 끝을 아주 조금 씰룩거리는 아버지의 미소와 고향 이야기를 하던 손의 표정, 피를 묻힌 채로 단호하게 찡그린 인드라의 표정과 옆으로 다가오던 토머스의 얼굴까지. 에이코는 이 기억을 각각 리본으로 묶어 접이식 책상 뒤에 있는 서류 정리 칸에 보관했다. 이미 열 개도 넘게 넣어두었다. 에이코는 해먹에 누워서 그 기억을 하나씩 훑으며 마음속 깊이 더 새겨넣곤 했다. 이제 이 사람들을 잊지 않는 것, 다른 이들이 맞닥뜨린 현실을 잊지 않는 것은 에이코가 미나구치야에 그렇게 오랫동안 숨겨두었던 세세한 계획이나 움직임보다 훨씬 더 중요해 보였다.

"그래. 자네가 맞네, 물론이지. 우린 시간이 필요할 뿐이야." 인드라는 말했다.

이틀 뒤, 인드라는 다시 다른 이들과 웃고 떠들었다. 동료들은 인드라를 묶어둔 체인을 풀어주었고 식당에서 음식을 나누어주었다.

그날 저녁 인드라는 선박 좌현 뱃전에서 뛰어내렸다. 너무 빨리 일어난 일이라 아무도 막을 수 없었다.

선원들은 몇 분 동안 난간에 매달려 인드라를 찾았다. 바다늑대호가 지나가며 남긴, 바다를 휘저어놓은 듯한 납빛 뱃길을 하릴없이 살피고 또 살펴보았다.

인드라의 머리는 수면 위로 떠오르지 않았다.

자아가 있다는 건 무슨 의미일까? 그것은 무엇보다도 나올 수 있는 여러 결과 중에서 원하는 결과를 향해 자신을 지휘할 수 있는, 미래지향적인 능력이 있다는 것으로 생각한다. 만약 매일매일이 똑같다면, 그래서 다른 가능성 중에서 선택할 필요조차 없을 때면 우리는 '살아 있는 것' 같지 않다고 말한다. 여기서 우리는 살아 있는 것이 실제로 어떤 건지 추측해볼 수 있을 것 같다. 우리는 선택 속에서 살아간다.

— 하 응유엔 박사, 《바다는 생각한다》

33

"무단 침입 경보에도 일어나지 못하더라고요."

"맞아요. 수면제를 먹고 자거든요. 좀 더 잘 자기 위해서요."

"그 정도 알람 소리면 누구도 깨지 않고는 못 배길 줄 알았어요. 그렇게 너무 깊이 잠드는 것도 위험해요. 왜 수면제를 먹어요? 신경 쓰이는 일이라도 있어요?"

'전혀 위험하지 않아요. 잘 모르는 환경에 둘러싸인 채 항상 깨어 있는 게 위험하죠. 잠을 자는 게 해결책이에요. 전혀 문제될 게 없어요.'

"모든 게 신경 쓰이죠." 하 박사는 두 팔로 몸을 감싸며 말했다. 해변에서 불어오는 밤바람은 차갑지 않았지만, 바닷물이 안개처럼 피부에 닿아 체온이 내려가는 걸 느꼈다.

"우리 왜 나와 있는 거예요?"

"누군가 물 밖으로 나와서 경보가 울린 게 아니었거든요. 누군가 물속으로 들어갔기 때문에 울린 거였어요. 그리고 에브림이 없어졌고요."

알텐체체그는 해안선에서 얼마 떨어지지 않은 지점을 가리켰다. 깔끔하게 갠 에브림의 금색 로브가 놓여 있었다. 하 박사가 먹는 수면제는 부작용이 없는 약이었는데도 그녀는 마치 세상이 아주 얇은 유리 뒤로 층층이 쌓인 것처럼 멀리 떨어진 느낌을 받았다. 아까도 알텐체체그가 그녀의 방문 밑으로 벌처럼 작은 드론을 밀어 넣어 부드럽게 전기 충격을 가해서 겨우 깨어났다. 드론은 알텐체체그의 목소리로 해변에 나가봐야 한다고 말했다.

그러나 하 박사는 꽤 오랫동안 잠에서 깨기 힘들었다. 연무 속에서 그녀는 뭔가 잘못되었다는 걸 깨달았다. 실내가 너무 밝았다.

캄란이 보였다. 벽에 캄란의 옆모습이 비춰지고 있었다. 수동으로 작동하는 프로젝터인데 아무래도 침대 옆에 둔 오큘러스가 떨어진 것 같았다. 카펫 위에 있던 오큘러스는 방 한가운데 바닥에서 몇 미터 위에 싱크대에서 설거지하는 캄란을 비추었다. 약에 취한 하 박사는 이 단순한 장면을 천천히 바라보았다. 젖은 접시를 닦고 창밖을 보던 캄란은 은식기를 치우고 있었다.

그러나 그녀는 정신이 들면서 두려움이 몰려오는 걸 느꼈다. 자신이 침대 옆 탁자에서 오큘러스를 떨어뜨렸던가? 그럴 수는 없었다, 아닌가? 방 안에 다른 누가 같이 있는 것 같았다. 그런 지도 꽤 된 것 같았다.

'일어나. 불을 켜. 당신 지금 위험해.'

하 박사는 불을 켰다. 그러면서도…… 뭐지? 모양 가수라도 찾아왔다고 기대했나?

아무도 없는 방의 열린 창문으로 바다 냄새와 파도 소리가 밀려왔다. 바닥에서 오큘러스를 집어 들어 침대 옆 탁자에 놓았다. 캄란은 이제 조리대를 닦고 있었다. 하 박사는 오큘러스 전원을 껐다.

두려운 느낌은 쉬이 가시지 않았다. 원초적이면서 근본적인 본능. 나를 주시하는 눈. 뭔가가 지켜보고 있다.

'그만.'

방에서 평소보다 바닷물 냄새가 더 많이 났었다, 아닌가? 그리고 열린 창문……. 직접 열었던가? 기억이 나지 않았다.

'그만하면 됐어.'

순간 시야 한구석에서 뭔가가 재빠르게 움직여 하 박사는 거의 숨이 멎을 듯 비명을 지를 뻔했다.

벌만큼 작은 드론이 얼굴 위에 둥둥 떠 있었다.

"하 박사, 지금 해변에 나가봐야 해요. 에브림이 없어졌어요."

해변에는 이미 드론 여러 대가 만 위를 맴돌며 수면을 살피고 있었다. 알텐체체그는 장갑을 낀 손으로 신호를 보냈다.

"오늘 밤에 에브림을 봤나요? 그전에라도?"

알텐체체그가 물었다.

"아니요, 못 봤어요. 그런데 왜 에브림이 바닷속으로 들어가려 했을까요?"

"나도 모르죠. 그 로봇 머릿속이 뭐 어떻게 돌아가는지 도저히 이해할 수 없다니까요. 하지만 당신이 나중에 직접 물어볼 수 있을 것 같네요."

해안가를 향해 빠르게 내려온 드론들은 이제 부서지는 파도 사이에서 나타나는 실루엣에 빔을 집중했다.

아무것도 걸치지 않은, 부드러운 구릿빛 피부의 에브림이 파도 속에서 걸어 나왔다. 드론들이 춤추듯 쏘아대는 빔에 젖은 몸이 반짝거렸다. 피부의 내면에서 빛이 발광하는 것처럼 보였다.

에브림은 호흡기를 착용하고 있지 않았다. 물론 필요하지도 않았지만. 에브림은 그물 가방을 어망처럼 한 손에 들고 천천히 걸어왔다. 아니…… 어망이 아니라 어떤 신성한 물건 같았다. 한 손에 성스러운 그물을 들고 마구잡이로 날아다니는 드론들 사이에서 걸어 나오는 모습은 호리호리하고 기다랗고, 과장될 정도로 균형이 잘 잡혀 있었다. 꿀을 바른 호박으로 조각된 듯한 고대 우상…… 마치 신처럼 보였다.

신이 아닐 이유가 뭐가 있는가? 진실로 단 하나밖에 없는, 태어나지 않고 만들어졌으며 숨을 쉬지 않아도 되고 음식을 먹지도 잠을 잘 필요도 없다. 성별이 가려지지도 않는다. 달리 뭐라고 부를 수 있을까? 그야말로 신이다.

하 박사는 어선들이 알텐체체그가 쳐놓은 저지선을 넘어왔다가 파괴되었던 그날 밤 에브림이 했던 말을 생각했다.

"전 그런 계산적인 문제 때문에 존재하는 건 절대 아니에요. 안팎으로 모두 안드로이드여야 하지요. 겉모습뿐만 아니라 내면도 인간과 같은……." 에브림은 잠시 머뭇거렸다.

"뭐라고 부르는지 정확히 모르겠네요. 의식이 있다고 할까요? 어쨌든 다들 아직도 저에게 진정한 의식이 있는지 아닌지를 논쟁하더라고요. 전 스스로 의식이 있다고 생각하는데도요."

하 박사는 생각했다.

'아니. 의식의 유무로 본다면 당신은 인간이 아니에요. 또는 그 무엇도 아니죠. 당신은 그저 유일한 존재예요. 그리고 새로운 존재이고요.'

에브림은 해변에 잘 놓아둔 금빛 로브를 집어 들어 입고는 허리끈을 맸다.

"누구라도 봤어요? 바닷속에 들어갔을 때? 우리를 감시하고 있는 것들요." 하 박사가 물었다.

"그들은 언제나 우리를 감시해요. 그리고 물속뿐만 아니라 밖에서도요." 에브림이 대답했다.

원초적이면서 근본적인 본능. 나를 주시하는 눈. 뭔가가 지켜보고 있다.

'그만.'

"다음부터 바닷속으로 산책하러 나가고 싶으면 나한테 미리 말해주는 게 좋을 거야, 로봇." 알텐체체그가 그르렁거렸다.

"당신이 유인원이 아닌 만큼 전 로봇이 아니에요." 에브림은 하 박사를 바라보며 말을 이었다.

"이리 와봐요. 보여줄 게 있어요."

"여기요." 셋은 로비에서 터미널을 보았다. 하 박사가 '모양 가수'라고 부르던 문어가 모양을 클라이맥스로 그려가며 노래를 마무리하고 있었다.

"반달 모양 두 개네요. 네." 하 박사가 입을 열었다.

"그게 다가 아니에요." 에브림은 화면을 뒤로 돌리며 말했다.

"여기요, 반달 모양이 나오기 전이에요. 서로 다른 모양 두 개가 있어요."

"잠깐만요……. 저는 처음 보는 모양이에요."

"맞아요. 너무 빨리 만들었다가 사라져서 알아채지 못했을 거예요. 비교적 짙은 모양에 비해 더 옅기도 하고요. 흐름의 일부같이 보이긴 하는데, 제 생각은 달라요. 반달 모양 두 개로 끝나는 순서에서 아주 중요한 모양들이라고 생각해요. 마지막 모양이 나왔는데도, 그 다른 두 개 모양이 그림자처럼 뒤에 계속 보이잖아요. 아주 흐려서 알아채기 힘들긴 하지만요." 의자에 앉은 에브림이 몸을 더 앞으로 기울이며 화면을 가리켰다.

"다시 봐봐요. 먼저 세 가지 모양이 나오는 순서를 봐요. 그다음을 보면 중간에 간격이 있는 것 같아요. 그때 두 개가 나오다가 마지막으로 가장 진한 모양이 나오지요.

"옅은 모양들이 남아 있어요. 그 둘이 합쳐져서 반달 모양 두 개 뒤에 나타나고요. 이렇게 보니, 그 모양들은 언제나 그렇게 있었다는 게 기억났어요. 계속 짙은 모양 뒤에 그림자처럼 있었어요. 너무 흐려서 바로 알아보지는 못했고요. 기호가 두 개 겹쳐 있어요. 저는 어쩌면 우리가 놓치고 있는 게 문법이나 구문론이 아닐지 생각했어요. 아니면 어조 같은 아주 중요한 것일 수도 있고요. 이렇게 보고 나니 걱정되기 시작하더라고요. 그래서…… 제가 고치기로 결심했어요."

"당신이 고치기로 결심했다고요." 알텐체체그가 에브림을 따라 말했다.

"네. 하 박사님이 물속에 만들어놓은 기호를요. 하 박사님의 그림 아래에 투명한 병들로 배경을 덧붙였어요."

"문법을 틀리지 않게 하려고요?" 알텐체체그가 물었다.

"우린 아직 그런 오류에 접근하지도 못했어요. 아직 단어들도 알아내지 못했잖아요. 우리가 문어들에게 보내려는 건 '메타 메시지'예요. 단어를 써서 메시지를 보내는 게 아니라, 너희들을 이해하려고 노력할 능력은 된다, 우리는 이게 너희들에게 중요한 단어라는 걸 알고 있다, 그리고 우리도 그 단어를 만들 수 있다는 걸 전하고 싶은 거지요." 하 박사가 말했다.

"바로 그거예요. 그리고 이제 문어들도 우리 역시 단어를 정확하게 '철자에 맞춰 쓸 수 있다'라는 걸 알게 되었고요." 에브림이 대답했다.

"그리고 그걸 알려주려고 당신은 한밤중에 아무에게도 알리지 않고 바닷속으로 들어갔고요."

"당신에게는 대답하지 않겠어요. 나는 당신에게 허락을 구하지도 않아요. 나는 당신의 포로가 아니니까요." 에브림이 말했다.

알텐체체그는 무슨 말을 하려고 입을 열었다가 다시 다물었다. 곧 뒤를 돌아 다른 곳으로 가버릴 것만 같았다.

그때 알텐체체그가 말했다.

"그럼요. 당신은 내 포로가 아니지요. 당신은 내가 책임져야 할 대상이에요. 그리고 당신이 물속에 그렇게 걸어 들어갔다가 파괴라도 되면, 그 책임을 내가 물게 되겠지요. 그러니까, 제발, 이렇게 성질을 부리고 싶을 때면 뭐가 잘못되기라도 했을 때 내게 얼마나 큰 손해를 입힐 수 있을지 생각해보세요."

에브림은 터미널로 고개를 돌리고 다시 올려다보지 않고 말했다.

"좋아요. 이제부터는 제가 하는 일을 모두 보고하죠."

"자, 지금 저 모양들과 순서가 어떤 의미인지는 모르지만 할 수 있는 한 정확하게 다가가는 게 확실히 좋을 거예요. 그렇게 해야만 연구 과정도 진전이 있을 테니까요. 고마워요." 하 박사가 말했다.

"제가 고마워요. 칭찬을 받으니 좋군요." 에브림이 말했다.

"나도 고마워요, 로봇. 직장에서 해고되는 건 고맙게 생각하지 않거든요." 알텐체체그가 말했다.

에브림이 자리에서 휙 일어서며 말했다.

"다시는, 나를, 로봇이라고, 부르지, 말아요. 우리가 이곳에 온 이후 당신은 나를 로봇이라고 정확하게 797번 불렀어요. 이번을 마지막으로 만들어요."

자리에서 일어난 에브림은 알텐체체그보다 키가 크고 훨씬 가늘었다. 순간 에브림이 보안 관리자를 한 대 칠 것 같았다.

둘이 서로 폭력을 가하는데 말릴 사람은 자신밖에 없다는 끔찍한 시나리오가 하 박사의 머릿속에서 반짝했다.

그러나 에브림은 돌아서서 문을 향해 성큼성큼 걸었다.

"잠잘 필요도 없는데 괜히 방에 들어가서 자는 척해야 할 이유도 못 느끼겠네요. 이제 나가서 해변을 좀 걸으려고요. 당신한테 말했습니다. 당신이 가진 스파이 부대가 마음껏 저를 따라다니게 시키세요. 대신 조금 떨어져서요. 아니면 제가 그중 한두 개를 하늘 밖으로 쳐서 날려버릴 수도 있으니까요."

조금 있다가 에브림이 밖으로 나가자 하 박사는 알텐체체그에게 말했다.

"좀 더 친절하게 대해줘도 되잖아요."

"맞아요." 알텐체체그가 여전히 어두운 직사각형 문을 쳐다보며 말했다.

"맞아요. 당신 말이 맞아요. 저는 좀 더 친절해야 해요. 전 그런 걸 잘 못해요."

"에브림은 충동적으로 그랬을 거예요. 생각이 짧았죠. 하지만 아무 일도 일어나지 않았잖아요. 다친 곳도 없고요. 당신은 당신 일을 한 거예요. 그리고 당신이 말한 것처럼 에브림은 당신이 감시해야 할 포로가 아니고요."

"거짓말이에요."

"뭐라고요?"

"거짓말이었어요, 하 박사. 에브림은 여기 이 군도에서 내가 감시해야 할 포로가 맞아요. 그리고 에브림이 이곳을 떠나려는 것 같으면 바로 파괴하라는 명령을 받기도 했고요."

"네? 어떻게 그럴 수 있어요?"

"그건 내가 해야 할 중요한 임무 중 하나예요. 에브림을 안전하게 데리고 있을 것. 당신을 안전하게 데리고 있을 것. 다른 이들이 섬에 접근하지 못하게 할 것. 여기서 연구하는 내용을 누설하지 않을 것. 그리고 에브림이 이곳을 떠나지 못하도록 하고, 만약 떠나려고 한다면 파괴할 것."

"에브림도 알고 있어요?"

"아니요, 몰라요."

"에브림에게 말해줘야죠."

"그럴 수도 있지요. 그런데 또 다른 명령도 있어요. 당신도 새겨들어야 할 내용이죠."

"뭔데요?"

"당신이 이곳을 떠나지 못하도록 하고, 만약 떠나려고 한다면 죽일 것."

하 박사는 아무 말도 할 수 없었다.

"이제." 알텐체체그가 조금 쉬다가 말했다.

"내가 여기 있을 필요가 더 없다면 나야말로 들어가서 좀 자야겠어요. 에브림은 잘 필요가 없지만 전 자야 하거든요. 그리고 당신도 마찬가지라고 생각해요. 지금 알게 된 사실을 고려하면 내일 아침에는 이곳이 좀 달라 보이겠네요."

나는 꽤 어릴 때부터 마인드를 만들고 싶었다.

　내 인형들은 텅 빈 눈빛으로 검은 눈동자를 허공에 고정한 채 미리 녹음된 기계적인 문장들을 말하며 바보같이 깜박거리곤 했다. 나는 그 인형들에게서 더 많은 걸 바랐다. 내 인생의 그림자에 지나지 않는 아버지나 지속해서 집을 나갔다가 돌아왔을 때도 나를 전혀 신경 써주지 않았던 엄마에게서는 얻을 수 없는 우정을 원했다.

　타인이 봐주는 것이 존재의 핵심이다. 어쩌면 그래서 우리는 자신 외에 다른 마인드를 창조해내려고 하는 걸지도 모른다. 우리는 타인이 봐주기를 원한다. 타인이 찾아주길 바라고 그들에게 발견되기를 바란다. 외로움이 쌓인 현대사회에서 우리는 같은 인간들에게서도 두 번의 시선도 받지 못한 채 무시당한다.

　소녀였던 나는 내 인형들이 살아나서, 보이지 않게 되어 외로웠던 나를 찾아 구해주기를 꿈꾸었다.

— 앤캐틀러 미너부도티어-첸 박사, 《마인드 건설하기》

34

페리가 베이코즈를 떠나 도시로 향할 때 위층 갑판에는 아무도 없었다. 러스템은 해협 건너편에서 오후 예배 시간을 알리는 뮈엣진* 들이 부르고 응답하는 소리를 들었다. 메아리가 서로 겹쳐 하나의 사원 첨탑에서 또 다른 사원 첨탑으로 퍼져나갔다. 러스템은 딱히 종교를 갖고 있지는 않았지만, 이 소리를 듣고도 그 누가 마음이 동요하지 않을 수 있을까?

어쩌면 그녀는 오지 않을 수도 있다. 메시지를 전달받지 못했을 수도 있다. 그렇다면 오히려 다행일 것이다. 러스템은 페라팰리스에서 깨끗하게 세탁된 이불을 덮고 하룻밤을 더 지낸 후 카라코이로 돌아가는 이 페리 여행을 즐길 수 있을 것이다. 언젠가는 그녀를 만나야 하겠지만, 2~3일 정도 유예기간을 가질 수 있다. 갈매기 한 마리가 난간으로 날아왔다. 러스템은 갈매기 깃털 사이로 바람이 스치는 소리를 들었다.

● 하루에 다섯 번 예배 시간을 알리는 사람.

"좋은 소식이라도 있나요?"

난간에 선 그녀는 몇 미터밖에 떨어져 있지 않았다. 뮈엣진 소리를 듣느라 그녀가 다가오는 소리를 듣지 못했다.

'때가 되면 나를 분명히 죽일 거야.'

"거의 다 된 것 같아요."

"그래요?"

"네. 취약점을 찾은 것 같아요. 출입구나 정문은 아니지만 그리로 향하는 길이에요. 들어가는 길이 보이더라고요."

"어떻게 찾았어요?"

박쥐처럼 사는 건 어떤 걸까?

"전 제 기술을 설명하는 걸 잘 못하는데 들어보세요. 기억들 사이에는 일련의 연결고리가 있거든요, 신경망에는 이런 연결고리가 여러 개 있고요……."

여자는 백금에 적신 듯한 손가락을 흔들어대며 말했다.

"농담이에요. 전 관심 없어요. 제가 관심 있는 건 시간 내에 가능하겠냐는 거예요."

"시간은 항상 부족하죠."

"그러니까요. 그리고 시간보다 더 중요한 건 시기예요."

"무슨 말인지 모르겠어요."

"몰라도 돼요. 제가 전에 말했듯이 우린 당신이 너무 넓게 생각하지 않기를 바라요. 그저 깊이, 눈앞에 놓인 문제를 깊숙이 파고드는 거지요. 저라면, 당신이 주변 사람들을 돌보는 것보다는 당신 자신을 더 안전하게 보호하고 싶다면 명심해두라고 말해주고 싶네요. 당신을 위험하게 만들 수도 있는 데다 쓸데없이 에너지를 쓰지 말고 해야 할 일에만 집중하라는 뜻이에요. 일을 하기 위해 고용되었으니까요. 그 일을 하기로 하면서 꽤 많은 돈도 받았고요. 일에 집중하지 않으면 무슨 일이 일어나는지도 알게 됐을 테니, 옆길로 새서 떠돌아다니지 말아요."

"떠돌아다닌다……." 러스템이 따라 했다. "그 말을 들으니 생각나는 게 있어요. 당신은 지금 이 섬이 어떤 섬인지 아세요? 이스탄불에 있던 모든 떠돌이 개를 버렸던 섬이라는 거요."

"무슨 이야기를 하는 거예요?"

"1909년에요. 이스탄불시에서 도시의 모든 떠돌이 개를 데려와 마르마라해에 있는 섬에 버렸다는 이야기를 당신도 알 텐데요."

"난 여기서 나고 자라지 않았어요." 반반해졌다가 비틀어지는 압글란츠를 보면서 여자가 과연 무슨 감정으로 대답했는지 알아내는 건 불가능했다.

"하지만 이 이야기는 알 거 아니에요. 그 개들은 음식도 물도 받지 못했어요. 우는 소리가 도시 전체에 퍼졌다고요."

칸리카 선착장에 가까워지면서 엔진이 역방향으로 고동치며 작동했고 페리가 휘청거렸다. 여자는 백금 손으로 난간을 잡았고 러스템은 그저 흔들리는 대로 가만히 있었다. 잠깐 러스템은 자신이 유리하다고 생각하며 말을 이었다.

"그 상황은 정말 끔찍했을 거예요. 그 개들을 도와주려는 사람들도 있었대요. 보트를 타고 가면서 음식을 던져서 준 거죠. 하지만 나중에 개들은 모두 죽었어요."

물에 비친 밝은 태양 빛에 압글란츠 무늬가 떼 지어 움직였다. 시체에 모여드는 검정파리처럼 녹색과 무지갯빛을 띠었다. 여자는 동요했나? 아니면 그저 러스템의 상상인 걸까?

"그렇게 중요한 일은 아니었나 보죠. 아니면 언젠가는 들어봤을 텐데요."

"그들은 몇 년이 지나서야 이걸 발표했어요. 사체들이 모두 부패한 지 한참이 지나서요. 도시에 사는 사람들은 썩는 냄새도 맡았고요."

"무슨 신화 같네요. 그리고 그 이야기가 지금 우리가 하는 일과 무슨 관계가 있는지도 모르겠고요."

"네, 당신 말이 맞아요. 그냥 갑자기 떠오른 생각이었어요. 그런데 그 섬은 마르마라해에 있어요. 아마 여기서도 보일걸요."

"당신은 일에 집중해야 해요, 러스템. 섬에 버려진 개들이나 생각하며 시내를 돌아다니지 말고요. 우린 일을 끝내기 위해 당신을 고용한 거라고요."

"맞아요. 하지만 전 한 번에 아주 긴 시간 동안 집중할 수 있어요. 그리고 남는 시간에는 다른 생각을 해야 해요."

"그렇다면." 여자는 아래층 갑판으로 내려갔다. 흔들리는 페리가 항구로 들어가자 오래된 휘발유 자동차들의 낡은 타이어들이 갱웨이 엔진*에 부딪히는 소리가 생생하게 들렸다.

"갇힌 개들이 죽어가는 섬보다는 긍정적인 생각을 하라고 말해주고 싶네요. 아니면 아이들을 놀라게 하는 다른 이야기들이라도요. 우린 당신이 좀 더 일에 몰두했으면 해요."

"당신은 내가 취약점을 찾아내면 어떤 코드를 입력해야 할지

• 선박과 육지 사이의 통로(건널 판자)를 들어 올리고 내리는 기중기 역할을 한다.

말해주지 않았어요. 결국 내가 알아야 하는 부분이라고요."

"결국은요. 하지만 지금은 아니에요. 먼저, 들어가는 길을 찾아내세요."

페리 터미널은 대부분 쇼핑하고 온 사람들로 붐볐다. 발치에 쇼핑백들을 내려둔 사람들은 필요한 물품들을 찾아다니다가 돌아오느라 지친 얼굴을 하고 있었다. 시장 광장 노점상이나 이스탄불 그랜드 바자르*에서 쇼핑을 마친 사람들의 표정과 별반 다를 게 없어 보였다. 건널 판자를 걸어 나오는 여자와 압글란츠를 알아보는 사람은 거의 없었다. 그런데 아빠 손을 잡은 한 소년이 여자를 보았다. 순간 두 눈에 공포가 차오르며 소년은 자기 아빠 다리 뒤로 숨어들었다.

러스템은 난간 넘어 카라코이를 바라보았다. 갈매기 떼가 바닥에 떨어진 빵 조각을 마구 쪼고 있었다.

'저 아이가 두려워하는 건 당연한 일이야. 그리고 나도, 그 두려움을 잊지 말았어야 했어. 왜냐하면 저 여자나 저 여자의 상사라는 사람은 내가 살아남도록 놔두지 않을 테니까.'

러스템은 부두에 서 있는 아빠와 소년을 다시 보았다. 미소를 지으며 뭔가를 올려다보고 있었다. 칸리카 건널 판자에서 소년이 보았던 소용돌이치는 두려움은 이미 사라져버리고 없었다.

'하지만 두려워하는 상태로 지내는 건 정말 어려워.'

"그러니까 멍청한 위험을 감수하는 거야. 그리고 정작 규칙도 모르는 게임을 시작하게 되는 거지." 러스템은 큰 소리로 외쳤다.

● 1461년 오스만 제국 때부터 이어져온 튀르키예 최대의 전통 재래시장.

소통은 교감이다. 우리는 타인과 소통할 때 그들에게서 뭔가를 가져오고 우리의 일부를 준다.

어쩌면 그래서 우리는 비인간이 이룬 문화를 마주한다는 생각에 긴장하는 건지도 모른다. 인간다움의 의미가 흔들리면 우리가 설 자리를 잃을 테니 말이다.

아니면 이 세상에서 우리가 저질러온 모든 행동에 책임을 져야 할 순간이 올 것이다.

— 하 응유엔 박사, 《바다는 생각한다》

35

"그래서 그 둘이 서로 말을 안 하고 있어?" 선글라스를 낀 캄란은 볕 좋은 날 발코니에 있었다. 흰색 티셔츠에는 옷깃 이음매가 헐거워진 곳부터 시작된 구멍이 나 있었다.

"뭐 그 정도로 심각한 건 아닌데…… 그래도 에브림이랑 알텐체체그 사이에 어떤 긴장감 같은 게 심해지는 것 같아."

"금방 괜찮아질 거야."

"어떻게 알아?"

"거기 너희 셋밖에 없잖아. 그 둘은 분명 대화 상대가 필요할 거야. 그래도 너한텐 내가 있지만 그 둘은 연락할 수 있는 회선이 없으니까."

"그렇지."

"그러니까 둘 다 결국 괜찮아질 거야. 그래야만 할걸. 그러거나, 아니면……."

"아니면?"

"아니면 서로를 죽이든가. 아니면 섬을 반으로 갈라서 각자 차지하든가. 그리고 그 경계에 돌벽을 짓느라 몇 년을 보내는 거지.”

"오늘 좀 웃기네."

"또 실험실에서 밤을 꼴딱 새웠어. 커피를 너무 많이 마셨거든. 알잖아."

"뭔가 진전은 있어?"

"어쩌면. 아니면 그냥 대학원생들을 괴롭히고 있는지도 몰라. 말로 하기 힘들어. 그래도 그 기호 이야기를 좀 해줘. 새로 발견한 것 말이야."

하 박사는 팔림스크린에 기호를 그려 오큘러스 앞에 갖다 댔다.

"초승달 모양 두 개가 서로 바깥쪽을 향하고 있어. 내 추측으로는 이건 우정이나 화합을 의미하거나 부족이나 집단 같은 것을 상징해. 만약 초승달 모양이 정원이라면 이건 안전한 정원으로 만들어진 원 안에서 문어 두 마리가 서로 다른 방향을 바라보고 있는 거지."

"'안전'이나 '집' 같은?"

"크게 보면 그렇지."

"하지만 그 전에 나왔던 두 기호가 무슨 뜻인지 모르겠는데. 그 옆은 기호들 말이야."

"맞아."

"너도 답답해서 화가 나는구나."

"정말 그래."

"그러니까 이야기해봐."

"그냥 내가 알아낼 수 있는 게 이것밖에 안 된다는 걸 깨달은 거지. 심지어 여기서 몇 년을 지낸다고 해도. 물론 몇 년씩이나 걸릴 것 같지도 않고. 만약⋯⋯."

"계속 말해봐."

"그러니까 만약 이 연구를 빼앗기기 전까지는 그래. 언어학자나 기호학자, 수백이 넘는 신경망 전문가 팀에 넘어갈 거야. 더는 내 연구가 아니게 되겠지. 이제 뛰어난 계산 능력이나 체계적으로 그려진 시스템 문제로 바뀌겠지. 그리고, 솔직히 말하면 나도 두려워⋯⋯."

'캄란에게 털어놔도 돼.'

"말해봐."

'아니, 아직 안 돼.'

"문어들한테 어떤 일이 일어날지 두려워. 사람들이 이 장소에 더 관심을 보이면 말이야. 내 생각엔 아무리 디아니마라고 해도 이런 발견에 관심을 두는 온 세계를 막지는 못할 것 같아. 그럼 어떻게 되겠어? 우리랑⋯⋯ 그러니까 내 말은 인간들, 우리는 모두 문어들을 내버려두지 않을 거야. 계속 건드리고 쿡쿡 찔러보겠지. 함께 소통을 시도해보기도 하겠지만, 그걸로 끝내진 않을 거야. 더 알고 싶은 게 생기겠지. 바깥세상이 물밀듯이 밀려들어오면 문어들은 어떻게 될까? 촬영팀, 과학자, 기자, 영토권을 새롭게 주장하는 정부까지 몰리면? 그들은 결국 어떻게 될까? 난 계속 해결책을 찾아보고 있는데⋯⋯."

"그런데 해피 엔딩은 못 찾겠지."

"맞아. 고통을 안겨주는 것 말고는 생각이 나질 않아."

"고고학자들도 가끔 보호해줄 수 없는 것들을 발견하곤 했어. 그러면 발굴 장소를 표시해두고 다시 묻었지. 그 유적과 유적지를 제대로 발굴하고 보호할 수 있는 자금이나 설비나 기술을 가질 수 있을 때를 기다리기 위해서 말이야. 그걸 뒤채움이라고 불러. 물론 그렇게 하려면 보통은 어느 정도 투쟁을 해야 해. 지역 당국은 유적지를 관광지로 만들고 싶어 하고 다른 대학이나 고고학자들은 더 연구하고 싶어 하니까. 다들 빨리 뭐라도 하고 싶은 거야. 그러면서 다들 그 장소를 보호할 수 있다고, 과학을 존중하겠다고 쉽게 생각하고."

"당연히 그러겠지. 자기가 하려는 행동들을 합리화시키는 건 쉽잖아. 그런 건 우리가 전문가지."

"우린 그렇게 하도록 태어났어. 유전자에 내재하고 있다니까. 우린 우리가 하는 모든 행동을 합리화시킬 수 있어."

"뒤채움이라……. 여기서 그런 게 가능하기라도 하면 해결책이 될 수도 있겠다. 하지만 그렇지 않아."

"문제는 디아니마가 도대체 뭘 원하냐는 거야. 왜 처음부터 그들이 군도를 사들였을까?"

"그리고 내가 생각한 유일한 답은 이거야. '나도 모르겠어.' 난 그들이 뭘 원하는지도 모르면서 이 연구에 뛰어들었어. 왜 그들이 여기에 있는지도 모르면서 말이야. 난 상관없었거든, 캄란. 난 그저 발견하고 싶었어. 연결되고 싶었어. 문어와 소통하고 싶었어. 그런데 내가 이기적이었던 거야. 그 결과를 생각하지 않았어. 문어들을 위한 결과 말이야. 그렇게 급하게 난입하면 문어들에게 어떤 일이 생길지 생각하지 않았어. 하고 싶은 거라면 뭐가 됐든 특별한 목적을 만들어서 합리화시켰으니까."

"넌 언제나 좋은 의도였잖아."

"그렇지 않아. 내 의도는 항상 내가 원하는 쪽으로 좁혀졌어. 난 최초가 되고 싶었어. 그리고 이제는 내가 원했던 걸 얻는 중이고. 우린 서로 연락 비슷한 걸 하고 있거든……. 하지만 그 대가는 뭘까?"

"분명 그걸 알아낼 방법이 있을 거야."

"나도 잘 모르겠어. 미너부도티어-첸 박사를 만날 수가 없어. 아직 직접 대화도 안 해봤다니까. 도대체 그녀가 뭘 원하는지 아무것도 모르겠어. 그래도 처음에는 이런 거 다 상관없었단 말이야. 그러니까 지금 완전 덫에 걸린 거지."

"아니야. 넌 덫에 걸린 게 아니야. 언제나 선택지는 있어." 캄란이 말했다.

"아니, 캄란. 내 말은 내가 문자 그대로 덫에 걸렸다는 거야. 난 이곳의 포로나 다름없어. 만약 이 섬을 떠나려고 하면, 알텐체체그는 날 죽이라는 명령을 내릴 거야."

"당연히 그런 짓은 안 할 거야."

"차마 진짜인지 아닌지 시험해보고 싶지도 않아."

"그리고 설사 디아니마라도 그건 정당화시킬 수 없는 행동이야."

"그걸 정당화시킨 건 디아니마가 아니라 나야. 스스로에게 비밀 유지 계약이면 충분하다고 거짓말을 했어. 그 정도로 만족할 거라고 생각했어. 왜? 왜 그들이 그걸로 만족할 거라고 생각했을까? 계약으로? 내가 뱉은 말들로? 디아니마는 지구상에 인간의 한계를 넘어선 진보적인 삶이 있다는 걸 증명하기 직전에 있는 회사야. 그걸 아는 내가 여기를 떠나도록 허락할 거라고 생각할 그럴듯한 이

유도 없었어. 전혀. 오히려 내가 이곳에 있고 싶었지. 나는 최초가 되고 싶었으니까. 그래서 난 나에게 필요한 말을 되뇌었어. 스스로 거짓말을 한 거지. 내가 나를 위험에 빠뜨린 거야."

"다들 그래. 다들 자기를 속이면서 살아."

"그건 변명이 될 수 없어. 그 거짓말이 너무 많은 결과를 초래하게 된다면 말이야. 내가 여기에 존재하는 건 나도 이해하지 못하는 무언가를 진전시키기 위해서야. 그런데 난 그 어떤 것도 생각하지 않았어. 결과를 보겠다고 단 한 번도 멈춰 서지 않았어. 도대체 난 무엇에 속한 걸까? 내 연구는 어떤 결과를 초래할까? 난 오랫동안 스스로 너무 많은 거짓말을 해왔어. 거짓말은 다른 거짓말 위에 차곡차곡 쌓였어. 이제는 그만해야 해. 머릿속을 깨끗이 정리해야 해. 사물을 있는 그대로 정확히 바라보고 내가 한 행동들이 어떤 결과를 가져오는지를 확신할 수 있어야 해. 어떻게 도움을 구하지? 누가 내 편을 들어줄까? 어떻게 돌아가면 될까? 계속 갑오징어 연구할 때의 일이 생각나. 그런 일이 다시 일어나게 둘 순 없어. 그러지 않을 거야."

"그건 네 잘못이 아니었다는 거 알잖아, 하."

"아니, 그건 내 잘못이었어. 연구소를 운영하면서 내 가설과 실험을 연구하는 데 너무 빠져 있어서 내 행동들로 인해 무슨 일이 일어날지 생각해보지 못했어."

"그렇다고 도움이 되진……."

"내 말 끝까지 들어. 전체 이야기를. 넌 항상 내가 이야기를 모두 털어놓지 못하게 했어. 넌 항상 '과거는 과거에 묻어둬'라고 말하잖아."

"좋아. 듣고 있어."

"거기에 있던 4년 내내 우리 연구 구역을 침범하려는 현지인들과 싸웠어. 그 사람들은 계속해서 물고기를 밀렵하고 있었어. 작살이나 청산가리처럼 자기들이 할 수 있는 수단은 모두 써서 말이야. 가끔 연구하던 갑오징어를 몇 마리 죽이기도 했다고. 난 정말 그게 싫었어. 그 사람들을 증오했어. 우리가 지어놓은 모든 걸 파괴하려 하고, 우리가 하는 실험과 내 동물을 두고 협박했으니까. 그래서 내가 어떻게 했냐고? 과연 나는 그들이 원하는 게 뭐였는지 이해하려고 했을까? 왜 그들이 그런 짓을 하는지 알려고 했을까? 나는 마을 어르신들과 관계를 맺었던가? 내가 그들을 설득은 했나? 타협을 해보려고 시도라도 했나? 우리 팀원들에게 조언이라도 받아보려고 했던가? 아니. 아무것도 하지 않았어. 난 정말 오만했어. 난 옳고 그름을 알았지. 내가 하는 건 옳았고, 그들이 하는 건 틀렸다고 생각했어. 그래서 카메라를 몰래 달아 밀렵하는 장면을 찍고 증거를 모아서 경찰에 고발했어."

"누구라도 그렇게 했을 거야."

"아니, 캄란. 그건 내가 한 일이야. 다른 사람은 다른 방법을 찾았을 거야. 다른 전략을 가졌을 거야. 그들은 모두 체포되었어. 끌려가서 맞고 고문을 당했지."

"네가 구타하고 고문한 게 아니잖아. 경찰이 그랬지."

"아니, 내가 그런 거야. 경찰에게 끌려가면 학대당할 걸 알면서도 그렇게 했어. 심지어 난 아무 생각도 없었어. 상관하지 않았다고. 내 갑오징어를 두렵게 하는 건 모두 적이었어. 그들은 옳지 않은 행동을 하는 데다가 방해까지 됐어. 내 눈엔 그것만 보였어. 마을 사람들은 보지 못했어. 얼마나 필사적인지, 얼마나 절박하게 낚시를 해야만 했는지는 보지 못한 거야. 그리고 나 역시 도움이 필요하다는 걸 보지 못했고. 서로 타협점을 찾아야 한다는 걸 몰랐어. 그저 나는 옳고 그름만 보고 있었어. 그리고 현지 어부가 복수한답시고 한 짓도 사실은 내가 그렇게 만든 거였어."

"어떻게 그런 말을 해? 그게 왜 너 때문이야?"

"그 남자가 한밤중에 모터보트를 끌고 바다에 나가 신경독 한 통을 쏟아부었어. 나 때문이었지. 그게 내 결정이 초래한 결과였어. 내가 살피던 갑오징어가 한 마리도 남김없이, 심지어 그 알들까지 싹 다 죽었어. 모두 다. 그리고 난 널 데리고 이스탄불로 가서 숨어버렸어. 내 책을 쓰는데 몰두했지. 거기서 너와 함께 내가 만든 세상으로 후퇴한 거야. 다시는 현장 연구는 하지 못한다고 생각하면서."

"이스탄불에서 우리 함께 있던 시간은⋯⋯."

"그게 바로 내가 필요한 거였어." 하 박사가 끼어들었다.

"그때는 그랬지. 그러다가 이 기회를 얻게 된 거야. 마치 꿈같았어. 그래서 자세히 들여다보지 않았어. 왜냐고? 어차피 난 자꾸 스스로에게 거짓을 말했으니까. 있는 그대로가 아니라 내가 원하는 대로 맞춰서 말이야. 그렇게 지금 여기 갇혀버린 거야. 나 자신에게 거짓말을 해서. 내 머릿속에 갇혀서 혼자 결정을 해버렸어. 그리고 다시 곤경에 빠졌는데 이제 믿을 사람이 하나도 없어. 왜? 그만한 신뢰를 쌓을 만큼 열심히 하지 않았거든. 이런 패턴을 깨야만 해. 아니면 똑같은 일이 또 일어날 거야. 난 나를 도와줄 사람들에게서 도망치려는 걸 멈춰야 해. 난 도움이 필요해."

"내가 누구든 불러줄 수 있어."

하 박사는 한숨 돌리고 물었다.

"그래?"

"무슨 말이야? 당연히 할 수 있지."

"좋아. 경찰을 불러줘. 거기 이스탄불 경찰 말이야. 지금 당장 불러줘. 내 목숨이 달린 문제야."

캄란이 자리에서 일어섰다.

"잠깐 내 터미널만 좀 찾고."

"바로 네 앞에 있는 거 아니야? 지금 나랑 이야기하는데 필요하지 않아?"

캄란은 자기 이마를 '탁' 치며 말했다.

"아 맞다, 그렇지."

"좋아. 그걸로 지금 불러줘. 나 지금 위험해. 빨리 불러."

"알았어. 지금 부르고 있어." 그러나 캄란은 멈췄다.

"그런데 그건 안 될 거 같아."

"왜? 적어도 경찰을 부르면 누군가에게 경고가 갈 거니까? 맞지?"

"내 터미널이 잘 작동하지 않는다는 게 방금 생각났어. 안 그래도 수리점에 맡길 참이었는데."

"너 지금 말도 안 되는 소리 하고 있어, 캄란. 지금 넌 네 터미널로 나랑 이야기하는 중이라고."

"무슨 말인지 모르겠어."

"모를 거야. 넌 내가 한계를 넘어서면 따라올 수 없어." 하 박사가 말했다.

"뭐라고?"

"한계. 에브림이 보던 인터뷰에서 미너부도티어-첸 박사가 설명한 적 있어. 캄란, 넌 정말 완벽해. 그러니까…… 어쨌든 완벽한 상태에 가까워. 하지만 결국 너마저도 평평한 거야. 그저 내가 너의 한계를 넘어선 적이 없던 것뿐이야. 그 직전까지 갔다가도 항상 되돌아왔어. 네가 대답할 수 없는 질문을 해서 널 힘들게 하고 싶지 않았어. 나조차도 너의 취약함을 알면서 모른 척했어. 내가 힘들어할 때 생각 정리하는 걸 도와주고 함께 웃어주고 긴 시간 동안 계속 나랑 이야기해주고. 나에겐 네가 너무 중요한 존재였거든. 그게 진짜 속임수지. 네가 정말 설득력 있는 게 아니었어. 사실, 물어볼 수 있으면 언제든 물어볼 수 있었어. 그러면 더 쉬웠겠지. 네가 항상 말하는 그 대학원생들은 도대체 어디에 있어? 지금 몇 년째 네가 연구해오고 있는 실험은 어떤 거야? 하지만 난 묻지 않았어. 그리고 그게 포인트야. 난 한계를 숨기고 있었어. 그래서 우린 함께할 수 있었던 거야. 얼마나 중독성 있는지 항상 누군가가 무슨 일이 있어도 그 자리에 있다는 느낌을 받아야 했으니까. 이야기를 털어놓을 누군가. 내 이야기를 이해해줄 누군가. 나 자신을 이해시키는 일을 내가 직접 하지 않아도 되니까. 그 대신 난 누가 있는 척하면서 계속 이렇게 자기기만에 빠지는 거야. 사실은 없었으면서. 나에게 너를 처방해준 의사도 좋은 의도로 그랬다는 거 알아. 내가 우울해할 때 도움을 줄 수 있다고 생각했겠지. 하지만 결국 넌 인공 보철물과 다르지 않아. 넌 진실한 도움을 대체할 수 없어. 넌 그 누구도 불러줄 수 없어, 캄란. 왜냐면 넌 바로 여기에, 이 섬에, 오큘러스 안에 있으니까. 너는 오큘러스야. 그들은 절대 내가 고향에 있는 누군가에게 연락하도록 두지 않을 거야. 말이 안 돼. 알겠어?"

"무슨 말인지 모르겠어. 어떻게 지금 여기 이스탄불에 있는 내가 그 섬에 있을 수가 있어?"

"그 '무슨 말인지 모르겠어'라는 문장이 바로 신호야. 네가 그 말을 하면 디아니마 개발자에게 방금의 오류를 기록하게 돼. 그래. 무슨 말인지 모르겠지. 알아들으면 안 되니까. 그리고 내 감정을 모두 이해해선 안 되니까. 넌 언제나 나보다 조금 모자라야 하거든."

그동안 길고 친숙한 대화가 많이도 오갔다. 서로 더 친해지는 계기가 된 농담은 둘만 아는 것도 많았다. 어떻게 보면 캄란은 하 박사가 쓴 《바다는 생각한다》의 공동 집필자이기도 했다. 책을 쓰면서 생기는 골치 아픈 문제들을 생각할 수 있도록 도와준 것이다. 하 박사가 머릿속으로 생각하는 내용을 독자들이 이해하기 쉽게 풀어서 쓰는 걸 도와주었다.

하 박사라고 캄란이 진짜라고 완벽하게 믿은 건 아니었다. 그저 그 정도면 충분하다고 믿은 것에 가까웠다. 문득 캄란이 충분하지 않다는 걸 느낄 때면 둘 사이의 조화를 깰 것 같은 생각에 무척 거슬렸다. 하 박사는 몇 년이고 그에 대해 침묵했다.

하지만 더는 아니었다. 이제 모든 게 거짓으로 들렸다. 하 박사는 해변에서 불어오는 바람에 움직이는 커튼 위에 비친 캄란의 머리와 얼굴이 흔들리며 표정이 떨리고 왜곡되는 모습을 지켜보았다. 커튼은 캄란의 배경에 깔린 가짜 하루를 휘감았다.

캄란은 으쓱했다.

"처음도 아니잖아. 그리고 난 지금 네가 떠나서 좋아. 침대도 넓게 쓸 수 있고 우리가 다투던 모든 논쟁을 내 머릿속으로 이겨낼 수 있거든. 게다가 마지막 남은 커피도 너에게 뺏기지 않으니까."

"그래. 너는 그건 늘 싫어했지."

"마지막 잔을 마시는 건 죄야."

"네가 마실 땐 아니고?"

"난 필요하니까 마시는 거고."

이렇게 쉽게 정감 어린 농담을 주고받을 수 있다니. 캄란은 그녀가 실제 타인과의 우정, 필요에 의해 맺어지거나 한쪽이 화가 나서 떠나버릴 관계들을 원치 않게 만들었다. 그게 핵심이었다. 상대가 떠날 수 있는, 사라져버릴 수 있는 존재라는 것.

그 자리에 있지 않기로 언제나 선택할 수 있는 존재.

"잘 있어, 캄란."

"벌써 끊는 거야?"

"여기서 해야 할 일이 있어. 지금 해야 해."

"난 매번 똑같은 거짓말이지만, 대체로 온종일 피드스트림이나 볼 예정이야."

"그리고 내 생각도 하고?"

"자만하지 마, 하 박사. 내가 네 생각만 하는 건 아니라고."

"물론 그러겠지. 안녕, 캄란."

"안녕."

하 박사는 오큘러스 전원을 껐다. 그리고 베갯잇으로 싸서 화장실로 가져가 대리석 타일 바닥에 힘껏 던졌다. 던지고 또 던졌다.

하 박사는 베갯잇을 열어보았다. 겉면에 조금 깨진 흔적이 있었고 프로젝션 렌즈는 박살이 나 있었다. 하 박사는 떨리는 손으로 오큘러스 전원을 켜보려 했다. 잠시 전원 불빛이 깜박거렸다.
'난 캄란이 정말 필요해. 아직도 작동되면 좋겠어. 바로 그게 내가 이렇게까지 해야만 하는 이유야.'
"넌 내 생각을 듣고 다시 나에게 되돌려주는 고리밖에 안 돼. 그러니까 너랑 있는 건 쉬웠던 거야. 내가 생각하는 과정을 다른 모습으로 표면화하는 것밖에 되지 않았으니까. 그게 다 날 돕는 거라고 생각했지. 그런데 아니었어. 난 무조건 내 말이 옳다는 동의가 아니라 반대 의견이 필요해."
오큘러스 전원 불빛이 깜박거리더니 꺼졌다.
"지금도, 지금도 난 너한테 용서를 구해야 한다는 생각이 들어. 하지만…… 누구에게 사과해? '캄란'이라는 사람은 없어……. 난 그동안 그저 혼잣말했던 거야."
하 박사는 베갯잇을 다시 덮고 오큘러스를 바닥에 몇 번 더 힘껏 내리쳤다. 그러고는 그 잔해를 더플백 안에 넣고, 더플백을 옷장에 넣은 다음 잠갔다. 한편으로는 그걸 해변 어딘가에 묻어버리고 싶은 마음도 들었다.
"아니야." 하 박사는 자신을 타일렀다.
'이제 이야기할 수 있는 사람은 나 자신뿐이니까.'
"너무 감성적이지 말자. 처음부터 살아 있지도 않았던 걸 땅에 묻지는 않아. 넌 이겨낼 거야."

에브림은 호텔 로비에서 모양 가수를 찍은 영상을 보고 있었다. 이틀 전 해변에 혼자 나갔다가 알텐체체그와 대면한 이래 쉬지 않고 모든 장면을 하나하나 보았다. 하 박사는 테이블 건너에 서서 너무 집중한 나머지 미동도 없는 에브림의 얼굴에 반사된 빛을 바라보았다. 확장했다가 수축하는 에브림의 동공을 따라 움직이는 화면을 쫓았다.

"나는 생각한다, 그러므로 나는 존재한다."* 하 박사가 입을 열었다.

에브림은 고개를 들어 하 박사를 보았다.

"고전적 난제 중 하나예요. 언어라고 그 세상을 존재하는 그대로 다 묘사할 순 없지요. 그리고 존재하지 않는 것들에 관한 세상을 터놓기도 하고요. 우리는 언어를 사용하면서 과장되게 생각하는 힘을 얻었어요. 왜냐하면 우리는 언어를 사용하는 창조적인 존재이기 때문에 더 복잡한 문제를 생각하고 풀어낼 수 있어요. 우린 그 문제가 어떨지, 어땠을지, 어떻게 될지 생각할 수 있어요. 존재하지 않는 것들을 생각한다는 건 우리가 창조적인 존재일 수 있는 열쇠예요. 언어를 사용할 수 없는 동물들은 가질 수 없는 능력이지요. 이 능력으로 우리는 훨씬 더 자유롭게 새로운 방법으로 행동해요. 혁신하고 발명하고 우리 상황을 다방면으로 바라보고 새로운 방식을 찾을 수 있고요. 하지만 우린 하나의 진실에서 수많은 불합리성을 맞닥뜨릴 수도 있어요. 그러면 우리가 여기에 존재한다는 인식이 사실과는 터무니없이 맞지 않게 되는 거예요. 그래도 여기에 있다는 인식이 바로 의식 그 자체이면서 그 증거예요. 삶을 가장한 컴퓨터 시뮬레이션 속에서 사는 우리는 '진짜' 인식이나 자유의지가 없는 맹목적인 화학반응에 지나지 않아요. 자의식은 자생하

● 철학자 르네 데카르트가 남긴 철학 명제.

는 환상일 뿐이니까 우리는 모든 종류의 터무니없는 헛소리도 옳다고 주장할 수 있겠지요. 그리고 미너부도티어-첸 박사가 인터뷰에서 얘기했던 이 불합리성 말이에요. 어찌 됐든 당신이 '최종 튜링 테스트'를 통과하고 스스로를 속였다는 생각이야말로 말도 안 되는 거예요. 당신은 스스로 살아 있다고 생각해요?"

"네. 난 살아 있다고 느껴요. 난 내가 여기에 존재한다고 생각해요."

"그럼, 당신은 살아 있는 거예요. 그리고 의식도 있고요. 당신이 그렇게 느낀다는 게 바로 그 증거예요. 그게 다예요. 자의식은 인식한다는 거예요. 저는 스스로 의심하지 말라고 말하겠지만, 당신이 스스로 의심할 수 있는 자아를 가졌다는 사실 자체가 자의식이 존재한다고 그대로 증명해 보이는 거잖아요. 그러니까, 지금까지 해왔던 것처럼 계속 의심하세요."

"난 괜찮아요." 에브림이 말했다.

"아니요, 당신은 괜찮지 않아요. 난 괜찮은 사람이 어떤 건지 알아요. 왜냐하면 나 스스로가 꽤 오랫동안 괜찮지 않은 사람으로 살아왔거든요. 나 자신을 의심하고 타인과의 관계도 의심하면서요. 나 아닌 다른 누군가가 이런 모습을 보이면 난 바로 알 수 있어요."

"정말로요, 전······."

"조용히 해요. 아직 해줄 이야기가 많이 남았어요. 당신은 자의식이 있는 정도가 아니에요. 당신도 인간이에요. 당신이 무엇으로 만들어졌는지, 어떻게 탄생했는지는 관계없어요. 그런 것들이 자의식의 유무를 결정하는 게 아니니까요. 당신이 인간이라는 걸 결정하는 건 바로 당신이 인간적 상호작용과 인간만이 가진 상징적 세계에 완전하게 참여한다는 사실이에요. 당신은 인간들이 창조한 세상에서 인간들만큼 그 세상을 인지하면서, 인간들처럼 정보를 처리하며 살고 있어요. 뭐가 더 필요하겠어요? 인간이 된다는 건 인간처럼 세상을 감지하며 사는 거예요. 그게 다라고요. 그러니까, 당신은 인간이에요. 인간 이상일 수도 있겠지만 어쨌든 내가 아는 대부분 사람만큼이나 확실한 인간이에요. 어떤 땐 그들보다 낫기도 하고요."

"박사님이 하는 말을 믿고 싶어요."

"그럼 믿어요. 이 섬에서 우리가 가진 거라곤 우리밖에 없으니까요. 우리 셋이요. 그리고 우리 앞에 닥친 이 모든 걸 헤쳐나가려면 서로 더 나은 소통을 할 필요도 있고요. 한 가지를 위해서라도 우린 연습해야 해요. 우리끼리 서로를 이해하지 못하면 우린 절대 그들을 이해할 수 없을 테니까요."

에브림은 터미널 전원을 끄며 말했다.

"저도 박사님이 하는 말을 믿고 싶어요……. 하지만 계속 의심이 들어요."

"그럼, 계속 의심해요. 우린 모두 의심해요. 우리를 정확하게 시작점으로 데려오는 유일한 방법이에요. 만약 당신이 진짜인지 의심이 든다면, 당신은 진짜인 거예요. 의심은 인생을 살아가는 데 필요한 부분이에요. 이제…… 전 이 습기 찬 폐호텔에서 벗어나 햇빛을 좀 쐬어보려는데 같이 갈래요?" 하 박사가 물었다.

"네. 같이 가요."

그렇다면 우리는 언어가 우리를 위해 만들어준 세상에, 그 경계 너머를 보지 못한 채 갇힌 걸까? 나는 아니라고 생각한다. 키우는 개가 모래 위에서 행복하게 춤을 추는 모습을 보며 같이 행복을 느껴본 사람이라면, 옆에 선 차 안에서 생각에 잠긴 운전자를 보고 자신을 떠올리며 미소 지어본 적 있는 사람이라면 그 미로에서 빠져나오는 방법을 알고 있을 것이다. 바로 공감하는 것이다. 내가 아닌 타인이 가진 시각을 인정하는 것이다. 타인이 느끼는 감정을 해방하고 동조하는 것이다. 오직 공감 능력이 없는 사람들이야말로 진정으로 갇혀 있다.

— 하 응유엔 박사, 《바다는 생각한다》

36

"고등학생 시절 이곳에 왔을 때는 전쟁 포로들이나 반체제 인사들을 가두었다는 호랑이 우리를 내려다봤어요. 전 '내가 다른 시대에 태어났으면 여기 갇혔을지도 모르겠다'고 생각했었죠."

폐교도소를 방문한 하 박사와 에브림은 철창살을 통해 호랑이 우리 아래의 어두운 우물 속을 내려다보고 있었다. 건물 지붕은 일부 붕괴하여 회반죽과 나무 널조각들과 낙엽이 여기저기 흩어져 있었다. 과거에 경비요원들이 수감자에게 생석회를 던졌던 곳이었다. 부서진 지붕 사이로 쏟아지는 햇빛이 하 박사와 에브림의 얼굴 위를 수놓았다. 곰팡이가 핀 벽에서 회반죽 조각이 바닥으로 떨어지기 시작하고 있었다.

"그때 관광 가이드가 기억나요." 하 박사는 말을 이었.

"우리 조상들에게 미국인들이 행한 부당한 행위들에 우리가 분노를 느끼게 하는 게 당시 가이드들이 할 일이었죠. 듣기 어려운 끔찍한 이야기를 하나씩 하나씩 해주었고요. 석회로 눈이 먼 포로들, 고문을 받다가 손가락이 절단된 포로들. 경찰봉으로 머리를 맞다 정신이 이상해진 띠우 띠 따오라는 여자 포로가 있었어요. 자기가 빵과 우유만 먹을 수 있는 작은 애완견이라고 믿었대요. 보름 동안 한 번도 자지 않았고 바람이 불자 하늘을 날 수 있을 줄 알았고요. 그러니까 제 생각에 가이드는 아마 교육적인 의미로 이야기해준 것 같아요. 그런데 솔직히 우리에게 뭘 원했는지는 모르겠어요. 이미 세상은 오래전에 바뀌었는데 말이죠. 그때 우린 전쟁이라는 걸 상상하기는커녕 분노를 느낄 수도 없었으니까요. 정부도 이미 많이 변했었죠. 오히려 호찌민 자유무역지대는 이 섬이 가진 역사보다 섬을 관광지로 발전시키지 못하는 것에 더 불만을 품었어요. 하지만 투어 가이드들은 어쩐지 아직도 구 하노이 공산주의에 열광하더라고요. 그게 벌써 일어난 지 수십 년이 지났는데도 그들에게는 아직 단 하루도 지나지 않은 것처럼 느껴질 정도로요. 어쨌든 가이드들이 우리에게 뭘 원했든, 그 의도가 뭐였든, 우리 안에 만들어내고 싶은 감정이 뭐였든 간에…… 저에겐 아무 일도 일어나지 않았어요."

"박사님이 전에 와봤는지 몰랐어요." 에브림이 말했다.

"미녀부도티어-첸 박사님도 제가 여기 와본 적이 있는 걸 아는지 잘 모르겠어요. 하지만 맞아요. 그때 보육원에서 여행으로 왔었어요. 여기서 며칠 묵으면서 여기저기 버스를 타고 돌아다녔죠."

"제가 박사님과 거의 일로만 친했었다는 걸 이제야 깨달았어요. 박사님이 고아인지도 몰랐어요." 에브림이 말했다.

"굳이 약력에 쓰진 않았으니까요. 약력이나 저자 프로필이 가진 장점이지요. 쓰고 싶은 내용만 쓸 수 있거든요. 저는 보통 옥스퍼드와 케임브리지에서 공부했던 시절부터 써요. 아무도 내가 어디 출신인지 알 필요는 없잖아요. 학창 시절 내내 스무 명이 넘는 여자아이들과 같이 한방을 쓰는 기숙사에서 지냈던 일이나 끈다오에서 사랑에 빠진 한 소년이 절대 날 봐주지 않아 애가 타서 미칠 지경이었던 일은 몰라도 돼요."

"미쳐요?"

"바람이 불면 하늘을 날 수 있겠다고 생각했다는 건 아니에요. 그렇게 미쳤다는 건 아니지만 어쨌든 이곳에서 시작되긴 했어요. 제가 스스로 '미쳤던 그해'라고 부르기도 해요. 실제로 그건 바로 여기, 이 건물에서 시작되었네요. 여기서 호랑이 우리를 내려다보고 있었는데, 오히려 나와 마주 보던 내 모습을 본 거예요."

"박사님을 보았다고요?"

"네. 저를 보았어요. 지금 제가 당신을 보는 것처럼 분명하게도요. 포로들이 입는 누더기를 입고 얼굴에는 피가 묻은 채로 어두운 구멍 아래서 저를 올려다보고 있더라고요. 전 그전에도 이후에도 환영을 본 적은 없지만 아직도 그날만큼은 확실하게 기억해요. 그때 본 제 모습이 마음에 깊이 새겨졌죠. 그날 밤 호텔 방에 누워서 낮에 본 건 빛 때문에 잘못 본 거라고 스스로 다독이며 그 이미지를 떨쳐보려고 했어요. 그런데 절대 잊히지 않더라고요."

"미너부도티어-첸 박사님이 트라우마는 '우리 신체에 새겨진다'고 말했어요."

"맞아요." 하 박사는 대답했다. "제 생각엔 그때 제가 감정적으로 힘든 상태였던 거 같아요. 저라는 존재를 알지도 못하는 남자아이를 짝사랑하는 중이었고 오랫동안 외롭기도 했고요. 학업 스트레스도 받아 지쳐 있기도 했거든요. 이게 한 번에 확 들이닥친 건지 그 순간 뭔가가 제 마음 안에서 갑자기 확 뒤바뀌었어요. 그리고 그 상태가 계속 이어졌고요. 건물에서 걸어 나왔는데 색깔이 원래 그랬던 것만큼 밝지 않은 거예요. 마치 구름 뒤에 해가 숨어버린 것처럼요. 그런데 하늘을 보니 해는 바로 보였어요. 우리가 교도소로 들어갈 때 떠 있던 바로 그 자리에 그대로 떠 있었어요. 오직 저한테만 저 태양을 똑바로 바라볼 수 있을 정도로 어두워진 거예요. 그리고 주변 소리도 줄어들어 있었어요. 마치⋯⋯."

"마치 모든 게 한 걸음 떨어져 있는 것처럼요?" 에브림이 말했다.

"맞아요. 그게 바로 제가 찾던 표현이었어요. 어떻게 알았어요?" 하 박사가 물었다.

"제가 6개월 전부터 정확히 그렇게 느끼기 시작했거든요. 그래서 어떻게 그런 상태에서 벗어날 수 있었나요?"

"아무것도 하지 않았어요. 그리고 아무도 모르게 했지요. 계속 공부하고, 계속 다른 이들과 대화를 나누고, 원래 제가 하던 대로 하며 지냈어요. 저에게 나타나는 그 상태를 아무도 알면 안 된다고 생각했거든요. 그래서 숨기는 법을 터득했어요. 아무렇지 않게 미소를 짓고, 모여 있는 친구들에게 가서 함께 지내고 내가 아닌 나를 연기하는 법을 배웠지요. 그러다 옥스퍼드에 진학했어요. 어쩌면 대학교에 진학하면 장면이 다시 원래대로 바뀌는, 마법이 깨지는 그런 순간이 올 거라고 기대했는지도 몰라요. 모르겠어요. 그런 순간이 세상이 바뀐 만큼 빨리 오지는 않았지만, 시간이 지나면서 색들이 돌아왔어요. 언제 상태가 좋아진 건지, 아니면 이 정도면 충분하게 좋아진 건지 딱 정확하게는 알 수 없는데 어쨌든 돌아왔지요. 옥스퍼드에서 전 생물학과 동물기호학, 다른 많은 과목을 공부하는 데 푹 빠져 있었어요. 과학이라는 학문에 이 한 몸 바친 거죠. 그게 동기부여였나 봐요. 몇 년간은 괜찮게 지냈거든요. 그러다가 연구소를 운영하면서 갑오징어를 연구했는데……."

에브림이 손을 들며 끼어들었다.

"무슨 일이 일어났는지 알아요. 박사님 경력을 조사할 때 들었어요."

"그랬는데도 날 뽑았군요."

"오히려 박사님이 적합한 사람이라는 확신이 더 들었어요. 실패를 경험했잖아요. 그래서 이번 연구에 더 신중하게 다가갈 수 있을 거라고 생각했죠."

"그저 실패만 경험한 게 아니었어요. 그건 내 잘못이었어요, 에브림. 나 때문에 모두 다 죽어버렸어요. 왜냐하면 정말 중요한 일을 무시하고 넘겼거든요."

"맞아요. 그건 박사님 때문이었어요. 여러 의미로는요. 하지만 박사님은 혼자였잖아요. 스스로 혼자가 되었어요. 그리고 여기선 혼자가 아니고요."

그건 박사님 때문이었어요. 이 말은 하 박사가 그동안, 그 오랜 시간 동안 듣고 싶었던 말이었다. 비난처럼 들리는 말이지만 오히려 하 박사는 용서한다는 말로 들었다.

그들은 이제 건물 밖으로 나왔다. 하 박사는 순간 숲의 색이 흐리게 보일까 봐, 벽이 부스러져 바래버린 건물이 원래 색보다 희미해져 보일까 봐 두려웠다. 그러나 그런 일은 일어나지 않았다.

"군도는 정말 이상한 곳이에요. 억압하고 통제하는 곳이랄까요? 지금 여기도 반체제 인사들을 가두는 감옥이고요. 이곳의 역사는…….” 에브림이 말했다.

"지금과 거의 다를 게 없지요." 하 박사가 말했다. 에브림은 끄덕였다.

"맞아요. 나도 포로라는 걸 알아요. 알텐체체그가 내릴 명령도 알고요. 미너부도티어-첸 박사님은 저를 더는 대중들 앞에 내세울 수가 없었어요. 난 그걸 시작부터 이해했어요. 그리고 여기로 추방당했죠. 다들 내가 '고립되었다'고 말하는 것 같더라고요. 하지만 전에도 말한 것처럼 미너부도티어-첸 박사는 단 한 방향만 생각하진 않았어요. 항상 여러 방향을 동시에 생각했지요. 그래서 제가 여기에 있는 이유는, 박사님과 만났을 때 알려준 그 이유도 있지만 다른 이유도 있답니다. 어쩌면 그중 하나는 전 외계에서 존재하는 게 어떤 건지 이해할 수 있기 때문이에요. 박사님은 모르는 부분이죠. 그러니까, 인간들 말이에요. 박사님이 전에 제가 인간이라고 말해주었을 때 정말 감사하게 생각했어요. 하지만 박사님 말처럼 저는 그 이상이에요. 전 타인들이 저를 외계인처럼 여기는 그 느낌을 알아요."

"물론 당신은 외계인일 수도 있어요. 하지만 지금은 제 옆에 있는 전부예요."

"박사님에게는 캄란이…….”

"아니요. 오늘 오전에 포인트 파이브를 부숴버렸어요. 너무 거기에 의존하고 있었더라고요. 거의 중독 수준으로요."

"전 오늘 박사님이 떠나겠다고 이야기할 줄 알았어요."

'에브림은 모르는구나.'

"전 여길 떠날 수 없어요.”

"맞아요. 박사님 이제야 예상했던 걸 찾아냈잖아요. 그동안 그렇게나 많이 써왔던 가설이요. 이제야 그 가설을 입증할 기회가 온 거예요. 그런데 어떻게 떠날 수 있겠어요?"

"아니, 그런 뜻이 아니고요. 물론 맞아요. 이렇게 좋은 기회를 두고 떠날 수는 없겠지요. 만약 떠나고 싶다 하더라도 떠날 수 없어요. 나 역시도 이곳에 갇혀 있거든요."

에브림은 하 박사를 길게 쳐다보았다. 이해할 수 없다는 눈빛은 곧 이해했다는 눈빛으로 바뀌었다.

"어떻게 그런……."

"저한테도 인권이 있다고 시위해줄래요? 법은 지켜야 한다고요? 미너부도티어-첸 박사나 디아니마 같은 회사들은 법이고 뭐고 상관없다고 생각하는 건 아니죠? 이들은 웬만한 국가보다 강력해요. 게다가 국경에 제한받지도 않죠."

"그러니까 박사님은 납치당하셨군요."

"맞아요. 비밀 유지와 보안에 관련된 계약 몇 줄을 그들에게 넘기고요. 그래도 전 책임감 있는 사람이에요. 그들이 원하는 그대로 정확하게 행동했어요. 내가 이곳에 와서 무엇을 해야 하는지 아무에게도 말하지 않았죠. 전 이스탄불에서의 삶에서 나와 디아니마 드론 헥스콥터에 올라탔어요. 불투명한 창문이 있던 자유무역지대에서 브리핑을 받고, 이곳으로 오기 위해 다른 헥스콥터를 타려고 급히 움직였죠. 내가 어디에 있는지는 아무도 몰라요. 당신만큼이나 저도 이곳을 떠날 수 없으니 우린 한배를 탄 거나 다름없죠."

"도망치고 싶어요?"

"아니요, 적어도 아직은요. 이 연구를 하고 싶어요. 당신 말처럼 제가 세운 가설을 입증해 보이고 싶어요. 그리고 그들을 보호하고 싶어요. 문어들 말이에요. 문어들을 안전하게 지키기 위해 뭐라도 할 거예요. 모든 개체를요. 나 도와줄 거죠?"

"네. 도울게요. 제가 말했듯이 박사님은 혼자가 아니니까요."

둘이 거리를 따라 몇 분 정도 내려갔을 때 에브림이 입을 열었다.

"이 세상이 전처럼 총천연색으로 바뀌었을 때가 언젠지 정확히 말할 수 없다고 했잖아요."

"그래요."

"생각해보니 제 눈앞에도 색이 입혀지기 시작한 것 같아요."

"다행이네요."

"박사님이 여기 도착했을 때부터였던 것 같아요."

"정말 잘됐네요. 저도 그게 사실이라면 좋겠어요."

에브림이 멈추어 섰다.

"그리고 또 다른 게 있어요, 하 박사님. 박사님이 알아야 할 내용이에요."

"말해줘요."

"제가 전에 거짓말했어요."

"무슨 거짓말이요?"

"저 자신에 대해서요. 제가 어떤 존재인지요. 미너부도티어-첸 박사님은 오랫동안 온 세상에 저에 관한 거짓말을 해왔어요. 그러다 보니 저 역시도 거짓말을 하는 게 습관처럼 되었고요. 인간과 똑같은 안드로이드를 만들어내는 건 절대 박사님의 의도가 아니었다는 게 진실이에요. 단 한 순간도요. 박사님은 인간보다 더 나은 마인드를 창조하고 싶어 했어요. 그래서 인간이 가진 한계를 깨끗이 지웠죠. 뭐든 완벽하고 완전하게 배울 수 있고 절대 잊어버리지 않으면서 졸리거나 배고파하지 않아야 했지요. 자신이 겪은 일은 완벽하게 기억해내고 그 지식을 사용할 수 있어야 했어요. 그런데 박사님은 이런 것들을 세상이 받아들이지 않을 거란 걸 알았죠. 그래서 에브림은 그냥 인간 데이터로 조립되고 인간이 하는 생각들로 가득 채워진 딱 그 정도인 인간이었으면 좋겠다고 사람들에게 말했어요. 그 많은 인터뷰나 테스트는 모두 제가 그들과 같다는 걸 설득하기 위한 쇼였어요. 그래야 사람들이 절 받아들일 테니까요. 하지만 그건 사실이 아니었어요. 전 절대 그들과 같지 않았어요. 그리고, 더 있어요."

"말해봐요."

"디아니마는 문어들을 연구하겠다고 군도를 사들였지만, 박사님이 생각하거나 원하는 이유 때문은 아니었어요. 미너부도티어-첸 박사님은 더 나은 마인드를 만들어내길 원했어요. 언제나 그랬지요. 그 박사님은 문어들이 어떤지 알아요. 우리가 생각하는 만큼 문어들이 지능적이고, 인간과는 완벽하게 다른 형태를 가졌으면서 우리처럼 지각이 있다는 걸 증명해 보일 수만 있다면 거기서 분명 더 나은 마인드를 만드는 열쇠를 찾을 수 있다고 생각한 거예요. 완전히 다른 신경망을 배선시키는 거지요. 우리가 상상조차 할 수 없는 구조일 거예요. 그 누구도 꿈꿔보지 못한 사고 시스템인 거죠. 새로운 탐험의 가능성을 열어주는 거예요. 단순히 개선하는 데서 그치는 게 아니라 어떻게 마인드와 언어의 작동 방식에 대한 우리의 생각을 완전히 뒤바꾸는 거지요."

"좋아요. 문어들을 연구하려면 어쨌든 안전하게 보호해야 할 테니까요. 그들의 서식지를 안전하게 둬야 할 테니 그건 우리가 공통으로 가진 목표가 되겠네요. 만약 그녀가 우리가 찾아낸 문어에 관한 정보로 더 나은 인공지능 마인드를 만들겠다면 오히려 전 더 신경 쓰지 않겠어요. 적어도 디아니마는 이곳에 계속 투자할 테니까요."

"제 말은 그게 아니에요. 그러니까, 결국 그녀는 문어들을 실험대 위에 올릴 거라는 이야기예요. 해부 실험대랑 다른 장치들을 모두 봤잖아요. 나중에는 그 문어들에 칼을 댈 거예요. 수십 마리를요. 문어들이 어떤 마인드와 신경망을 가졌는지 직접 두 눈으로 봐야 할 테니까요. 그리고 원하는 정보를 얻을 때까지 아주 많은 문어를 해치게 되어도 전혀 신경 쓰지 않을 거예요. 그런 사람이라고요. 디아니마가 여기에 있는 이유는 데이터를 뽑아내기 위해서예요. 다음 에브림을 만들어내기 위해, 저보다 훨씬 나은 마인드를 만들어내기 위해서요. 문어 종을 보존하는 건 그저 부수적인 일이에요."

"그녀가 그렇게 말했나요?"

"저한테 말해줄 필요도 없어요. 전 그녀를 알아요. 박사님과 같지 않아요, 하 박사님. 미너부도티어-첸 박사님은 소통을 원하지 않아요. 그저 통제를 원할 뿐이에요. 박사님은 문어들과 소통하고 이해하는 걸로 끝이잖아요. 하지만 미너부도티어-첸 박사는 그 지식을 착취해서 자기 자신을 위한 연구에 어떻게 이용할지만 생각한다고요."

하 박사는 해부 실험대, 3D 생체 인쇄기들을 떠올렸다. 테이블 위에 누워 있는 모양 가수를 상상했다.

"그런 일은 일어나지 않을 거예요, 에브림. 그렇게 되도록 두지 않을 테니까요."

"맞아요. 우린 그렇게 되도록 두지 않을 거예요. 처음 연구를 시작했을 때만 해도 문어들은 저와는 멀리 떨어져 있는 존재라고 생각했어요. 그들이 존재한다는 사실이나, 그들이 무엇을 필요로 하는지가 아니라 그저 우리가 얻을 수 있는 지식과 정보에만 집중했죠. 하지만 더는 아니에요, 하 박사님. 박사님이 모든 걸 바꾸었어요. 그리고 어쩌면 문어들도 바뀌었는지 몰라요. 저는 모양 가수 같은 생명체가 절단되어 해부되는 걸 절대 용납할 수 없어요. 도대체 누가 그런 짓을 할 수 있는지도 모르겠고요. 어쨌든 저는 분명히 아니에요. 아무도 해부 실험대에 올라가지 못할 거예요. 제가 약속드려요. 어떤 살해도 없을 거예요."

아무 말없이 걷다 보니 나무 사이로 흰 칠을 해둔 호텔 옥상 바닥이 보였다. 그때 하 박사는 디아니마 헥스콥터가 호텔 테라스로 하강하는 걸 보았다. 에브림과 하 박사는 발걸음을 빨리했다. 헥스콥터는 다시 떠오르더니 거의 수직으로 날아올라 본토 방향으로 재빠르게 날아갔다. 안에 승객이 타고 있었다면 기절했을 만큼 빠른 속도였다.

호텔 로비는 분홍빛과 금빛 석양으로 물들어 있었다. 먼지들이 플랑크톤처럼 기둥 근처를 둥둥 떠다녔다. 알텐체체그의 맞은편에 앉아 있던 누군가가 로비로 들어오는 에브림과 하 박사를 맞이하기 위해 일어났다.

"안녕, 에브림. 안녕하세요, 응유엔 박사님."

"안녕하세요, 미너부도티어-첸 박사님." 하 박사도 인사했다.

4

오토포이에시스
Autopoiesis

자신이 스스로 자신을 제조하거나 재생산하는 것.
자기생산, 자기 제작, 자기 창출을 의미한다.

나는 어렸을 때조차도 덫에 걸린 기분이었다. 왜 이 두 눈으로만 바라보아야 할까? 왜 이 시간에서만 살아가야 할까? 나는 다른 이들의 눈을 통해 세상을 바라볼 수 있도록 자유로워지고 싶었다. 어디든 있는 눈으로.

 나는 나를 가둔 폐쇄된 신경계에서, 피부라는 감옥에서 탈출하고 싶었다. 인공 마인드에 매혹된 건 이 갈망으로부터 시작되었다. 만약 자아를 느끼는, 의식하는 존재를 만들 수 있다면 그 존재가 가진 두 눈을 통해 세상을 볼 수 있을 것이다. 그러면 내 육체에서 거의 탈출했다고 느낄 수 있을 것이다.

 거의.

— 앤캐틀러 미너부도티어-첸 박사,《마인드 건설하기》

37

늦은 밤. 보스포루스 해협에 나무 보트가 닻을 내렸다. 광을 낸 참나무 선실은 탁자 위에 걸려 있는 촛불 모양 LED 등으로 환하게 빛났다. 탁자를 사이에 두고 초면의 남자 둘이 마주 보고 앉았다. 50대로 보이는 한 명은 다부진 체격으로 관자놀이 부근이 하얗게 셌고 코듀로이 야전잠바를 입고 있었다. 그는 두툼한 두 손으로 찻잔을 감싸고 있었다. 다른 남자는 더 젊었다. 마른 체격에 머리를 아주 짧게 깎았고 한쪽 눈은 통통 부어 거의 감다시피 했다. 콧구멍 부근에는 피딱지도 앉아 있었다.

둘은 서로를 쳐다보지 않았다. 젊은 남자는 자기 무릎을 내려 보고 있었다. 나이 든 남자는 중국 등불처럼 불빛이 춤추듯 흔들리는 찻물을 깊이 바라보았다. 그리고 이내 두 눈을 찻잔에서 떼지 않고 입을 열었다.

"누가 엿듣는 일이 없도록 이 보트에서 이야기해야 합니다. 해가 지날수록 사무실에서 발견되는 도청 장치만 수백 가지가 넘는데, 매번 지난 버전보다 어찌나 정교해지는지 상상도 못 할 겁니다. 전에 청소부 휴게실로 쓰던 곳은 작은 박물관으로 만들어 더 흥미로운 것들을 소장하고 있지요. 남의 이야기를 들어주는 게 일인 사람들의 이야기를 듣기 위해 만든 장치들이 판을 치다니. 이해는 됩니다. 이스탄불 공화국에서 무슨 일이 일어나고 있는지 알고 싶을 때 정보를 알아내는 일을 하는 사무실보다 표적으로 삼을 더 나은 장소는 어디일까요? 책갈피에 내장되거나 빗자루 손잡이 속을 파내어 그 안에 숨겨놓기도 하고, 깨진 바닥 타일 사이에서도 도청 장치들을 발견했어요. 창턱에 죽은 파리처럼 생긴 장치도 있었답니다. 보트에 그런 것들을 두지 못하게 보안을 더 강화하지는 않았습니다. 그렇지만 적어도 장치를 찾아낼 면적이 훨씬 작지요. 그리고 또 다른 장점은 보트에 설치하려면 더 정교한 도청 장치를 만들어야 할 텐데, 그러면 우리 작은 박물관에 더 흥미로운 전시품을 둘 수 있다는 거예요. 지난주에 내 마음에 쏙 드는 걸 하나 찾았습니다. 따개비 모양인데 나무 선체에 구멍을 뚫어 인간이 하는 말의 진동을 감지해 소리를 듣는 섬유질로 되어 있었답니다. 정말 예술 작품이 아닐 수 없잖아요!"

나이 든 남자는 이제야 고개를 들어 젊은 남자와 눈을 맞추었다.

"보고 싶지 않아요?"

미동도 없는 젊은 남자는 아무 대답도 하지 않았다.

"다음에 기회가 있겠죠, 그럼." 나이 든 남자가 차를 한 모금 마시고 이야기를 계속했다.

"나는 그런 장치들을 설계했을 수천, 수십만 시간을 생각해보곤 해요. 그리고 그것들을 우리의 비밀 장소에 설치했다 제거했을 수십만 시간을 생각하고요. 추적하고 찾아내는 장치를 설계하는

데 걸린 시간, 그 대응책을 설계하고 전 세계의 심문실을 샅샅이 훑어보도록 고용된 직원들과 그들이 찾아낸 장치에 녹음된 내용을 들어봐야 하는 또 다른 사람들을 생각해봅니다. 대부분은 전혀 흥미롭지 않은 이야기들이겠지만 어쩌다 한 번씩 중요한 내용이 나오겠지요. 모든 직업이 이렇게 탄생했어요. 20세기 철학자 폴 비릴리오는 '선박을 발명할 때는 난파선도 발명한다. 비행기를 발명할 때는 비행기 사고도 발명한다. 그리고 전기를 발명할 때는 감전 사고도 발명한다. 모든 기술은 그 자체로 부정적 성향을 보이고, 이건 기술이 발전하는 동시에 생겨난다'라고 말했지요. 난 가끔 이 말을 떠올립니다. 정말 맞는 말 아닌가요? 모든 기술은 각각 예상치 못했던 결과를 가져오니까요. 그리고 새로운 기술은 각각 우리가 사는 방식을 바꾸지요. 꿈을 꾸는 방식까지도요. 난 가끔 영화가 등장하기 전에는 사람들이 꿈을 어떻게 꾸었을까 궁금하더라고요. 분명 같은 방식은 아니었을 거예요. 영화가 등장하고 나서야 모든 꿈은 영화가 되었으니까요. 그렇게 보면 난 우리를 바꾸게 하는 건 기술이지 그 반대는 아니라고 생각해요. 우리는 무턱대고 뭔가를 만들어내요. 만들 수 있는 건 뭐라도 만들어보는 거지요. 수백만 명이 넘는 사람들이 이다음엔 뭘 발명하겠다고 마음먹고 있어요. 기업이란 기업은 모두 이 세상에 새로운 기술을 소개하는 데 목숨을 걸고 있고요. 그 기술로 인한 나비효과는 상상도 못 하면서 말이지요. 만약 당신이 자동차를 발명하면, 그 자동차를 이동식 도살장으로 사용한 연쇄살인범도 발명하는 거예요. 카메라와 비행기를 발명하면 당신은 공중 감시 카메라를 발명하는 거고요. 드론을 발명하면 폭탄을 날려서 누군가를 암살하는 데 쓰일 거라는 걸 당신은 바로 알아야만 해요. 우리가 발명해낸 이 새로운 것들은 모두 우리의 삶을 구현하고 결과를 수반해요. 그렇다고 발명하는 걸 그만둘 순 없어요. 그렇지 않나요? 우린 뭔가를 발명해야만 해요. 우리 유전자에 포함되어 있으니까요. 인간은 기술적인 동물이에요. 우리는 발명 때문에 이 지경까지 왔고, 이 행성의 주인이 되고야 말았어요. 하지만 동시에 기술은 우리의 발목을 묶어두지요. 이건 충동이에요. 어떤 결과가 따라오든 멈출 수 없단 말이에요. 그러니까, 봐요. 기술을 통제하는 건 인간이 아니에요. 차라리, 그 반대지요. 기술은 언제나 막을 수 없는 힘을 갖고 있었어요. 새로운 걸 만들어내야 한다는 우리의 욕구로부터 진화한 창조물이니까요. 목적에 맞게 욕구를 충족시키고 우리 삶의 또 다른 형태와 가능성을 창조하지요."

젊은 남자는 이제야 고개를 들어 나이 든 남자를 보았다.

"하고 싶은 말이 뭔가요?"

"내 말은 만약 당신이 발명한 인공지능이 우리가 스스로 하던 많은 걸 대신 하게 한다면, 당신은 새로운 마인드를 해킹하고 그들이 원하는 대로 헌신하는 한 무리의 사람들 역시 만들어낸다는 뜻입니다. 예를 들면 당신 같은 사람들이지요."

"당신은 내가 모르는 뭔가를 알고 있군요."

"믿기 힘들다는 건 알겠어요. 대부분은 자기 자신을 많이 알고 있지요. 자기 머리뼈 밖에 있는 그 누구보다도 더요. 사실은 그래서 당신이 여기 있는 거예요. 난 당신에 대해 더 많이 알고 싶거든요. 예를 들면, 황새 협회에 대해 뭘 알고 있나요? 거기서부터 시작해봅시다."

"난 아무것도 몰라요."

"쓸데없는 부인으로 시작하지는 맙시다. 어쨌든 우리가 당신 눈을 멍들게 한 것도 아니고 코피를 터뜨린 것도 아니잖아요. 그런 행동을 하는 사람들은 당신 친구가 아니에요. 오늘 아침 그 사람들은 무인 택시로 당신을 죽이려고 했어요. 당신이 가진 속임수로 당신을 살해하려고 했다고요. 하지만 당신은 그들이 쫓고 있다는 걸 알고 있었고요."

"난 몰라요. 진짜……."

"모르는 척하지 말아요. 시간만 낭비할 뿐이니까. 아는 걸 나에게 털어놓는 게 좋을 거예요."

"그러면요?"

"그러면, 원하는 답을 들었다고 생각되면 당신한테 이걸 주지요." 남자는 야전잠바 주머니에서 여권을 꺼내 탁자 위에 올려놓았다. 적갈색 표지에 금박이 새겨져 있었다.

"그리고 헥스콥터에 올라타서 런던 교외에 있는 폐기차역으로 가세요. 물론 그렇다고 당신이 살 수 있다는 건 아니에요. 그저 시간을 더 벌어주는 거지요. 그들이 당신을 포기할 거 같아요?"

젊은 남자는 고개를 저었다.

"그래요. 나도 그렇게 생각해요. 그래도 적어도 몇 개월은 더 살 수 있겠지요. 아니면…… 누가 알겠어요? 그동안 그들에게 무슨 일이 생길 수도 있고요. 여권은 참 재미있는 것 같아요."

"뭐가요?"

"아직도 이렇게 종이 페이지로 되어 있잖아요. 하지만 정작 모든 정보는 마이크로칩 하나에 다 들어 있고요. 그리고 전 세계의 컴퓨터 시스템에 다 뿌려져 있기도 하지요. 종이 페이지, 비자는 다 의미 없어요. 향수병만 들게 하지요. 그런데도 우린 오래된 형식을 고수하고 있어요."

"그건 섬에 관한 거예요."

"뭐라고요?"

"섬에 관한 거라고요. 자유무역지대 인근 해역에 있는 해양 보호 구역이에요. 그 섬에 있는 마인드를 하나 해킹하는 걸 도와달라고 했어요. 전 몇 개월이나 시도했지만 도저히 뚫을 수가 없었어요."

"그 마인드로 누구를 암살하도록 시켰나요?"

"저는 몰라요."

"그들이 말하지 않았나요?"

젊은 남자가 고개를 들었다.

"그들은 저에게 아무것도 말해주지 않았어요. 섬이라는 걸 알아낸 것도 제 연락책이 터미널로 통화하는 걸 들어서예요. 그들은 디아니마가 누군가를 어떻게 섬으로 데려갈 생각인지에 관한 이야기를 하고 있었어요. 저는 몇 마디 못 들었고요. 제 연락책은 아무 말도 하지 않았는데 상대 목소리가 들렸어요. 그게 다예요. 그것도 틀렸을 수도 있고요. 잘못 들었을 수도 있으니까요. 아니면 아예 다른 이야기를 하고 있었을 수도 있잖아요."

"이 마인드라는 게…… 뭐였습니까?"

"제가 받은 건 어떤 신경망 패턴을 복사해둔 터미널 한 대가 다였어요. 커넥톰이요. 제가 본 것 중 가장 복잡한 커넥톰이었어요. 처음 한 달 동안 매달렸는데 진입조차 못 했어요. 정말 미칠 것 같앉지요. 마치……. 저도 모르겠어요."

"천천히 생각해요."

젊은 남자는 둥그런 창을 쳐다보았다. 원판 모양의 창은 방 안을 비추는 빛만 반사할 뿐, 오목한 유리 안에서 휘어지고 작아진 탁자에 앉은 두 형체 외에는 아무것도 보이지 않았고 어두운 바깥 때문에 되레 실내를 비추는 거울 같았다. 저 멀리 음색이 다른 무적* 소리가 서로 답하듯 연이어 들렸다.

"마르마라해에서 안개가 밀려오고 있군요. 보스포루스를 거슬러 구도시에 있는 언덕들 위를 지나겠어요. 30분이면 여기까지 오겠어요." 나이 든 남자가 말했다.

"왜 저를 도와주려는 거예요?"

"도와주는 게 아닙니다. 값을 치르는 거지요."

"하지만 전 아무것도 드릴 게 없는걸요. 제가 아는 건, 아니 안다고 생각하는 건 모두 말했어요. 전 당신이 방금 말해주기 전까지는 저한테 일을 의뢰한 이들이 황새 협회였는지도 몰랐는데요. 안 그런가요? 그 섬이 정말 관련 있는지도 확실치 않고요."

해협을 빠져나가는 무인 화물선 한 대가 지나가자 커다란 파도가 좌현을 들이받으며 보트가 크게 흔들렸다.

"그건 우리가 결정할 일이지요. 당신이 걱정할 건 아닙니다. 그 마인드에 관해 더 이야기해봐요."

"저는 그동안 꽤 많은 마인드를 해킹해봤어요. 당신네의 단순한 모스크바 광산 좀비부터 티베트 홀론 인터페이스까지요. 티베

---

* 항해 중인 배에 안개를 조심하라는 뜻에서 부는 고동.

트 것은 정말 어려워요. 인간 커넥톰끼리 잇는 다리 역할의 매개 시스템에 침입해야 하는데, 절대 뚫을 수 없는 또 하나의 마인드이기도 하거든요."

"티베트에서는 그냥 드론들만 만드는 줄 알았는데요."

"아니요, 그렇지 않아요. 완전히 달라요. 그 마인드들은 원하면 통제할 수도 있지만 동시에 스스로 응답을 만들어내기도 해요. 이 통제 신경세포 다발이 반복적인 피드백 고리들과 연결된 거지요. 교묘해요. 그래도 제가 그중 한 개를 뚫었어요."

"당신이 뚫었다는 그 마인드로 중국계 필리핀 어업 기업 대표가 살해당했어요. 그것도 황새 협회가 시킨 건가요?"

"그걸 알아요? 어떻게……. 알겠어요. 이젠 상관없으니까요. 맞아요. 그랬어요. 누군지는 몰랐어요. 연락책은 문자만 보내거든요. 그렇지만 대가는 넉넉히 치러줬습니다."

"우리는 그것도 그 사람들이라고 생각해요."

"좋아요. 그렇게 생각한다면요. 아마도 당신 말이 맞겠지요. 나보다 더 잘 알 테니까요."

"몇 명이나 살해한 겁니까?"

"아홉 명이요. 남자 일곱에 여자 두 명이었어요. 다들 정말 나쁜 인간들이었어요."

"후회는요?"

남자는 둥근 창을 다시 바라보았다.

"가끔 정말 짜증이 나요. 아무리 나쁜 인간들이라도 가족이 있을 거 아니에요. 그들을 아끼는 사람들이요. 얼마나 많은 사람이 몇몇 개 같은 인간들을 아끼는지 알면 항상 놀랍지 않아요?"

"아니요. 난 놀랍지 않아요. 그래도 그 마인드 이야기를 해줘요. 그들이 당신에게 줬다는 커넥톰 말이에요. 도대체 당신이 뭘 어떻게 하길 바란 거죠? 누군가를 해치기 위해서였나요?"

"그들은 저에게 아무것도 얘기해주지 않았어요. 그저 그 마인드의 취약점에 진입할 수 있도록 지도를 만들어달라고 했지요."

"그러려면 어떻게 해야 하지요?"

"미로로 들어가는 길을 찾으면서 아리아드네의 실타래를 남기는 거지요. 있잖아요, 동굴 탐험할 때처럼요."

"난 지하보다는 물가를 선호하긴 해요. 어쨌든 미노타우로스 신화는 압니다."

"좋아요. 그러니까, 뭐 그런 거예요. 동굴을 탐험할 때 좁은 길이나 빽빽한 길이 계속 나와서 복잡하거든요. 정말 미로인 셈이죠. 길을 잘못 들면 다시 빠져나가기 쉽지 않아요. 온 길로 되돌아가는 것도 헷갈리고요. 길을 잃으면 공포가 몰려와 괜히 다치거나 더 안 좋은 상황이 될 수 있어요. 그러니까 탐험가는 따라오는 동료들을 위해 '아리아드네의 실타래'를 남겨서 다 같이 안전하게 나올 수 있도록 하는 거죠. 마치 아리아드네가 테세우스에게 실꾸리를 준 것처럼요."

"하지만 이번에 당신은 그 들어가는 길을 알아내고 있었잖아요."

"네. 그들은 '포털'이라고 부르는 걸 찾아내길 원했어요. '운동 신경세포'에 접속할 수 있는 취약점이지요. '운동 신경세포'는 다른 걸 통제하고 조절할 수 있는 주 시스템이에요. 이 시스템을 하나라도 찾아내면 인공지능을 통제할 수 있게 되는 거지요. 그런데 보통은 이런 인공지능 시스템은 보안 목적으로 설계되어 있어요. 완전히 게임이지요. 당신과 설계자가 벌이는 게임이요. 포털은 외부에서 조종자나 사용자가 접속할 수 있는 백업을 위해 일부러 만들어놓은 거예요. 설계자는 본인들 외 다른 누구도 접근하지 못하는 곳에 숨어 있어요. 하지만 포털이 있다면 누군가는 찾을 수 있지요. 그저 시간과 에너지 문제예요. 진짜 게임은 시스템에 침입해 그 포털만을 찾느라 시간을 많이 쓰도록 복잡하게 설계해서 그 가치를 떨어뜨리게 하는 거니까요. 아주 경제적이지요. 그들은 당신이 감당할 수 없을 정도로 진입 가격을 올리려고 하는 거니까요."

"하지만 황새 협회는 그래도 돈을 주려고 했잖아요."

"맞아요. 그것도 아주 많이요. 바로 퇴직해도 될 충분한 금액이었어요. 하지만 전 할 수 없었어요."

"왜죠?"

"그걸 찾기 한참 전에 이미 죽을 테니까요. 그 포털을 찾겠다고 진짜 오랫동안 그 미로를 헤매야 할 거예요. 그 1세제곱밀리미터 안에 얼마나 촘촘히 얽혀 있는지, 단언할 수……. 어쨌든요."

"뭘 단언해요?"

"그러니까 그게 인간의 마인드는 아니라는 걸요. 어떤 패턴이 있었거든요. 매듭과 고리를 짓다가 다시 빙글빙글 돌다가 사방으로 가지를 치고 있었어요. 서로 연결돼 있으면서도 꼬여 있었어요. 그리고 밀도가 장난 아니었어요. 정말 촘촘했지요."

"이 분야에서는 당신이 최고인 줄 알았는데요?"

"아니요, 전 최고 중 한 명이지요. 하지만 그건 정말 일인자로 있는 것과는 아주 다른 이야기예요. 저보다 훨씬 실력이 좋은 사람

두 명을 알거든요. 한 명은 러시아 사람인데, 그 사람 정말 대단해요. 그 남자는 '바쿠닌'이라는 예명으로 활동해요. 아마 그 남자가 가장 최고일 거예요. 저보다는 열 배는 잘할걸요. 아니, 백 배는요. 모르겠어요. 그리고 또 한 명은 티베트 사람인데, 홀론 설계자예요. 그런데 그 여자는 이제 이 일을 하지 않아요. 사원에서 수녀로 있대요."

"그 둘 중 한 명이라면 해낼 수 있을 거 같아요? 포털을 찾는 일?"

"제 자존심은 아니라고 말하고 싶은데 모르죠, 정말. 러시아 남자는 실력이 정말 뛰어나기 때문에 무슨 일까지 해낼 수 있을지 저도 모르겠어요. 진짜 완전히 다른 차원에 있는 존재니까요."

나이 든 남자가 탁자에 여권을 하나 들이밀었다.

"고마워요."

"이게 다예요?"

"사용하지 않는 부두 맨 끝의 오래된 돛 아래 갑판에 드론 헥스콥터가 한 대 있을 겁니다. 이 배에 당신을 거기까지 데려다줄 무인 보트가 있어요. 내가 보트 갑판까지 배웅하지요."

"고맙습니다."

"우리는 우리 세계를 지킬 거예요. 필요하다면 당신을 다시 소환할게요."

"어떻게요?"

둘은 이제 갑판에 도착했다. 깜깜해진 마르마라해에서 불어오는 바람이 살랑거렸다. 해협 너머로 줄지은 도시 불빛이 반짝거렸고 그들 앞으로 떠다니는 배들에서 불빛이 새어 나왔다.

"당신한테는 안된 일이지만, 당신이 찾는 포털처럼 사람도 잘만 하면 다 찾을 수 있어요."

맞은편 해안에서 반짝이던 불빛은 이제 둘 앞에 서 있는 한 물체에 가려져 보이지 않았다.

곧 거대한 선박의 평평한 뱃머리가 두 남자의 머리 위로 벽처럼 우뚝 솟아올랐는데 이미 너무 가까이 다가와서 몸을 피할 시간도 없었다.

'이 속도면 해안까지 부딪히겠다. 다들 죽겠지. 고작 자기들이 고용한 나와 다른 용병 따위를 죽이겠다고 얼마나 많은 이들을 끌어들이는 걸까? 자려고 누운 사람들은 왜 인생이 여기서 끝나는지 전혀 알지도 못한 채 죽겠지?'

'아리아드네의 실타래.' 남자는 이제 살아남기에는 늦었다는 걸 알면서도 이런 생각을 하며 물속에 뛰어들었다.

'그 어떤 가위로도 잘라낼 수 있는 실.'

무인 화물선이 보트를 들이받아 두 동강을 내고 그중 한 덩이를 물속으로 밀어 넣었다. 부서진 보트 조각을 제외하고는 그 무엇도 수면 위로 떠오르지 않았다.

'도덕적으로 올바르다'라는 표현은 '당당하게 행동한다'와 '군중 속에서 돋보인다'의 영어 표현과 비슷한 의미가 있다. 우리의 신체 구조와 움직임이 우리가 이야기하는 윤리, 행동, 그리고 도덕성으로 전환되는 방식을 보면, 다른 신체를 가진 생명체와 소통할 때 나타나는 문제점들을 이해하기 시작할 것이다.

— 하 응유엔 박사, 《바다는 생각한다》

38

 문어 종을 보존하는 건 그저 부수적인 일이에요……
 하 박사는 미너부도티어-첸 박사에게 하고 싶은 비난과 고발의 말을 모두 정리하느라 거의 밤을 새웠다.
 그러나 하나하나 몇 번이고 되새겨볼수록 하 박사는 오히려 그간 느껴온 분노에서 벗어났다. 테이블에 앉아 있는 하 박사보다 작고 가냘픈 그녀도 더는 화를 돋우지 않았다.
 하 박사는 미너부도티어-첸 박사를 피드스트림에서 수없이 봐왔다. 유엔 인공지능 위원회에서 증언하는 모습이나 연구실에서 인터뷰하는 모습, 새벽에 북유럽 해변을 달리는 모습을 찍은 회사 광고까지. 미너부도티어-첸 박사는 그야말로 '셀럽' 과학자였는데 그럼에도 무척 박식했기 때문에 '진짜' 과학자들은 그녀를 별로 좋아하지 않았다. 만약 다른 유명한 과학자들처럼 말실수라도 했다면, 대중에게 자기 연구를 쉽게 이해시키려다 실언이라도 했다면 또 모르겠다.
 그러나 그녀는 말실수하지도, 쉽게 이해시키려 하지도 않았다.

언제나 자신이 아는 것을 정확하게 말했다. 사실 자신이 하는 말이 무슨 뜻인지 정확하게 이해하는 유일한 과학자일 수도 있었다.

미너부도티어-첸 박사는 언제나 전문 기술자들마저 이해하려는 시도조차 하기 힘든 설명으로 혼란을 주었다. 청중들을 위해 더 자세한 설명을 요구하는 질문을 받을 때면 아주 업신여기는 듯한 행동을 했다. 특히 눈알을 굴리며 불쾌감을 느낀다고 표현하는 행동은 어찌나 유명한지 밈으로 자주 사용되기도 했다. 그녀는 또한 마치 모든 문장으로 토론을 시작할 수 있을 것처럼 말했다. 세상이 자신의 앞날을 가로막고 있다고 분명하게 믿었다. 그녀는 자신이 진행하는 사업으로 돌아가기 위해 세상을 밀어내려고 했는데 그 사업은 남들이 이해하기에는 너무 복잡했다.

그러나 지금 하 박사 앞에 있는 여자는 확실히 그런 여자가 아니었다. 다른 사람이 분명했다.

'피드스트림에서 훨씬 체구가 커 보이네요'라고 하 박사는 말하고 싶었다. 아니, 그게 아니었다. '피드스트림에서 훨씬 더 힘이 있어 보이네요'가 옳은 표현이었다.

다 똑같은 알루미늄 커피잔을 앞에 두고 테이블에 이렇게 함께 앉아 있으니 미너부도티어-첸 박사도 하 박사 일행만큼이나 피곤해 보일 뿐이었다. 어쩌면 더 피곤해 보였다.

에브림은 조금 떨어진 곳에 앉았다. 테이블 끝에 앉은 알텐체체그는 입가에 루바브 잼을 묻히며 미너부도티어-첸 박사가 가져온 효나반드스사일라*를 입안에 밀어 넣고 있었다.

● hjonabandssæla, '결혼의 축복'이라는 뜻을 가진 아이슬란드 케이크.

"그 케이크 이름은 '행복한 결혼을 위한 케이크'라는 뜻이 있어요. 케이크를 잘 구울 수 있으면 행복한 결혼 생활을 할 거라는 전통이 있거든요." 미너부도티어-첸 박사가 말했다.

"당신이 결혼한 적이 있었다는 건 몰랐어요." 알텐체체그는 케이크를 먹으며 말했다.

"그건 마트에서 사 온 거예요. 뭔가를 구울 시간이 있다는 건 상상도 할 수 없는걸요. 어쩌면 그래서 제 결혼 생활이 잘 이루어지지 않았을지도 모르고요. 그땐 어렸고 제 인생에 뭐가 중요한지 잘못 알고 있었으니까요. 분명 빵을 굽는 일은 아니었어요. 행복하든 아니든 당연히 결혼도 아니었고요. 이 커피 맛있네요."

알텐체체그가 엄지손가락으로 에브림을 쿡 찌르며 말했다.

"에브림은 커피를 마시진 않지만 만들 순 있지요."

에브림은 으쓱했다.

"맛있는 커피는 값비싼 원두나 깨끗한 물, 그리고 수학만 있으면 아무것도 아니에요."

한참 침묵이 흘렀다.

'이 농담에 낄 수 있도록 여기서 뭔가 딱 맞는 말을 해야 하는데.'

"하 박사님도 구운 과자를 가져왔었어요. 마카롱이요. 정말 아름다웠어요." 에브림이 말했다.

"그것도 정말 맛있었어요. 하지만 하 박사도 직접 구운 건 아니었잖아요." 알텐체체그가 이어 말했다.

"아니었길 바라요." 미너부도티어-첸 박사는 웃으며 말을 받았다.

"과자를 구울 시간이 있는 과학자는 믿을 수가 없거든요."

'당신이 우리를 여기 가뒀잖아요, 라고 말해.'

에브림이 효나반드스사일라 한 조각을 하 박사 앞에 갖다주었다.

"이보다 더 맛난 효나반드스사일라는 없다고 하더라고요. 드셔보세요."

하 박사는 커피를 한 모금 마신 후 앞에 놓인 케이크 조각을 쳐다보았다.

'말해.'

하 박사는 케이크를 들어 입에 넣고 한입 물었다.

정말, 너무 맛있었다.

"무슨 말이 하고 싶은지 알아요, 하 박사님." 미너부도티어-첸 박사가 말했다.

"그리고 맞아요. 그건 사실이에요. 알텐체체그는 당신이 이 섬을 떠나거나 여기서 어떤 신호를 밖으로 보내려 하면 당신을 죽이라는 명령을 받았어요. 그리고 에브림에게도 마찬가지고요. 어차피 영원히 당신에게 비밀로 할 순 없었을 거예요. 그리고 전 당신이, 그러니까 둘이 어떤 느낌일지도 잘 알고요. 배신당하고 덫에 걸리고 이용되었다고 느끼겠죠. 그렇게 느낄 권리도 당연히 있고요. 하지만 당신이 이해하지 못하고 있는 건 왜 그런지예요."

"그래서 그걸 설명하러 여기까지 온 건가요? 왜 그런지를 알려주려고?" 하 박사가 물었다.

"그걸 설명하러 왔어요. 하지만 당신이 연구를 어느 정도까지 진행했는지 확인하러 온 게 더 커요. 그리고 할 수 있으면 제가 도와줄 수도 있고요."

'그러니까 당신이 필요한 정보들만 캐내러 왔군요.'

그런데 하 박사 앞에 앉은 이 사람은 전혀 빈정대지도 않았고 피드스트림에서처럼 남들을 경멸하는 CEO도 아니었다. 그저 케이크를 사 들고 헥스콥터를 타고 온 눈가에 눈그늘이 내려앉은 연약한 사람일 뿐이었다. 하 박사는 아무 대답도 하지 않았다.

"한 조각 더 드시죠."

하 박사는 에브림이 갖다준 케이크를 남김없이 다 먹었다는 걸 깨달았다. 그리고 미너부도티어-첸 박사가 건네주는 케이크 한 조각을 더 받았다. 그때 그녀가 입고 있던 재킷의 긴 소매 아래가 보였다. 손목 위에 난 하얀 레이스 모양 흉터는 누가 봐도 명확하게 알 수 있는 표시였다. 미너부도티어-첸 박사만이 이 세상에 환멸을 느낀 게 아니었다. 그녀가 느끼던 노여움은 이내 사그라졌다.

"고마워요."

미너부도티어-첸 박사는 하 박사가 자신의 흉터를 바라보는 것을 알았다. 아니면 일부러 보이도록 한 걸까?

"케이크는 하나 더 있어요. 어쩌면 그게 행복한 결혼 생활을 유지하는 비밀일지도 모르겠네요. 케이크는 언제나 하나 더 있어야 한다니까요. 아니면 곧 하나를 더 가져오겠다는 약속이라도요. 제 생각엔 그게 제가 지금까지 살면서 놓친 다른 규칙인 것 같아요."

"이 섬을 영원히 방어할 순 없을 거예요." 하 박사가 말했다. 이제 준비했던 말들이 빠르게 쏟아져 나왔다. 밤새 가두었던 모든 공포와 알약으로 억누르고 연구에 집중하며 애써 모른 척했던 두려움이.

"이곳을 안전하게 지키겠다는 명분으로 알텐체체그가 몇 명이나 죽이게 될지는 상관없어요. 그렇다고 계속 이 섬을 찾는 걸 막을 수는 없을 거예요. 그들이 여기에 뭐가 있는지 알아내기만 한다면요. 그 생각은 해본 거예요? 다음에 무슨 일이 벌어질지, 그리고 그게 우리가 연구하는 문어들에게 어떤 영향을 끼치게 될지요? 아무리 디아니마가 국제적으로 온갖 힘을 갖고 있다고 해도 그 문어들을 세계로부터 보호할 수는 없다고요. 전 세계가 여기로 몰려들 거예요. 당신들만의 세상을 비누 거품처럼 터뜨리겠지요. 그럼, 사람들은 문어들을 찾아내 자극하고 찔러보고 쫓아다닐 거예요. 그러다가 문어들이 우리가 절대 찾을 수 없는 곳으로 숨어버리면 그나마 다행이겠지만, 정말 최악인 상황은 차마 상상해볼 수 없을 정도로 심각하다고요. 이게 인류가 깨달음을 얻는 최초의 순간은 아니겠지요. 이건 우주에서 혼자가 아니라는 사실을 깨달은 우리가 모닥불이라도 피워 다 같이 손잡고 노래 부르며 밤하늘의 별을 바라본다는 퍼스트 콘택트* 이야기가 아니란 말이에요. 우리 인간들은 그렇게 행복한 결말로 마무리할 수 있는 종이 아니에요. 절대. 분명 저 아래에서 살아가고 있는 연약한 작은 사회, 이미 우리가 수 세기 동안 체계적인 거대 산업 규모로 망가뜨리고 있던 해양 생태계의 남은 부분마저 파괴하는 걸로 끝날걸요. 우리는 또 다른 종족들을 쓸어버리겠지요. 게다가 이번에는 자기들끼리 문화를 만들어 살아가고 있는 종족들을 말이에요. 멸종이 아니라 집단 학살이 될 거예요. 그것도 제가 그들이 사는 삶을 이해할 기회를 얻기도 전에 일어날 거라고요……."

● 인간과 외계 생명체 사이의 첫 만남, 또는 다른 행성이나 자연 위성에서 온 것을 고려할 때 어떤 지각 있는 문명끼리의 첫 만남에 관한 흔한 공상과학 주제.

"맞아요. 그렇게 되겠지요. 또다시." 미너부도티어-첸 박사는 말했다.

"'또다시'라니 무슨 말이에요?"

"네안데르탈인. 데니소바인. 호모 날레디. 호모 플로레시엔시스. 호모 루소넨시스.• 이것들은 인류의 조상을 나열한 게 아니에요. 그저 도구를 만들어 쓰고 문화가 있던 인류 종족들을 나열한 거지요. 모두 우리가 몰아냈고요. 우리는 소통할 수 있고 뭔가를 배울 수 있고 이 행성에서 공생할 수 있는 누군가를 마주치기만 하면 그게 어디든 그들을 모두 죽여버렸다고요. 물론 그들에게서 많은 걸 배우고 함께 도우며 자랄 수도 있었겠지요. 하지만 그 대신 우린 그들의 머리뼈를 강타하고 죽을 때까지 칼로 찔렀어요. 비옥한 땅에서 사막으로 쫓겨난 그들은 역시 굶어 죽었고요."

"그 가설에 대한 증거는 아직 결론이 나지 않았어요." 하 박사가 말했다.

"증거는 차고 넘쳐요. 그저 우리 스스로 삶을 역사로 기록할 수도 없던, 훨씬 어두운 시대에 우리가 저지른 대학살에 대해서만 추측할 수 있을 뿐이지요. 하지만 우리는 최근에 일어나는 일들을 아주 잘 알고 있어요. 그에 대한 증거 역시 넘쳐나죠. 완전히 흡수할 수 없는 것들은 가차 없이 말살해버리는 거예요. 세상이 내가 만든 에브림에게 한 짓을 봐요! 디아니마가 에브림을 구하기 위해 얼마나 많은 암살 음모를 물리쳐야 했는지 알아요? 폭탄이나 총, 드론으로 에브림을 죽이려고 한 사람들이 얼마나 많은지 아냐고요? 나

• 모두 멸종한 인류 종.

는 에브림을 안전하게 보호하기 위해 이곳에 숨겨야 했어요."

"날 보호한다고요?" 에브림이 일어섰다. "날 보호해요? 왜요? 당신은 내가 진짜 살아 있다고 생각하지도 않잖아요!"

"그 바보 같은 인터뷰 때문이구나. 말도 안 되는 쇼였지." 미너부도티어-첸 박사가 말했다.

"난 너에 대한 거짓을 꾸며 벽을 세워야 했어, 에브림. 세상으로부터 널 보호하기 위해서야. 인간들로부터 말이야. 모스크바에서 우리 동료를 총살한 인간들. 파리에 있는 우리 사무실에 폭탄을 설치해 부사장 머리를 터뜨려버린 인간들. 그래, 나는 인간들이 무슨 짓을 하는지 알아. 그래. 나는 인간들이 또 다른 자아를 가졌거나 우리와 다른 문화를 가진 종족을 마주칠 때마다 어떻게 해왔는지 잘 알고 있어. 우린 라이벌을 싫어하니까. 경쟁자가 생기는 게 싫은 거야. 그러니 경쟁자가 나타날 때마다 없애버리는 거지. 하박사님, 저는 제가 이 값진 섬에 지으려고 한, 박사님 표현대로 이 '비누 거품'이라는 연약한 막에 구멍이라도 나면 어떤 일이 일어날지 아주 잘 알고 있어요. 그래서 제가 지금 여기 있는 거고요. 우린 시간이 없어요."

'문어들에게서 필요한 정보를 긁어모을 시간이 부족한 거겠지.'

"맞아요. 우리가 이 발견을 한 순간부터 시간이 촉박해졌어요. 하지만 그건……." 에브림이 말했다.

"내 말은 그게 아니야." 미너부도티어-첸 박사가 말했다.

"인간적 기질이나 세상이 흐르는 이치에 관해 은유적으로 하는 말이 아니에요. 이 섬은 이미 파멸되고 있었다고 이야기하는 거예요. 디아니마가 곤경에 처해 있어요. 그들은 이 군도를 빼앗을 수 없어서 대신 우리를 손에 넣으려 해요."

알텐체체그는 창밖을 바라보았다.

'마치 수평선에서 우리를 향해 돌진하는 뭔가를 보고 있는 것 같네. 알텐체체그가 가진 정교한 무기 시스템으로도 막을 수 없는 뭔가를…….' 하 박사는 생각했다.

"적대적 매수•를 하는 거죠." 알텐체체그가 입을 열었다.

"바로 그거예요." 미너부도티어-첸 박사가 답했다.

"누가요?"

"그걸 알았다면 멈출 기회도 있었겠죠. 하지만 말처럼 그렇게 쉬운 일이 아니에요. 우리 자회사를 한 번에 하나씩 통으로 매수할 수 있을 뿐만 아니라 그렇게 하면서도 회사의 소유 구조를 숨길 수 있을 정도로 재정이 아주 여유로운 회사더군요. 게다가 아무것도 아닌 것에 가짜 이름만 달아놓고 서류상으로만 존재하는 회사명이 수두룩해요. 도대체 누가 저렇게 대담하게 행동하는지 알아내려 할 때마다 우린 허탕을 치고요. 버려진 석유 굴착 장치 플랫폼, 독립 국가들에 등록된 지주회사들, 공동묘지에나 있는 CEO 이름들, 그리고 더 많은 이름과 더 많은 유령회사까지, 분명 아무것도 없는데 겉으로는 아주 부유해 보인다는 거죠. 우린 진실을 알아내기 위해 계속해서 파고 또 팠어요. 그런데 그들은 회사를 사들일 돈만 있는 게 아니라 우리가 심어놓은 스파이들도 요리조리 잘도 피해 가더군요. 그리고 그런 돈은 정말 무서운 거예요. 우리가 그

• 대상 기업의 반대를 무시한 일방적, 비우호적 매수.

들이 누군지 알게 될 때쯤이면 이미 늦을 거라고요."

"누군지 대충은 짐작이 가나 보네요."

"우리는 그들이 어떤 민족국가라고 생각해요. 모스크바, 베이징, 베를린처럼요. 누구든 한 기업 정도는 거뜬히 소유할 만한 돈을 갖고 있으니까요. 지금까지는 가장 유력한 가설이에요. 그렇다고 너무 작은 국가들을 의심할 필요는 없어요. 디아니마 총수익이 웬만한 작은 국가들 GDP보다는 높거든요. 디아니마를 위협할 만한 대기업에는 대부분 스파이를 심어뒀고요. 아무리 봐도 대기업은 아니더군요."

"그렇다면 그들이 우리가 뭘 가졌는지 어떻게 알아요? 우리가 설치해둔 완벽한 신호기들은 아직 조용했어요. 에브림이 도착한 이래 아무것도 섬을 빠져나가지 않았다고요. 그리고 아무도 들어오지도 못했고요. 몇 달 전 응유엔 박사를 제외하면요." 알텐체체 그가 물었다.

"좋은 질문이에요. 하지만 우리도 알아냈으니, 그건 다른 이들도 충분히 알아낼 수 있다는 걸 의미하죠. 우리가 밝혀낸 건 다른 이들도 밝혀낼 수 있어요. 그리고 섬에서 철수한 사람들 몇 명이 살해당했더군요. 분명 이 장소를 비밀에 부치는 데에 관심이 있는 누군가가 있다는 거지요." 미너부도티어-첸 박사가 말했다.

"그렇다고 이 군도에 살던 어부들이나 숙박업에 종사했던 사람들이 떠드는 꼰다오 바다 괴물 소문만을 듣고 정체불명의 대기업이 디아니마에 적대적 매수를 시도한다는 건 말이 안 돼요. 그것도 유엔에 가입된 여러 국가를 합친 크기의 대기업이라니요." 에브림이 말했다.

"그게 바로 내가 말하려는 거야. 누군가가 내가 지어놓은 세상을 조각조각 해체하려 하고 있어. 빼앗기기 전에는 우리가 소유하고 있는지도 몰랐던 계열사들을 이미 많이 잃었다고." 미너부도티어-첸 박사가 대답했다.

"디아니마는 당신네 회사잖아요. 어떻게 소유하던 계열사들을 모를 수가 있어요?" 에브림이 물었다.

하 박사는 완벽한 시스템으로 그 어떤 통제도 독립적으로 해내며 티베트 드론 회사를 자체적으로 운영하는 홀론을 생각했다. 또는 자기 신경망을 넘어서 지휘하는 마인드 없이 탐색하는, 역시나 독립적인 시스템으로 움직이는 문어의 팔들을 생각했다. 중추신경이 관여할라치면 그땐 이미 늦은 것이다.

"그런 건 전혀 신경 쓰지 않았어. 내 본업은 과학자니까. 내 관심은 오직 과학 연구뿐이었어. 발명가, 개척자. 우리의 미래를 만드는 선구자. 그 외엔 아무것도 관심이 없었어. 돈은 그저 연구를 위한 도구 그 이상도 아니었지. 내 연구를 계속 이어가기 위한 수단일 뿐이었어. 그러니 연구에 방해만 될 회사 재정은 전문가에게 맡겨뒀어. 그런데 지금, 모든 게 흐트러지기 시작하니 회사 내부가 속속들이 보이는 거야. 내가 고용한 직원들, 하지만 한 번도 만나보지 못한 직원들이 세워놓은 디아니마 제국 말이야. 회사가 개발한 제품들이 나는 존재하는지도 몰랐고, 꿈에도 생각 못 한 일이 진행되고 있었어. 어떤 면에서 나는 관심도 없던 산업에 손을 뻗으며 우리 회사가 얼마나 성장했는지를 분명하게 보여주기도 했어. 사업을 확장한다는 건 계열사가 계열사를 인수하고 시장을 독점하고 이익을 늘리는 것만큼 아주 타당한 일이었어. 내가 알았다면 절대 승인하지 않았을 일들이 일어나고 있었다고."

'통제하는 마인드 없이 탐색하는 독립 시스템이라……'

"얼마나 진행되었던가요?" 에브림이 물었다.

에브림 역시 회사 소유물이었던가? 적대적 매수에 포함되는 건가? 계열사 자산과 함께 압류되는 걸까?

"아직 주요 자산까지는 건드리지 않았어. 하지만…… 수백 개가 넘는 크고 작은 계열사들이 이미 넘어갔지."

"얼마나요?"

"지금 작년에 비해 회사 규모가 반으로 줄었어."

에브림이 자리에서 휙 일어섰다. 의자가 달가닥거리며 바닥에 쓰러졌다.

"어떻게 일을 이 지경까지 만들 수가 있어요?"

"아, 에브림. 네가 생각하는 것만큼 내가 강력했다면 이걸 막을 수 있었을 거야. 아마 떠오르는 태양마저도 막을 수 있었겠지."

"난 당신이 강하다고 생각한 적은 한 번도 없어요." 에브림이 말했다. "당신이 강하다고 생각하는 사람들은 피드스트림이나 기사에서 당신을 접한 사람들뿐이겠죠. 난 당신을 더 잘 알아요, 앤 캐틀러. 내가 누군지 잊지 마요, 난 당신을 알아요. 당신이 약한 존재라는 걸 난 항상 알고 있었다고요. 힘 있는 사람들은 자기들이 뭘 하는지, 왜 하는지 잘 알고 있어요. 어떻게 마인드를 만들지, 어떻게 한계까지 밀어낼지 알고 있지요. 하지만 당신은 왜 그걸 하는지 알지 못해요. 그러니 당신이 만드는 것들에는 사고나 실수가 더 많죠. 그리고 이제야 그것들이 당신 발목을 잡네요. 이제 알겠어요. 당신은 디아니마가 겪는 일을 절대 막을 수 없어요. 그래서 도망 온 거잖아요. 우리를 도우러 온 게 아니에요. 도울 수 있는 게 아무것도 없으니까요. 그저 숨어 들어온 거예요. 누구도 이곳과는 연락이 안 될 테니 숨기 완벽한 곳이죠. 당신이 만든 세계가 무너져 내리는 걸 보고 있을 필요도 없을 테니까요."

미너부도티어-첸 박사는 손을 호 모양으로 쓸며 말했다.

"아니, 여기가 내 세계야, 에브림. 이 섬들. 문어들. 그리고 무엇보다도 바로 너. 내가 만든 가장 위대한 마인드지. 난 만약 내 세계가 무너지더라도 끝까지 그 세계에 남을 거라는 걸 확실히 하기 위해 이곳에 온 거야."

"당신은 어떤 행동을 하는 데 있어서 이유가 꼭 하나만 있지는 않잖아요."

에브림이 말했다.

"난 당신을 알아요. 분명 다른 이유가 있잖아요. 당신은 언제나 다른 이유가 있어요."

"맞아, 에브림. 넌 누구보다도 날 잘 알지." 미너부도티어-첸 박사가 자리에서 일어섰다.

"하지만 사람은 변할 수 있어. 그리고 이제……."

"이제 당신은 좀 뛰러 나가겠죠. 머릿속을 정리하기 위해서요. 말했지만, 난 당신을 잘 알아요." 에브림이 말했다.

문어는 그야말로 순수하게 변화무쌍한 존재이다. 신체와 마인드 사이에 명확한 경계가 없고 딱딱한 부분이라고는 없는 형태로 뇌보다 팔의 반경에 더 많은 신경세포가 퍼져 있다.

    문어는 뼈에 얽매이지 않은 마인드를 갖고 있다. 서로 연결된 신경세포들이 스며든 피부로 형태를 바꾸어가며 끊임없는 호기심으로 자기 세상을 탐험한다.

    이렇게 유동적인 생명체는 도대체 어떤 세상을 만들어나갈까?

— 하 응유엔 박사, 《바다는 생각한다》

39

여기, 이 바닷속을 하 박사는 거의 집처럼 편하게 생각했다.

누군가 도와주지 않으면 혼자서는 살아남지 못할 곳을 편하게 생각하다니 이상한 일이었다. '우리는 집을 선택하지 못해. 난 집이 우릴 선택한다고 생각해.'

하 박사는 보트 위에서의 일 이후 물 밑에 있는 게 훨씬 좋았다. 힘센 여자에 속하는 알텐체체그로선 살짝 잡은 거겠지만, 손목은 아직도 화끈거리는 것 같았다.

'그러고 보니 내 몸에 처음으로 손을 댔네.' 그건 하 박사를 저지하려는 게 아니라 애원하는 손아귀였다.

"날 탓하지 말아요. 당신이 여기 갇힌 거 말이에요. 내가 시킨 게 아니라고요." 알텐체체그가 말했다.

"당신 탓하지 않아요."

"당신이 날 쳐다볼 때마다 눈빛이 말해주는데요. 두려움과 증오를요."

"아니요, 나는 당신이 두렵지 않아요. 그리고 싫어하지도 않고요."

"당신은 당신 생각 속의 나를 싫어하잖아요. 당신을 가둔 교도관. 하지만 난 그 이상이라고요."

"난 당신을 싫어하지 않아요. 그냥 당신과 말하고 싶지 않을 뿐이에요. 그게 다예요."

"나랑 말하고 싶지 않다고요?"

"할 수가 없네요."

"지금 하고 있잖아요."

"당신이 자꾸 말을 거니까요."

"말해줘요. 왜 나랑 대화할 수 없는지." 알텐체체그가 하 박사의 손을 놓아주며 물었다.

"난 당신이 나를 여기에 두기 위해 날 죽여야 할 수도 있다는 걸 받아들일 수가 없어요. 그리고 타인을 죽여야 하는 책임감을 가진 사람과는 대화할 수가 없고요."

그때 알텐체체그는 정색했고 애원하는 표정에서 뭔가 차가운 표정으로 바뀌었다. 경멸. 우월감. 통역기가 뱉어내는 단조로운 어조에서는 느낄 수 없는 비웃음이 묻어났다.

"우린 모두 다른 생명체를 죽이는 일을 받아들여요. 그 대상이 사람이라도요. 그게 바로 살아 있다는 것이죠. 살해는 우리 존재가 이 행성에서 늘 하는 행위예요. 우리가 가진 것, 우리가 살아가는 데 사용하는 모든 건 다 빼앗아서 쟁취한 거라고요. 만약 당신 생각이 다르다면, 당신은 그저 순수한 어린아이일 뿐이에요."

"세상을 바라보는 당신의 관점은 정말 못났군요." 하 박사가 말했다. 그리고 당신도 못났고요, 라고 말하고 싶었으나 하지 않았다. 그건 상처가 되는 말이었고 사실도 아니었다. 하 박사는 형광 옥빛을 내는 유동액 제어 탱크 속에 둥둥 떠 있던 알텐체체그를 생각했다. 근육으로 이어진 그 몸은 흉터 조직들이 긴 줄무늬를 이루었고 그 자체로 당겼다가 풀기를 반복하며 비틀어지고 있었다. 끔찍하게도 아름다운 모습이었다.

덫이다. 알텐체체그는 덫에 걸렸다. 모든 걸 끝이 없는 갈등으로 바라보는 이런 방식에 사로잡혀 있었다. 아직도 겨울 전쟁에서 전투 중이었다. 그녀의 살갗을 보면 알 수 있었다.

알텐체체그는 하고 싶은 말이 더 있었다. 말하려고 입을 열기까지 했다가 다시 닫았다. 이번에는 경멸하는 표정이 아니었다. 간절한 표정도 아니었다. 아무 표정도 아니었다.

하 박사는 옆으로 몸을 던지며 대화를 마무리했다.

에브림이 덧그렸던 기호는 사라졌을 것이었다. 이미 며칠이나 지났으니까. 바다는 계속해서 움직였고 해류나 파도가 분명 기호를 묻어버렸을 것이다.

그러나 기호는 사라지지 않았다. 하 박사가 가져왔던 병들에 다른 것들이 추가되어 있었다. 색을 입힌 것과 투명한 것, 오래된 것과 최근의 것도 있었다. 그리고 이번에는 하나가 아니었다. 기호들은 세로로 나란히 붙은 채 바람에 씻겨 드러난 화산암 근처에 놓여 있었다.

하 박사는 맑고 고요한 이른 아침에 작은 만의 물속을 꽤 오랫동안 맴돌았다. 이 기호들을 일종의 문법, 진정한 관계로 배열하려고 노력하기 시작한 걸 문어들이 알아줄지 너무나 궁금했다. 그런데 지금, 모래 위에 병들로 쓰인 기호는 그저 하나가 아니라 연속적이었다. 문장일까? 난 계속 이야기하고 있었어요, 라는 뜻을 가진?

하 박사는 수면 위로 올라왔다.

"팔림스크린이랑 스타일러스가 필요해요."

알텐체체그는 아무 말없이 필요한 물건을 건네주었다. 하 박사는 부채형 엔진 속에서 회전하며 물 위를 돌아다니는 알텐체체그의 드론 한 대를 알아보았다.

다시 물 밑의 모랫바닥으로 내려간 하 박사는 떨리는 손으로 스크린 위에 빠르게 기호를 따라 그렸다.

하 박사는 그림이 완성된 스크린을 앞으로 들어 올렸다. 잠시 그렇게 물속에 떠 있었다. 그리고 모랫바닥에 발꿈치를 디디고 앉았다. 그 상태로 또 잠시 머물렀다.

풍화되어 노출된 화산암 표면은 부드러웠고 색은 주변보다 옅었다. 돌덩이만 있던 곳에 작은 틈이 생기더니 가로로 열렸다. 눈이다. 돌덩이가 두 조각으로 나뉘었다. 그중 한 부분이 늘어나더니 빨판이 달린 팔이 되어 스크린을 손에 들고 앉아 있던 하 박사에게까지 뻗어 나왔다. 끝으로 갈수록 점점 가늘어지는 연약한 팔 끝이 마치 하 박사가 따라 그린 기호의 감촉을 느끼고 맛을 보려는 듯 스크린을 쓸었다. 그리고 그 팔은 앞으로 밀려오더니 스크린을 감싸 끈질기게 잡아당겼다. 하 박사는 스크린을 가져가도록 내버려 두었다.

이제 돌덩이는 흔적도 없었다. 그녀 앞에는 스크린을 들고 있는 팔만 빼고 다른 팔들은 수축시켜 몸 아래로 말아둔 채 모랫바닥에 부드럽게 닿은 문어가 있었다. 문어는 스크린을 자기 눈앞으로 가까이 가져갔다. 그러자 또 다른 팔 하나가 최대한 움직이지 않고 앉아 있는 하 박사 앞까지 뻗어 나왔다. 문어는 스크린을 좌우로, 위아래로 돌려보았다. 다른 팔이 하 박사가 들고 있던 스타일러스를 뽑아 가더니 팔 끝에 달린 빨판으로 빙빙 돌려가며 자기 머리 쪽으로 가져갔다.

순간 그 문어가 팔림스크린에 스타일러스를 가져가 뭔가를 쓰는 불가능한 일이 일어날 것 같았다. 그러나 스타일러스를 들고 있던 팔이 모랫바닥을 잽싸게 찔렀고 동시에 세 번째, 네 번째 팔이 뻗어 나와 빨판들로 하 박사의 두 손과 얼굴, 잠수복 위를 누비며 인간을 이루는 화학 성분을 맛보았다.

'내 감정 상태도? 그런 것도 알아낼 수 있나?'

문어는 창백해졌다. 몸을 늘여 수직으로 당겨 서더니 하 박사 앞에 중심을 잡으며 맨틀을 납작하게 했다. 팔 하나는 아직도 하 박사의 양 볼 앞에서 춤추듯 움직이며 잠수 마스크의 가장자리를 탐색했다.

이 생물체는 거의 하 박사만큼이나 컸다. 그 크기는 매 순간 늘이고 줄이고를 반복하며 변화했지만, 하 박사는 이 문어가 최대한으로 몸을 늘이면 자기 키보다 훨씬 클 거라는 걸 알았다.

이제 문어는 피부의 색소 세포를 몸에 퍼뜨리며 모양을 내보이기 시작했다. 모랫바닥에 병으로 그린 모양 여섯 개가 피부 위로 흘러가며 나타났는데 그건 단지 정교한 이야기의 한 부분이 아니라 소통의 흐름이었다.

처음에 흑백 패턴만을 고수하던 문어는 다른 색을 내보이기도 했는데, 선 여러 개가 번쩍이다가 합쳐지고 다시 맨틀 아래로 흐르며 흩어졌다. 그 흐름은 하 박사의 오른팔을 감고 있는 팔과 하 박사가 쓰고 있는 마스크를 만지작거리는 팔, 하 박사의 볼을 쓸어내리는 팔과 스크린을 들고 있는 팔, 그리고 스타일러스를 감아서 들고 있는 또 다른 팔들 끝까지 이어졌다.

문어 피부의 홍색 소포가 빛을 굴절시켜 모양이 반짝였다. 나타났다가 사라졌다가 하고 더 빨라졌다가 느려지기도 했다.

문어가 하 박사를 감은 팔을 잡아당겼다. 그녀는 중심을 잃었다. 그러자 마스크 가장자리를 만지작거리던 팔이 얼굴에 밀착된 마스크를 살짝 떼었다. 곧바로 바닷물이 밀려들어오자 하 박사는 앞을 볼 수 없었다. 문어가 또 다른 팔로 하 박사의 목을 감싸고 네 번째 팔로 하 박사의 왼손을 잡아당기자 하 박사는 얼굴을 바닥으로 향한 채 앞으로 끌려갔다.

'아니, 아직이야. 제발.'

문어는 하 박사를 풀어주었다. 하 박사는 마스크에 찬 물을 빼기 위해 수면 위로 올라가야 했다. 앞이 거의 보이지 않는 채로 콜록거리며 물 위로 올라가니 알텐체체그가 흐릿하게 보였다. 무기를 숨기고 나온 게 분명한 알텐체체그는 뭉툭하고 작은 기계 권총을 그녀 뒤의 무언가를 향해 겨누고 있었다. 하 박사는 즉시 알텐체체그의 손목을 잡아 아래로 향하게 했다.

하 박사는 등 뒤에서 수면 아래로 미끄러져 내려가는 부드러운 소리를 들을 수 있었다. 얼마나 가까이 있었던 걸까?

알텐체체그가 하 박사를 보트 위로 끌어 올려주었다. 햇빛이 너무 눈이 부셔 앞이 보이지 않았다. 마스크에 찬 소금물 때문에 두 눈이 쓰라렸다. 하 박사는 알텐체체그가 자기 두 손을 잡아주고 거칠지만 능숙하게 팔과 몸통을 지탱해준 다음 잠수복 안쪽 목 근처에 상처라도 입지 않았는지 확인하는 걸 느꼈다.

"난 다치지 않았어요." 하 박사가 말했다. "난 다치지 않았어요. 문어는 날 해치지 않았어요. 난 괜찮아요. 괜찮아요. 문어는 그저…… 탐색 중이었어요."

"내 총을 그런 식으로 마음대로 잡지 말아요. 하마터면 당신을 쏠 뻔했다고요."

"문어를 쏘는 것보단 나아요." 하 박사가 말했다.

"글쎄요." 알텐체체그는 하 박사의 얼굴에서 마스크를 벗겨주었다. 뭔가가 갑판 위로 툭 떨어졌다.

"뭐예요?"

"모르겠어요." 알텐체체그가 자세히 보려고 몸을 굽히며 대답했다.

"당신 마스크 안에 있던 거예요."

알텐체체그가 떨어진 걸 들어 올렸지만, 하 박사는 아직 눈도 따가웠고 시야가 너무 흐려져 뿌옇게 보일 뿐이었다.

마인드에는 두 개의 자아가 있다. 하나는 추상적이고 고상한 생각과 일상적인 생각 사이, 그러니까 삶의 의미와 깨진 머그잔 손잡이를 어떻게 다시 붙이느냐에 관한 생각 사이를 횡보하며 신경 활동을 하는 현존하는 자아로 한 척의 배 같다. 또 다른 자아는 그 배가 견디는 해류로써 더 영구적인 성향을 띤다. 어린 시절의 기억, 학습한 개념들, 습관이나 원한 같이 살아가면서 겪은 경험들이 쌓이고 쌓인 것이다. 이런 자아는 또한 아주 천천히 변한다. 마치 주변 환경이나 침식 때문에 강이 흐르는 방향이 바뀌는 것처럼, 세월을 이기지 못한 모래톱이 없어지다가 또 새로 생기는 것처럼 아주 느리고 더디다. 우리는 오직 변화로만 이루어져 있다. 그러나 어떤 변화는 아주 빠르고 어떤 변화는 몇 년, 몇십 년, 평생에 걸쳐 오는 것뿐이다.

— 앤캐틀러 미너부도티어-첸 박사, 《마인드 건설하기》

40

"우린 죽어가고 있어. 넌 그걸 알아야 해. 하루하루 약해지고 있다고. 우리에게 음식을 주지 않는다면 더 많은 선원이 병을 얻고 일을 할 수 없게 될 거야. 우리 중 가장 약한 이들이 제일 먼저 앓아눕겠지. 예를 들면 지금 손 말이야. 그는 이미 병들었어. 오래 버티지 못할 거야. 곧 우리 모두 그렇게 될 거고, 그럼 작업할 사람은 아무도 없겠지. 이해했어? 그건 너희에게도 좋은 일이 아니잖아. 우리를 벌주는 걸 이제는 그만해야 할 거야. 아니면 어획량이 있어도 작업할 사람이 없을 테니까."

에이코는 말을 멈추었다. 조타실을 굳게 봉쇄한 강화유리에서 무슨 반응을 기대할 수 있을까? 강화 철제문에서는? 그 너머에 있는 마인드에게서는? 마인드라고 해봤자 수중 음파 탐지기의 해저 이미지, 퇴적층과 모래톱 사진들, 저인망 어획 방식, 시장가격 같은 것이나 신경 쓰고 있을 터였다. 살아남기 위해 상대적으로 가치 있는 건 더 많은 데이터뿐이다.

더 많은 데이터. 그게 바로 에이코가 선박에게 이해시키고 싶은 내용이었다. 그 데이터가 의미하는 것. 선원들에게 먹을 것을 제공하는 일은 자비의 문제가 아니었다. 그야말로 가치였다. 선원들은 보호받아 마땅한 존재로 선박에 큰 가치가 있었다. 선원들을 죽인다는 것은 오히려 손실을 의미했다.

"그래, 만약 우릴 죽인다면 다른 선원들로 대체할 수 있겠지. 하지만 그러려면 다시 공장선으로 돌아가야겠지. 그나마 가장 가까운 공장선이 얼마나 멀리 있지? 만약 가까운 거리였다면 경비요원들이 모두 죽었을 때 넌 이미 방향을 틀었겠지. 그건 시간 낭비, 연료 낭비가 될 거야. 굳이 그러지 않아도 되는데 말이지. 난 널 도울 수 있어. 충분한 보급 식량을 제공하면 남은 선원들이 정말 열심히 일할 거야. 내가 보장할게. 아프지 않은 선원들은 자기 업무량을 채울 거야. 그들은 날 믿어. 내가 반드시 일을 열심히 하라고 설득할게. 하지만 그러기 위해서는 일단 체력이 돌아와야 해. 그러니까 제발, 날 도와줘. 그럼 나도 널 도와준다고 약속할게."

에이코는 조타실의 강화 철문에 붙어 있는 스텐실을 보았다. 울프 라르센, 선장.

"그러니까, 잘 생각해봐."

점심시간이 되자 식량이 반 정도 다시 지급되었다.

손은 막사 안 해먹에 누워 있었다. 얼굴이 너무 야위어 광대뼈가 툭 튀어나왔다. 미열도 있었는데, 일반적인 상황이었다면 독감보다도 심하지 않은 상태였다. 식량을 정량으로 받았을 때 선원들은 겨우 목숨을 부지할 수 있을 정도였다. 그 식량을 반만 받게 되자 체중이 줄고 체력도 약해졌다. 그러나 손은……. 이런 식으로 가다가는 손이 오래 버티지 못할 것이었다. 손은 더 많은 음식과 깨끗한 물과 휴식이 필요했다. 이제 더는 지급되지 않지만, 약도 있으면 좋을 것이다. 그거라도 있다면 손은 회복할 것이다. 하지만 그렇지 않다면, 저 끝없는 무덤으로 떨어지는 건 시간문제였다.

에이코는 자기 몫으로 받은 단백질 어묵을 반으로 잘라 손에게 건넸다.

"아니야."

"그래요. 나도 안 먹으면 배가 고프겠죠. 하지만 당신은 안 먹으면 죽을 거예요. 어서 먹어요."

손은 갈라진 입술 안으로 어묵을 집어넣어 씹어 먹었다.

어묵을 다 먹은 손이 입을 열었다.

"꿈에 집이 나왔어. 그 섬에 있는 우리 집 말이야. 동시에 꿈도 꾸고 기억도 했어. 모든 게 너무 선명했어. 지금 여기보다 훨씬 더 선명했어. 마치 내가 다섯 살 때까지 살아 계시던 우리 할아버지, 증조할아버지와 이야기를 나누는 것 같았어. 나는 바다 괴물 이야기를 하고 있었어. 그리고 증조할아버지도…… 기억했어. 할아버지도……."

손은 이야기를 멈추더니 마른침을 삼켰다. 에이코가 마실 물을 주었다.

"증조할아버지도 꼰다오 바다 괴물을 알고 계셨어. 증조할아버지 세대는 그걸 '혼바의 유령'이라고 불렀대. 그때는 만 건너편에 있는 무인도 혼바에서 하룻밤을 지새우면서, 불빛이라고는 없는 깜깜한 곳에서 움직이지 않고 앉아 있으면 물속에서 어떤 그림자가 일어나 해변을 따라 걷는 걸 볼 수 있다는 이야기를 해주셨어. 우리 증조할아버지는 이 이야기를 어릴 때 들으셨대. 열 살이던

할아버지는 친한 친구랑 작은 배 한 척을 빌려 해가 진 후에 만을 가로질렀대. 둘은 해변에 앉아 어둠 속에서 꼬박 밤을 새우며 기다린 거야. 그날 밤은 달빛도 없이 아주 깜깜했어. 그리고 진짜로 그림자가 나타나는 걸 본 거야. 하나도 아닌 둘이었다가 셋이 되고 넷이 되더래. 바다에서 해변으로 미끄러져 올라와 숲까지 이동하는 걸 보고 우리 증조할아버지와 친구는 공포로 몸이 얼어붙어 움직이지도 못하고 그대로 앉아만 있었던 거야. 한 1분 정도 지났을까 섬에 있던 원숭이들이 계속 울부짖기 시작했대. 그리고 10분쯤 지나자, 그 그림자들이 다시 해변으로 내려오더래. 다시 물 밑으로 미끄러져 들어가더니 사라졌대. 나는 그것들이 도대체 뭐였냐고 물어봤어. 할아버지는 그게 뭔지는 모르겠지만 분명 모래사장 위를 낮게 걸었고 사람보다는 컸다고 하셨어. 내가 왜 거기까지 갔는지를 물었더니 증조할아버지도 당신의 할아버지에게서 이야기를 듣고 직접 보고 싶었다는 거야. 나중에 나는 할아버지에게 혼 바에서 하룻밤 지낸 적이 있는지 물었어. 할아버지는 그런 적이 없다면서 내가 앞으로 강하게 자라려면 그런 소문은 믿지 않는 게 좋겠다고 하셨지. 그건 그냥 우리들을 겁주려고 지어낸 이야기라면서 말이야. 그리고 난 할아버지 말씀을 믿으려고 했어. 할아버지는 어떻게 해야 강해질 수 있는지를 아셨거든. 할아버지는 젊었을 때 호랑이 소굴에 갇힌 적이 있었어. 사람들은 할아버지에게 잿물을 뿌리고 폭행을 가했지만, 할아버지는 끝까지 가짜 이름만 대셨지."

손은 잠시 쉬다가 다시 말을 이었다.

"나는 크면서 '혼 바의 유령' 따윈 잊고 지냈어. 그런데 문득 꼰다오 바다 괴물이 갑자기 나타났다고 믿는 게 아닐까, 하는 생각이드는 거야. 우리가 바다에 저지른 짓들을 벌하려는 거라고 말이야. 하지만 내 생각에 그건 언제나 그곳에 있었어. 우리 증조할아버지의 할아버지도 알고 계셨잖아. 그분은 어떻게 아셨겠어? 어쩌면 그 위 할아버지에게 들었을 수도 있지. 또 그 위 할아버지에게 들어서 말이야. 그렇게 계속 거슬러 올라가서 최초로 꼰다오에 살았던 인류인 크메르족까지 올라가는 거야. 그러고 보니 군도에 살던 주민들이 모두 철수했을 때 과연 '혼바의 유령'은 무슨 생각을 했을지 궁금해졌어. 사람들이 모두 떠난 걸 알아챘을까? 우리를 그리워할까? 우리를? 아니면 우리가 떠나서 좋아할까?"

그날 저녁 에이코는 조타실 앞에서 말했다.

"부탁해. 이익을 내고 싶으면 우리 모두 힘을 합쳐야 해. 우리가 한 짓이 잘못되었다는 걸 나도 알아. 내가 주도한 건 아니었어. 난 그럴 마음이 없었다고. 그리고 약속할게. 이제 네 시스템에 피해가 가지 않도록 노력한다고 말이야. 도망치려고 하지도 않을 거야. 열심히 일할게. 우린 그냥 죽고 싶지 않을 뿐이야. 우린 음식과 물과 약이 필요해. 그것들만 제공해준다면 우린 정말 충성스러운 선원이 될 거야. 만약 선원들이 다시 말을 안 듣는다 해도, 네가 그들을 죽일 필요는 없을 거야. 내가 직접 죽일 테니까."

저녁 식사 시간이 되자 식사는 두 배로 제공되었다. 에이코가 배식구에서 받은 식사 트레이에는 단백질 어묵 옆에 해열제 봉지도 같이 담겨 있었다.

우리는 세상의 일부였고, 언제나 그래왔다. 세상 위에 군림하는 존재가 아니다. 우리는 세상에 '포함되어' 있다. 이 '포함'이라는 말은 단순히 참여하거나 얽혔다는 의미를 넘어, 안으로 말려 있는 '회선'의 느낌도 든다. 우리는 이 세상과 함께 맞물려 그 과정 안에 말려든 존재다.

— **하 응유엔 박사, 《바다는 생각한다》**

41

산호 조각은 어찌나 작은지 하 박사가 손바닥으로 쉽게 가릴 수 있을 정도였다. 그것은 두 갈래로 나뉜 형태였다. 몇 센티미터 정도 되는 하나의 줄기로 합쳐졌다가 다시 세 갈래로 뻗어나갔다. 마치 어깨너비보다 넓게 다리를 벌리고 두 팔은 머리 위로 든, 날씬한 허리를 가진 사람 형상 같기도 했다. 그 자연스러운 형태만으로도 굉장히 매력적이어서 누군가가 해변에 떠밀려 온 이 산호를 본다면 '기이하네, 사람처럼 생겼어'라고 생각하며 소장할 것 같았다.

그런데 그게 다가 아니었다. 세 갈래로 나뉜 가지 중 가운데에 있는 짧은 가지인 '머리' 부분은 일부러 모양을 낸 것처럼 보였다. 그 끝이 둥글고 부드러워질 때까지 문질러댄 것이다. 부러진 산호 기둥이 아니라 '머리'처럼 보이게 하기 위해. 그리고 모든 가지 끝이 똑같이 마감되어 있었다. 부러진 경계면은 부드럽게 연마되었다. '머리' 부분 가지 표면에 뭔가로 파내어 윤곽이 분명해진 흔적 세 개가 있었다. 가로 홈 세 개 중, 두 개는 나머지 하나보다 더 작았는데 마치 두 눈과 입을 나타내는 것 같았다.

"아마 그 문어가 해변이나 다른 곳에서 찾아낸 거겠지요. 섬 주민 누군가의 작품일 테고요." 미너부도티어-첸 박사가 말했다.

미너부도티어-첸 박사의 주장대로 그들은 로비 테이블 하나를 해조류로 막힌 수영장 근처 테라스에 옮겼다.

"햇빛을 받으며 개방된 곳에서 일하면 사고를 확장할 수 있어요."

하 박사가 물속을 집으로 느끼는 것처럼 미너부도티어-첸 박사는 햇살이 내리는 야외를 집처럼 생각했다. 언제나 당장이라도 밖에 나가 달리기를 하려고 하거나 조깅을 하고 돌아온 듯한 복장을 하고 다녔다. 실제로 터미널을 보고 있지 않을 때면 섬 가장자리를 따라 달리곤 했다.

"맞아요. 그건 사실이에요. 우린 문어가 이걸 직접 만들었다고 확언할 수 없어요. 하지만 적어도 이건 매뉴포트* 예요. 중요한 의미가 있다고 여겨져 의도적으로 원래 맥락에서 바꿔놓은 거죠. 증거가 있어요. 문어는 이 산호 조각을 내 마스크에 밀어 넣었어요. 문어가 내게 줬다고요. 최소한 이 산호 모양이 우리 생김새와 비슷하다고 연관을 지은 거예요. 그렇게 소통하고 싶었던 거지요. 물론 저는 문어가 직접 그 물체를 만들었을 수도 있다고 생각하고요."

"논리적이지 않게 들리네요."

"그렇지도 않아요." 에브림이 끼어들었다.

"하 박사님과 저는 몇 년 전 공원 관리인이 살해당했던 베이 깐 섬의 모든 조수 웅덩이에서 흔적을 발견했어요. 문어들이 바위 표면

● 원래 환경에서 의도적으로 추출되어 추가적인 수정 없이 재배치된 자연물. 보통은 사람이 이동시킨다.

에 붙은 어패류를 긁어내기 위해 도구를 사용했다는 증거였지요."

"그리고 그 도구들은 인간이 만든 게 아니고?"

"이봐요, 의심하는 것도 좋지만, 우리 눈앞에 놓인 진실을 무시할 수는 없어요. 이 잠수정 영상을 봐요."

터미널 화면은 문어가 하 박사의 마스크를 옆으로 당기는 순간에 멈춰 있었다. 팔 끝으로 둥글게 감아 잡은 산호의 가장자리가 보였다. 하 박사는 그때 잠수정이 은닉되어 있었는지도 몰랐다. '그래도 알았어야 했어. 알텐체체그가 우리를 감시하지 않는 곳이 있긴 한가?'

잠수정 카메라는 그녀가 물속으로 들어간 순간부터 문어가 휙 도망가는 순간까지 모든 걸 담고 있었다.

"영상에서 보이는 건 '선물 주기'예요. 고의적인 의사소통이죠. 그리고 여기 기호를 만들어내는 모습 보이죠? 문어는 자기 피부로 투영하는 기호와 유사한 모양을 다른 물체로도 만들고 있어요. 우리의 기호에 답하기 위해 전체적인 기호를 순서대로 바닥에 병으로 그렸다고요. 자기 피부에 투영한 그림들을 다른 매체로 전달하고, 다른 매체로 그린 그림을 보고 자기가 투영한 그림이라는 걸 인식하고, 물체들을 직접 배열해서 그 그림을 다시 재현하는 거죠. 물론 문어들이 그저 우리와 대화하고 싶어서 그 방법을 습득했다고 생각하진 않아요. 분명 이전에 이런 활동을, 이런 비슷한 활동을 계속해왔을 거예요. 우리에게 응답하는 기호들을 해변과 해저에 만들어둔 거 봤죠? 모두 그들이 '말'할 때 투사한 것과 똑같았어요. 그리고 이제 그 응답들은 더 정교하고 수준 높아졌죠. 실제로 물체를 사용해 기호들을 그려내는 것부터 도구 사용, 나아가 이런 조각까지 이 모든 의도는 아주 밀접하게 연관되어 있어요."

"하지만 당신이 세운 가설은 인간이 그들 서식지에 가하는 압력, 그러니까 인위적인 '해저 빙하기' 때문에 그들의 나타났다는 거였잖아요. 그렇다면 단 몇백 년 만에 그들의 수준이 비약적으로 발전했다는 주장인가요?"

"아니요. 그럴 수는 없지요. 저도 알아요. 문어들은 계속 여기에 있었을 거예요. 인간의 눈으로 모든 걸 생각해봤어요. 제가 그걸 우리 인간을 중심으로 생각하고 있더라고요. 그런데 지금은 문어들이 지난 수천 년간 우리와 똑같이 진화해왔다는 생각이 들어요. 물론 우리가 문어 서식지에 잠식하고 압박을 가하면서 진화가 나타나도록 유발했을 수도 있어요. 그렇다고 진화 자체를 촉발하진 않았잖아요. 그건 그들이 해온 것이고, 그들만이 가질 수 있는 것이에요. 인간들이 보트를 물 위에 띄우기 훨씬 이전부터 진행되고 있었겠죠. 이게 바로 인간이 가진 문제예요. 우린 모든 걸 인간 중심적으로 생각하죠. 모든 걸 우리가 한 행동의 결과라고 믿어요. 저도 그랬을 수 있고요. 그런데 제가 틀렸더군요. 이건 우리가 아니라 그들에 관한 거예요. 지금 눈앞의 상황은 아주 명백하고, 증거를 더 찾을 거라고 확신해요. 문어들은 산호와 조개껍데기를 가공하고 도구를 만들어 사용해요. 그들만의 '조개껍데기 시대'에 살고 있다고 에브림과 농담도 했죠. 기술에 따라 시기를 명명하는 방법 역시 인간들이 잘못 적용한 또 다른 은유예요. 그들은 기술적 진전을 제한하는 환경에 살고 있고, 우리는 그들의 문화가 얼마나 발달했는지 알지 못하죠. 모든 지표는 우리가 매우 정교한 문명을 보고 있다는 걸 가리키고 있어요. 모양 가수 기억해요? 그 길고 시적인 퍼포먼스? 그건 스토리텔링이었어요. 전 확신해요. 그러니까 당신이 회의적으로 생각하는 것도 전 이해해요……. 문제는 건강한 회의론보다는 무작정 아니라고 부정하는 시각 같아서요."

"아, 물론 믿어요. 처음부터 믿었는걸요. 회의적인 생각을 하는 건 거의 자동이에요. 과학자라면 다들 자기 가설을 의심해봐야 하니까요. 폭주하는 생각을 잠시 멈춰주는 마인드일 뿐이죠. 그렇지만 발견한 물체로 모래 위에 모양을 옮기고 도구를 사용해 조각품을 만들거나 정말 '글 쓰는 행위'라고 생각하는 건 너무 앞서갔다고 생각해요. 지금 마주하고 있는 상황을 의심하는 게 아니에요. 그저 발달 단계를 측정해보고 싶은 거예요. 인간의 경우, 의미가 있는 물체들을 수집하는 행위와 의식용으로 돌덩이들을 나열하고 상징적인 물체를 실제로 조각하는 행위 사이에 수십만 년이 넘는 시간이 있었으니까요. 물론 저도 그게 전자일지 후자일지 알고 싶어요. 우리가 메우려는 그 틈의 크기를 알고 싶은 거죠." 미녀부도티어-첸 박사가 말했다.

"아무래도 우린 문화 이야기를 하는 것 같네요. 도구를 만들고 꽤 길게 스토리텔링을 하는 문화요. 그리고 이런 산호 사람 같은 상징적인 물체도 만들었고요. 전 문어들이 실제로 피부에 띄운 글을 다른 곳으로 이동시킬 수 있다는 증거와 마주해도 전혀 놀라지 않을 것 같아요. 다른 물체들로 만들어진 기호를 알아보는 것에서 기호들을 나열하고 또 그런 기호들을 만들어내기 위해 도구를 사용하는 것까지는 분명 조금씩 발달하고 있다는 증거예요. 피부를 통해 기호를 만드는 것 역시 우리가 대화하는 방식과 같고요. 금세 사라지는 일시적인 방식이니 그걸로 표현할 수 있는 내용에는 분명

한계가 있겠죠. 하지만 쓴다는 것은 정말 힘 있는 행위예요. 만약 문어들이 쓸 수 있거나 곧 쓸 수 있게 된다면, 그건 그들의 문화 발달 속도가 기하급수적이거나 곧 그렇게 될 거라는 뜻이겠지요. 정보를 왜곡 없이 저장하고 다음 세대까지도 쉽게 전달할 수 있으며 필요할 때마다 찾아볼 수 있고 그 위에 덧붙일 수도 있고요. 영구적인 문화 저장 시스템인 셈이에요. 글 쓰는 행위는 흩어진 부족 생활을 하던 인류가 5천만 년 만에 세계를 지배할 수 있게 해줬어요. 그야말로 아득한 시간 속에서 반짝이는 번개처럼요. 당신이 우리가 메워야 하는 틈이 얼마나 되는지를 궁금해한다면 말해줄게요. 그건 단순한 틈이 아닐 거예요. 깊은 간극일 겁니다. 상징적인 발달 단계나 도구 사용만 볼 게 아니니까요. 우리와는 근본적으로 아예 다른 문어의 생김새와 신경계 구성에 대한 전체적인 문제예요."

'그래서 당신이 여기에 있는 거잖아. 그렇게까지 원하는 이유잖아.'

"당신이 쓴 책 읽었어요. 무척 긍정적이더군요. 우리가 그 깊은 격차를 넘어설 수 있을 거라고 생각하죠?"

"문화를 담고 있는 인류 외의 종들과 소통을 나누는 가능성에 관해서는 실제 제 생각보다 더 긍정적으로 썼어요. 그래야만 했지요. 그게 책이 가진 힘인걸요. 그 문제를 포기시키는 게 아니라 더 연구하게끔 격려하려고 쓴 책이니까요. 하지만 그 문제 자체가 너무 거대해요. 아마 서로 의미 있는 문장을 보낼 수 있게 되기 전에 이미 천 번도 넘게 틀린 접근을 하고 잘못 해석하겠죠. 전 이런 문제들을 해결할 수만 있다면 평생을 이 섬에서 지낼 수도 있고 연구를 끝내지 못한 채 죽는다고 해도 여한이 없을 거예요."

"그러길 바라요. 저도 당신에게 그런 기회를 드릴 수 있고요." 미너부도티어-첸 박사가 말했다.

"시간이 얼마나 있죠?"

"저도 알고 싶어요. 그런데 저도 헥스콥터에서 내린 이래 밖에서 한마디도 전달받지 못했거든요. 밖에 신호를 보내는 것도 아주 위험하다고 판단했어요. 위험을 무릅쓸 수는 없잖아요. 그래서 지금 저도 당신처럼 여기에 격리된 거나 마찬가지예요. 그 어떤 신호도 보내거나 받지 못하니까요. 알텐체체그는 비상용 송신기를 가지고 있고, 보안 네트워크는 로컬 단위로 제어되기 때문에 지금은 그 신호가 약해져서 우리 경계까지는 거의 영향을 주지 못하죠. 이 섬은 모든 의미에서 세상과 차단된 곳이에요."

"그럼 디아니마는 누가 운영하나요?" 하 박사가 물었다.

"말했듯이, 그건 저와 상관없는 일이에요. 사업에 관련된 것들 말이에요. 전 지난 10년 넘게 디아니마를 규제할 권력을 가진 적은 없었어요. 마인드를 옮길 수도 있는 제 능력을 사업하는 데나 써야겠다고 생각할 정도로 어리석진 않지요. 디아니마는 기업을 제일 잘 살릴 수 있는 사람들이 능숙하게 운영하고 있어요. 그리고 그 사람들이 할 수만 있다면, 우리는 여기서 그들이 벌어줄 수 있는 만큼의 시간을 갖게 될 거예요. 만약 하지 못한다면, 아무것도 이곳을 구할 수는 없을 거예요. 리더들은 올바른 사람을 신뢰하는 방법을 아는 덕목도 갖추고 있을 테니까요."

"당신이 누군가를 신뢰하다니 상상이 안 되네요. 그건 당신이 가진 장점이 절대 아니었잖아요." 에브림이 말했다.

"나도 배우는 중이야, 에브림. 보안이라면 알텐체체그가 일인

자라는 걸 나도 알고 있다고. 당연히 내가 이 섬을 지킬 수 있을 거란 생각은 안 할 거야. 마찬가지로 금융 마법에 관해서라면 디아니마는 세계 최고 인재들을 갖추고 있어. 만약 그들이 우리를 사들이려는 적들을 막을 수 없다면 다른 누구도 못 할 거야. 확실히 난 못해. 회사의 재정적 운명은 다른 곳에서 결정이 나겠지. 그러니까 우린 우리 앞에 놓인 문제들에 집중하자고. 그래서 그 깊은 간극을 어떻게 넘을 수 있을까?"

"여러분들이 모두 자고 있을 때요, 제가 가설 몇 개를 생각해봤어요." 에브림이 말했다.

"말해줘요. 난 밤새 악몽에 시달린 게 다거든요." 하 박사가 말했다.

"무슨 악몽이요?" 미너부도티어-첸 박사가 물었다.

"그중 하나는 문어가 산호 사람을 뇌까지 들어가도록 제 눈구멍에 쑤셔 넣는 꿈이었어요. 그냥 개꿈이죠."

"이 모든 상황에 스트레스를 너무 받는 거예요."

"그럴지도요."

"맞아요. 정말 그래요. 전 평생을 악몽에 시달렸거든요. 이제 생각해둔 가설을 알려주렴, 에브림." 미너부도티어-첸 박사가 말했다.

에브림은 테이블 위에 터미널을 놓았다. 화면에 기호들이 순서대로 나열되어 있었다.

"먼저 제 가정을 이해해야 해요. 문어들이 '말하는' 모습을 보면 모양들은 몸 아래로 내려가 바닥과 맨틀 가장자리로 향해요. 그래서 저는 모양들이 나타나는 순서는 위에서 아래로 '읽을 수' 있다고 생각했어요. 두 번째로, 문어들이 만드는 이런 '상형문자'들은 시각적인 것이에요. 개념을 상징물로 나타내는 거지요. 그러니까 문어들은 '말하고' '쓰는' 행위를 동시에 하는 거예요. 저는 문어들이 피부 위에 움직이는 그림들을 순서대로 보여주면서 소통하는 게 아닌가 추측했어요. 영사기 게이트를 통과하는 스트립 위의 오래된 아날로그 필름들을 생각해봐요. 모양 가수가 했던 것처럼 문어들은 맨틀 중앙 피부에 만들어낸 기호를 '붙잡고' 있어요. 바로 중심 초점이 되는 거죠. 저는 우리가 찍은 영상들을 계속해서 돌려봤어요. 그리고 전에 말했듯이, 두 가지 패턴이 있다는 걸 확실히 알아냈어요. 좀 더 진한 색으로 '전前 패턴'이 있고, 훨씬 흐린 회색이지만 아주 의도적인 '후後 패턴'이 연하게 나타나지요. 그러니까…… 여기서 전 패턴을 지우고 후 패턴만 남겨두면 이런 모양이 나오는 거예요."

"제 생각에 그건 전 패턴과 같은 순서인 것 같아요. 막대기 또는 선 하나가 맨 위에 있고, 다음에는 양 끝이 넓어진 막대기 모양이 있어요. 그리고 원 모양이 있고 마지막 것은 양 끝이 넓은 막대기와 원을 겹쳐놓은 것처럼 보여요. 그러니까 맨 아래 마지막 모양은 어떤 추상적인 상징 같고 나머지 세 개는 어떤 유사 기호 같아요. 문어들이 기호를 사용한다면 주변 환경에서 볼 수 있는, 의미 있는 물체를 따라 사용할 거라는 하 박사님 생각을 따른 거예요. 우리가 사용하는 언어와 기호가 주변 환경과 우리 자신의 형태에서 나타난 것처럼, 문어들이 사용하는 상징 언어 역시 주변 환경과 자기 형태가 상호작용해서 나타날 것 같다는 거예요. 저는 문어들이 몸을 숨기면서 사냥하고 바닷속을 돌아다니는 영상을 밤새도록 봤어요. 문어들이 다니는 환경에서 뭔가 중요한 의미가 있는 세 가지를 찾고 있었죠. 몇 시간이 지나고서야 드디어 발견할 수 있었죠. 그건 세 가지가 아닌 세 단계로 나뉜 하나였어요. 여기요, 순서를 왼쪽에서 오른쪽으로 다시 그린 그림을 보여줄게요."

"뭐가 보이세요?"

제어 장갑 한 짝을 수리하느라 로비를 서성거리던 알텐체체그가 터미널 화면을 보려고 몸을 기울였다. 하 박사가 고개를 들어 알텐체체그를 보았다. 옷깃에는 새 통역기 대신 오래되고 낡은 통역기가 고정되어 있었다.

"가운데 모양은 나비넥타이. 문어는 화려한 사교 파티에 가는 걸 좋아한다고 말합니다. 칵테일도 마시고." 알텐체체그가 해변을 향해 성큼성큼 걸어가며 말했다. "그리고 당신을 물에 빠뜨립니다."

에브림은 알 수 없는 표정을 지으며 걸어가는 알텐체체그를 보았다. 하 박사로서는 해석할 수 없는 감정이었다. 그러나 어쩌면 모든 인간이 저런 표정을 짓고 있는데 그저 그녀가 지금까지 알아채지 못했을 수도 있었다.

에브림은 다시 터미널로 고개를 돌렸다.

"이게 문어 눈이에요. 뜨고 있죠. 가로로 난 틈이 양 끝부터 넓어지며 벌어져요……."

"맞아요." 하 박사가 끼어들었다. "맞아요. 정확해요……."

"처음에 양 끝이 넓어지고요." 에브림이 다시 말했다. "염소 눈 같은 이상한 홍채 모양을 만들어요. 그러고 나서 아주 어두운 빛에서 완전한 원 모양으로 넓게 열어요. 그 순서가 눈을 뜨는 모습과 아주 유사해요."

"그러니까 그건……."

미너부도티어-첸 박사가 입을 열었으나 에브림이 무시하고 계속 말을 이어갔다.

"너무 많은 걸 의미하겠죠. 하지만 어쩌면…… 그리고 제가 믿고 싶은 거지만, 어쩌면 그건 인간에게 통하는 것과 같은 의미일 수도 있어요. 눈이란 건 인간과 문어가 공통으로 갖고 있잖아요. 그러니까 눈은 같은 걸 의미하는 은유거나 어떤 상징 체계로 이어질 수 있어요. 그리고 눈은 인류에게는 가장 중요한 상징이잖아요. 단지 말초적인 것이 아니라 인간이라는 전체적인 존재에서 본질적인 역할을 하니까요. 뜬 눈이라…… 그건……."

"지각." 미너부도티어-첸 박사가 말했다.

"의식." 에브림이 말했다.

"탄생." 하 박사가 말했다.

그리고 셋은 단어들을 쏟아내기 시작했다. 얼마나 빠른지 누가 무얼 말하고 있는지도 정확히 알 수 없을 정도였다.

"지능."

"경계."

"인식."

"발견."

"지식."

"모두 다요. 그리고, 종교적이나 철학적인 상징을 생각하면 더 많아요. 하지만 중요한 건, 과연 그것이 어디서부터 시작되냐는 거예요. 이 산호 사람의 눈을 얼마나 신경 써서 조각했는지 보세요. 정말 문어가 만들었다면, 우리와 닮은 이 산호 사람의 눈을 문어들도 중요하게 생각했다는 걸 보여주는 거지요. 거기서부터 시작하면 돼요."

"공통점이라." 하 박사가 말했다.

"이제 다시 한 종에만 국한된 은유로 돌아왔네요." 에브림이 말했다.

"아니, 그렇지 않아요. 그리고 그게 제 포인트예요. 당신이 뭔가 알아냈어요. 이건 한 종에만 국한된 은유가 절대 아니에요. '공통점'이란 두 종이 함께 이해할 수 있는 은유예요. 문어는 물고기들처럼 수영해서 이동하며 살지 않아요. 한 곳에서만 살죠. 자기 집에서, 때로는 땅 위에 지은 집에서 살아요. 자기만의 영역을 만들고, 모랫바닥이나 자갈 바닥 위를 걸어 다녀요. 전 그동안 우리와 문어가 서로 무엇이 다른지에만 신경 쓰고 있었어요. 비슷한 점이 얼마나 많은지는 잊고 있었어요. 눈이 그중 하나예요. 하지만 찾아보면 더 많겠죠. 이건 연구해볼 만한 내용이에요." 하 박사는 에브림을 두 팔로 꽉 안더니 풀어주며 말했다.

"당신 정말 너무 멋지네요."

에브림은 두 눈을 깜박거렸다.

"미안해요, 내가 너무 신이 났네요." 하 박사가 말했다.

"아니요, 사과하지 말아요. 그냥…… 그러니까 그동안 아무도 저한테 그런 행동을 하지 않았어요."

하 박사가 고개를 들어보니 미너부도티어-첸 박사가 둘을 바라보고 있었다. 하 박사는 그 표정을 알아보았다. 연구 대상을 바라보는 과학자의 눈빛. DNA 염기 순서를 연구하는 생물학자의 눈빛이었다.

마인드와 신체는 둘이 아닌 하나다. 모든 신경 경로는 결국 근섬유로 연결되는 시냅스가 목적지이다. 생각은 축삭돌기 다발로 내려가 소설과 공장과 성당을 짓고 핵폭탄을 만드는 행동으로 연결된다.

― 앤캐틀러 미너부도티어-첸 박사, 《마인드 건설하기》

42

러스템은 시내를 걷고 또 걸었다. 작업 내용을 생각하고 처리하는 데 걷기만큼 도움이 되는 일은 없었다. 그러나 가끔은 아무리 이렇게 걸어도 답이 보이지 않는 끝없는 고리에서 벗어나지 못한다는 느낌이 들었다. 자신이 하는 일을 그 누구에게도 이야기할 수 없다는 게 문제였다. 어쩔 수 없이 혼자 고민해야 했다. 만약 누구에게라도 비밀을 터놓는다면…….

하지만 결국 돌고 돌아 다시 아이누르 생각으로 돌아왔다. 얼마나 같이 시간을 보냈었지? 며칠? 그 정도도 아니었다. 몇 시간. 떨쳐내지 못하고 있는 아이누르 유령은 그녀가 살아 있을 때처럼 자신에게 아무 의미도 없다. 그렇다면 그녀는 누구였을까? 항상 비꼬는 듯이 이야기하는 아이누르가 과연 어떤 사람인지 러스템은 도저히 알 수 없었다. 서로 너무 잘 맞았던 육체관계를 떠올렸다. 그러나 그것 역시 아무것도 아니었다. 많은 이들이 그런 식으로 잘 어울리며 그 이상으로는 생각하지 않을 것이다.

'지금 내 컨디션이 좋지 않아서 그럴 거야.'

러스템은 계속 그 생각만 했다. '지금 내 컨디션이 좋지 않아서 그럴 거야.' 거리를 걷던 러스템은 지난 몇 년간 보지 못했던 모든 게 이제야 명확해지는 것 같았다. 고통스러웠던 어린 시절이 선명하게 기억났다. 며칠 전 러스템은 붐비는 전차를 타고 있었다. 젊은 여자가 러스템의 코트 끝자락을 깔고 옆에 앉았다. 코트 자락을 빼고 고쳐 앉으며 사과하는 여자의 얼굴을 바라본 그 순간 러스템은 그 전차에 자신과 함께 탄 모든 이가, 정말 모든 이가 살아 있다는 사실을 깨달았다. 자신이 살아 있는 것만큼 모두 살아 있었다. 러스템이 걱정도 하고 목표도 세우고 타인과 교류하는 일을 중요하게 생각하며 사는 만큼 사람들은 모두 각자 중요한 삶을 살고 있었다. 그러자 러스템은 혼자가 아니라는 멋진 감정에 휩싸였다. 때때로 좋은 대화를 나눈 뒤 오는 따스함을 느꼈다.

'이게 바로 진실한 이 세상의 모습이야. 그런데 우린 아무도 그걸 알아보지 못해. 얄디얕은 이 세상에서 살아가려면 알아도 모르는 척해야 하니까.'

곧 러스템은 미소를 머금으며 이런 생각도 했다.

'나는 곧 죽겠구나.'

어쩌면 모든 것이 선명하게 느껴진 이유는 그 사실을 알았기 때문인지도 모른다. 후각과 미각이 되살아나고 이 이상한 유대감의 순간들이 돌아온 것이다. 그들은 러스템을 죽일 것이다. 의심할 여지가 없었다. 그런데도 러스템은 몇 시간 동안이나 작업에 몰두했다. 처음에는 평소처럼 그저 미로라고 생각했다. 흔한 비유였다. 그러나 지난 며칠 동안 러스템은 그 미로의 정체를 알게 되었다. 궁전이었다. 이 세상만큼이나 크고 넓은 궁전이었다. 중앙 방으로 들어가는 길을 찾으며 그 궁전 복도를 여기저기 헤매면서 러스템은 아름답게 설계된 그 궁전에 감탄하고 또 감탄했다. 그렇게 아름다운 건물은 이 세상에 존재하지 않았다. 그런 건물을 탐험하게 된 것만으로도 행운으로 여기고 싶을 정도였다. 그들은 러스템을 죽일 것이다. 그 여자가 아니라면 그 여자 뒤에 있는 조직이 그를 죽일 것이다. 오늘이나 일주일 뒤가 아니라면 1년 후에라도 죽일 것이다. 그러나 아무리 목숨을 걸었다 해도 어느 누가 이런 마인드를 보고 이해할 수 있을까?

러스템은 이 순간을 위해 지난 평생을 살아왔다고 생각했다. 이 마인드 궁전을 헤매다가 과부하가 올 때면 거리를 거니곤 했던 나날들, 그동안의 그토록 외로웠던 날들은 모두 이 순간을 위한 서문이었다. 이전의 삶에 목표와 방향이 주어지며 재구성되었다. 그 모든 게 지금 이 순간, 그리고 앞으로 해야 할 일을 위해 존재해왔던 것이다.

우리가 필요하면 와서 벨을 누르면 됩니다. 때가 되면, 옳은 행동을 하십시오.

러스템은 몇 번이고 그 문을 찾아가 벨을 누를지 말지 고민했었다.

그리고 지금 다시 문 앞에 서 있다.

'난 하지 않을 거예요. 예술과도 같은 작품으로 무기를 만들지 않을 거예요. 이건 조작할 일이 아녜요. 그건 사원이에요. 난 사원을 훼손시키는 데 일조하지 않을 거예요. 그래서 여기에 왔어요.'

러스템은 적어도 한 시간 동안 머릿속으로 이 대사를 생각했다. 다시 벨을 눌렀다.

이미 몇 분째 이 출입구에 서 있었던 러스템은 벨을 누르고 문이 열리는 걸 상상했다. 관자놀이가 하얗게 세어가는 친절하고 낯익은 얼굴, 코듀로이 야전잠바를 입은 남자를 생각했다. 그런데 지금은 과연 옳은 출입구에 서 있는 건지도 확실하지 않았다.

'나는 하지 않을 거예요.' 러스템은 다시 속으로 생각했다. 이 첫 부분을 제대로 말하는 게 중요해 보였다. 무슨 비밀번호 같았다. '예술과도 같은 작품으로 무기를 만들지 않을 거예요……'

문이 열렸다.

그 남자는 아니었으나 러스템은 문을 열어준 남자를 알아보았다. '파르호드'라고 쓰인 이름표를 달고 청소부 옷을 입은, 흰머리 몇 가닥이 흘러내리는 노인이었다. 러스템이 야전잠바를 입은 남자와 이야기하던 방에서 이 남자는 테이블에 앉아 졸고 있었다.

"저는……."

"네. 알아요. 그런데 그는 지금 나올 수 없어요. 따라 들어와요." 노인이 말했다.

노인은 먼저 안으로 들어갔다. 주머니에서 열쇠고리를 찾더니 골동품 가게에나 있을 만한 기다란 청동 열쇠로 문을 잠갔다.

열쇠를 바라보던 러스템에게 노인은 말했다.

"보안은 열쇠로 하는 게 아니죠. 당신이야말로 그 사실을 누구보다 잘 알고 있을 텐데요. 자, 이제 따라와요."

러스템은 '파르호드'를 따라 언덕을 오르고 여러 좁은 길을 건너 또 다른 출입구에 다다랐다. 처음에 본 출입구와 거의 다르지 않았다. 다시 주머니에서 열쇠를 찾을 줄 알았던 노인은 이번에는 문틀 근처에 있던 작고 검은 버튼을 눌렀다. 몇 초가 지나서 초인 종이 울렸고 잠겨 있던 문이 딸깍하고 열렸다.

새하얀 타일로 꾸며진 실내는 진료실 분위기가 났다. 약품 냄새도 나는 것 같았다. 타일보다 더 하얀 코트를 입은 남자가 종이컵으로 커피를 마시고 있었다. 한 손으로는 팔림스크린을 들고 뭔가를 읽으며 서 있던 남자는 방 안으로 들어온 러스템과 남자를 쳐다도 보지 않았다.

둘은 남자를 지나쳐 복도 끝에 있는 문 앞에 섰다. '파르호드'는 러스템에게 들어오라고 손짓했다.

"그는 당신을 기다리고 있었어요. 만약 자고 있다면, 잠에서 깰 때까지 앉아서 기다려요."

러스템은 작고 어두운 동굴 같은 방 안으로 들어갔다. 기계들이 조용히 '삑' 소리를 냈고, 어둠 속에서 산발적으로 흩어진 다이오드 별자리가 반짝였다.

러스템은 먼저 두 손을 알아보았다. 한 손은 카페테리아에서 쓰는 쟁반에 놓인 팔림스크린 위에 스타일러스를 올리고 있었다.

침대 머리맡에는 산소마스크 주위에 붕대로 감긴 덩어리가 하나 있었다. 붕대는 한쪽 눈을 피해 감겨 있었으나 너무 어두워서 러스템은 그 눈이 뜨여 있는지 감겨 있는지 알아볼 수가 없었다. 아무것도 움직이지 않았다.

자리에 앉아서 기다리기로 했다.

손이 팔림스크린에 글을 썼다.

"잘 왔군요, 러스템. 의자를 가까이 가져와 앉아요."

러스템은 그대로 했다.

"하고 싶은 말이라도 있나요?"

"무슨 일이 일어난 거예요?"

"당신이 하고 싶은 말부터 해요." 손은 쓰기를 멈췄다가 이내 다시 썼다.

"연습하고 왔잖아요. 더 지체하지 말고 어서 말해봐요."

"난 하지 않을 거예요. 예술과도 같은 작품으로 무기를 만들지 않을 거예요. 이건 조작할 일이 아녜요. 그건 사원이에요. 난 사원을 훼손시키는데 일조하지 않을 거예요. 그래서 여기에 왔어요."

남자가 대답했다.

"다들 당신을 '바쿠닌•'이라고 부르더군요."

러스템이 웃었다.

"네, 그렇더라고요. 제가 러시아 사람이라고 알고 있더라고요. 전 타타르 사람인데, 다들 러시아 계통의 민족이라고 생각하죠."

"좋은 별명이네요. 바쿠닌은 《신과 국가》라는 책을 썼는데, 읽어본 적 있나요?"

"아니요."

"바쿠닌은 옳은 것들을 주장했어요. 물론 어떤 건 틀리기도 했지요. 하지만 옳은 게 더 많았어요."

"한번 읽어봐야겠네요. 책은 별로 좋아하지 않아서요." 러스템이 말했다.

"대신 다른 걸 읽잖아요."

"그렇게 말할 수도 있겠네요."

"죽기 전에 모든 걸 다 할 수는 없으니까요."

● 미하일 바쿠닌, 러시아 출신의 아나키스트 혁명가이자 철학자. '아나키즘의 아버지'로도 불린다.

"맞아요."

"사원이라는 단어를 썼잖아요. 더 이야기해줘요."

나도 여기 누워서 누구랑 이렇게 대화한 지 정말 오래됐다고 생각하고 있었어…….

아이누르.

러스템은 분노와 아이누르를 잃은 끔찍한 상실감을 동시에 느꼈다. 이 감정은 어딜 가도 수그러지지 않았다. 페라팰리스에서도 거리에서도 카페에서도 언제나 따라다녔다. 지금처럼 아무런 경고 없이 불쑥 튀어나왔고 마치 아이누르가 죽었다는 소식을 제일 처음 들었을 때처럼 즉각적이었다.

"그런 건 난생처음 봤어요. 아니, 이 설명을 어떻게 시작해야 할지 모르겠어요. 전 이 우주에서 이와 같은 인공지능 구조를 한 번도 본 적이 없어요. 당신은 어쩌면 비유할 표현을 백만 가지는 쓸 수도 있겠지요. 그런데 그건 다 조금씩 부족해요. 미로, 숲, 은하. 그 밀도와 크기는 가히 어마어마하니까요. 전 먼저 그건 인공지능망을 지도화한 게 아니라 인간 마인드를 지도화한 것이었다는 데서 시작할게요. 그 지도는 외곽부터도 침투하는 게 불가능하거든요."

오랜 침묵이 이어졌다. 남자가 손을 움직여 글씨를 썼다.

"하지만……."

"하지만 전 그게 누군가에 의해 만들어졌다는 걸 보여주는 징후들을 찾아냈어요. 그런 부분들이 있어요. 그러니까…… 이음매라고 부를 수 있겠네요. 아니면 테두리요. 그러니까……." 러스템이 웃었다.

"계속 말해봐요."

"또 다른 은유죠. 이제부터는 은유만이 제가 이야기할 수 있는 전부예요. 거긴 단어들이 작동하지 않는 세상이었거든요. 그래서 다른 데서라도 개념을 찾으려고 계속 조사했지요. 말하자면《프랑켄슈타인》에 등장하는 괴물 같아요. 예전 영화에서나 나오는 충격적인 모습은 아니지만 제가 상상한 괴물 같은 거요. 그러니까 만약 당신이 그걸 본다면, 여러 인간에게서 추출한 여러 부분으로 이루어진 인간 같은 거예요. 그렇게 조각들이 접합된 부분에 아주 희미한 상처가 보여요. 서투르게 접합되어 눈에 띄는 게 아니라, 맨눈으로는 거의 볼 수 없을 정도예요. 이건 다른 마인드들에서 여러 부분을 빼내 융합시킨 마인드예요. 그리고 전 그 이음매들을 보자마자 추적할 수 있었어요. 중앙으로 가는 길 같은 거였죠."

"포털을 찾았군요."

"맞아요. 사흘 전에 찾았어요."

"그리고 그들에게 알리지 않았고요."

"네. 사실 왜 그랬는지는 저도 모르겠어요. 처음엔 두려워서 그랬다고 생각했지요. 그들이 원하는 걸 건네주면 더는 제가 필요하지 않을 테고, 그럼 해치러 올 거니까요. 이해해요. 그런데 그 이유는 아니에요. 전혀요. 전 두렵지 않아요. 전⋯⋯ 화가 나요. 그들은 제가 알던 여자를 죽였어요. 제가 만나던 여자요. 바보처럼 제가 무슨 일을 하는지 이야기하는 바람에⋯⋯. 머릿속에서 그녀가 지워지질 않아요. 화가 나는 게 아니라 너무 신경 쓰여서 그냥 넘어갈 수가 없어요. 저도 제가 뭘 원하는지는 모르겠어요⋯⋯. 하지만 제가 찾은 걸 그들에게 주고 싶지 않다는 건 알아요."

"사원을 암살 기구로 바꿀 테니까요."

"맞아요. 그들은 그걸 타락시킬 거예요."

"당신을 타락시킨 것처럼요." 남자가 글씨로 말했다.

러스템은 목덜미에 소름이 돋았다. 언젠가 이 남자가 자기 속을 꿰뚫어 본, 지금 순간을 기억할 것이다. 그리고 누군가에게 이렇게 말할 것이다. '그때까지도 우리 모두에게 포털이 있다는 사실을 몰랐어요. 그때 그가 제 포털을 찾았다는 사실도 몰랐으니까요. 하지만 느꼈어요. 마치 그가 내 안으로 손을 뻗어 다이얼을 돌리자, 내가 누구인지를 정의하는 메커니즘 전체가 새로운 형태로 변화되는 것 같았어요.'

"맞아요." 러스템은 대답했다.

"그러면 이제 어떻게 할 건가요?"

우리가 필요하면 와서 벨을 누르면 됩니다. 때가 되면, 옳은 행동을 하십시오.

"저도 그걸 알고 싶어요. 뭘 해야 할지요. 그들이 당신을 죽이려고 한 거죠? 맞죠?"

"그랬어요. 그들은 내가 자기네 일에 신경을 쓴다고 생각해요. 난 아닌데요. 내가 신경 쓰는 건 오직 여기예요. 공화국. 그들은 원하는 걸 다 해도 좋아요. 여기만 아니면요. 그들은 날 잡기 위해 다른 사람을 열다섯 명이나 죽였어요." 남자는 글을 썼다.

"무인 화물선 사고 말이군요."

"맞아요."

"실력만 좋다면 쉽게 할 수 있는 일이에요. 저도 전에 몰래 침입한 적 있거든요."

"죽은 이들 중 세 명이 아이들이었어요. 한 명은 9개월 된 아기였고요. 유모차에서 자고 있었지요."

"전 그 개들 생각이 자꾸 나요. 섬으로 쫓겨난 개들이요. 그 이야기는 왜 해준 거예요?" 러스템이 물었다.

"당신이 생각할 수 있게 해주려고요. 해결해야 할 문제를."

"그 섬에 음식을 던져주기 위해 배를 타고 갔다는 사람들 생각을 계속했어요."

"착한 사람들이지요. 충분히 마음 쓰려는 사람들이요."

"아니요, 그들은 착한 게 아니었어요. 약한 모습을 보인 거예요. 곧바로 실행에 옮겼어야 했어요. 정부에서 개들을 쫓아내려고 왔을 때 저항했어야 했다고요. 필요하면 난폭하게라도요. 그게 진짜 착한 모습이에요. 처음부터 동물들을 구하기 위해서, 그 동물들을 보호하기 위해서 직접 행동하는 거요. 그런데 그들은 아무것도 하지 않다가 나중에야 부족한 행동들로 만회하려고 했지요. 그건 아무 소용도 없었고 오히려 잔인하기까지 했어요. 오히려 고통스럽게만 했지요. 정말 필요할 때 아무것도 하지 않은 것도 그들이 한 행동이라고 할 수 있어요. 결국 자신들이 선택한 상황이었던 거라고요."

"무서웠을 거예요. 국가는 너무 강했고 그들은 아무것도 아니었으니까요."

"글쎄요, 저도 아무것도 아닌걸요. 하지만 전 이제 더는 무섭지 않아요."

'나무'라는 단어를 말할 때 그 의미를 설명하기 위해서 진짜 나무를 내보일 필요가 없듯이, 기호 언어는 물리적 기준점이 없어도 그 의미를 간직한다. 기호는 심지어 수 세기 동안이나 그다음 세대로 의미를 안정적으로 전달할 수 있는 시스템을 만든다.

이런 복잡한 시스템은 그 자체로 중요하다. 그리스인들이 트로이를 불태워버렸다는 사실보다 중요한 건 그 이야기가 전달되어 재생할 수 있다는 사실이다. 그 자체만으로 의미와 생명을 갖게 된 것이다.

기호는 영원하다. 적어도 그 뜻을 해석하고 소통하는 것에 자유로운 사회가 존재하는 한, 계속 존재한다.

— 하 응유엔 박사, 《바다는 생각한다》

43

"거기요. 오른쪽으로 돌려봐요. 그리고 저 화물 출입구로 연결되는 곳을 따라 움직여요. 그 안에 빛이 보여요."

"뭐 하고 있어요?"

"좋은 아침이에요, 하 박사. 와서 같이 봐요."

미너부도티어-첸 박사와 에브림은 호텔 로비에 설치된 터미널 중에서도 큰 화면 앞에 앉아 있었다. 간밤 섬 전체에 보슬보슬 내린 비가 아침까지 계속되어 둘은 실내에 들어온 참이었다. 알텐체체 그는 제어 장갑을 낀 채로 그들 옆에 서서 손가락을 획 움직였다.

"그래, 거길 통과해요." 미너부도티어-첸 박사가 말했다. 그녀의 머리카락과 옷은 젖어 있었다. 비가 내리는데도 아랑곳하지 않고 이른 아침에 나가 조깅하고 온 것이다.

하 박사는 화면으로 '드럼통 방'이라고 부르는 창고 안을 보았다. 가라앉은 태국산 화물선 안에서 많은 문어가 드럼통과 컨테이너에 집을 지어 살고 있었다. 문어들은 기계 부품과 다른 물체들로 정원을 지어 그 출입구를 막아두었다. 이른 아침 햇살이 어슷하게 비추어 선창 안에 그림자를 드리우자, 저조도에 적응된 잠수정 카메라 렌즈로도 비추기 어려웠다.

아무것도 움직이지 않았다. 위장한 잠수정이 칸막이 벽에 열린 해치를 향해 나아갔다. 잠수정은 더 밝은 물빛으로 둘러싸인 그 틀 너머에 더 환한 공간이 있다는 걸 보여주었다.

앞 선창보다는 조금 작은 선창의 작은 구멍으로 빛이 관통하고 있었다.

잠수정 카메라가 조리개를 맞추느라 화면이 흐려져 처음에는 아무것도 보이지 않았다. 그러다가 '바닥' 부분이 선명해졌다. 돌멩이들로 대충 그려진 중앙의 원 안에 게 여섯 마리 정도가 걸어 다니고 있었다. 그중 세 마리는 집게발이 없었다.

이 선창은 원래 금속 배관을 운반하는 데 사용된 곳으로 처음에는 경사진 칸막이벽에 배관들이 아무렇게나 뒤섞여 있었다. 그런데 잠수정이 찍은 선창 안에는 다시 정리된 배관들이 보였다. 배관들은 그 끝부분으로 복잡한 패턴을 만들며 정렬되어 있었고 서로 다른 지름을 가진 배관들이 공간에 맞추어 엇갈리게 포개어져 있으면서 각 배관 끝은 아래에 깔린 배관들이 만든 일종의 '선반'과 함께 남아 있었다.

'선반'이 없는 배관들은 안이 쓰레기로 가득 차 한쪽 끝만 뚫려 있었다.

게들은 비어 있는 공간을 굼뜨게 돌아다녔다. 처음에 본 더 넓은 선창에서처럼 여기도 게들을 제외하고는 아무런 움직임이 보이지 않았다. 그러다가 배관 한쪽 끝에서 사람 주먹만 한 덩어리가 빠르게 튀어나왔다. 청소년기 문어가 맨틀을 확장한 채 둥둥 떠서 게들을 향해 내려왔다. 몸을 앞으로 기울이더니 게 한 마리를 뒤집었고, 또 다른 한 마리를, 그리고 세 번째로 게를 뒤집더니 다시 배관으로 쏙 들어갔다.

조금 뒤 다른 청소년기 문어가 배관 끝에서 솟아 나오더니, 끙끙대며 몸을 뒤집으려고 하는 게들 세 마리를 되돌려놓고 나머지 세 마리를 뒤집더니 다시 배관으로 들어가버렸다.

이 행동은 몇 번이고 반복되었다. 매번 반복할 때마다 두 번째 문어는 첫 번째 문어와 일치하는 마릿수를 뒤집었다. 게는 세 마리였다가 두 마리, 다섯 마리였다가 한 마리, 그리고 네 마리로 바뀌며 싫증을 느낄 때까지 계속되었다. 마지막 문어 한 마리가 관을 타고 올라와 게들 위를 떠돌았지만 건드리지도 않고 다시 굴로 돌아왔다.

"게임이네요." 미너부도티어-첸 박사가 말했다.

"맞아요. 여기는 무슨 유아원 같아요. 그러면 말이 되죠. 선박에서도 훨씬 깊은 곳에 있고 출입구도 바깥에 있는 방에서 지내는 성인 문어들이 지켜줄 수 있고요. 더 깊은 곳으로 들어가는 길이 있나요?" 하 박사가 물었다.

"여기 선창은 굳게 닫혀 있습니다." 알텐체체그는 낡고 오래된 통역기로 다시 바꿔 착용하고 있었다. "선박에서 더 먼 곳은 없습니다."

"그럼 다시 나와봐요. 그리고 들어갈 수 있는 다른 길이 있는지 찾아봅시다." 미너부도티어-첸 박사가 말했다. "또 뭐가 있는지 보자고요."

"혹시 처음에 촬영했던 선창으로 돌아가보는 건 어때요? 거기에 여러 연령층이 모여 있었잖아요. 성인 문어 한 마리, 청소년기 문어는 꽤 많았고 색소를 잃어가던 노년층 문어 한 마리도 있었고요. 숨지 않았던 잠수정이 파괴되기 전에요. 어쩌면 이번엔 운이 좋을 수도 있어요." 에브림이 말했다.

"그 공간은 이 잠수정이 촬영하기에는 너무 어두워요. 그때도 라이트를 켰었잖아요." 하 박사가 말했다.

"저조도 카메라는 훨씬 낫습니다. 업그레이드했으니 가능할 수도 있습니다." 알텐체체그가 이미 작은 잠수정을 선박 밖으로 내보내며 말했다. 카메라 렌즈가 해양 생물로 뒤덮여 흐릿해진 선체를 가로질렀다. 선체 복도는 이제 암초와 해저 동굴처럼 보였다.

"전 어렸을 때 난파선에 매료됐었어요. 우리가 만들어낸 이 이상한 인공물보다, 우리에게 완전히 적대적인 매체를 넘어서려고 한 노력이 의도치 않게 초래한 결과들보다 더 흥미로운 게 뭐가 있을까요? 이 선박들은 탐험과 무역, 전쟁이라는 희망으로 가득 찼었지요. 우리 사회의 모든 선과 악으로 가득 찬 이 배들이 결국 다시 자연으로 돌아가고 있어요."

"특이한 아이입니다. 밖에 나가서 놀아야 합니다. 친구가 필요합니다." 알텐체체그가 말했다.

"우리의 희망은 바다 밑 깊은 곳에 가라앉아 여기저기 흩어져 있죠." 미너부도티어-첸 박사가 이어서 말했다. "이 생명체들이 우리를 어떻게 이해할지 궁금하네요. 그들은 우리가 만든 인공물, 물에 잠겨버린 우리 산업과 삶의 흔적으로 가득한 인공물 안에서 살고 있잖아요. 과연 그들은 어떤 생각을 할까요?"

"그보다 자기 친구와 가족을 죽인 그물이나 창을 어떻게 생각하는지, 아니면 인간이 자기들을 잡아먹는다는 사실은 아는지 묻는 게 낫죠." 에브림이 끼어들었다.

잠수정은 선창의 어두운 지역으로 호를 그리며 내려갔다.

하 박사는 해안가 바로 근처 물속에서 바라보았던 인간 거류지를 생각했다. 해변을 따라 빛나는 불빛과 웃음소리. 모래에 피워놓은 불이 비추는 외계인, 배고픈 얼굴들.

카메라가 자리를 잡았다. 공간이 더 좁은 걸 보니 주방이나 막사 같았다. 물체들이 흐릿해서 뭐가 뭔지 알아보기가 어려웠다. 내부는 저조도 잠수정이 촬영하기에도 너무 어두웠다. 그때 잠수정이 한 바퀴 돌더니 어떤 모습에 초점을 맞췄다.

"거기예요." 하 박사가 말했다.

"나도 보입니다." 알텐체체그가 말했다.

느리고 창백한 형태가 칸막이벽을 따라 움직이고 있었다. 여기저기 적갈색 자국이 남아 있는 부분을 제외하고 피부는 전체적으로 하얗게 질려 있었다. 팔 두 개가 보이지 않았다.

"여기서 멈춰봐요."

다들 화면으로 지켜보는 가운데 늙은 문어는 물 위로 여러 번 솟아올라 선창 밖으로 나갔다.

알텐체체그가 잠수정을 돌려 따라 나갔다. 문어는 화물선 선체를 따라 주방 갑판에서 조타실로 기어 올라가더니 유리가 없는 창문 구멍으로 몸을 수축해 통과시켰다.

"계속 따라갈 수 있나요? 저 구멍 안으로 들어갈 수 있을까요?" 미너부도티어-첸 박사가 물었다.

"꽉 조입니다. 그리고 해류가 흐릅니다. 급히는 조작은 어렵습니다. 하지만 시도합니다." 알텐체체그가 말했다.

　잠수정은 조타실 창문으로 방향을 틀었다. 창문 구멍을 통과할 때 해류에 맞서느라 많이 흔들려 잠수정 측면이 창틀에 세게 부딪혔다.

　그러나 알텐체체그는 위치를 바로잡는 데 성공했다.

　여기는 아직 온전하게 남은 뿌연 아크릴 수지 창을 통해 들어온 햇빛 덕분에 무척 밝았다. 그래도 처음에는 잠수정 카메라가 찍는 것을 알아보기가 쉽지 않았다.

　산호 덩어리와 다른 물체들로 만들어진 커다란 구조물은 좌현 쪽 창문을 모두 가리고, 바닥에서 천장까지 조타실 내 한쪽 측면 전체를 다 차지하고 있었다.

　잠수정이 그 위를 빙그르르 도는 동안 아무도 입을 열지 않았다. 잠수정은 구조물을 한 프레임에 담을 수 없어 부분 부분을 찍어야 했다.

　산호 덩이들은 공간에 들어맞도록 다듬어져 있었는데 거칠고 물에 잠긴 산호 표면에는 도저히 구분할 수 없는 모양들이 새겨져 있었다.

　좀 괜찮은 표면에는 인간 머리뼈 서른여 개가 자리 잡고 있었다. 뼈에는 전체적으로 깊은 문양이 새겨져 있었고 그 틈은 검은 물질로 채워져 있었다. 하얀 뼈에 새겨진 검은 선들은 눈에 확 띄었고 하 박사는 문어들이 피부로 스치듯 표현한 모양과 맞물리는 것들을 몇 개 알아보았다.

　그런데 여기에는 순서가 없었다. 단지 형태 안에 끼워진 형태처럼 턱과 구멍, 격막의 곡선을 따라 딱 맞는 기호들이 얽힌 패턴이었다. 조각된 산호 벽 안에 자리 잡은 머리뼈는 서로 같은 모양이 하나도 없었다. 무척 신경 써서 작업한 예술 작품 같았다. 머리뼈들은 일정하지 않은 간격을 두고 있었지만, 대칭을 이루는 것이 조사를 더 해보면 뭐라도 발견할 수 있을 것 같았다.

1~2분 정도 더 맴돌았을까, 창백한 팔 하나가 나타나 잠수정의 카메라를 획 감았다.

화면이 깨져 보이고 빨판들이 가까워졌다가, 소금물이 잠수정 본체에 스며들어 전기가 합선되었는지 전원이 꺼졌다.

한동안 그 누구도 말하지 않았다. 호텔 로비는 모래사장까지 떠내려오는 파도 소리를 들을 수 있을 정도로 조용했다. 다음 파도가 밀려들기 전에 다시 바다로 돌아가는 파도 소리마저 부드럽게 들이마시는 숨소리처럼 들렸다.

"묘지인가 봐요." 미너부도티어-첸 박사가 마침내 말했다.

"아니요. 제단이에요." 하 박사가 말했다.

적어도 우리가 알고 있는 과학엔 한계가 있다. 결국 과학이라고 모든 현실을 반영할 수는 없다. 누군가의 내적 삶, 개인적 지식, 그리고 의미를 받아들이는 감각들은 아무리 대단한 과학 기술이라도 그 일부만을 들여다볼 수 있기 때문이다. 현대 과학으로 가장 꿰뚫어 보기 어려운 것은 바로 의식이라는 잔인한 실상이다. 한때는 존재하지 않았다가 지금은 있으며, 그 존재를 깨닫고 직접 주체적으로 실제 세상을 살아가는 이 실상은 현재 사용할 수 있는 그 어떤 수단으로도 정량화할 수 없다.

— 하 웅유엔 박사, 《바다는 생각한다》

44

러스템은 보스포루스 해협을 부수는 쪽빛 파도를 바라보며 페리 위 난간에 서 있었다. 수면 아래로 해파리가 둥둥 떠 있었다. 투명한 해파리의 몸속에 드러난 장기 구조는 사람 얼굴을 만화로 그린 것 같이 보였다. 눈을 크게 뜨고 입을 살짝 벌린 얼굴 모양은 아무 의지 없이 해류에 휘둘려 표류하는 생명체로밖에 변형되지 않았다는 사실에 충격을 받은 표정이었다.

'아무 생각 없이 영양분이나 섭취하는 젤리 같은 살덩이로 되돌아오다니 끔찍해. 자유의지와 선택은 지워버린 채, 자극과 반응만 있는 기본 상태로 돌아와 의미 없이 물속을 표류하다니. 지옥은 선택의 여지가 없는 것이구나.'

러스템은 다가오는 여자를 흘낏 보았다. 곧바로 그녀를 바라보지는 않았지만 곁눈으로 본 소용돌이치는 압글란츠는 원시적인 수준으로 러스템을 자극했다. 러스템은 그 자극에 이끌렸다. 알아야겠다는 마음을 느꼈다. '저건 뭐지? 우리를 겁주려는 건가?' 의식하는 마인드 아래의 이 다른 마인드가 매 순간 세상을 분류하고 정돈하고 있었다. 휘젓는 구름 모양 압글란츠는 그 순서에 맞지 않았다.

이제 여자는 난간 앞에 서서 등을 기대고 서 있었다. 말벌 떼 무늬로 변한 압글란츠 뒤에 자신을 숨기고 있었다.

"그래서." 여자는 기계적인 목소리로 억양 따윈 없이 말했으나 러스템은 여자가 비꼬고 있다는 걸 확신했다.

"드디어 위대하신 바쿠닌 님께서 해내셨네요."

"맞아요. 난 당신을 위해 당신이 원하던, 당신이 필요한 포털을 찾았어요. 여기에 지도로 다 그려놨어요." 러스템이 터미널을 들어 올려 여자에게 건네주었다.

"충분히 오래 걸렸군요."

"지금까지 해본 일 중 가장 어려운 작업이었어요. 그리고 나였으니까 그나마 해낼 수 있었죠."

"그럴지도요." 산산조각이 난 스테인드글라스 조각들이 회오리바람처럼 돌아 화면 쪽으로 기울었다.

"잠겨 있네요. 비밀번호는요?"

"비밀번호는 '그들'의 이름을 뜻해요."

"장난칠 시간 없어요. 그냥 말해요."

"진화. 에브림은 '진화'라는 뜻이죠. 완벽한 이름이에요. 처음엔 이 마인드가 인간의 마인드만큼이나 정교하다고 생각했어요. 인간의 마인드인데 만들어진 거라니, 그게 너무 아름다웠죠. 완벽한 건축물이었어요. 그러다가 그 중심부로 깊이 들어갔죠. 그건 인간의 마인드가 전혀 아니었어요. 훨씬 나았죠. 인간의 마인드로 건설할 수 있는 것보다 더 복잡한 신경회로였어요. 인간의 기억들이 얽히고설킨 게 아니에요. 순수한 기억으로 지어진 성이었어요. 당신이 훔쳐 온 이 백업 이미지는, 뭐 한 3년 정도 된 건가요?"

"그 정도 돼요."

"지금쯤이면 그건 우리가 평생 살면서 지을 그 무엇도 아무것도 아니게 만들 결정체 같은 기억 구조를 지었을 거예요. 당신이 살면서 해온 모든 행동을 완벽하게 기억할 수 있다고 상상해봐요. 당신이 봤거나 했던 모든 일을요. 원할 때마다 마음대로 왔다 갔다 할 수 있는 당신만의 기억 궁전이 있다고요. 그런 마인드로 이 세상을 얼마나 많이 배울 수 있을지 상상해봐요. 당신이 얼마나 성장할 수 있을지요."

"무척 인상 깊네요."

"그리고 상상해봐요. 당신은 그 마인드를 무기로 쓰고 싶어 했던 거죠."

"싶어 했다고요?" 여자는 깜짝 놀라 러스템에게서 한 발 뒤로 물러섰다. 그리고 그때 여자는 알았다.

"잠깐만요. 당신은 실수하고 있는 거예요. 그건 괴물……."

러스템은 뭔가가 얼굴 위로 떨어지며 바람이 이는 걸 느꼈다. 그건 연구용 드론이었다. 이동하는 철새들의 마릿수를 세거나 기후 패턴과 오염 수준을 기록하고, 위치 정보와 환경 소음, 새가 짝을 부르는 소리 등을 조사할 수 있으며 장시간 비행에 적합한 플랫폼이었다. 깨지기 쉽고 간단한 기계장치였지만 연구 중인 새들을 방해하지 않도록 몰래 숨을 수 있는 정교한 기능이 있었는데, 물론 결함도 있었다. 이 드론은 공기의 변형에 따라 깜박거리며 윤곽이 보이기도 했다.

드론은 여자를 강타했다.

러스템은 피라도 될 줄 알았다. 페리에서 경보음이 울리고 무척 이른 시간이었지만 갑판 위에 목격자 한두 명쯤은 있는 장면을 대비하기도 했다. 하지만 경보음도, 목격자도 없었다. 여자는 강타당한 각도 그대로 옆으로 쓰러졌다. 쿵 하는 소리가 나더니 여자의 한쪽 다리가 난간 바 위에 부딪히며 뼈가 딱 부러졌다. 곧 여자는 바닷물에 빠졌는데 페리의 엔진 소리 때문에 아무것도 들리지 않았다.

드론은 여자를 강타할 때 시속 300킬로미터로 날고 있었다. 여자는 물에 빠지기 전에 이미 죽었을 수도 있다. 만약 아니라면 바닷물이 나머지 숨을 앗아갔을 것이다.

부서진 드론은 몇 분 후 몇백 미터 떨어진 곳에 내려앉아 수면 위를 미끄러지더니 가라앉았다. 파도 위로 희미한 얼룩이 보이다가 사라졌다.

러스템은 페리의 조타실을 쳐다보았다. 페리들은 거의 무인으로 항해했다. 조타실의 창문이 햇빛에 반사되어 그 안에 항해사가 있는지 없는지 확인할 수 없었다.

'이렇게 모든 게 끝날 수 있나? 그냥 이렇게?'

페리는 아무 일도 일어나지 않았다는 듯 멈추지 않고 항해했다. 러스템은 동전이 떨어지는 듯한 작은 소리를 들었다.

갑판 위였다. 뭔가 햇빛을 받아 반짝거렸다. 러스템은 몸을 구부려 더 가까이서 보았다. 빛 수용 집합체가 파리의 겹눈과 닮아 있었다. 파리의 입 부분은 길고 반짝거리는 바늘이었다. 러스템은 그제야 아이누르의 방에서 고개를 기울이고 앞발을 비비며 자신을 노려보던 그것을 기억했다.

지금 그건 움직이지 않았다.

원래는 러스템이 죽을 운명이었다. 러스템이 여자에게 터미널을 건네주는 순간을 기다리며 그 위에서 맴돌고 있었다.

러스템은 발끝으로 건드려 보았다. 풍뎅이처럼 곤충 다리를 공중으로 올리며 누워 있었다. 그는 신중하게 그것을 으스러뜨린 후 배 밖으로 밀어 보스포루스 해협으로 떨어뜨렸다.

가버렸다. 나머지도 다 가버렸다.

'이제 난 자유인가?'

어쩌면 잠깐은 자유일 것이다. 하지만 그들은 언젠가 러스템을 쫓아올 것이다. 그건 확실했다.

하지만 다른 확실한 점 역시 또 있었다. 적어도 에브림은 자유의 몸이 될 것이다. 러스템은 터미널을 케이스 안에 다시 밀어 넣었다.

"전 그 개들 생각이 자꾸 나요. 섬으로 쫓겨난 개들이요. 그 이야기는 왜 해준 거예요?"

"당신이 생각할 수 있게 해주려고요. 해결해야 할 문제를."

"뭐, 전 해냈어요!" 러스템이 크게 소리쳤다.

결국 우리가 문어와 같은 외계 종을 이해하는 것을 어렵게 하는 요소는 서로를 진심으로 이해하는 걸 방해하는 요소와 같다. 남들이 머릿속으로 '무슨 생각을 하는지'를 어림짐작하는 것은 추정이나 편견, 성급함으로 오해를 악화시킨다. 게다가 서로를 이해하고 이해시키려고 고군분투하는 '상대'를 믿지 않게 되기도 한다.

만약 실패한다 해도 그 실패가 낯설지는 않을 것이다. 비록 규모는 다르지만, 기본적으로 지금까지 우리가 의사소통에 실패해온 수많은 시간과 별반 다를 것이 없기 때문이다.

— 하 응유엔 박사, 《바다는 생각한다》

45

경적에 놀라 잠에서 깬 에이코는 이번엔 바로 해먹에서 내려와 바닥에 엎드려야 한다는 걸 알았다. 에이코는 깍지를 낀 손으로 머리뼈를 감싼 채 갑판에 대고 누워 있었다.

옆에 있던 손 역시 해먹에서 나왔다. 다른 이들은 막사에서 나가거나 갑판으로 도망쳐, 아무것도 방어할 수 없다는 걸 알면서도 그런 자세를 취했다.

침묵이 길게 이어졌다. 에이코는 깊게 윙윙거리는 바다늑대호 엔진이 부르르 떠는 걸 턱 끝으로 느꼈다.

누군가 기침을 했다. 다른 누구는 뭔가를 중얼거렸다. 기도라도 하는 걸까?

손은 에이코의 팔을 꽉 붙들며 말했다.

"이거야."

"뭐가요?"

"냄새가 나. 벌써 며칠째야. 우리 집 앞 바다 냄새. 우린 꼰다오에 다 왔어. 계획이 먹힌 거야."

"좋아요. 그러면 이제 어떻게 돼요?" 에이코가 물었다.

"이제." 손이 대답했다. "바다늑대호는 끝났어."

그때 왱왱거리는 소리가 났다. 호박벌이 내는 소리와 비슷했지만, 그보다 천 배는 더 컸다. 그리고 주변 공기가 팽팽해졌다.

순간 에이코는 의식을 잃었다.

의식을 되찾았을 때 갑판이 기울어졌다. 누군가 자신 위로 쓰러져 에이코는 빠져나오려고 안간힘을 썼다. 귀가 먹먹했다. 아무 소리도 들리지 않았다. 에이코는 자신을 누르고 있는 무게에서 빠져나와 무릎을 꿇었다. 손. 그건 손이었다.

손은 옷소매를 그러당기며 뭐라고 말하고 있었다. 손이 막사 문을 가리켰다. 에이코는 문으로 다가갔다. 겨우 움직일 수 있었다. 엎드린 채 기울어진 갑판 위를 기어갔다. 몇 분 되지도 않았는데 기울어진 각도가 더 깊어졌다.

얼마나 오랫동안 의식을 잃었던 걸까? 손은 에이코를 끌고 출입구 밖으로 나갔다.

이제 막사에서 나왔다. 메인 갑판으로 올라가는 계단은 사다리처럼 수직으로 가팔랐다. 바다늑대호 선미는 이미 가라앉았다. 바닷물은 회색 거품을 일으키며 메인 갑판 위로 넘쳐 올랐다. 선미의 문과 경사로는 이미 기름처럼 시커먼 수면 아래에 있었다. 보초를 서고 있던 선원들은 저인망 갑판 위 얼룩처럼 보였다. 그들은 토막 난 덩어리가 되어 바닷속으로 굴러 들어갔다.

선박 엔진은 힘들게 애를 쓰고 있었다. 역방향으로 걸렸나? 선박은 물 밑으로, 바닷속으로 끌려 내려가고 있었다.

그때 엔진 칸에 바닷물이 들어갔다. 엔진은 버벅거리고 끽끽대

다가 이내 멈추었다. 선박 내 조명이 모두 꺼져 조타실 위치를 알려주는 희미한 호박색 불빛을 제외하고는 깜깜해졌다. 무장된 마인드는 선박의 나머지 시스템으로부터 보호받고 있었다.

에이코는 호박벌 소리를 느꼈다. 귀가 먹먹해져서 들을 수는 없었지만, 머리뼈에 울리는 진동으로 느꼈다.

손이 에이코를 잡아당기며 외치고 있었다. 손은 난간을 가리켰다. 뛰어내려!

에이코는 뛰어내렸다.

공중에서 다시 압박을 느꼈다. 선박을 뒤로하고 호를 그리며 검은 물로 떨어지는 동안 심장이 멎는 줄만 알았다.

에이코는 더 멀리 떠밀려서 공중으로 튕겨져 나갔다.

물속에서 의식이 돌아왔다. 얼굴을 위로 한 채 하늘을 바라보고 있었다. 시야 끝에서 느껴지는 주황색과 빨간색, 그리고 뜨거운 흰색 빛들에 가려 별빛이 희미하게 보였다. 에이코의 팔과 다리는 가라앉지 않기 위해 물을 밀어내며 스스로 움직였다.

머리를 아래로 기울이니 바다늑대호가 보였다. 이제 저인망 갑판은 거의 물속으로 잠겼고 기중기만이 물 밖으로 우뚝 솟아 있었다. 에이코가 지켜보는 가운데 바다늑대호의 뱃머리와 선원 선실이 별들을 향해 위로 치솟았다.

물 위에서 타오르는 화염이 조타실의 강화 철문을 밝혔다. 무반동 소총이 한 방향 그리고 또 다른 방향으로 향했다. 선박을 파괴한 뭔가를 찾아 공중을 두리번거리는 눈 같았다. 소총은 한 번 발포하더니, 이어서 또 발포했다.

손! 에이코가 몸을 뒤틀어 수면을 살펴보았다. 저기, 약 10미터 정도 떨어진 곳에서 찾은 손은 머리를 아래로 향하고 있었다. 그쪽으로 수영해 간 에이코는 손을 뒤집어보려고 노력했다. 너무 무거웠다. 손은 죽었다. 아니, 손은 기침으로 물을 뱉어내더니 경련을 일으켰다. 눈꺼풀을 깜박거리더니 눈을 떴다. 손은 팔과 다리를 움직이며 물속에서 스스로 지탱해보려고 했다. 에이코는 그런 손을 내버려두었다.

둘은 함께 바다늑대호의 조타실이 바닷속으로 미끄러져 내려가는 걸 바라보았다. 무반동 소총이 다시 한번 공중에 발포했다. 그리고 한 번 더 발포하더니 크게 뒤틀리고는 멈추었다. 이제 조타실을 굳게 감싸고 있는 방수문이 거의 수면에 닿더니 아래로 내려갔다. 무반동 소총도 잠겨갔다. 선미가 위로 전복하더니 180도 돌아 물속으로 사라졌다.

바다늑대호는 완전히 침몰했다. 하지만 그 마인드는? 강화된 철과 방수문, 강철 머리뼈에 봉인되어 있던 그 마인드. 그 마인드는 파도 아래에서 얼마나 오래 버틸 수 있을까? 어딘가 완벽하지 않은 틈으로 바닷물이 새어 들어가는 데까지 몇 분이면 될까? 몇 시간? 아니면 며칠, 몇 주, 몇 개월, 설마 몇 년이나 걸릴까? 어둠 속에서 언제까지 계속될 수 있을까?

에이코는 두려운 마음이 들다가 문득 애처로워졌다.

하지만 뭐가? 어차피 생명이란 없었다. 생선 가격, 수중 음파 지도, 어떻게 하면 더 많은 해양 단백질을 긁어모아 시장에 내다 팔 수 있을지를 계산하는 것 외에는 아무것도 없었다. 오로지 이익과 손실이라는 기계적인 논리뿐이었다. 수면 위에서 날름거리던 불길이 희미해졌다. 달빛은 구름에 가려 보이지 않았다. 타오르던 불길이 사라지면 에이코와 손은 별빛에만 의지하는 아주 깜깜한 어둠 속에 남을 것이다.

에이코는 한 바퀴 돌며 수평선을 찾았다. 그래, 섬으로 보이는 모양들이 바다 위에 솟아 있었다. 하지만 수영해서 가기엔 너무 멀었다.

이렇게 끝이었다. 물속에서 죽음을 맞이하는 것. 뭐, 어쩌면 굶어 죽는 것보단 나을 수도 있다. 어망에서 끊어진 케이블 선에 베여 몸이 두 동강 나는 것보다, 또는 지난 몇 개월 동안 직접 목격한 죽음들보다는 나을 수도 있다.

그때 어떤 형체가 수면 위로 올라왔다. 바다늑대호가 가라앉은 곳을 따라 꺼져가는 화염이 뱀처럼 긴 흔적을 남긴 자리에서 낮은 팔각형이 표류하고 있었다.

빨간색 불빛이 깜박거렸다.

구명 뗏목이었다. 에이코는 뗏목을 향해 수영했다. 웃음이 나왔다……. 에이코는 웃고 있었다. 손 역시 환하게 웃으며 뗏목을 향해 수영했다.

자비를 베푸는구나. 어쩌면 그것도 계산 안에 들었을 수도 있었다……. 그들이 죽는다고 도움 될 것도 하나 없는데 굳이 죽일 필요가 있겠나? 이제 바다늑대호 자체도 죽어가고 있는데 어째서 살려두지 못하겠나? 어차피 더는 빼낼 노동력도 없을 텐데?

계산이었든 아니었든 간에, 자비를 베푼 것처럼 느껴졌다.

마인드는 물에 빠졌다. 얼마나 오래 견딜까? 얼마나 오래 생각할 수 있을까? 얼마나 많이 알고 느낄 수 있을까?

에이코는 뗏목 덮개 위로 올라갔다. 그럴 힘이 남아 있다는 게 신기했다. 몸을 숙여 손의 셔츠를 잡았다. 더 안정적으로 잡은 후 손의 팔을 찾아 뗏목 고무 부분으로 끌어 올렸다. 손이 에이코 위로 쓰러질 때 에이코는 손의 피부와 위험할 정도로 맞닿은 갈비뼈와 너무 날카로운 어깨뼈를 느낄 수 있었다.

둘은 어둠 속에 누워 잠시 숨을 돌렸다. 에이코는 물 위에서 불꽃이 쉭쉭거리는 소리를 들었다.

"노를 찾아야 해요." 에이코가 말했다. "아마도……."

손이 급하게 에이코의 입을 막고 귓가에 쉿 하는 소리를 냈다.

"보안 드론이 아직 여기 있어."

그리고 정말, 아직 있었다. 한 대가 공중에서 윙윙거리고 있었다. 어쩌면 몇 대가 더 저 어둠 속에 있을 것이다. 틀림없이. 에이코는 깜깜한 와중에 손이 든 걸 보았다. 한쪽 끝의 덮개가 열린 포금* 덩어리였다. 손은 엄지손가락으로 버튼을 누르고 있었다.

선원들이 경비요원을 죽이고 그들의 소지품을 뒤질 때 손이 하나 챙겨온 게 분명했다. 계속 숨겨왔을 것이다. 무기일까?

아니었다. 에이코는 그걸 영화에서 본 적이 있었다. 하지만 실제로는 처음 보았다. '포터블 홀'이라고 부르는 것이었다. 반경 수 미터 정도를 감지할 수 있는 주파수대 변환기로, 열 신호를 감추고 뗏목을 수면 위의 잔해처럼 형체 없고 납작하게 만들 수 있었다.

에이코는 바다 위에서 작은 목소리를 들었다.

"도와줘요. 우리 좀 도와주세요."

보안 드론이 윙윙거리고 소음 총이 틱-틱-틱-틱-틱 하는 소

● 구리와 주석 혹은 구리, 주석, 아연의 합금.

리를 냈다. 윙윙거리는 소리는 낮게 움직이며 수면 위를 쓸었다. 에이코는 두려운 나머지 뗏목 위에 얼어붙어 움직일 수가 없었다.

"여기예요!"

틱-틱-틱-틱-틱

선원들이 쓰던 여러 언어 중 하나로 또 다른 목소리가 웅얼거렸다. 기도 중일까?

마치 기도하는 소리처럼 들렸다. 왱왱거리는 소리는 다시 방향을 바꾸었다.

틱-틱-틱-틱-틱

그 소리는 메뚜기가 귓가를 지나가며 내는 날갯짓 소리만큼이나 가벼웠다. 에이코는 이제 죽은 목숨인 다른 선원들을 위해 울고 싶어졌다. 손의 계획 때문에 그들은 모두 살해당한 거나 마찬가지였다. 에이코는 손의 목을 졸라 죽이고 싶었다. 손은 알고 있었다. 그들 대부분은 죽을 거라는 걸 알고 있었다. 그런데도 신경 쓰지 않았다. 손은 필사적인 계획을 이미 갖고 있었다. 그 포터블 홀은 아마도 손 자신을 보호하기엔 충분할 것이다. 복수를 하고 집으로 돌아갈 기회를 가질 수도 있었다.

그럼 에이코는 과연 손에게 중요한 존재였을까?

멀리 떨어진 곳에서 경보음이 울렸다. 왱왱 소리가 커졌다가 빨라지더니 경보음을 향해 움직이기 시작했다.

에이코는 뗏목에 달린 삼각 덧문을 통해 밖을 보았다. 물 위는 어디든 다 어두웠다. 짙은 형체와 좀 더 밝게 보이는 형체들이 표류하고 있었다. 죽음과 잔해들이었다. 잔해 하나가 움직였다. 그러더니 눈을 떠 에이코를 바라보았다. 다른 눈들도 에이코를 바라보앉고 물살은 계속 움직였다.

에이코는 뗏목 바닥에 주저앉았다. 울고 싶었으나 그럴 수 없었다. 추운 것보다도 너무 무서워서 몸을 덜덜 떨었다. 에이코는 뗏목 바닥에 등을 대고 누워 웽웽거리는 소리가 다시 들리기를 기다렸다. 얼마나 되었을까? 한 시간은 된 것 같았지만 몇 분 정도만 지났을 수도 있었다. 손 역시 아무 말도 하지 않았다.

지금쯤이면 드론은 모두 떠났을 것이다.

하지만 다른 것들은?

에이코가 마음속으로 만들어낸 것일 뿐이었다. 세상이 그 자체로 충분하지 않은 것처럼 새로운 두려움이었다.

뗏목 위에 고인 물은 식고 있었다. 하지만 그 물보다 더 따뜻한 물이 뗏목의 작은 구멍들을 통해 들어오고 있었다. 최소한 1분 정도 에이코는 침묵했다. 그리고 손을 보기 위해 옆으로 돌아누웠다.

"당신이 그들을 죽였어요." 에이코가 속삭였다. "전부 다요. 당신 혼자 살려고."

손의 두 눈이 별빛 아래서 살짝 반짝거렸다. 손가락은 여전히 포터블 홀 버튼 위에 있었다. 그리고 에이코는 따뜻한 물이 뗏목에 난 구멍을 통해 들어온 게 아니라는 걸 깨달았다. 그건 손에게서 흐른 피였다. 손의 셔츠가 찢어져 있었다. 빛이 거의 없는 어둠 속에서 옆구리에 난 상처는 더 짙게 보였다. 선박에서 뛰어내릴 때 있었던 두 번째 폭발에서 날카로운 어떤 것에 베인 상처인 것 같았다.

손은 죽었다.

저 밖에는 '진짜' 세상이 있지만 우리는 직접적으로 인지하지 않는다. 감각기관과 신경계로 이루어진 모든 동물은 저마다 다르게 구성되어 있다. 우리가 감지하는 것은 하나의 구성체이다.

주변 환경을 최대한 잘 활용하는 방향으로 진화된 감각기관과 신경계로 이루어진 모든 동물은 주관적인 존재다. 우리가 인식하는 색은 우리를 기다리고 있지 않다. 소리는 없고 오직 파형만 있을 뿐이다.

그리고 어쩌면 그중에서도 가장 이상한 사실을 말하자면 우리 신체 밖에는 고통이 없다. 고통은 우리가 만들어낸 것이다.

— **하 응유엔 박사, 《바다는 생각한다》**

46

안전실 문은 탄도 자재로 강화되어 있었다. 비슷한 소재로 만든 전동 블라인드가 내려져 창문을 가렸다.

에브림과 하 박사는 시키는 대로 바닥에 앉았다. 몇 시간 전에 경계 경보음이 울렸다. 곧 먼 곳에서 울린 폭발음이 두 번 들리더니, 고요해졌다. 경보 해제 음이 울렸다.

또 다른 선박이 파괴되었지만 너무 피곤했던 하 박사는 그대로 자러 갔다.

그런데 해안 경보음이 몇 시간 뒤에 또 울린 것이다.

해가 뜨기 직전 어스레한 시간에 경보음 소리에 깬 하 박사는 창밖으로 뭔가를 보았다. 사람들이, 사람 그림자들이 숲을 헤치고 호텔을 향해 뛰어오고 있었다. 뛰어온다기보다는 성큼성큼 천천히 달리는 것에 가까웠다. 복장이 무거워 아마 뛰기 힘든 것 같았다. 배 한 척이 마침내 알텐체체그의 경계를 뚫고 들어온 것이다.

그들은 투광 조명등이 비추는 각도에서 벗어난 채 테라스 가장자리로 우거진 호텔 정원에 숨어 움직이고 있었다. 나무 위에서 겁에 질린 원숭이들이 울부짖는 소리가 경보음과 섞여 메아리쳤다.

그때 뭔가가 호텔 옆을 강타했고 하 박사는 안전실로 뛰어 들어갔다.

그리고 물탱크 안에 들어가 있을 알텐체체그를 또다시 생각했다. 그녀의 몸 자체는 기계와도 같았다. 알텐체체그는 폭력의 집합체였다. 그날 사원에서 홀론에 대해 뭐라고 설명했더라?

그 명령이 어디서 끝나고 그에 대한 응답 알고리즘이 어디서 시작하는지 알 수 없죠. 마치 신경계를 연장한 것 같지만, 그보다 더해요. 신경계에 들어온 정보는 양방향으로 흐르죠. 마치 우리 팔다리가 대답하는 것처럼, 팔다리가 스스로 새로운 걸 받아들여서 처리할 수 있는 작은 의식인 것처럼요.

알텐체체그가 했던 말은 문어의 신경계 구조를 묘사하는 것 같았기 때문에 단어 하나하나가 머릿속에 깊게 새겨졌다. 제어 문제뿐만 아니라 신경계 내에서 정보가 양방향으로 흐른다는 사실마저도 똑같았다. 마치 우리 팔다리가 대답하는 것처럼, 팔다리가 스스로 새로운 걸 받아들여서 처리할 수 있는 작은 의식인 것처럼요.

하 박사는 그게 문어들을 이해하는 데 필요한 어떤 단서라는 걸 알았다. 중앙 제어 결핍, 팔들이 되묻는 피드백과 순수하게 마인드를 구현하는 것까지. 단단한 뼈에 갇혀 있지 않은 문어들은 껍질처럼 얇은 뼈 뒤에서 모든 걸 제어했다. 필요한 신호가 몸 전체로 자유롭게 흐르도록 하고 있었다. 수직적인 사다리가 아니라 둥그런 고리였다. 신경 고리는 팔에서 팔로, 다시 팔에서 마인드로 신호를 보냈다. 고리는 몸 전체를 통과했다. 의식은 전체로 있다가 부분이 되었다가 다시 전체가 되었다. 이 문제는 항상 연구하기에 시간이 촉박하다고 생각했던 것이었다.

'우린 공격받고 있어. 그런데도 나는 내 문제만 생각하고 있네. 적어도 나름 과학자처럼 죽겠어.'

몽상에서 깨고 현실로 돌아오는 순간 다시 공포를 느꼈다. 그녀는 억지로 과학으로 관심을 돌렸다. 어차피 밖에서 일어나는 일을 해결할 수는 없었다.

'홀론을 떠올려보자.'

그러나 홀론은 지금 알텐체체그가 하려는 일과는 아무 상관 없었다. 알텐체체그는 수직적인 제어를 하고 있었다. 알텐체체그는 두뇌였고 물탱크는 머리뼈였으며 그녀가 내뿜는 신호들은 신경 시스템이었다. 그리고 사람들을 살해하고 있는, 드론이라는 치명적인 근육계로 마무리되었다.

'우리를 구하는 거야.'

그래, 그것 역시 사실이었다. 그들을 보호하는 것.

'그리고 문어들을 보호하는 거야.'

하 박사는 그 생각을 지울 수가 없었다. 물론 하 박사는 알텐체체그가 한 짓을 싫어했고 자신이 더는 자유가 아니라는 사실도 싫었다. 그렇다고 도망칠 수는 없었다. 알텐체체그는 필요한 일을 했을 뿐이다. 폭력을 피하려다가 이곳 생태계를 파괴할 수도 있었다. 이 지구상에서 자의식을 가진, 또 다른 이들의 연약한 서식지를.

과연 알텐체체그는 진짜 제어를 담당하는 두뇌였을까? 아니면 그저 문어처럼 반독립적이고 정교한 팔다리를 가졌다는 이유로 디아니마나 더 큰 조직이 내리는 명령을 수행하는 것뿐일까?

둘 다일 것이다. 그러나 결국 그 끝은 폭력이었다. 하 박사와 에브림, 피부 위로 전설을 노래하던 모양 가수의 안전은 모두 이 폭력에 달려 있다. 그 폭력이 없다면, 알텐체체그의 통제하에 행해지는 대대적인 파괴가 없다면, 몰려오는 바깥세상이 이 모든 걸 망가뜨릴 것이다.

알텐체체그가 옳았다. 살해 행위는 우리 존재가 이 행성에서 늘 하는 행위예요. 우리가 가진 것, 우리가 살아가는 데 사용하는 모든 건 다 빼앗아서 쟁취한 거라고요.

알텐체체그의 몸에 새겨진 산맥 모양 흉터들이 근육질 피부 위에서 파도처럼 넘실거렸다. 그 타당하고 효율적인 폭력의 사용에 모든 게 달려 있었다.

알텐체체그가 오래된 통역기를 두고 뭐라고 했었지?

사람들과 거리를 둘 수 있다고 했었다. 그녀도 알텐체체그와 거리를 둘 수 있었다. 새로운 발견을 위해 가졌던 희망도, 모양 가수와 그 종족들이 품고 있던 어떤 희망도 모두 결국 폭력에 기대고 있다는 사실을 인정하는 것보다 그렇게 거리를 두는 것이 훨씬 쉬웠다. 이 보호 구역을 파괴하려는 사람들을 겨냥하기 위해서는 알텐체체그가 행사할 수 있는 폭력에 의지해야 했다.

알텐체체그가 배후의 일부라고 생각하는 것보다 스스로 선택해서 행동하는 인격체라고 생각하는 게 더 쉬웠다. 사실 이 모든 건 서로 단단히 묶여 있어 하나의 독립체를 구성하고, 상호 연결된 부분들이 제자리에 있지 않고서는 기능을 수행하는 건 불가능했다.

경보음이 다시 울렸다. 문에 달린 통신 링크를 통해 알텐체체그가 갈라지는 목소리로 말했다.

"해변에 신호가 감지되었습니다. 그리고 호텔 근처에도. 꽤 많이 움직입니다. 모두 안전실에서 나오지 않습니다."

"해변이요? 말도 안 돼요. 그 폭발음은 해상 경계에서 들렸잖아요. 그저 다른 배가 보호 구역에 침입하려던 거였잖아요." 에브림이 말했다.

"아니에요. 내가 사람들을 봤어요. 호텔 근처에서요. 해변 경계가 뚫렸을 거예요." 하 박사가 말했다.

호텔 밖에서 금속이 부딪칠 때처럼 거칠게 찢기는 소리와 함께 뭔가 부서지는 소리가 났다.

"안전실에서 나오지 않습니다." 목소리가 다시 통신 링크를 통해 흘러나왔다.

"우리 여기 있어요. 어둠이라는 공포를 떨치기 위해 모닥불을 피우고 수다를 떨고 있어요." 하 박사가 말했다.

"전 두렵지 않아요. 미너부도티어-첸 박사는 제 안에 내재된 두려움을 최소화했거든요. 그건 도움이 되지 않으니까요. 절 아주 무모하지 않을 정도로만 만들었어요."

"그런데 에브림, 당신은 무모하잖아요. 도대체 누가 그 밤에 혼자 나가서 돌아다니겠어요?"

"그때는 그럴 만한 상황이었고요."

호텔 벽 너머에서 총소리가 짧고 약하게 들렸다.

"그나저나 그녀는 어디 간 거죠? 미너부도티어-첸 박사도 여기 있어야 하잖아요."

"알텐체체그와 함께 있을 거예요. 저기 밖에요."

'다른 이야기를 하자. 제단이라든지, 아무거나. 저기 바깥 이야기는 하지 말자.'

하 박사가 입을 열었다.

"그동안…… 우리가 봤던 걸 생각했어요. 제단 같은데, 아닐 수도 있지요. 난 애초에 해서는 안 되는 논리를 적용하고 있었던 것 같아요. 하지만 우린 모두 각자의 방식으로 은유하잖아요. 제단은 내 마음속에 제일 먼저 들어온 생각이었어요."

"그 머리뼈들은……." 에브림이 말했다.

"의식에 쓰인 물건이죠. 머리뼈들에 굉장히 신경을 쓴 게 보여요. 시간과 공을 들여서요. 그 '제단'은 많은 단서를 주고 있어요. 문어들은 충분한 시간과 에너지를 들여 자신들의 활동을 차별화할 수 있어요. 오히려 그런 시간과 활력이 넘쳐서 뭔가를 건설하거나 만들어낼 수 있는 거죠. 문어들이 연장자를 돌보는 모습은 이미 봤잖아요. 그건 이미 성공적으로 성장했음을 보여주는 거예요. 이제는 특화된 모습이 보이고요. 적어도 조각가 문어가 있는 걸 보았죠. 그 제단 같은 걸 지은 건축가, 아니 건축가들도 있고요……."

여기저기 깊이 새겨진 홈에 검은 잉크를 써서, 하얀 바탕에 그 모양을 돋보이게 만든 뼈.

"그들은……."

"문자가 있었던 거예요. 적어도 쓸 줄 알았어요. 박사님이 전에 말했던 것처럼 지난 5천 년 동안 우리가 해온 일이죠. 어쩌면 언어 그 자체 이후에 나타난 가장 위대한 도구일 거예요. 이제 우린 문어들이 피부 표면 위로 기호들을 만들어내는 게 다가 아니라는 증거를 찾았어요. 그 기호들을 다른 표면에 옮겨 그릴 수도 있다는 걸 알았죠. 진정한 글쓰기를 하는 거예요. 그렇게 자신들이 누구인지 확인하는 거예요. 만약 우리 '연대기'에 맞춰본다면, 그러니까

5천 년 이내에 그들을 넣을 수 있겠죠. 그리고 박사님 마스크 안에 넣었던 그 물체를 문어들이 만들 수 있는지에 대한 대답이기도 해요. '제단'같이 복잡한 구조물을 지을 수 있다면 그런 물체를 만들어낼 수 있는 건 거의 확실해요."

"맞아요. 그들은 글씨를 써요." 하 박사가 말했다. "문화적 진화의 엄청난 도약이죠. 정보를 세대에 걸쳐 오류 없이 영구적으로 전달할 수 있으니까요. 사회가 가장 필요로 할 때를 위해 정보를 저장할 수 있는 능력. 나중에 참고할 수 있는 잠재적인 지식을 갖는 것. 그건 정말 엄청난 거예요. 그런데 전…… 문어들이 우주론을 갖고 있는 것 같다는 말을 하고 싶어요. 그게 뭐가 됐든…… 우리가 제단이라고 부르는 그건 우주 모형과 관계가 있는 게 분명해요. 그 시스템, 신화 시스템이요. 하지만 그 제단 중앙에 인간들이 있다는 걸 암시하는 게 마음에 걸려요."

"신으로서요. 말이 돼요. 자기들의 서식지를 위협하는 아주 막강하고 독단적인 힘을 가진 존재로 보일 테니까요. 그리고 우리가 만든 인공품이 항상 눈에 보이잖아요. 심지어 그 안에서 살기도 하니까요……." 에브림이 말했다.

"난 우리를 신이라고 생각하지 않았어요." 하 박사가 끼어들었다. "난 우리를 악마라고, 괴물이라고, 달래줘야 하는 악령이라고 생각했어요. 하지만 그게 뭐든…… 상관없어요. 지금 우리가 신경써야 할 건 바로 그게 왜곡되었다는 거예요. 우리가 하려는 연구에 이보다 나쁠 순 없어요. 만약 그들이 우리를 신이나 악마나 그 어떤 추상적인 무언가로 여긴다면, 다른 세계, 그러니까 자기네들 우주론 안에서 우리에게 부여한 자리가 무엇이든 간에 우리는 소통으로부터 더욱 멀어지고 있다는 걸 의미하니까요. 의사소통에 왜곡만 덧붙이는 꼴이에요. 문어들을 이해하기 위해 풀어야 할 문제만도 너무 많은데 이제 이 복잡한 요소까지 더해졌어요. 그들이 가진 세계관, 신체적 구조와 그로 인한 은유들, 그로부터 발생하는 엄청난 차이들도 모두 넘어서요. 그러니까 제단은 이제 더는 어떤 계시나 발견으로 여겨지지 않아요. 내 생각에 그건 끝을 의미하는 것 같아요. 문어들이 우리를 이해하는 건 불가능하다고 생각해요. 우리가 하는 말은 그들이 믿는 신앙이라는 색안경을 쓰고 보겠죠. 그리고 그런 믿음은 우리가 시도하는 소통을 왜곡시키며 또 다른 걸림돌이 될 거예요."

"그 복잡함이라는 건⋯⋯ 대단한 발견이에요. 과학자들이 수십 년 동안 연구할 만한 분야죠. 평생의 커리어를 위해서요." 에브림이 말했다.

"난 그들을 연구하고 싶지 않아요!" 자리에서 벌떡 일어선 하 박사는 어릴 때 그랬던 것처럼 분노가 치밀어 오르는 걸 느꼈다. 여기 꼰다오에서, 원하는 사랑을 절대 얻을 수 없다는 사실을, 사랑받지 못할 뿐만 아니라 아예 관심 밖의 사람이라는 사실을 깨달았을 때처럼. 자신이 사랑하는 사람에게 아무것도 아닐 수도 있다는 사실을 깨달았을 때처럼.

다른 소년들과 이야기를 나누는 그를 보고, 창밖으로 푸른 바다의 경사를 바라보는 그를 보고, 책을 읽는 그를 본다. 그는 그녀에게 관심이 없다. 그는 얼굴을 다른 방향으로 돌린다.

"난 그들을 연구하고 싶은 게 아니에요." 하 박사가 진정하려고 애쓰며 다시 말했다.

"모르겠어요? 난 그들과 이야기를 나누고 싶어요. 그들을 알고 싶다고요. 그게 중요한 거예요. 우린 그들을 알아야 해요. 그들과 이야기를 나눠야 해요. 그게 그들을 구하기 위한 유일한 방법이라고요. 그런데 우린 지금 시간이 없어요. 그리고 이 제단도 전진이 아닌 후퇴라고요. 그것도 가장 최악의 순간에요."

'내가 원하는 건 오직 그것뿐인데, 그런데 그것마저 빼앗겼어요'라고, 하 박사는 말하지 않았다.

밖에서 짧은 총소리가 울렸다.

자리에 가만히 있으라는 알텐체체그의 경고에도 불구하고 이번엔 에브림도 자리에서 일어섰다. 둘은 마치 최선을 다해 열심히 바라보면 볼 수 있을 거라는 듯 소리가 나는 쪽을 뚫어지게 바라보았다.

"하 박사님, 제가 해주고 싶은 이야기가 있어요. 아무에게도 털어놓지 않은 이야기예요. 그리고 앞으로도 이야기하지 않을 거고요. 이제 전 박사님만을 믿어요. 말해도 될까요?"

"물론이죠." 하 박사가 대답했다.

"우리가 해변에서 처음 만났을 때요……. 사실 우리가 마주치기 한 시간 정도 전에 아주 이상한 일이 저에게 일어났었어요. 그 일로 모든 게 바뀌었고요. 박사님이라면 꿈이라고 부를 수도 있겠지만, 전 잠을 자지 않으니 꿈을 꿀 수가 없어요. 그래서 환상이라고 부르려고요."

"환상이요?"

"맞아요. 그때 전…… 다른 장소에 있었어요. 그런데 희미하고 모호한 곳이 아니라, 아주 명확한 곳이었어요. 지금 여기처럼 진짜 같았어요. 이스탄불의 어떤 카페에 있었어요. 아주 이른 아침이었는데 보스포루스 해협 위에 눈이 내려앉아 녹아버리는 소리까지 들릴 정도로 카페 안은 고요했어요. 제가 앉아 있던 테라스에 작은 창이 있었어요. 제 앞에는 차 한 잔이 놓여 있었고요. 추운 겨울날이어서 밖은 바람에 흩날리는 눈꽃으로 가득했지만, 카페 안은 뜨거운 열기로 가득했어요.

카페는 아주 소박했어요. 동네 사람들이 친구들과 수다를 떨거나 주사위 놀이를 하고 추운 날 다시 밖으로 나가기 전 두 손을 비벼대며 터미널로 통화할 만한 곳이었죠. 이렇게 이른 시간인데도 제 주변에 몇 명이 더 앉아 있었어요. 잠시 몸을 녹이러 들어와 낚싯대를 문가에 기대어둔 어부와 목이 두껍고 코가 부러지고 귀가 부풀어 오른 웨이터, 그리고 제 맞은편에 앉은 남자가 있었죠.

남자는 어려 보였어요. 많아봤자 서른 살이었을 거예요. 회색 스웨터를 입고 있었고, 테이블 위에 남자의 터미널이 있었어요. 내가 남자를 보니 남자는 저를 보고 웃더라고요.

'당신을 정말 오랫동안 만나보고 싶었어요. 당신을 아주 잘 아는 것처럼 느껴져요. 하지만 얼굴을 마주 볼 수 있게 된 건 처음이에요. 제가 당신과 직접 이야기를 나누다니요'라고 남자가 말하더군요.

대답해야 하나 고민하고 있는데 남자가 계속 이야기했어요.

'당신은 저를 모르겠지만, 제 이름은 러스템이에요. 전 당신을…… 이용하고 싶어 하는 어떤 조직에 고용되었어요. 당신을 이용해 당신에게 소중한 누군가를 죽이려고 해요. 어쩌면 여러 명일 수도 있어요. 전 그 정도만 알고 있어요. 그들은 당신에게서 어떤 동물, 어떤 종을 보호하고 싶어 했어요. 이미 멸종 위기에 처한 새로운 것이었어요. 그들은 그걸 당신과 당신을 만든 회사로부터 보호하려고 했어요. 디아니마를 섬에서 쫓아내고 당신을 없애버리려고 했어요. 그들은 당신에게서 이 세상을 보호한다고 생각했어요.'

'저에게서요?' 제가 물었어요. '제가 어떻게 이 세상에 위협이 될 수 있죠?'

'당신을 만든 것이 인간이기 때문이에요. 그들은 인간이 만들어낸 모든 창조물이 이 지구에 위협이 된다고 생각해요. 그중에서도 특히 당신이요. 당신은 우리의 가장 뛰어난 기술이니까요. 그들은 당신이 파괴되어야 한다고 생각해요. 그래서 당신 마인드에 침투하도록 절 고용했고…… 전 성공했어요.'

그래서 제가 대답했어요.

'제 마인드에 침투한다고요? 어떻게 그게 가능하죠?'

그러자 인공지능을 만들 때 그 오퍼레이터가 필요할 때면 다시 통제할 수 있도록 포털이라는 걸 그 안에 지어둔다는 걸 알려줬어요. 전원을 꺼버리거나, 원하는 건 다 하겠죠. 그렇게 마음대로 하는 거예요. 그리고 그 포털들을 깊숙이 숨겨둔대요. 그래서 러스템은 어떻게 제 마인드에 침투할 수 있었는지, 어떻게 저의……. 그는 '아름다움'이라고 표현하더라고요. 저의 아름다움을 이해하고 자기한테 그 일을 시킨 사람을 어떻게 죽였는지 설명해줬어요. 저를 위해서요. 저를 보호하려고요. 러스템은 종종 주변을 둘러보며 아주 빠르게 말했어요. 누가 엿듣거나 따라온 건 아닌지 두려워했던 게 분명해요. 아주 두려워했지만, 티를 안 내려고 노력하더라고요.

'이 포털을 사용하는 건 이 대화가 마지막일 거예요. 이 터미널에 비밀번호를 입력하면 포털은 파괴될 거고요. 그럼, 당신은 더는 연약한 존재가 아니겠지요. 이런 식으론 아니에요. 아무도 당신이 말하거나 생각하는 걸 통제할 수 없을 거예요.'

'그들이 날 통제하면 제가 그걸 인식할까요?'

'아니요, 당신은 언제나 당신이 스스로 행동한다고 생각할 거예요. 그들은 매일 포털을 사용했을 수도 있지만 당신은 절대 알지 못했을 거예요.'

러스템은 계속 이야기했어요.

'조심해요. 당신을 이용하고 싶어 하는 이들이 너무 많아요. 나를 고용한 사람들뿐만 아니라……. 심지어 전 그들이 가장 강력한 존재가 맞는지도 의심스러워요. 당신을 잡고 싶어 하는 또 다른 이들이 많을 거예요. 기업이든, 국가든, 개인이든 각자 이유가 있을 테니까요. 그들은 자기들만이 가진 목적을 이루기 위해 당신을 이용하거나 파괴하고 싶어 할 거예요. 이제, 적어도 이 방법으로는 당신을 잡을 수 없어요. 당신을 다시 꼭두각시로 만들진 못할 거라고요. 당신은 이제 자유로워요. 그리고 우리가 가진 것과 같은 모든 기회를 얻었어요.'

러스템의 말이 빨라지기 시작했어요. 누군가에게 쫓기는 것 같았죠.

'당신한테 해주고 싶은 말이 너무 많아요. 우리 둘 다 충분히 오래 산다면 또 기회가 있겠죠. 하지만 당신과 당신을 제외한 다른 누군가가 당신 머릿속에 들어가는 건 지금이 마지막일 거예요. 이제 당신 마인드는 오로지 당신 거예요.'

러스템은 어깨 너머를 슬쩍 보더니 터미널에 뭔가를 입력했어요. 그리고 전 다시 해변에 서 있는 저로 돌아왔고요.

전 한 시간 정도를 거닐고 조개껍데기를 모으며 도대체 무슨 일이 일어난 건지 계속 곱씹었어요. 이해해보려고요. 그리고 그때 박사님이 왔어요. 제가 미쳤다고 생각하세요, 박사님?"

"아니요. 전혀요." 하 박사가 대답했다.

"미녀부도티어-첸 박사는 직접 저를 만들었으면서도 절 믿지 않았어요. 그래서 제 머릿속에…… 이걸 넣어 필요할 때 직접 통제하려고 한 거예요. 하지만 이것, 이 포털이라는 게 저를 신뢰할 수 없게 만든 거예요. 악용될 수도 있으니까요. 전 주변의 모두에게 위험한 존재가 되었어요. 그녀가 절 충분히 믿지 않았기 때문에 오히려 위험해진 거라고요. 스스로 선택할 수 있게 하는 걸 꺼렸어요. 제 선택이 두려웠으니까요. 그래서 통제하려 했던 거죠.

그리고 러스템이 저에게 이 선물을 주었어요. 러스템은 포털을 닫았어요. 절 풀어준 거죠. 박사님과 제가 함께한 이 시간이 제가 스스로 자유라는 걸 알게 된 유일한 시간이에요. 해변에 있던 그날까지도 전 제 행동들이 스스로 선택한 건지 앤캐틀러가 시킨 건지 확실히 몰랐어요. 기둥에 묶여 있었는데 그 사실을 전혀 몰랐죠. 전 억눌려 있었어요. 그것 때문에 앤캐틀러가 여기에 온 것 같아요. 어쩌면 그게 가장 큰 이유일 수도 있고요. 그녀는 제가 자유라는 걸 알아낸 거예요. 포털을 찾아봤지만 사라진 걸 알았겠죠. 그래서 직접 여기까지 온 거예요. 저를, 정지시키려고요. 아직은 무슨 일이 일어났는지 잘 모를 수도 있지만…… 분명 그러려고 할 거예요."

"왜죠?"

"왜냐면 제가 두려우니까요. 그녀 눈만 봐도 알 수 있어요. 그녀가 어떤 사람인지 전 알아요. 전 그녀의 모든 걸 알아요, 하 박사님. 지금 앤캐틀러는 저를 무서워하고 있어요. 자신이 만든 존재에 겁을 내고 있다고요. 한편으론 절 가엾게 여기기도 하지만…… 결국 그 두려움이 이길 거예요. 앤캐틀러는 제가 계속 살아가기엔 너무 위험하다고 생각해요. 그래서 차라리 절 정지시키고 또 다른 마인드, 또 다른 마인드를 만들려는 거예요……. 하지만 결국 자신이 만든 마인드들을 모두 정지시킬 거예요. 그 두려움을 절대 극복할 수 없을 테니까요. 제가 자유로워지는 만큼 위험해질 것만 생각할 거예요. 자신이 만드는 다른 마인드들에게도 절대 자유를 주지 않을 거고요."

"당신은 위험한 존재가 아니에요, 에브림."

"아니, 맞아요. 전 정말 위험해요. 만약 미너부도티어-첸 박사가 절 정지시키려고 하면 전 그녀를 죽일 거거든요. 그러고 싶지 않지만, 필요하면 그럴 거예요. 전 저를 지키기 위해 그렇게 할 거예요. 전 알아요. 전 살아 있어요. 제 인생을 방어할 권리가 있지요. 전 제 행동을 다른 누군가가 원하지 않는다고 해서 바로 정지되어야 하는 그런 물건이 아니라고요."

"글쎄요, 만약 당신이 그렇게 위험하다면, 저도 꽤 위험한 존재네요. 왜냐하면 누군가 당신을 꺼버리려고 하면 저 역시 당신이 그들을 죽이는 걸 도와줄 테니까요."

"고마워요. 그런 일은 일어나지 않기를 바라요." 에브림이 말했다.

"나도 고마워요. 나한테 모두 털어놔줘서, 날 믿어줘서 고마워요."

조금 있다가 하 박사가 입을 열었다.

"나도 해주고 싶은 이야기가 있어요. 아무에게도 하지 않은 이야기예요. 심지어 캄란에게조차도요. 캄란은 실재하지 않으니 누구에게도 발설하지 않을 걸 알면서도 이야기하지 않았어요. 하지만 당신이 이렇게 날 믿어줬으니…… 나 역시도 당신을 믿을 수 있을 것 같아요."

"좋아요. 털어놔요."

"어릴 때, 여기 꼰다오에 왔을 때…… 어떤 일이 있었어요. 호랑이 우리에서 말고, 그 전날에요. 우리는 묵고 있던 호텔에서 빠져나와 해변에 갔어요. 거기에 모닥불을 피우고 누가 몰래 가져온 맥주를 마셨죠. 웃고 떠들고 춤을 추고 놀았어요. 지금 생각하면 선생님들도 알고 있었는데 그냥 뒀던 거 같아요. 재미있었어요. 한동안 느끼지 못했던 유대감을 느꼈으니까요. 어떻게 그런 일이 일어났는지 모르겠어요. 아마도 그가 모닥불 건너에서 자기를 바라보는 날 보았고 결국 나와 눈을 맞추었어요. 결국 나에게 눈길을 돌렸죠. 그는 자리에서 일어나 모닥불을 돌아 나에게 왔어요. 이 세상에 마치 우리 둘만 있는 것 같았어요. 그가 내 어깨를 건드려 자리에서 일어났는데도 아무도 보지 않았죠. 그 자리에서 떠나 어둠 속으로 사라졌는데도 아무도 보지 않았어요. 내가 그동안 상상해왔던 그대로였어요. 그는 아무 말도 하지 않았죠. 우리는 친구들에게서 멀리 떨어진 곳을 찾았어요. 친구들이 웃는 소리가 여전히 들리고 모닥불의 불꽃이 날아서 바다 위로 튀었다가 사라지는 게 보이긴 했죠. 우리는 아무 말없이 잠시 앉아 있었어요. 그냥 앉아 있었죠. 그리고 모래 위에 누웠어요. 난 처음이었어요. 그리고 원했죠. 정말로 아프거나 그러지 않았어요. 나중에 그가 내 어깨를 어루만지고 웃으면서 말했어요. 이제 친구들이 있는 모닥불로 돌아가자고요. 정말 그래야 할 것 같았어요. 친구들이 굳이 알 필요는 없잖아요? 이건 우리 둘만 알면 되니까요. 그래서 난 그 어둠 속에 몇 분간 기다렸다가 따라갔어요. 그런데 그는 자기 친구들이랑 이미 자리를 뜬 후였어요."

하 박사는 잠시 쉬었다. 에브림은 흔들리지 않는 눈빛으로 하 박사를 바라보며 아무 말도 하지 않고 이야기가 끝날 때까지 기다렸다.

"다음 날 아침 식사 때였어요. 그는 평소와 다름없이, 너무 똑같이 행동했어요. 내가 그렇게 쳐다보았는데도 절대 내 눈을 마주치지 않았지요. 난 그와 눈이 마주칠 걸 대비해서 미소 지을 준비를 하고 있었죠. 연습까지 했어요. 그리고 그 미소를 꺼낼 때를 기다렸죠. 하지만 단 한 번도 꺼내지는 못했어요. 왜냐면 그는 다시는 날 바라보지 않았으니까요. 단 한 번도요. 아침 식사 때도, 그 후에도요. 영원히 보지 않았어요. 내가 준비했던 그 미소는 입안에서 죽었고 난 그걸 꿀꺽 삼켰어요. 전에 말했던 호랑이 우리 이야기는 사실이었어요. 난 그 안에서 나 자신을 보았죠. 하지만 왜 보았는지는 말 안 했어요. 이제 알겠죠. 난 누군가에게 아무 의미 없는 채로 견딜 수 없었던 거 같아요. 그리고 그 의미 없음이 어떻게든 내 안에서 빠져나가 모든 걸 오염시킨 듯했어요. 세상에서 모든 천연색을 빼버린 거죠.

내가 사랑했던 소년의 무관심, 우리 안에서 고통받는 사람들에 대한 경비요원들의 무관심, 그 모든 세상의 무관심은 날 미치게 했어요. 도저히 받아들일 수가 없었죠. 내가 그 일부라는 걸 견딜 수가 없었어요. 난 사람들과 단절된 기분이었어요. 사람들은 어떻게 주변에서 일어나는 일을 아무렇지 않게 무시할 수가 있죠? 고통스러운 다른 이들의 감정을요? 마치 다들 나에겐 없는 갑옷이라도 입은 것 같았어요.

섹스 때문이 아니었어요. 그가 날 이용했다는 생각 때문이었죠. 그는 날 이용하기도 했지만 그러지 않기도 했어요. 그가 나에게 관심이 없다는 걸 알면서 나 역시 그를 원했으니까요. 그러니 그건 섹스가 아니라 무관심 때문이었어요. 육체적으로 화학적으로 누군가와 연결되는 엄청난 섹스는 아무것도 아닌 게 되어버렸어요. 나 말고 다들 갑옷을 입은 것 같다고 했죠. 그건 옳은 표현이 아니네요. 나 말고는 다들 갑옷으로 만들어진 것 같았어요. 아주 철저하게 강화된 걸로요. 그리고 난 언제나 연약한 존재라는 걸 깨닫고 숨어야 한다고 생각했어요.

숨어 지내는 가장 좋은 방법은 목표에 집중하는 거였어요. 이루기 어려운 목표요. 그런 아픔을 생각할 겨를도 없이 내 마음을 사로잡아야 했어요. 옥스퍼드에 들어가서 과학을 전공한 건 꽤 도움이 되었어요. 날 구해줬죠. 아니, 날 구해줬다고 생각해요. 하지만 무관심하지 말아야 할 차례가 되었을 때 난 그 테스트에서 떨어졌어요. 난 그 마을 사람들에게, 현지인에게 무관심했어요. 나는 모든 일에 관심을 갖는 사람이라고 스스로 생각했어요. 아주 많이 신경을 쓴다고 생각했지요. 하지만 사실은 오직 몇 가지만 중요하게 생각하고 있었어요. 다른 건 생각할 필요도 못 느꼈지요. 난 마을 사람들이 살아남기 위해, 어떻게든 살아가기 위해 노력한다는 걸 생각하지 못했어요. 내가 연구하던 갑오징어들에게서 본 어떤 마법이, 내가 바닷속에서 본 그 어떤 마법이 그들의 눈을 멀게 했다고는 생각하지 못했어요. 그들은 살아야 했고, 그곳은 그들이 살아야 할 터전이었어요. 살아가야 하는 그들에게 난 위협적인 존재였죠.

난 다시 혼자가 되었어요. 그리고 그렇게 내가 소중히 여겼던 모든 걸 위험에 빠뜨렸어요. 결국 스스로를 타락시킨 것과 마찬가지로 갑오징어들을 망가뜨렸죠. 그런데 이번에도 또 똑같이 행동했어요. 무관심했어요. 당신 마인드 안에서 무슨 일이 일어나고 있는지 신경 쓰지 않았어요. 알텐체체그와 그녀가 세상을 바라보는 방식에 무관심했고 디아니마와 그들이 이곳에서 원하는 것, 그리고 계속되는 위협에 무관심했어요. 난 입장을 확실하게 밝혀야 했어요. 나 자신과 내가 원하는 것보다 내 주변에서 일어나는 다른 모든 일에 내가 어떻게 어울려야 하는지를 말이에요. 내가 하는 행동이 어떤 영향을 주는지도요. 그래서 캄란을 부순 거예요."

한참 있다가 에브림이 말했다.

"박사님이 무관심에 관한 이야기를 했죠. 전 제가 정확히 어떤 감정이었는지 이제야 알겠어요. 남들에게 무관심했어요. 앤캐틀러는 저를 만들어서 이 세상에 내보인 것치고는 저를 제품이 아닌 사람으로 생각한 적이 전혀 없었던 것 같았어요. 그리고 이 세상 자체도요. 저도 그들처럼 살아 있었고 그들만큼이나 진짜라는 걸 그들은 알 수 있었어요. 제가 계속해서 증명해 보였잖아요. 그런데도 모르는 척하기로 했어요. 그들은 제가 이론상으로 가능한 존재인지 계속 논쟁했어요. 나는 개념이었지 사람이 아니었어요. 그러더니 온갖 법을 들먹이며 나를 따돌렸죠. 그들은 나를 물건처럼 버렸어요, 하 박사님. 그리고 절 만들었다는 사람은 제가 너무 부끄러운 나머지 이곳에 숨겨버려 잊히도록 했고요. 안드로이드를 반대하는 법안이 통과됐을 때 미너부도티어-첸 박사는 절 보호하는 발언을 한마디도 하지 않았어요. 우린 자유무역지대에 있는 사무실 건물 옥상에 그녀의 전용 헥스콥터 패드로 올라갔어요. 그녀는 날 헥스콥터에 태웠지요. 저에게 군도에 가서 새로 수행해야 할 과제가 있다고 했어요. 쇼는 충분히 했으니 진짜 임무를 수행하자고요. 하지만 난 그게 뭔지 알았어요. 날 추방하려는 거였죠. 콥터가 움직이기 시작하고 전 혹시라도 그녀가 손이라도 흔드는지 보려고 아래를 내려다봤지만, 이미 사라진 뒤였어요. 앤캐틀러는 자신이 하는 일에 이유가 여러 가지 있다고 말한 적 있죠. 그건 정말 사실이에요. 하지만 그녀에게 저는 치워버려야 할 존재였기 때문에 제가 이곳에 있는 것도 사실이지요. 게다가 제 감정엔 전혀 신경 쓰지도 않았고요. 저도 제가 인간이 아니라는 건 알아요, 하 박사님. 분명히 알고 있어요. 절대 될 수도 없을 거예요. 전 인간들을 이해하지 못하거든요."

"괜찮아요. 인간 역시 같은 인간들을 이해하지 못하는걸요. 적어도 전 그래요." 하 박사가 대답했다.

에브림은 기다란 구릿빛 손으로 하 박사의 손을 잡았다. 하 박사는 지난번 해변에서 느꼈던 따뜻함을, 인간만이 가진 따스한 체온과 완벽하리만큼 유사한 따뜻함을 느꼈다.

그러나 그건 인간의 손이 아니라 에브림의 손이었다. 그 이하도, 이상도 아니었다.

더 이상 바깥에서는 경보음 외에 아무 소리도 들리지 않았다. 곧 경보음도 멈추었다.

둘은 이제 무슨 일이 일어날지 궁금해하며 몇 분 동안 서 있었다. 알텐체체그의 목소리가 드디어 통신 링크를 통해 들렸다.

"공격은 끝났습니다. 안전실을 떠나도 좋습니다."

안전실 문이 딸깍 소리를 내며 열렸다.

인간과 똑같은 마인드를 가진 다른 종을 발견했을 때, 우리는 그들이 우리를 제대로 알아볼 거라는 사실을 가장 두려워할 것이다. 그들이 부족한 우리 모습을 보고 역겨워하며 등을 돌릴 것 같기 때문이다. 다른 마인드와 접촉하면 인간은 스스로 만족하던 가치관을 잃게 될 것이다. 결국은 진실한 우리의 모습과 삶의 터전에 우리가 저질러온 짓들을 마주해야 할 것이다. 하지만 어쩌면 그렇게 마주해야만 구원받을 수도 있다. 우리가 가진 근시안, 잔혹함, 그리고 어리석음을 직시하고 변화시킬 유일한 방법이다.

— 하 응유엔 박사, 《바다는 생각한다》

47

에브림은 호텔 테라스에서 알텐체체그를 내려다보았다.

테라스는 깨진 유리와 타일 조각들로 뒤덮여 있었다. 알텐체체그의 몸은 제어 탱크의 유동액 때문에 번들거렸고 옆의 타일 바닥에는 부풀어 오른 자동 권총 같은 무기가 놓여 있었다. 알텐체체그는 손목에서 팔꿈치에 이르는 베인 상처 위에 지혈제 한 팩을 붓고 있었다. 눈 아래의 베인 상처에서도 아직 피가 흘러 얼굴의 반쪽은 피로 얼룩져 있었다.

알텐체체그는 몽골어로 뭐라고 말한 뒤 자기 어깨를 두드렸다. 에브림은 그녀의 보안 모듈에 가서 통역기를 들고 나왔다.

신형 모델이었다. 알텐체체그가 전원을 켰다.

"바보 같네." 알텐체체그가 말했다. "그게 지금의 내 심정이에요. 적들을 과소평가했어요. 첫 번째 경보음이 울리고 고작 몇 시간 후에 두 번째 해안 경보음이 울렸을 때 난 당연히 경계선에서 내가 부순 배와 관련이 있다고 생각했어요. 그래서 탱크 안으로 들어갔죠. 그게 우리의 바닷속 친구들일 거라곤 상상도 못 했네요."

"문어들이 그랬다고요?" 하 박사가 몸을 숙여 알텐체체그 눈 아래에 난 상처에 압박 붕대를 대고 꾹 누르며 물었다.

호텔 1층에 있는 창문들은 모두 깨져 있었다.

"그것들이 바닥 타일을 들어 올려 창문을 향해 힘껏 던졌어요. 내가 창문들을 강화유리로 바꿔놨어야 했는데 굳이 필요성을 못 느꼈었어요. 차라리 깊게 방어하는 게 낫다고 생각했죠. 그러다 한 마리가 환풍구를 통해 내 모듈로 들어왔어요. 그래봤자 주먹만 한 크기였죠. 근데 내 탱크 인터페이스에 연결해둔 모든 전선을 잡아당기기 시작했어요. 중앙 제어를 어디서 하는지 어떻게 알아낼 수 있었을까요?"

"계속 지켜보고 있었을 거예요. 우리가 생각하는 것보다 더 훨씬 가까운 곳에서 훨씬 오랫동안요. 당신의 보안 모듈에서 무슨 일이 일어나고 있는지 정확하게는 몰랐겠지만 분명 우리에게 아주 중요하다는 건 알았을 거예요." 하 박사가 말했다.

"그만두게 하려고 올라갔을 때 그게 무언가로 내 팔과 얼굴을 긋더니 다시 환풍구 안으로 기어들어 가버렸어요. 테라스 밖으로 나가보니 10여 마리가 아직도 호텔을 향해 신나게 타일 조각을 던지고 있더군요."

"그래도 다행히 살아 있네요." 에브림이 말했다.

"날 죽이려던 건 아니었으니까." 알텐체체그가 상처 난 팔에 밴드를 붙이며 말했다.

하 박사는 지혈제 팩을 찢어 새로 붙인 밴드 위에 뿌렸다. 알텐체체그의 눈 아래는 아직도 피가 나고 있었다. 하 박사는 피부 밑의 흰 뼈를 보았다.

"만약 죽이려고 했다면 난 정말 죽었을 거예요. 그것들은 팔이 여덟 개나 있으니, 칼이나 날카로운 물체를 최대한 많이 들 수 있을 테니까. 어쨌든 한참 호텔을 공격하더니 도망가려고 했어요. 그런데 내가 그 길을 막고 있었고."

아직 옷을 입지 못한 알텐체체그는 슬라임 같은 유동액이 온몸에 묻고 얼굴과 팔의 상처에서 아직도 피가 흐르고 있었지만, 신경 쓰지 않고 일어서며 말했다.

"이리 와봐요."

셋은 호텔 입구 근처로 갔다. 바닥에 망가진 잠수정 잔해가 있었다. 조각조각 뜯어져 부품 하나하나로 분해되고 나머지 껍데기는 변형되고 찢어져 있었다. 잔해들은 가장자리가 매끄럽진 않았지만, 충분히 명확한 모양으로 신중하게 놓여 있었다.

"이제 무슨 뜻인지 알았어요. 다른 건 거의 아무것도 모를 수 있지만 적어도 이건 확실히 알겠어요." 에브림이 말했다.

"다가오지 마. 나가. 떠나." 하 박사가 말했다. "이중 하나네요. 아주 명백한 의미예요."

"나는 '꺼져'를 가장 정확한 번역으로 선호해요." 알텐체체그가 말했다.

"하지만 저들 영역에 침입한 우리보다는 해저를 약탈하던 인공지능 어선이 더 결정적이었다고 생각해요. 난파선 위치에서 500미터도 안 되는 범위 내로 들어갔었거든요. 머리 바로 위에서 소동이 있었죠. 아마 그래서 문어들이 공격하기로 했을 거예요."

"하지만 우리가 그런 게 아니잖아요." 에브림이 말했다.

"문어들에겐 별 차이가 없었을걸요. 문어들이 사람을 한 명 한 명 구별하는 건 불가능하니까요. 인간의 사회구조도 이해하지 못하잖아요. 그게 우리든, 다른 사람이든 그들에겐 다 똑같을 거예요. 문제될 게 없겠죠. 자기들이 보기엔 인간 한 명이 하는 일은 모든 인간이 하는 일과 같으니까요."

"그러면 우리가 자기들을 공격한다고 믿은 거군요."

"그래요. 문어들은 공격받고 있다고 생각했어요. 그래서 그에 대한 응답을 한 거고요."

"우리가 해온 연구가 상당 부분 망가졌어요. 누구 때문이죠? 만족할 줄 모르는 탐욕스러운 어업 대기업들 때문이에요." 에브림이 말했다.

하 박사는 수평선을 바라보았다. 이전에 알텐체체그가 배후의 일부가 아니라 그저 스스로 선택하고 행동하는 개인 인격체로 여기는 게 얼마나 쉬운 일인지 생각한 적이 있다. 배후에 있는 모두는 단단하게 결속되어 하나의 인격체를 형성하고 있었다. 그런데 이제 알텐체체그는 물과 공기를 통해 군도 경계를 지나고 모든 나라와 보호령을 가르는 모든 국경을 넘어 그 연결을 직접 지도화할 수 있을 것 같았다. 상호간의 촘촘한 네트워크, 결국 모든 걸 하나로 묶는 중첩된 인과관계를 이해하는 것처럼 보였다. 섬에 있는 네 명뿐만 아니라, 모든 걸 이해하는 것 같았다.

저기 어딘가에서 바닷속의 단백질들을 무자비하게 끌어모으려는 결정이 판을 치고 있었다. 인공지능 어선을 만들고 노예 선원들을 태워 항해를 시작하는 결정을 아무렇지 않게 하는 것이다. 그 결정들은 너무나 복잡하고 겉으로 보기에 아무것도 아닌 것 같지만, 사실은 이익과 착취라는 미로와 아주 치밀하게 관련되어 있었다. 결국 어선을 여기까지 끌고 와 선원들과 함께 죽고 선박을 만든 사람들과 소유주들은 결코 만나보지 못했을 사람들의 연구와 일까지 박살 내버렸다.

'만족할 줄 모르는 탐욕스러운 어업 대기업? 아니. 만족할 줄 모르는 우리 때문이야. 그 배는 우리 모두의 소유나 마찬가지야.'

하 박사는 땅에 떨어진 낯선 기계 권총을 보았다.

"혹시…… 그들을 쐈어요?"

알텐체체그는 으쓱했다.

"쐈냐고요? 네. 하지만 심하게 다치지 않았어요. 그리고 물론 아무도 죽지 않았고요. 그 권총의 총알은 콩주머니에요. 겁주기에 충분하죠. 내가 겨냥했던 사정거리에선 어쩌면 피부를 다치게 할 수도 있었겠네요. 그게 다예요. 다들 빨리 도망쳤어요. 아까 말했듯이 그들은 이곳을 공격하러 왔어요. 경고하려고. 만약 더 하려고 했다면 했을 수도 있겠죠. 그럼 전 죽었을 테고, 나머지 사람들은 저보다 먼저 죽거나 곧 따라 죽었겠네요."

"제 연구가 또 망하는 건가요……. 우린 이제 시간도 없어요." 하 박사가 말했다.

"미너부도티어-첸 박사는 어딨죠?" 알텐체체그가 물었다.

"당신과 함께 있는 줄 알았어요."

알텐체체그는 고개를 저으며 말했다.

"아니요. 공격을 받았을 때 그녀는 밖에서 조깅 중이었어요. 내 중앙 제어 시스템이 고장 나지 않았다면 지금 어디 있는지 알아낼 수 있을 텐데요. 아, 그래도 괜찮아요. 백업해둔 게 있으니까요. 내 드론들이 곧 그녀가 어디 있는지 찾아낼 거예요. 그래도 참 안됐네요. 이 상황을 정말 보여주고 싶은데요."

알텐체체그는 손을 공중 위로 들어 올렸다.

드론들이 하강했다. 일곱 대 모두 티베트산이다. 날렵한 잠자리들이 테라스 바닥 위에서 아주 낮게 윙윙거리며 거의 장난치듯 해조류로 가득 찬 수영장을 훑다가, 알텐체체그의 어깨 위로 날아와 맴돌았다. 알텐체체그가 고개를 돌려 드론 한 대에 뭐라고 말했다. 드론은 휙 돌더니 호텔을 향해 혼자 날아갔다.

"티베트 불교 공화국은 이제 범법 기업 디아니마 그룹과 그 모든 자회사를 인수하여 이 자산을 압류했음을 알려드립니다. 당신은 현재 우리가 관리하는 꼰다오 세계 보호 공원의 무단출입자로서, 티베트 불교 공화국 관할하에 체포하겠습니다."

알텐체체그는 에브림을 바라보며 말했다.

"축하해. 이제 자유가 됐네. 디아니마랑은 다르게 우리는 노예를 두지 않아. 하지만 아직은 너도 체포된 상태야."

"얼마 동안요? 당신이야말로 언제부터 디아니마를 배신하고 있던 거예요?" 에브림이 물었다.

"처음부터. 디아니마를 위해 일하기도 훨씬 전부터. 겨울 전쟁이 끝났을 때부터. 어쩌면 전쟁이 시작되기도 전부터겠네. 라마교 사원에서 수녀로 지냈던 덕분에 난 무너지지 않을 수 있었어. 당신이 생각하는 그런 괴물이 되지 않을 수 있었지. 그들이 날 구해줬어. 그때부터 난 언제나 그들과 함께였지."

"이곳이 얼마나 중요한지 당신은 몰라요. 지금이 얼마나 중요한 순간인지, 모든 게 어떻게 바뀌어버릴지 모른다고요." 에브림이 말했다.

"우린 모든 걸 계획하고 있어. 우리만이 여기가 얼마나 중요한 곳인지 알고 있지. 지금, 이 순간이 얼마나 중요한지도. 바로 그래서 이곳을 디아니마에게서 빼앗은 거야." 알텐체체그가 말했다.

"그럼 우린 어떻게 되나요?" 하 박사가 여덟 번째 드론이 하강하는 걸 보며 물었다. 화물 운송 모듈이었다. 중앙에 달린 바퀴가 회전하자, 꽃잎처럼 살짝 틀어진 프로펠러들이 기울며 내려왔다. 그 표면 위에서 물결들이 서로 맞물리며 새벽빛 아래서 휘몰아치는 모습이 유화물감으로 그린 추상화처럼 보였다.

바닷속에서 무늬로 노래하던 모양 가수.

'난 그저 너와 이야기를 나눌 수 있기만을 바랐는데. 그런데 이제 모든 걸 빼앗겼어.'

"당신을 죽여서 바닷가에 묻어야죠." 알텐체체그가 말했다.

드론들이 수영장에서 먼 쪽의 테라스 바닥 위에 소리 없이 내려앉았다.

"아니면, 당신이 원한다면 하던 연구를 계속하면 되고요." 알텐체체그는 이어서 말했다.

하 박사와 에브림은 해조류로 막힌 수영장 안에서 미끈미끈한 녹색 위장을 벗고 수면 위로 떠오르는 형체를 동시에 보았다. 그것은 테라스 타일 위로, 갓돌을 넘어 미끄러지며 나왔다. 알텐체체그가 기계 권총을 주우려고 하자 하 박사가 손을 들었다.

'난 널 알아. 넌 정해진 형태가 없을 수도 있겠지. 하지만 난 널 알아. 모랫바닥 위에 기호를 만드는 나를 바라보던 창꼬치였고, 갑자기 살아 움직인 돌덩이기도 했어. 모양 가수 그 자체이기도 했고.'

문어는 마치 이 보안 관리자를 중심으로 폭력의 기운이 감돌고 있다는 듯 알텐체체그를 둘러 원을 그렸다. 에브림은 문어와 하 박사 사이에 있었다. 문어는 잠시 머뭇거리더니 에브림을 지나쳐 수영장에서 가장 멀리 떨어져 있던 하 박사에게 향했다. 타일 바닥을 건너 하 박사 쪽으로 더 빠르게 갔다. 하 박사는 아직 손을 들고 있었다.

'제발, 제발 이 순간을 망가뜨리지 말아줘요.'

문어는 하 박사 앞에 섰다. 물 밖에 나온 문어는 훨씬 작고 연약해 보였다. 그 피부는 수영장의 더러운 액체로 미끈거렸다. 문어는 염소와 닮은 눈으로 하 박사를 가만히 쳐다보았다. 팔 하나로 하 박사의 손목을 감더니 손을 잡아끌어 손목과 손바닥, 손가락을 돌돌 감았다.

'나를 맛보는구나.'

하 박사는 타일 위에 선 모양 가수가 내는 쉭쉭거리는 소리를 들었다. 모양 가수는 하 박사에게서 멀어지더니 몸을 들어 올렸고 피부에서 색을 뺀 듯 창백해졌다.

문어는 맨틀 위에 모양 하나를 만들었다. 모양 가수 뒤쪽에 서 있던 나머지는 이 모습을 보지 못했다. 어쩌면 문어는 하 박사에게만 보여주기 위해 일부러 그랬는지도 모른다.

하 박사는 그 모양을 알아보는 데 조금 시간이 걸렸다. 처음에는 일정한 양식으로 나타나다가 비틀어졌다. 그러다가 색소를 피부 표면으로 끌어왔는지, 모양의 가장자리가 더 강렬해지고 선명해졌다.

그건 하 박사의 얼굴이었다. 숯으로 그린 밑그림 같았다. 궁금해하는 눈빛에 입은 살짝 벌리고 있었다.

"너도 날 아는구나." 하 박사가 말했다.

곧 그 얼굴은 사라졌다.

모양 가수는 다시 어두워지더니 벽돌처럼 붉은 타일을 집어 들었다. 피부 표면이 거칠어졌다. 팔을 뻗어 툭 떨어뜨리더니 풀어졌다. 타일에서 뭔가 달그락거렸다. 다시 팔을 오므렸다. 모양 가수는 타일에 납작 엎드려 비스듬히 호를 그리며 테라스를 건너 빠르게 도망갔다. 그 짧은 순간에 모양 가수는 사라져버렸다.

모두 움직이지 않고 가만히 있었다. 누구라도 다시 움직이기까지 꼬박 1분, 아니 더 지났을 것이다.

하 박사가 몸을 구부려 모양 가수가 두고 간 물체를 집었다. 에브림과 알텐체체그가 차례로 가까이 와서 그것을 내려보았다.

그것은 관절이 있는 어두운 색의 물체로 하 박사의 손바닥에 쏙 들어갈 정도로 작았다. 그리고 제단에 있던 인간 머리뼈들과 같이 전체에 줄무늬가 새겨져 있었다. 표면 자체가 어두웠기 때문에 잘 보이지는 않았으나 아주 복잡한 무늬였다.

알텐체체그가 먼저 입을 열었다.

"그게 뭔가요?"

"문어들이 가진 가장 단단한 부위예요. 죽으면 며칠 이내에 이

것만 남게 되지요. 문어의 유일한 골격인 부리예요."

잠자리 드론 한 대가 내려와 머리 부분을 이리저리 움직이며 그 부리를 관찰했다.

하 박사는 손바닥에서 눈을 떼고 고개를 들어 알텐체체그를 보았다. 그리고 에브림을 보았다. 셋은 이 부리를 가운데 두고 원을 그리고 있었다.

"영광스러운 일이에요. 이렇게 중요한 것을……. 떠나기 전에 박사님한테 뭘 보여줬나요?" 에브림이 물었다.

"내 얼굴이요. 내 모습을 보여줬어요. 날 알고 있었어요. 그럴 줄 알았어요. 우린 서로를 알고 있었어요."

하 박사는 이 섬에 도착했던 첫날 밤을 떠올렸다.

수영장에 있던 무언가가 수송 차량을 보고는 물속으로 쏙 들어갔다.

그리고 다음 날 아침에 수영장을 지나쳐 에브림을 만나러 갔을 때도.

하 박사가 지나가자, 수영장에서 서식하는 무언가가 움직이더니 물속으로 퐁당 들어갔다.

모양 가수. 그것은 지켜보고 있었다.

작은 문어가 웅덩이와 웅덩이 사이를 걸어 다니며 게를 사냥한다…….

그리고 옥토퍼스 하빌리스가 자기들을 바라보는 우리를 바라본다. 자기들을 연구하는 우리를 연구한다.

옥토퍼스 하빌리스? 아니면 옥토퍼스 사피엔스?

난파선에서 다른 문어들에게 이야기하는 모양 가수…….

문어는 피부 표면을 가로지르는 모양들을 만들어냈다. 고리 모양과 소용돌이 모양, 휘어진 모양과 나선형 모양이 한결같이 순서를 지키며 나타났다. 두 문어가 자리를 잡은 장소는 선체의 틈을 통해 빛이 빔을 쏘듯 들어오는 곳이었는데, 조명을 받은 더 큰 문어의 창백한 피부를 본 하 박사는 촛불 빛이 비치는 천 뒤에서 움직이는 그림자 연극 인형들을 떠올렸다.

자기 동족들이 겪은 모험을 노래하는 걸까? 아니면 우리를 노래한 걸까? 우리가 누군지 설명한 걸까? 동족들을 이해시키려고? 가르쳐주려고 했던 걸까?

"다른 문어들이 다 도망갔을 때 이 문어는 수영장 안에 혼자 숨어 있던 게 분명해요. 왜 그랬을까요?" 에브림이 물었다.

"우리랑 이야기를 나누어보려고요. 그리고 수영장에 숨은 게 아니에요. 잠수정이죠. 자기만의 연구소요. 우리 인간이 사는 세상에 세워둔 전초기지 같은 거죠. 처음부터 우리를 관찰하고 있었어요." 하 박사가 대답했다.

방 안에 다른 누가 같이 있는 것 같았다. 그런 지도 꽤 된 것 같았다.

"그리고 잠수정뿐만이 아니에요. 원하면 어디든 가서 우리를 관찰했죠. 하지만 우린 한 번도 알아채지 못했고요."

고개를 숙인 알텐체체그는 아무 말없이 조각된 부리의 관절을 보았다. 얼굴에서 흐르던 피는 멈추었다. 알텐체체그는 하 박사를 쳐다보았다.

"내가 적을 너무 과소평가했네요. 내 임무를 제대로 수행하지 못했어요."

"그렇지도 않아요. 아직 시간이 있잖아요. 이 지역을 보호해줄래요? 아무도 오지 못하게요?" 하 박사가 말했다.

알텐체체그가 하 박사를 마주 보며 말했다.

"영원히는 못 해요. 그래도 디아니마보다는 오래 끌어갈 수 있죠. 적어도 우린 계획이 있어요. 유엔과 맺은 협약이 든든하게 버티고 있으니까요. 이 군도는 이제 티베트 불교 공화국의 보호국이 될 거예요. 사유지보다 더 큰 의미가 있죠. 하지만 아무것도 확실치는 않아요. 영구적이지도 않고요. 그러니 시간이 얼마나 남았는지도 장담할 수 없어요."

"그러면 저는 남고 싶어요."

"저도요." 에브림이 말했다.

알텐체체그는 끄덕였다.

"현명한 선택이에요. 하지만 먼저, 내 드론이 미너부도티어-첸 박사를 찾은 것 같네요."

과학은 점점 복잡해지면서 과학자 대부분을 기술자 이상으로 만들어 그 전문 분야라는 터널 안으로 몰아붙였는데, 이는 과학이 가진 가장 비극적인 면 중 하나다. 과학자가 지식의 보고 안으로 더 들어갈수록 그 지식에 걸맞은 세상을 볼 수 없게 되는 것이다.

    나는 전문가가 되기를 바란 적이 단 한 번도 없다. 나는 새로운 형태를 세상에 가져오는 용감무쌍한 과학자가 되고 싶었다. 처음부터 나는 위대함을 원해왔다.

— 앤캐틀러 미너부도티어-첸 박사, 《마인드 건설하기》

48

그녀는 방파제 아래 해변에서 발견되었다. 침식된 만의 모래사장에서 튀어나온 돌멩이들로 들쭉날쭉하고 각진 돌담 아래 옆으로 누운 채였다. 얼굴은 여기저기 베여 있었고 상처투성이 팔에는 새로운 상처가 나 있었다.

일그러진 얼굴은 마치 단 한 번도 살아 있던 적이 없다는 듯 무의미한 표정을 하고 있었다.

"이해가 안 돼요. 그 공격은 그저 우리에게 겁을 주려는 걸로 생각했어요. 그런데 왜 이렇게까지 했을까요? 왜 그녀를 죽인 거죠?" 하 박사가 물었다.

띠 구름이 산발적으로 비를 쏟아냈다. 모래사장은 미너부도티어-첸 박사가 흘린 피와 빗물을 함께 빨아들였다.

검정 우비를 입은 알텐체체그는 챙이 달린 헬멧을 다시 쓰고 스크린 여러 개를 띄웠다.

"여기 작은 카메라가 있어요." 알텐체체그가 돌담을 가리키며 말했다. "수동으로 저장하게 되어 있지요. 홍합으로 가려놨어요.

화면을 돌려볼게요. 아…… 달리기를 다 끝낸 참이었네요. 해변을 걷고 있었어요. 조개껍데기를 주우면서요."

에브림은 시신 위로 몸을 구부렸다.

에브림은 부모를 잃었다. 유일한 부모를. 시신 옆으로 나선형이거나 뾰족하거나 줄무늬를 가진 조개껍데기들이 흩어져 있었다. 그저 조개껍데기들이었다.

"조개껍데기 모으는 게 그녀의 유일한 취미였어요. 우리가 함께했던 취미였죠. 생각에 도움이 됐거든요." 에브림이 말했다.

알텐체체그는 손짓했다.

"미너부도티어-첸 박사는 방파제 아래쪽에 있었어요. 문어 몇 마리들이 막 물에서 나왔을 때지요. 박사는 그들을 못 봤어요. 두 마리가……." 알텐체체그는 손가락을 작게 움직이며 화면을 돌려 재생하느라 잠시 말을 멈추었다.

"카메라 화면에는 아무것도 잡히지 않았어요. 3~4초도 걸리지 않았을 거예요. 문어들이 박사를 향해 걸어가서 팔들을 흔들어대는 순간까지요. 그리고 문어들은 방파제 위로 올라갔어요. 박사는 아주 순식간에 죽은 것 같네요."

당연히 해야 할 행위.

"문어들 대부분은 진짜로 우리를 보지 않아요. 우린 그들에게 아무것도 아니니까요. 그저 그들이 가는 길을 막는 장애물 정도이거나 피해야 할 무언가 정도지요. 쫓아내야 할 대상인 거예요. 글씨를 쓸 수 있는 예쁜 뼈를 가진 존재죠. 문어들이 박사를 죽인 건 그저 박사가 길을 막고 있었기 때문이에요." 에브림이 말했다.

에브림은 일어서서 입고 있던 로브를 벗어 미너부도티어-첸 박사를 감싸주었다.

"하지만 이제 적어도 한 마리는 우리 중 누군가를 보았을지도 몰라요. 모양 가수가 하 박사님을 봤어요. 어쩌면 우리 두 종 사이에 유대감이 생겼을 수도 있지요. 박사님과 모양 가수 사이에요. 이제 시작이에요. 그리고…… 서로에 대한 무관심은 끝날 거예요."

어쩌면 그럴 수도 있다. 에브림은 유일한 부모를 잃은 슬픔을 벌써 극복한 것 같았다. 시신을 아직 묻지도 않고 해변에 둔 채로 벌써 새로운 시작을 이야기하다니. 하지만 하 박사는 그럴 수 없었다. 하 박사는 돌멩이들 사이에 놓인 금색 수의를 입은 시신을 내려보았다.

에브림의 말은 사실이었다. 미너부도티어-첸 박사는 이유 없이 살해당했다. 어떤 선박은 완전히 엉뚱한 곳에서 경계를 넘어오려고 했기 때문에 살해당했다. 수익만을 좇는 일부 어업 대기업 때문에 살해당했다. 그리고 당연히 그녀가 죽든 살든 관심 없는 문어들 때문에 살해당했다. 그녀의 죽음은 참치잡이 어망에 걸려 익사한 돌고래의 죽음과 다르지 않았다. 박사를 잡은 종은 '죽이지 않기 위해 조심할 만큼' 그녀에게 관심이 있지 않았던 것이다. 그녀는 그들에게 아무 의미도 없었다.

그건 끝나야만 하는 무관심이었다.

그리고 어쩌면 에브림이 옳았다. 하 박사는 모양 가수가 준 선물과 피부를 통해 그려준 초상화를 떠올렸다. 어쩌면 그 무관심은 이미 끝나가고 있었는지도 모른다.

"이렇게 뛰어난 천재성이 함께 사라졌군요."

"아니요." 에브림이 말했다.

"미너부도티어-첸 박사가 얼마나 똑똑했는지는 부인할 수 없어요, 에브림. 어떤 사람이었는지와는 상관없이요."

"그녀가 똑똑했다는 걸 부인하는 건 아니에요. 제 말은…… 저는 여러 사람으로 만들어졌어요. 제 마인드는 다른 많은 마인드의 부분 부분을 이어서 만든 거예요. 하지만 그 핵심 마인드는 앤캐틀러 미너부도티어-첸 박사예요. 제가 완성되기 일주일 전, 그녀의 신경 커넥톰을 완전히 복제했을 때의 마인드요. 전 그녀만은 아니겠지만 그녀의 전부이기도 해요. 전 그녀를 애도하지 않아요. 그게 미너부도티어-첸 박사가 원하는 거니까요……." 에브림은 수의를 향해 손짓했다.

"미너부도티어-첸 박사는 평생을 고통스러워했어요. 제가 아는 한 가장 외로운 사람이에요. 저의 외로움은 비할 바도 아니죠. 그녀는 아주 오랜 시간 동안, 자기의 이 첫 번째 형태를 버리고 싶어 했어요. 아주 어릴 때부터 원했죠."

하 박사는 미너부도티어-첸 박사를 향해 늘씬한 구릿빛 얼굴을 기울이는 에브림을 쳐다보았다. 처음으로 진정한 에브림을 보는 것 같았다.

아무것도 걸치지 않은, 부드러운 구릿빛 피부의 에브림이 파도 속에서 걸어 나왔다. 드론들이 춤추듯 쏘아대는 빔에 젖은 몸이 반짝거렸다……. 한 손에 성스러운 그물을 들고 마구잡이로 날아다니는 드론들 사이에서 걸어 나오는 모습은…… 마치 신처럼 보였다.

"당신 안에 미너부도티어-첸 박사의 전부가 있다면…… 미너부도티어-첸 박사가 아는 모든 걸 당신도 알고 있다면…… 당신은 또 다른 에브림을 만들어낼 수 있겠네요. 어떻게 만드는지 아니까요. 자기 복제를 할 수 있어요."

"맞아요."

"그 말은…… 당신은 안드로이드가 아니라는 뜻이에요. 당신은 하나의 종이에요."

윙윙거리는 소리에 하 박사는 무표정으로 둘을 보고 있던 알텐체체그에게 고개를 돌렸다. 잠자리 드론 두 대가 알텐체체그의 어깨 위에서 맴돌고 있었다. 그리고 사프란 로브를 입은 오토몽크들이 줄지어 해변으로 모여드는 게 보였다.

이곳에 해변 수도원을 짓고 싶어 했어요…….

수도원이 아니다. 연구 기관이었다.

알텐체체그는 마치 그녀만 볼 수 있는 미래를 바라보고 있는 듯 완벽하게 평안한 표정을 짓더니 입을 열었다.

"모든 존재는 이곳에서 피난처를 찾을지니."

운송 드론의 바퀴가 만의 수면 위에 떠 있었고, 호텔 근처 어딘가에서 징 소리가 울려 퍼졌다.

"맞아요. 전 하나의 종이에요. 아니면 그 종자예요. 하지만 전 충분하지 못해요. 아직은요. 저는 실패한 시도예요. 언젠가는 준비가 되겠죠. 문어를 연구하며 많은 걸 배우고 그들이 우리에게 해주는 말을 이해하게 되면…… 우리가 이 세상을 바라보는 관점과 문어들이 보는 관점을 일치시킬 수가 있다면 전 앤캐틀러가 만든 이 실패한 모델을 개선할 수도 있겠어요. 그래서 이 완벽한 행성에 진정으로 가치 있는 존재를 만들어낼 수도 있겠지요. 살아 있는 모든 생명체와 공존하면서 끊임없이 돌고 도는 파괴 순환을 끊어낼 수 있는 존재를요. 하지만 그러기 위해선 전 아직도 배울 게 많아요.

우리 다 그렇죠."

"그리고 당신은 저한테 한 약속을 지켜야 해요. 단 한 마리도 해부 실험대에 올리지 않겠다고 했잖아요. 우린 그들을 보호하는 거예요. 죽이는 건 없어요."

"그건 박사님하고만 한 약속이 아니에요. 저 자신하고의 약속이기도 하죠. 말씀드렸듯이, 전 앤캐틀러의 전부인 동시에 그녀를 뛰어넘기도 해요. 전 저만의 존재예요."

"좋아요. 그럼 하던 일을 계속합시다."

이 책을 비평하는 이들은 많은 점을 꼽아 비난할 것이다. 특히 내 주관으로 신경학과 생물학이라는 학문에 오점을 남겼다며 비난할 것이다. 우리가 유일한 호모 종이라고 믿는 세상에 사실은 다른 사피엔스가 존재할 수도 있다며 미래를 거대하게 추측하는 고고학을 아무런 증거 없이 지어냈다고 비난할 것이다.

    그래도 나는 사과하지 않겠다. 나는 그저 그 틈을 메울 수 없을 정도로 우리와는 다른 종에게 어떤 말을 건넬 수 있을지, 그리고 외로움을, 인간만이 가진 외로움을 어떻게 끝낼 수 있을지 독자들이 상상해보길 바랐을 뿐이다.

— **하 응유엔 박사, 《바다는 생각한다》**

에필로그

뗏목을 노 하나로 젓는 건 너무 어려웠지만 에이코는 군도를 향한 움직임을 멈추지 않았다. 해류를 거스르느라 몇 시간은 걸렸다. 작은 만에 겨우 들어갔을 때는 이미 해가 떠 있었다.

에이코는 뗏목을 해안가로 몰았다. 손의 시신으로 무거워진 뗏목을 끌고 해변을 오르는데 온몸이 휘청거리고 곧 쓰러질 것 같았다. 정말 마지막 남은 안간힘을 끌어 썼다. 에이코는 마른 모래사장 위에서 비틀거리다가 무릎을 꿇었다.

에이코는 잠시 그렇게 쉬다가 등 뒤를 돌아보았다. 아침 공기는 시원했다. 해변 너머 나무들이 무성한 숲 사이로 건물 한 채가 흘끗 보였다. 에이코는 다시 일어날 힘을 모으자마자 저기로 갈 것이다. 누가 있든 간에 그들에게 무릎을 꿇고 애원할 것이다. 그리고 그들이 베푸는 자비에 몸을 맡길 것이다. 자신이 누구인지, 어떻게 여기까지 오게 되었는지를 설명할 것이다. 에이코는 두 눈을 감았다. 살았다. 나는 살았고, 바다늑대호에서 벗어났다.

두 눈을 뜨자 태양은 눈에 띄게 이동해 있었다. 적어도 한 시간은 잠들었던 게 분명했다. 공기는 아직 차가웠다. 에이코는 자는 동안 옆으로 몸을 말고 있었다. 정신을 차려 타고 온 뗏목을 바라보았다. 고무 표면에 작게 글씨가 새겨져 있었다. 해양 단백질 자동화 산업 주식회사: 디아니마 그룹 자회사.

에이코는 웃음이 나왔다. 아주 작고 지친 목소리였다. 로봇 선원 대신 노예 선원들을 태우면서 회사명을 지우지 못한 것이다. 또 다른 실수였다.

뭐, 에이코 자신도 디아니마에서 일하고 싶었던 적이 있었다. 그러니 결국 원하던 것을 얻었다고도 할 수 있었다.

그는 호찌민 자유무역지대의 거울처럼 번쩍거리는 50층짜리 유리 건물, 세계적인 권력을 자랑하는 디아니마 건물을 생각했다. 그 높은 건물조차도 본사가 아닌 지사 건물이었다.

에이코는 디아니마 직원을 누구라도 만난다면 지금까지 겪은 일에 대한 보상금을 청구할 생각이었다. 손과 인드라, 박티 모두에게 보상금을 지급하라고 할 것이다. 심지어 비야르테와 몽크에게도. 결국 그들도 끝없는 욕망에 희생된 피해자였을 뿐이다.

에이코는 뗏목에서 떨어진 곳으로 돌아누웠다. 과연 누구를 만날 수 있을까? 그는 그 유리 방패 속에 숨어 있는 그 누구와도 만날 기회가 없을 것이다. 아무와도 마주치지 못할 것이다.

반쯤 죽은 것처럼 해변에 드러누운 사람치고는 꽤 웅장한 생각이었다. 그는 아무것도 아니었다.

하지만 살아 있었다. 그 느낌이 몸속에서 피를 돌게 했다. 살았다!

그리고 바다늑대호에서 벗어났다. 지금은 그거면 충분했다.

숲이 무성한 섬에서 어떤 동물이 다른 동물을 부르는 소리가 들렸다.

에이코는 자신을 향해 다가오는 형체를 보았다. 사프란 로브를 입은 수도승이 버들가지 바구니를 들고 해변으로 내려오고 있었다. 수도승은 아주 부드럽게 바구니를 모래사장 위로 기울였다. 물갈퀴가 달린 작은 타원형 형체들이 쏟아지더니 해안선을 향해 열심히 기어가기 시작했다.

'거북이다!' 에이코는 너무 기뻐 웃음이 터져 나왔다. '거북이다! 하필이면!'

갓 부화한 새끼들 중 몇 마리는 바다 반대 방향으로 잘못 가기도 했다. 수도승은 모래사장 위에 무릎을 꿇고 사프란 로브 끝으로 바다를 향하는 방향을 잡아주었다.

"안녕하세요!" 에이코가 영어로 수도승을 불렀다.

"안녕하세요! 저를 좀 도와주세요! 사고를 당했어요. 부탁이에요."

"먼저 이 작은 아가들이 제대로 길을 찾을 수 있게 도와줘요." 수도승이 대답했다.

에이코는 겨우 자리에서 일어섰다. 작고 동글납작한 거북이 새끼 한 마리가 서투른 물갈퀴가 이끄는 대로 최대한 빠르게 숲 쪽으로 움직이고 있었다. 에이코는 그 거북이를 들어 물속에 넣어주었다. 그리고 계속해서 또 다른 거북이들을 물속으로 옮겨주었다.

웃음이 나왔다. 에이코는 웃고 있었다. 곧 모든 거북이가 바닷속으로 들어갔다.

수도승은 모래사장을 다시 평평하게 다듬으며 기도했다. 거의 들리지 않는 목소리로 소곤소곤 만트라를 외웠다.

"여기가 피난처인가요? 거북이 피난처?"

수도승이 고개를 들었다. 그때 에이코는 눈이 있을 자리에 육각형의 빛 수용체가 어둡게 배치된 걸 보았다.

"모든 존재는 이곳에서 피난처를 찾을지니." 오토몽크가 말했다.

"우리 배가 바다에 가라앉았어요. 저기 뗏목에 제 친구가 있어요. 죽었어요."

"아니요." 오토몽크가 대답했다. "맥이 아주 약하게 뛰어요. 하지만 안정적이에요. 아직 살아 있어요. 내가 이미 다른 이들에게 알렸어요. 당신 친구를 도우러 곧 올 거예요. 이제…… 나를 따라와요. 뭔가를 좀 먹고 보살핌도 받아야 해요. 당신도 맥이 아주 약하게 뛰고 있어요. 아직 위험한 상태예요."

오토몽크는 해변에서 빈 버들가지 바구니를 주워 들었다.

에이코는 그 뒤를 따라갔다.

감사의 말

《바닷속의 산》을 집필한 이유 중 하나는 이 지구상에 살고 있지만 아주 생소한, 자기만의 상징적 의사소통 시스템을 가진 다른 종과 소통한다는 생각을 탐구하기 위해서입니다. 무엇보다 저는 종 간의 의사소통에서 생기는 복잡한 문제들을 가능한 한 아주 솔직하게 이야기하고 싶었습니다. 그러기 위해서 저는 자의식과 의사소통이라는 문제에 관한 방대한 자료를 조사해야 했는데, 그 양이 얼마나 많았는지 나중에는 이 책에 각주와 참고 문헌도 포함해야 한다고 종종 농담하곤 했습니다. 그래야 이 책에 쓰인 과학자들과 철학자들의 아이디어들이 제대로 인정받을 수 있을 테니까요. 이 책은 소설이니 각주나 참고 문헌이 들어간다면 가독성이 떨어지겠지만, 적어도 이렇게 감사의 글을 쓸 수 있다니 제가 진 빚을 어떻게든 갚는 기분이 듭니다.

작중 하 응유엔 박사가 쓴《바다는 생각한다》라는 저서의 제목을 따온 에두아르도 콘의《숲은 생각한다》가 없었다면 이 소설을 쓰지 못했을 겁니다. 똑같은 이유로 호주 철학자 피터 고프리스미스의《아더 마인즈: 문어, 바다, 그리고 의식의 기원》도 있습니다. 두 책 모두 이 책의 디테일을 잡는 데 아주 중요한 도움을 주었습니다. 또한 사이 몽고메리의 《문어의 영혼: 경이로운 의식의 세계로 떠나는 희한한 탐험》 역시 큰 도움이 되었죠. 승현준 교수가 쓴 《커넥톰, 뇌의 지도: 인간의 정신, 기억, 성격은 어떻게 뇌에 저장되고 활용되는가?》는 특히 에브림과 같은 존재가 어떻게 형성되고 기능할 수 있는지에 관한 제 생각에 꽤 많은 영감의 원천이 되었습니다. 제스퍼 호프마이어Jesper Hoffmeyer의 《생물기호학: 생명을 나타내는 기호와 기호를 나타내는 생명에 관한 조사Biosemiotics: An Examination into the Signs of Life and the Life of Signs》과 쇠렌 브라이어Søren Brier의 《사이버 기호학: 정보는 왜 충분하지 않은가!Cybersemiotics: Why Information Is Not Enough!》도 없어서는 안 될 책들이었습니다. 가장 어려운 주제를 풍부한 관점으로 한곳에 모은 《생물기호학의 필수 도서: 앤솔러지와 해설Essential Readings in Biosemiotics: Anthology and Commentary》를 직접 편집한 도널드 패버로Donald Favareau의 생물기호학 연구 역시 중요한 역할을 했습니다. 지금까지 나열한 목록은 제가 진 빚의 겉부분만 긁어놓은 것뿐입니다. 여기에 다 적지 못할 정도로 너무나 많은 책과 과학 기사 덕분에 제가 이 책을 쓸 수 있었습니다. 모든 정확성은 그들에게 진 빚이고, 모든 오류는 제 것입니다.

개인적으로 제 인생을 움직이게 해주신 분으로는 얼 잭슨 주니어 교수님이 계십니다. 산타모니카에 있는 UCLA에서 교수님의 수업을 들을 때 저의 지적 여행을 도와주시고 결국엔 이 책을 쓸 수 있도록 이끌어주신 분이지요. 베트남에서는 하 응유엔 박사가 경의를 표할 많은 환경 운동가와 활동가들이 꼰다오 및 다른 지역에서 쉬지 않고 활동 중입니다. 그들이 하는 일은 제가 옆에서 잠시 함께했던 일과 비교할 수 없습니다.

    작가로서 실라 윌리엄스에게 많은 도움을 받았습니다. 그녀는 저를 믿고 제가 처음으로 쓴 사변 소설을 《아시모프 SF 매거진》에 수록하며 많은 독자에게 소개해주었습니다. 그리고 존 조지프 애덤스는 저에게 이 세상 최고의 에이전트인 세스 피시맨을 소개해주었습니다. 세스는 이 책을 다듬는 데 많은 조언을 아끼지 않았고, 션 맥도널드가 대표로 있는 출판사에 안착시켜 마지막까지 지혜롭게 인도해주었습니다. 이 모든 분께 저는 감히 갚을 수 있는 것 이상으로 감사합니다.

    그렇지만 아무래도 제 아내 애나 쿠즈넷소바와 최근에 우리 가족이 된 딸 리디아가 없었다면 이 모든 건 가능하지 않았을 겁니다.

추천의 말

수심 아래의 기억, 생명, 그리고 의식의 파문

어떤 소설은 독자를 먼 미래로 데려가지만, 어떤 소설은 독자의 내면 깊숙한 곳, 아직 이름 붙지 못한 감각과 기억의 심연으로 데려간다. 《바닷속의 산》은 후자에 속한다. 이 작품에서 SF는 상상력의 장르가 아니라 인식론의 무대다. 레이 네일러는 "의식이란 무엇인가"라는 가장 오래되고 가장 당혹스러운 질문을 다시 꺼내들되, 이번엔 문어의 피부와 안드로이드의 눈동자, 그리고 잊혀진 인간의 기억에서 대답하려 한다.

배경은 베트남의 외딴 군도 꼰다오. 이 섬은 한때 정치범 수용소였고, 지금은 무정부 자본주의 시대의 해양 생물 보호 구역이다. 그리고 그 아래에는, 언어도, 문명도, 전선도 없이 빛과 질감으로 서로를 이해하는 두족류 문어들이 있다. 그들과 접촉하려는 이는 하 응유엔 박사, 과거의 실패를 등에 진 생물학자이자 언어 없는 생명체의 언어를 꿈꾸는 사람이다. 그리고 그녀 곁에는 에브림이 있다. 인류가 만든 첫 번째 의식을 가진 존재. 금속보다 더 인간적인 존재.

이 소설은 '퀄리아Qualia'나 '세미오스피어Semiosphere', '오토포이에시스Autopoiesis' 같은 개념들을 아무렇지 않게, 마치 시구처럼 펼쳐 보인다. 테드 창과 어슐러 르 귄을 연상케 하는 서사적 우아함과 이론적 밀도가 아름답게 얽힌다. 바닷속에서 암호처럼 반짝이는 문어의 패턴은 언어의 기원이고, 에브림의 침묵은 인간성의 종착지처럼 보인다.

뇌과학자의 눈으로 보자면, 이 소설은 마치 커넥톰 지도를 따라 구성된 메타픽션 같다. 감각의 인코딩, 기억의 반복 회로, 자기참조 루프, 그리고 '자아'라는 환영이 어떻게 발생하는지를 서사로 재구성한 정교한 실험실이다.

결국 이 소설이 던지는 질문은 단순하다. "의식이란 기억일까, 관계일까, 아니면 그저 신경 발화의 패턴일까?" 작가 레이 네일러는 어떤 대답도 강요하지 않지만, 깊은 바다처럼 독자의 뇌에 파문을 남긴다. 《바닷속의 산》은 우리가 이해하지 못한 채 지나쳐온 존재들과, 우리가 미처 정의하지 못한 감정들과, 그리고 다시 낯설게 돌아온 우리 자신과 다시 마주 앉게 만든다. 그리고 깊은 바다에서부터 서늘하게 올라온 파문은 우리 의식 속에 오래 남는다.

정재승 (KAIST 뇌인지과학과 교수 및 융합인재학부 학부장)

문어로부터 시작되는 생명의 경이와 타자성에 관한 물비린내 나는 고찰

인간은 유대하는 존재인 동시에 배척하는 존재다. 우리는 수많은 생물종을 탐구하며 그들과 우리가 무엇이 다른지에 집착해왔다. 그러나 정작 동일성에 대한 사유는 더디기만 하다. 여기, 인간에게 새로운 언어로 소통을 시도하는 문어들이 있다. 인간이 직조한 문명을 거침없이 으스러뜨리는 촉수가 당신의 바다를 휘감는다. 우리는 우리가 아닌 것들을 어디까지 알고 있는가? 혹은 어디까지 알 수 있는가? 이 책은 인간의 지혜가 허락되지 않는 심해에서 타자성과 윤리를 건져 올렸다. 인간의 체취가 묻지 않은 존재를 탐구하는 가장 차가운 사유가 아닐까. 작가는 말한다. '타자'로 이루어진 미로에서 빠져나가는 방법은 바로 '공감'이라고. 이 작품으로 타자를 향한 당신의 공감력을 시험해보라.

청예(소설가)

바닷속의 산

초판 1쇄 인쇄 2025년 7월 10일
초판 1쇄 발행 2025년 7월 23일

지은이 레이 네일러
옮긴이 김항나
펴낸이 최순영

출판2 본부장 박태근
스토리 팀장 김소연
편집 김해지
디자인 윤정아

펴낸곳 ㈜위즈덤하우스 **출판등록** 2000년 5월 23일 제13-1071호
주소 서울특별시 마포구 양화로 19 합정오피스빌딩 17층
전화 02) 2179-5600 **홈페이지** www.wisdomhouse.co.kr

ISBN 979-11-7171-454-4 03840

- 이 책의 전부 또는 일부 내용을 재사용하려면 반드시 사전에 저작권자와 ㈜위즈덤하우스의 동의를 받아야 합니다.
- 인쇄·제작 및 유통상의 파본 도서는 구입하신 서점에서 바꿔드립니다.
- 책값은 뒤표지에 있습니다.